Yasmina Khadra

Worauf die Affen warten

YASMINA KHADRA

Worauf die Affen warten

Roman

Aus dem Französischen
von
Regina Keil-Sagawe

OSBURG
MURMANN PUBLISHERS

Titel der französischen Originalausgabe:
Qu'attendent les singes

Print CO2 kompensiert
Id-Nr. 1545126
www.bvdm-online.de

www.osburg-verlag.de
Lektorat: Bernd Henninger, Heidelberg
Umschlaggestaltung: Rothfos & Gabler, Hamburg
Satz: Kaltërina Latifi, Heidelberg
Druck und Bindung: Freiburger Graphische Betriebe, Freiburg
Printed in Germany
ISBN 978-3-95510-072-8

Jede Generation muss in einer relativen Finsternis ihre Mission entdecken und sie entweder erfüllen oder verraten.

Frantz Fanon

Die Verdammten dieser Erde

Da gibt es die, die einen Funken in eine Fackel verwandeln und einen blassen Schimmer in hellen Sonnenschein, und die ein Leben lang das Loblied dessen singen, der ihnen einen Abend lang Gutes tat. Und dann die anderen, die eine Feuersbrunst fürchten, sobald sie ein Licht am Ende des Tunnels entdecken, und jede Hand in den Abgrund ziehen, die sich ihnen entgegenstreckt.

Letztere gehören einer Kategorie an, die man in Algerien die Beni Kelboun nennt – Hundesöhne.

Der böse Wille ist ihnen in die Wiege gelegt, und die Trias, auf die sie schwören, dekliniert sich wie folgt:

Von Geburt an lügen,
aus Prinzip betrügen,
anderen aus Berufung Schaden zufügen.

Und dieser Roman ist ihre Geschichte.

1.

Der Morgen ist prachtvoll und sich selbst genug, der Nachtigall gleich, die ihr Lied in einer Welt tauber Ohren anstimmt. Ein algerischer Morgen mit einer Dezembersonne, die kalt und funkelnd vom Firmament blitzt wie ein Juwel, unerreichbar für verquere Träume, verfehlte Gebete und die zerrupften Flügel von Ikarus.

Der Himmel ist azurblau, transparent.

Kniffe man nur ein wenig die Augen zusammen, man könnte mit etwas Glück einen Blick auf die Götter in ihrer himmlischen Wohnstatt erhaschen, die sich, den Kopf in homerischem Gelächter in den Nacken geworfen, mit bebendem Schmerbauch über den Tanz der Gestirne und das Gestrampel hienieden amüsieren.

Man glaubt es plätschern zu hören, doch da ist weder Quelle noch Bach weit und breit. In der Stille des Waldes von Bainem erscheint alles leicht, lauter und hell. Und alles ist purer Zauber: der feine Dunst, der aus der Schlucht aufsteigt; die Mücken, die im Lichtkegel wirbeln, von Lichtfunken nicht zu unterscheiden; die Tauperlen im Gras; das Rascheln im Unterholz; die zögerliche Flucht eines Wiesels – am liebsten würde man sich kneifen.

Ein Dichter, den die Muse zu küssen verschmäht, müsste sich nur hierher verirren, um auf der Stelle die Liebe neu zu erfinden.

Ein Vagabund, den es an diesen Hort des Friedens verschlüge, wähnte sich im Gelobten Land. Er würde seine Lumpen am Fuß eines Baumstamms ablegen und sieben Steine rings in die Runde werfen, damit jede Lichtung ihm zur Heimat würde, jede Grotte zum Gedenkort.

In den Zweigen einer Trauerweide hat sich ein seidenes Laken verfangen. Gleichsam auf Halbmast hängt es herab.

Weiter unten, im Schatten eines Felsens, inmitten von Wildblumentuffs, ruht ein junges Mädchen. Nackt von Kopf bis Fuß. Und von feenhafter Anmut, als wäre sie dem Gemälde eines alten Meisters entstiegen. Sie liegt halb auf der Seite, das Gesicht nach Osten gedreht, einen Arm quer über der Brust. Ihre großen, mit Kajal umrahmten Augen sind geöffnet, ihr Blick unter langen Wimpern gefangen, die ihre Wirkung selten verfehlt haben dürften. Fantastisch geschminkt, im Haar funkelnde Pailletten, die Hände bis zu den Handgelenken mit hennaroten Berbermotiven geschmückt, erweckt sie den Eindruck, eine Tragödie habe sie mitten aus einer Hochzeitsfeier herausgerissen. Mit verrenkten Gliedern liegt sie am Ufer eines ausgetrockneten Flusses, taub für das zaghafte Raunen des Dickichts, achtlos gegenüber der Blindschleiche, die soeben unter ihrer Hüfte durchhuscht.

In dieser Traumkulisse, und während die Welt allmählich zum Bewusstsein ihrer eigenen Widersprüche erwacht, hat Dornröschen sich aus dem Märchen gestohlen. Ihren Glauben an den Prinzen verloren. Kein Kuss könnte sie jetzt noch wecken.

Da liegt sie, die schlafende Schöne.

Faszinierend. Und furchteinflößend.

Wie eine heilige Opfergabe …

2.

Ach, Algier …!

Das berühmte weiße Algier, so kreidebleich wie kurz vorm Kollaps. Wahrlich ein mentales Trümmerfeld, denkt Ed Dayem bei seiner Rückkehr in die legendäre Metropole, die bis zum Hals im eigenen Auswurf steckt. Algier, ach Algier … Seine Schutzpatrone sind längst emigriert. Ducken sich hinter dem eigenen Schatten, pressen den Finger auf ihren Mund, beschwören ihre Schützlinge, sich tot zu stellen. Algiers tönende Hymnen sind im Tumult einer Jugend verstummt, die in der Sackgasse steckt. Einer Generation von Mauerstehern, die sich auf nichts versteht, als apathisch Däumchen zu drehen, bis auf der Straße die nächste Revolte ausbricht: um dann schleunigst Geschäfte zu plündern und öffentliche Gebäude in Brand zu setzen. Von einer Minderheit von Snobs abgesehen, die die schrägsten Marotten der Pariser imitiert, wuchert der Verfall. Selbst die Unmoral ist der allgemeinen Flaute zum Opfer gefallen. Und die Aufreißerinnen, die früher noch dem letzten Krüppel drei Beine machten, riechen nach Leichentuch und dem schwülen Schweiß schlechter Zeiten.

Ed Dayem, der im Fond des Taxis sitzt, mit dem er vom Flughafen stadteinwärts fährt, kann seine Gedärme förmlich brodeln hören. Das Unwohlsein hat ihn im selben Moment befallen, in dem er ins Flugzeug gestiegen ist, und je näher sie der algerischen Küste kamen, um so schlimmer wurde es. Die Antidepressiva, die er auf Schritt und Tritt schluckt, haben ihre Wirkung verloren. Immer, wenn er nach Algerien zurückkommt, fühlt er sich wie ein Mörder, der an den Schauplatz seiner Verbrechen zurückkehrt.

Dabei ist Ed Dayem keineswegs irgendwer. Wenn er mit der Hand in die Hosentasche fährt, hört man darin Senatoren, Abgeordnete, Richter, Bürgermeister und einen Haufen höherer und höchster Beamter klappern. Wie Kleingeld in der Sparbüchse eines verwöhnten Kindes. Aber in Algerien ist kein Gott ganz und gar vor Übergriffen sicher.

Um seine diffusen Ängste zu zerstreuen, wendet Ed seine Aufmerksamkeit dem Taxifahrer zu, einem kleinen, vor sich hin nörgelnden Kerl mit olivfarbenem Teint, dessen Anzug derart grotesk aussieht, als hätte er ihn einem Clochard abgejagt. In Algerien versteht man es nicht mehr, sich zu kleiden, das ist nicht neu, doch in letzter Zeit treibt man es wirklich zu weit. Schlurft tagaus, tagein in Sandalen herum, trägt von Freitag zu Freitag den *qamis,* das Moscheegewand, und erscheint zu Beerdigungen im Joggingdress. Keine Spur mehr von Anstand. Aber kein Mensch scheint diesen Krebsgang, dem das Denken anheimfällt, überhaupt noch wahrzunehmen.

Ed Dayem konzentriert sich auf den schmalen, wunderlichen Nacken vor seiner Nase, der aus einem schuppenübersäten Kragen ragt. Es ist ein erschöpfter, gebeugter, gebeutelter Nacken, der schwer an der Bürde dieses Kopfes trägt, in dem Groll und Verbitterung gären.

Der Taxifahrer schimpft. Seine Brille und das akzentfreie Französisch weisen ihn als gescheiterten Akademiker aus, der dem Universitätsdiplom, mit dem sich nichts anfangen lässt, die Taxifahrerlizenz vorgezogen hat. In einem Land, dessen Entscheidungsträger ihren Nachkommen lieber eine Villa hinstellen als eine Nation zu errichten, trifft man nicht eben selten auf herausragende Talente, die in Imbissbuden jobben, um über die Runden zu kommen …

Ed verscheucht mit einer Hand seine allzu ausufernden Gedanken und lässt seinen Blick zum Armaturenbrett wandern, an dem das Foto eines kleinen Mädchens mit streng geflochtenen Zöpfen klebt. Die Kleine lächelt, doch ihr Blick, der lächelt nicht. Man erahnt das Ausmaß an Frustration, das hinter den Kulissen herrscht.

Zärtlichkeit ist in diesen Zeitläuften eine Form unter vielen, sein trocken Brot zum Duft des Bratens zu essen. Satt macht es nicht, aber es hilft durchzuhalten.

Neben dem Foto ein Hinweisschild, in Plastik eingeschweißt, das die Fahrgäste bittet, aufs Rauchen zu verzichten, daneben, für die Analphabeten, das Verbotszeichen mit der durchgestrichenen Zigarette. Aus dem ramponierten Handschuhfach quillt Kabelgewirr. Die Windschutzscheibe, von altertümlichen Scheibenwischern zerkratzt, bietet einen mehr als fragwürdigen Durchblick. Am Rückspiegel baumelt eine billige Gebetskette mit abgegriffenen Kugeln, vermutlich ein Mitbringsel aus Mekka. Das Gefährt, obgleich neuerer Bauart, ächzt und quietscht an allen Ecken und Enden. Dieser Typ von Billigfahrzeugen, der in Ländern hergestellt wird, die sich nicht an europäische Normen halten müssen und ausschließlich für den Export in drittrangige Staaten produzieren, hat Algerien überschwemmt – was auch erklärt, warum das Land eine der höchsten Unfallraten weltweit hat.

Der Taxifahrer ist unzufrieden. Er schimpft pausenlos über die Raser, die ihn in ihren getunten Kisten überholen, oder die alten Vehikel, die die Umwelt verpestend über die Straße holpern. »Das darf doch nicht wahr sein!«, schäumt er. »Die denken wohl, sie sind hier bei der Formel 1 oder sie schlichen hinter einem Leichenzug her. Davon, wie man ganz normal Auto fährt, haben sie keinen blassen Dunst.«

In Wahrheit ist der Fahrer wütend, weil die nationale Fußballmannschaft am Vorabend eine mächtige Schlappe erlitten hat, was ihre Chance auf Qualifikation für den Afrika-Cup gewaltig schmälert. Am Flughafen haben sie alle sehr gedämpft gewirkt. Und die Zöllner, die gemeinhin sehr genau hinsehen, hatten kaum einen Blick für das Gepäck. Wenn El-Khadra[1] ein Spiel in den Sand setzt, dann trauert die ganze Nation.

Er wendet sich im Rückspiegel an seinen Fahrgast:

»Haben Sie das Spiel gesehen, Brüderchen? Vier zu Null. Die Schande des Jahrhunderts ...! Das waren keine Athleten, das waren die reinsten Pompom-Girls. Ich kann es gar nicht glauben, dass wir mit dieser Bande platinblonder Gigolos an der Weltmeisterschaft teilgenommen haben. Nach dem Spiel haben sie sich angeblich in der Disco ausgetobt. Können Sie sich das vorstellen? Wir, das kleine Volk, wir zählen überhaupt nicht für die. Wir haben kein Recht mehr zu träumen. Dabei haben wir nichts als unsere Nationalelf, um unser Unglück zu vergessen. Sie ist unser Tranquilizer, unsere Schmerzdroge, unser einziges Palliativ. Warum unternimmt unsere Regierung eigentlich nichts, damit der Tod uns weniger ankotzt als das Leben?«

Ed Dayem antwortet nicht. Er mustert den zerklüfteten Nacken und versucht, irgendetwas Positives daran zu finden. Der Fahrer quasselt und quasselt. Als hätte er ein Radio verschluckt. Er zürnt. Dem Himmel und der Erde, den Krankenhäusern und Gerichten, den Parteien und den Wachdiensten.

1 »El-Khadra« – »die Grünen«, Name der algerischen Fußballnationalmannschaft.

Den Konsulaten, die sich weigern, ihm ein Visum auszustellen. Den Medikamenten, die viel zu teuer sind …

»Kennst du Shiva, Mann?«, fragt Ed ihn, der es nicht mehr aushält.

»Wer soll das sein?«

»Eine Hindu-Göttin.«

»Ich weiß nicht, worauf du hinauswillst.«

»Nur Geduld … Shiva hat einmal gesagt: ›Wenn der Wind in den Bäumen weht, wirbelt er die Blätter durcheinander, und die Vögel werden nervös.‹«

»Ja und?«

»Mann, ich versuche dir nur zu sagen, dass du mir auf die Nerven gehst, selbst wenn du keine Blätter durcheinanderwirbelst.«

Der Fahrer nickt. Hundert Meter weiter schiebt er sich eine Marlboro rein – der Rüffel seines Fahrgastes stößt ihm schwer auf – und beugt sich über den Zigarettenanzünder, wobei sein Blick kurz von der Straße abschweift.

»Ist das hier nicht verboten?«, bemerkt Ed und zeigt auf das Schild vom Armaturenbrett.

»Das gilt nur für die Passagiere«, klärt der Fahrer ihn auf. »Wenn es Sie stört, mach ich sie aus. Immer, wenn ich an das Spiel von gestern denke, würde ich mich am liebsten mit Benzin übergießen und eine Revolution entfachen.«

Aus dem Nichts taucht ein Hund auf der Fahrbahn auf. Der Taxifahrer kann gerade noch rechtzeitig das Steuer herumreißen. Er steigt auf die Bremse, richtet das Lenkrad wieder geradeaus. Der Wagen bricht mit grässlich quietschenden Reifen zur Seite aus, kommt vom Asphalt ab, schlittert über die gestampfte Erde und schlingert zurück auf die Straße.

Für den Bruchteil einer Sekunde sieht Ed Dayem, wie vor

ihm der Film seines Lebens abrollt. Es hat ihn gegen die Wagentür geschleudert, und er umklammert die Rückenlehne des Beifahrersitzes, um sich nicht den Hals zu brechen.

»Spinnst du oder was?«, brüllt er mit blutleerem Gesicht.

»Tut mir leid, *kho.*[2] Es gibt einfach zu viele streunende Hunde, die keinen Respekt vor dem Zebrastreifen haben.«

»Witzig willst du auch noch sein … Wenn du noch einmal das Steuer verreißt, dann mach ich dich mit deiner eigenen Karre platt.«

Der Fahrer verspricht, besser aufzupassen.

Ed Dayem mustert ihn verächtlich und beruhigt sich allmählich, während der Fahrer schon wieder anfängt, auf Gott und die Welt zu schimpfen. Der Adrenalinstoß, den der jähe Schleuderkurs des Wagens ausgelöst ist, hat die klamme Angst verjagt, die wie ein Knoten in Eds Magengrube saß. Tief durchatmend vergräbt er sich im Fond des Taxis und brummt:

»Versuch wenigstens, mich heil abzusetzen, verstanden?«

Aber der Fahrer hört ihn nicht, völlig absorbiert vom Kampf gegen seine Windmühlenflügel.

2 ›Brüderchen‹ – in der Mundart von Algier. Kurzform von *khoja/khuja* ›Bruder‹

3.

Kommissarin Nora Bilal geht neben der Leiche des jungen Mädchens am Grund der Schlucht in die Knie, formt mit den Fingern eine Raute vor dem Mund und kneift nachdenklich die Augen zusammen. Sie ist traurig, aber niemand wüsste zu sagen, ob es die blühende Jugend der Toten ist, die sie betrübt oder der Schlamassel, in den ihr Tod die Lebenden stürzt.

Die friedliche Stille im Wald von Bainem steht in scharfem Kontrast zur Leichenstarre. Die Polizisten, die hier und da geschäftig sind, scheinen durch eine Parallelwelt zu irren.

»Sie sieht aus wie eine Braut«, bemerkt Leutnant Guerd.

»Tja …«, seufzt die Kommissarin. »Ich benötige die Liste aller Hochzeiten, die in den letzten zwei Tagen in Algier und Umgebung gefeiert worden sind. Ihr müsst sämtliche Hotels und Festsäle kontaktieren.«

»Die Liste aller Hochzeiten?«, fragt der Leutnant entgeistert.

»Aller Hochzeiten, und zwar ausnahmslos«, skandiert die Kommissarin. »Ich möchte wissen, ob irgendwo eine Braut oder eine Brautjungfer vermisst wird. Es springt doch ins Auge, dass dieses arme Geschöpf mitten aus einer Hochzeitsfeier herausgerissen wurde.«

»Algier ist kein Dorf!«, versucht der Untergebene zu protestieren.

»Ist doch nicht mein Problem«, kontert die Kommissarin trocken. »Ich will die Liste spätestens morgen um 16 Uhr auf meinem Schreibtisch sehen.«

Der Leutnant schluckt, ein rebellischer Funke glimmt in seinen Augen. Gereizt schaut er auf die Polizisten ringsum. Alle sind sie damit beschäftigt, Indizien zu erfassen oder verdächtige Spuren zu fotografieren. Kein Mensch scheint sich für ihn zu interessieren.

Sich energisch räuspernd, versucht Guerd, dem glühenden Blick seiner Vorgesetzten standzuhalten. Dann wendet er sich ab.

Befriedigt darüber, ihren zweiten Mann an seinen Platz verwiesen zu haben, beugt Nora sich wieder über die Leiche. Über Schultern, Rücken und Oberschenkel der Toten ziehen sich relativ oberflächliche Kratzer und Schnittwunden hin. Das linke Knie ist aufgeschürft und blutig geschlagen, in der Wunde kleine Holzsplitter. Das rechte Schienbein ist zertrümmert, der Bruch liegt offen zutage. Was der Kommissarin indes Kopfschmerzen bereitet, ist die böse Wunde auf der Brust: ein Busen ist abgerissen.

»Glauben Sie, sie hat sich die Titte im Sturz aufgerissen, Kommissarin?«

Nora findet die Ausdrucksweise ihres Untergebenen unsäglich. Aber sie verzieht nur missbilligend das Gesicht.

»Ihr Körper wurde beim Herabstürzen verunstaltet«, entgegnet sie. »Aber die Wunde auf der Brust ist dafür viel zu groß. Das sieht nicht nach einem stumpfen Gegenstand aus, und auch nicht nach einem Aufprall. Das Fleisch ist nach außen umgestülpt. Erinnert mehr an einen tiefen Biss. Vielleicht von einem streunenden Hund …«

»Oder von einem Schakalwelpen.«

»Leutnant, Ihr Humor klingt sehr zynisch. Humor ist hier fehl am Platz, geschweige denn Zynismus.«

»Es ist doch nicht verboten, geistreich zu sein.«

»Vorausgesetzt, man hat so etwas wie Geist.«

Nora richtet sich auf, um ihrem Untergebenen gegenüberzutreten. Sie ist eine hochgewachsene Brünette mit kurzgeschnittenem Haarschopf und wachem Blick. Von hinten könnte man sie für einen Mann halten. So um die fünfzig, mit runden Schultern, ist sie immer noch schön und begehrenswert. In der Einheit, die sie seit gut zwei Jahren befehligt und in der sich Sexbolzen und Hitzköpfe tummeln, entfesselt sie Männerfantasien und männlichen Argwohn zugleich. Wer als Frau in einer phallokratischen Gesellschaft einer Männerriege vorsteht, fühlt sich schnell wie ein weiblicher Sisyphus, der ohne Ende Probleme wälzt. Wie oft hat sie einen Untergebenen nicht schon dabei ertappt, wie er auf ihr Hinterteil schielte, während sie gerade die Marschrichtung vorgab? Wie oft hat ihre üppige Oberweite nicht schon ihre Kollegen mitten im Briefing aus dem Konzept gebracht? Sanktionen verschaffen ihr für eine Woche etwas Ruhe vor ein oder zwei Perversen, dann bricht die Natur mit Macht wieder durch. Nora weiß, dass die geringste Nachgiebigkeit bei dieser Art zwischenmenschlicher Beziehungen rasch ins Bodenlose führt. Doch gegen manch pathologische Verirrung ist leider kein Kraut gewachsen.

Die Macho-Mentalität ist so beinhart wie ein Echsenpanzer. Und so festgezurrt wie eine Zwangsjacke. In Algerien gibt es ein Sprichwort, demzufolge ein störrischer Esel häufig den Sieg über den härtesten Knochen davonträgt. Nora stellt täglich auf ihre Kosten fest, dass das stimmt. Sie kann noch so sehr wettern und verwarnen, nachsitzen lassen oder vorübergehend des Dienstes entheben, am Ende siegt doch die Impertinenz, und von Mal zu Mal wird es dreister. Der Leutnant hat das Wort »Titte« nicht zufällig in den Mund genommen. Jede deplatzierte Bemerkung geschieht in voller Absicht. Ist Teil eines wohldosierten Psychoterrors. Mit der Zeit bröselt die entschlossenste Geduld, und frau gelangt in einen Zustand heilsamer Resignation. Frau sagt sich, so ist es nun einmal, und damit basta. Zwar schafft es das Problem nicht aus der Welt, aber es raubt den Giftpfeilen ihre Spitze.

Brigadier Tayeb nähert sich, mit einem Beutel in der Hand. Er ist gedrungen, schlampig gekleidet, schlecht rasiert. Seine Treter haben seit dem Tag, als er sie gekauft hat, keine Bürste mehr gesehen. Nora kann ihn gut leiden. Zwar macht er nichts her, aber er ist gehorsam und effizient und erledigt seinen Job mit großer Professionalität. Seine Kollegen foppen ihn, weil er so gewissenhaft ist. Für sie ist er weiter nichts als ein Speichellecker, der von einer »Tusse« mit höherem Dienstgrad am Nasenring vorgeführt wird.

»Wir haben am Straßenrand Splitter eines Rücklichts gefunden. Der Fahrer muss beim Rangieren am Rand der Schlucht gegen ein Hindernis gestoßen sein.«

»Und am Rand der Fahrbahn befinden sich Reifenspuren.«

»Für einen Abdruck sind sie zu schwach«, erklärt der Brigadier. »Aber wir haben die Maße genommen. Der Breite der Spur nach zu urteilen, könnte es sich um ein Allradfahrzeug oder eine dicke Limousine handeln.«

»Vergiss nicht das Laken, das im Geäst hängt. Damit wurde die Leiche vermutlich eingewickelt. Lass es einen unserer Leute da herunterholen, aber so, dass eventuelle DNA-Spuren nicht verwischt werden.«

»Klar, Frau Kommissarin.«

»Zeugen haben wir keine?«

»Nein«, mischt der Leutnant sich ein, der den Brigadier mit einer Handbewegung entlässt. »Ein Waldarbeiter hat die Tote gefunden …«

Nora hört ihm nicht zu. Sie lässt ihren Blick nach oben schweifen, zur Asphaltstraße, wo Polizeiautos mit blinkendem Blaulicht im Leerlauf hecheln, und bedauert die Hektik der Kollegen, die die spärlichen Indizien am Tatort zertrampeln. In ihrer Nähe scherzen die Bahrenträger und der Fahrer des Rettungswagens, während sie wie die Schlote qualmen. Der Kleinere, ein magerer, nervöser Kerl, erzählt gerade von der wilden Partynacht, die hinter ihm liegt:

»Da war so ein fetter Fleischberg vor mir, der nur so nach Schweiß stank. Und zwar so gewaltig, dass es mir in die Augen stach. Ein paar von den Jungs machten sich lustig über ihn: ›Zeig uns, was in dir steckt, Jimi Hendrix!‹, schrien sie ihm zu, und er, er hielt sich echt für einen Star. Er schüttelte seine Mähne in alle Richtungen, schnitt die schlimmsten Grimassen und bäumte sich mit seiner Gitarre auf. Das Teil jaulte unter seinen Pfoten wie ein Verdächtiger, der von einem Geheimagenten in die Mangel genommen wird. Und ich schwöre euch, jeder falsche Ton, den er aus der Gitarre kratzte, fühlte sich an, als risse man mir mit der Pinzette ein Arschhaar aus.«

Seine Kollegen schütten sich aus vor Lachen. Die Tote in ihrer Nähe stört sie nicht. Da haben sie schon ganz andere Dinge gesehen. Tausende von Toten währen des Schwarzen Jahrzehnts. Und auf Algiers Straßen, auf denen Verkehrsrowdys und Alkoholisierte Rodeo spielen. Für sie ist ein lebloser Körper, egal ob unversehrt oder übel zugerichtet, nur ein Objekt, das nicht an seinem Platz ist. Und ihr Job ist es, das Objekt dorthin zu befördern, wo es hingehört, in das Kältefach der Leichenkammer. Die Routine hat ihre Seele abgestumpft. Sie sind nur noch Automaten. Ihr Gelächter gleicht dem Knirschen eines Getriebes, das man zu schmieren vergessen hat.

Nora blickt erneut zur Straße hoch, lässt den Blick auf dem Stück Erdreich verweilen, das zum Felsvorsprung führt, und versucht sich vorzustellen, welches wohl die Flugbahn der Leiche war, die offensichtlich von dort aus herabgeworfen wurde. Der oder die Übeltäter dürften den Abgrund zur Linken anvisiert haben, der schwer zugänglich ist, denn wenn die Leiche in die dichte Vegetation fünfzehn Meter unterhalb des Felsvorsprungs gefallen wäre, hätte kein Mensch sie entdeckt. Offensichtlich hat das Laken, das in den Zweigen hängengeblieben ist, dann den Körper freigegeben und dessen ursprüngliche Wurfbahn nach rechts umgelenkt. Die Leiche ist dann wohl auf die Erdkuppe aufgeschlagen, einen Ziegenpfad hinuntergepoltert und zuletzt gegen den Fuß des Felsens geprallt. In der Dunkelheit haben der oder die Übeltäter das vermutlich nicht bemerkt, oder vielleicht hatten sie es auch nur eilig, davonzukommen.

»Ein paar hundert Meter von hier steht eine Hütte«, meint der Leutnant. »Man könnte da ja mal hingehen und fragen, ob jemand etwas gesehen oder gehört hat.«

»Tja, hm, naja …«, macht die Kommissarin, eher nicht so begeistert, bevor sie den Sanitätern ein Zeichen gibt, den Körper des Mädchens abzutransportieren.

Der Leutnant kratzt sich im Schritt und marschiert verärgert auf sein Dienstfahrzeug zu, »tja, hm, naja …« vor sich hin grummelnd.

4.

Das Taxi hält vor einer Art Herrenhaus, das sich inmitten eines großen, palmenbestandenen Gartens erhebt. Durch das schmiedeeiserne Tor sind ein Springbrunnen aus Stuck zu erkennen und eine mit rosa Kies bestreute, von Hortensien gesäumte Allee. Eine Freitreppe aus Granit führt unter dichtem Blattwerk auf eine Veranda mit frisch gestrichener Balustrade. Ein Schwarzer mit Turban gießt gerade Blumen. Mit seinem seidig glänzenden Gewand und seinen Babuschen wirkt er wie ein Geist aus *Tausendundeiner Nacht*.

Ed Dayem betrachtet einen Augenblick lang das prächtige Anwesen – das in einem früheren Leben die offizielle Residenz eines französischen Gouverneurs war –, dann springt er auf den Bürgersteig. Er zieht zwei Scheine aus seiner Tasche und reicht sie dem Chauffeur:

»Das Kleingeld kannst du behalten.«

»Welches Kleingeld, Brüderchen?«, schreit der Taxifahrer. »Das sind höchstens mal 80 Centime.«

»Behalt sie trotzdem. Gott wird es mir vergelten.«

»Wie soll ich meiner Frau davon ein Lifting spendieren?«

»Such dir 'ne neue Frau, Mann. Das wird um einiges billiger.«

Nachdem das Taxi außer Sichtweite ist, klingelt Ed Dayem am Gartentor. Ein anderer Schwarzer in der Tracht eines Kalifendieners öffnet ihm. Ed Dayem hat sich schon immer gefragt, warum manche der Millionäre von Algier Schwarze als Dienstboten wählen. Aus Nostalgie? Als Statussymbol? Vielleicht ja auch wegen beidem zugleich.

»Guten Tag, Si Dayem«, säuselt der Diener, während er das Tor öffnet und sich unterwürfig verbeugt.

»Guten Tag, Marouane. Der Chef erwartet mich.«

»Ich weiß. Bitte folgen Sie mir.«

Ed Dayem kennt sämtliche Domestiken im Haus von Hadsch Saad Hamerlaine: den Koch, den Chauffeur, den Gärtner, den Hausmeister und das Faktotum, alle fünf aus der Region von Touggourt, aus den Weiten der Sahara. Schwarze, die aus den benachteiligten Randzonen des Landes stammen und bereit sind, jede Arbeit anzunehmen, nur um nicht hungern zu müssen. Sie sind keineswegs Abkömmlinge von Sklaven, sondern echte Wüstensöhne, deren Vorfahren kühne Krieger und bedeutende Gelehrte waren, welche ruhmreiche Epochen erlebt haben, bevor sie durch Elend und Verfall vom Weg abgebracht und mit Haut und Haar den Fährnissen der Globalisierung ausgeliefert wurden. Aber das ist eine andere Geschichte …

Ed Dayem überkommt immer ein Schaudern, wenn er in das gewaltige Anwesen von Hadsch Saad Hamerlaine vordringt. Er hat das Gefühl, durch ein Labyrinth zu irren, in dem Poltergeister ihr Unwesen treiben und sich abgrundtiefe Fallen auftun. Sogar das Tageslicht scheint sich zu scheuen, tiefer einzudringen. Kaum hat man den Kiesweg und die Veranda hinter sich gelassen, umfängt den Geist eine Finsternis, die sich nicht abschütteln lässt. Ed kann sich nicht erinnern, dass im Inneren jemals Licht gebrannt hat, nirgends leuchtete auch nur eine Decken- oder Stehlampe.

Der Lakai hastet einen Flur entlang, der von kolossalen Bodenvasen, Marmorkommoden und imposanten Spiegeln gesäumt ist.

Hamerlaine, der mit der erbarmungslosen Geduld einer Spinne an der Verfeinerung seiner Fallen strickt, verlässt seinen Bau nur sehr selten. Um sich das Leben in Autarkie zu erleichtern, hat er das Universum zu sich hereingeholt. Hat sich im Souterrain sogar einen ultramodernen OP eingerichtet, mitsamt Dialyseapparat, Zahnarztpraxis, und dazu einem Fitnessraum. Hadsch Hamerlaine gibt sich nicht damit zufrieden, ein vom Steuerzahlen befreiter Superstaatsbürger zu sein, er erlaubt sich auch, mit langen Fingern aus der Staatskasse zu schöpfen, wann immer ihn ein Gelüst überkommt. In Algerien nennt man dieses Privileg die »historische Legitimation«.

Die beiden Männer kommen vor einer Tür aus Ebenholz an. Der Lakai klopft an, wartet einen Moment, öffnet dann die Tür und zieht sich zurück.

Ed Dayem nimmt seinen ganzen Mut zusammen, um über die Schwelle dieses Saales zu treten, der ihn zu verschlingen droht.

Das Büro von Hamerlaine ist in der Tat sehr geräumig, mit hohen Decken und vornehm holzvertäfelten Wänden, an denen Gemälde von Meisterhand hängen, die vor derart langer Zeit dem Nationalmuseum entliehen worden sind, dass es keinem in den Sinn kommt, sie zurückzufordern.

Drei Viertel der Wände verschwinden hinter Bücherregalen, die sich unter voluminösen Wälzern und Enzyklopädien nur so biegen … Hamerlaine hat im ganzen Leben noch keine Schule besucht, aber sobald seine offiziellen Funktionen ihm erlaubten, sich Privatstunden durch emeritierte Professoren zu leisten, hat er seine Wissenslücken aufgefüllt. Mit überragender Intelligenz und einem phänomenalen Gedächtnis ausgestattet, hatte er seine Lehrmeister bald eingeholt. Und kaum konnte er lesen, packte ihn ein solcher Lesehunger, dass er bis heute keinen Schlaf findet, wenn er nicht wenigstens ein halbes Buch pro Nacht verschlingt. Seine bemerkenswerte Gelehrsamkeit ließ ihn zu einer intellektuellen Instanz ersten Ranges werden. Das Problem, denkt Ed Dayem, liegt nur darin, dass die ganze Bildung ihn menschlich nicht über sich hinauswachsen ließ, geschweige denn ihn von dieser rückständigen Denkweise befreit hätte, die darin besteht, allem und jedem, der ihm nicht zupass kommt, Schaden zuzufügen. Hamerlaine kennt den Heiligen Augustinus ebenso gut wie Konfuzius, aber aus praktischen Gründen zieht er ihnen Kim Il-sung und Clausewitz vor, denn für ihn sind Krieg und Revolution jene beiden Konstanten, die es bis zum letzten Atemzug ständig neu zu erfinden gilt.

Im Raum ist es kühl. Kaum wahrnehmbar surrt eine Klimaanlage inmitten der strengen, totenstillen Möbel, die aus Pariser Antikläden stammen.

Ed Dayem bleibt minutenlang eingeschüchtert unter einem Kronleuchter stehen, der jeder Basilika zur Ehre gereichte. Seine Schuhe versinken im Flor des Perserteppichs. Bis heute kann er sich nicht erklären, warum ihn immer diese üble Beklemmung beschleicht, sobald er von einem *rboba*[3] einbestellt wird. Er steht sie einfach nur durch, wie eine nervöse Schwangerschaft.

In Algerien muss man nichts zwangsläufig einen Verstoß begehen, damit der Himmel über einem zusammenbricht. Oft hängt das eigene Schicksal von einer willkürlichen Laune ab – und das Leben vom Griff zum Telefon.

Ed Dayem greift nach seinem Taschentuch und betupft sich Stirn, Hals und Mundwinkel. Seine Kehle ist ausgedörrt, sein Atem geht stoßweise.

3 »Entscheider im Schatten«, Schattenherrscher. Zeichnet sich dadurch aus, dass er in trüben Wassern zu schwimmen vermag, ohne jemals nasse Füße zu bekommen.

Hinten im Raum rührt sich etwas. Der Sessel hinter dem Schreibtisch dreht sich um sich selbst. Hadsch Hamerlaine blickt seinem Besucher ins Gesicht.

»Sieh an, da sind Sie ja«, erklärt er. »Ich habe Sie gar nicht eintreten hören.«

Ed weiß, dass der Alte ihn anlügt. Er hat ihn mit voller Absicht warten lassen, um ihn unter Druck zu setzen. So behandelt er sie alle. Wie er auch absichtlich hinter seinem Schreibtisch sitzen bleibt, um seinen Gesprächspartnern nicht die Hand geben zu müssen. Der Alte ist ein Hypochonder. Nicht aus Größenwahnsinn hat er sich als Schutzschild einen Schreibtisch ausgesucht, der so breit wie die Kommandobrücke eines Schiffes ist. Es gibt ihm die Sicherheit, dass selbst der längste Arm nicht bis zu ihm herüberreichen kann.

Seine engsten Mitarbeiter behandelt Hadsch Hamerlaine kein bisschen anders. Mit dem Kinn weist er ihnen einen Stuhl in gehörigem Abstand an, bewilligt ihnen ein paar Minuten seiner kostbaren Zeit und verabschiedet sie dann eilends, ohne ihnen einen Kaffee anzubieten oder sich die Mühe zu machen, sie hinauszubegleiten.

Ed Dayem nickt kurz, um den Hausherrn zu begrüßen.

»Ich hätte in meine Faust hüsteln sollen, um Sie zu wecken!«, scherzt er, mehr um sich selbst Mut zu machen.

»Die Götter schlafen nie«, kontert Hadsch Hamerlaine.

»Ich wollte Sie nicht beleidigen.«

»Die eine oder andere Sünde kann ich schon vergeben, aber respektlose Sprüche nur selten.«

Ed Dayem steht kurz davor zusammenzuklappen. Ihm war klar, dass sein Rückzug nach Spanien ihm als unentschuldigtes Fehlen ausgelegt werden würde. Schlimmer: als

Fahnenflucht. Und was ein echter Rboba ist, der hat einen heiligen Zorn auf jeden Deserteur. Und vor der Wut eines Rboba, da verblasst jeder Orkan. Jeder Halunke aus dem Dunstkreis der Macht könnte es einem aus eigener Erfahrung bestätigen, dass der Kuss eines Rboba ebenso tödlich ist wie der Biss von zehn Kobras.

Ed Dayem stützt sich an einer Stuhllehne ab und versucht, wieder Herr über seinen Atem zu werden.

»Setzen Sie sich doch, Eddie. Sonst kotzen Sie mir am Ende noch den Teppich voll.«

Ed Dayem sinkt auf den Stuhl. In der nächsten Sekunde wäre ihm der Boden unter den Füßen weggerutscht.

»Eddie, Sie Ärmster«, erklärt ihm der Greis mit einer Stimme, in der sich Vorwurf und Ermattung mischen, »fast hätte ich beim Pentagon eine Drohne geordert, um Sie ausfindig zu machen.«

»Ich brauchte dringend ein wenig Entspannung.«

»Das ist noch lange kein Grund, keine Adresse zu hinterlassen, an der man Sie kontaktieren kann. Sie sind ein Zeitungsbaron, mit Telepathie allein leitet man kein Presse-Imperium. Hier ändert sich ständig die Lage, da muss man unverzüglich reagieren. Und zwar richtig. Es ist Gefahr im Verzug, Mister Newspaper, und der Arabische Frühling macht es auch nicht gerade besser.«

»Glauben Sie mir, es ging mir wirklich nicht gut«, quetscht Ed hervor, um Versöhnung bemüht. »Es stand mir bis hier. Ich brauchte einfach eine Rückzugsmöglichkeit.«

»Na, wer sich heutzutage zurückzieht, hat meist den Rückwärtsgang eingelegt. Und wenn Sie meine Meinung wollen, dann sehen Sie zu, dass Ihre Probleme Sie nicht einholen.«

»Welche Probleme?«

»Ich!«, trompetet der Alte.

Fast hätte Ed Dayem sich an der eigenen Spucke verschluckt.

Der Alte klopft mit knochigem Finger gegen das Glas, das auf seinem Schreibtisch steht, um seinen Worten Nachdruck zu verleihen:

»Ich kann es nicht ausstehen, wenn ich nach meinen Dienstboten läute und sie nicht hereingespritzt kommen, bevor ich die Klingel auch nur aus der Hand gelegt habe.«

Hadsch Hamerlaine sieht so alt aus wie die Erbsünde. Das Erosionswerk der Jahre hat seine Haut in eine blasse Pergamentschicht verwandelt. Seine Augen sind tief in die Höhlen gesunken, abgründiger als jeder Hintergedanke, seine Nase hängt auf Halbmast aus seiner Leichenbittermiene. Der ganze Hadsch erinnert an eine Mumie, die man soeben aus ihrem Sarkophag gepult hat. Ed Dayem könnte schwören, dass der Greis seine Nächte in einer mit Formalin gefüllten Badewanne verbringt und seine Tage damit, auf seinem Thron vor sich hin zu dorren, sich beharrlich weigernd, angesichts der Bürde seines Alters, der Last seiner Vergehen abzudanken. Aber er weiß vor allem, dass dieses menschliche Wrack, dieser winzige Greis mit dem staubgrauen Teint nur einmal niesen muss, um einen Tsunami auszulösen.

»Soll nicht wieder vorkommen, Ehrenwort.«

»Das nächste Mal hätten Sie auch gar keine Zeit mehr, es zu bedauern, Eddie. Haben Sie mich verstanden?«

»Hundertprozentig.«

»Schön, das wäre also geklärt.«

Ed Dayem schlägt das rechte über das linke Bein, um entspannt zu wirken. In Wahrheit ist es die einzige Stellung, die er gefunden hat, um zu verhindern, dass sein Darminhalt sich auf den Boden ergießt. Er atmet einmal kräftig durch, so sehr, dass es seine Lungen fast zerreißt, und wartet mit pochendem Herzen, dass der Reptilienblick des Alten von ihm ablässt, damit er endlich den Knoten seiner Krawatte lockern kann.

»Möchten Sie etwas trinken, Eddie?«

Ed Dayem deutet das Angebot als Absolution, aber er fühlt sich in seiner Position noch zu geschwächt, um derlei bereits verdient zu haben.

»Einen Wodka Lemon vielleicht?«

»Nein, vielen Dank.«

»Sie sehen aus, als würden Sie gleich in Ohnmacht fallen.«

»Die Strapazen der Reise. Es gab auf dem Flug etliche Turbulenzen.«

»Kann ich mir denken. Aber ich brauche Ihre ungeteilte Aufmerksamkeit. Ich wiederhole mich nur ungern.«

»Ich bin ganz Ohr, Monsieur.«

»Nun, das ist gut so, mein lieber Eddie, sehr sehr gut.«

Hamerlaine öffnet eine Schublade, fördert eine Flasche Wodka und ein Glas zutage, schenkt sich zwei Fingerbreit ein und leert es auf einen Zug aus. Ed erscheint der Moment günstig, um die Atmosphäre etwas aufzulockern. Er fragt:

»Haben Sie denn wieder angefangen zu trinken?«

»Das lass ich mir nicht nehmen!«

»Sollten Sie aber!«

»Und warum?«

»Sie sind doch gerade erst aus Mekka zurück, frisch geläutert, von allem reingewaschen. Der Herrgott …«

»Man muss Gott geben, was Gottes ist, den Rest behält man für sich.«

Ed Dayem sinkt in sich zusammen.

Zwischen den beiden Männern macht sich ein schier unerträgliches Schweigen breit.

Der Alte verschränkt seine Wieselfinger unterm Kinn und betrachtet lange seinen Besucher. Plötzlich beginnt er zu erzählen:

»Wenn Emma noch von dieser Welt wäre, ich glaube, ich würde sie mit Gold überschütten.«

»Emma?«

»Eine Puffmutter, die ich in den 1950ern kennengelernt habe. Alles, was ich bin, habe ich ihr zu verdanken. Nur ein Problem gab es mit ihr: Ich hatte bei ihr keine Chance, auch nur ein Wort zu platzieren, und sei es auch nur das Wörtchen ›Danke‹. – ›Vergiss nie, dass ich es bin, die dich aus der Gosse gezogen hat!‹, brüllte sie mich an. ›Du warst weiter nichts als ein Säufer, der nur so vor Fusel troff und den die Zuhälter wie einen räudigen Hund wegstießen. Du hast mir ALLES zu verdanken, dein Hemd und deine Hose, und sogar den Slip, den du alle drei Monate mal wäschst!‹ Das schleuderte sie mir jedes Mal ins Gesicht, wenn ich über die mir aufgehalste Arbeit stöhnte oder auf meinem Lohn beharrte. Und wenn ich mal einen Tag frei haben wollte, dann zeterte sie los: ›Wo willst du denn hin, du Kretin? Zu deinen Saufkumpanen unter der Brücke?‹ Emma war nicht wirklich böse, nur besitzergreifend und menschenverachtend. Ohne sie säße ich noch heute bettelnd auf irgendwelchen Treppenstufen und psalmodierte unter sengender Sonne fromme Verse vor mich hin. Oder ich hockte jammernd inmitten dieser Heerscharen von Krüppeln, die ohne Verdienstkreuz und ohne Orientierung aus dem Krieg heimkamen und in finsteren Toreinfahrten zwischen ihren Lumpen und den eigenen Exkrementen verfaulten.«

Hadsch Hamerlaine erhebt sich, bewegt sich um seinen Schreibtisch herum und baut sich, die Hände im Rücken verschränkt, vor einem wertvollen Gemälde auf, das eine stürmisch bewegte See zeigt. Lange Sekunden bleibt er so stehen, hängt seinen Erinnerungen nach. In der Stille des Raums pfeift sein Atem, als käme er aus einem rissigen Wasserschlauch. Ohne sich umzuwenden, fährt er fort:

»Emma hatte einen guten Kern, trotz ihrer Tobsuchtsanfälle. Sie führte ihren Laden mit eiserner Faust. Ihre Dirnen waren mannstolle Menschenfresserinnen. Noch heute höre ich manchmal ihr dämonisches Lachen. Sie mokierten sich über ihre Freier, wenn die vorzeitigen Samenerguss hatten, meist einfache, schlecht erzogene Soldaten. Für den Dienstjungen, der ich damals war, harte Zeiten, aber dass sie so waren, dafür gibt es gute Gründe.«

Hamerlaine stützt sich mit einer Hand an einer Kommode ab, bevor er sich langsam auf seinen altersdürren Beinen umdreht, die sich unter dem Pyjama abzeichnen. In seinen Augen leuchtet ein ferner Triumph, der in Ed Dayem schlagartig ein Gefühl der Beklemmung auslöst. Er hat es längst gelernt, beim Alten jenen verstörenden Moment zu erspüren, von dem an Gift und Galle gezielt die Erinnerung durchtränkt. Ungewöhnlich heftig, aggressiv sind solche Momente, in denen auch das gespielte Lächeln noch die gefletschten Zähne zeigt.

Wenn in Algerien ein selbsternannter Revolutionär seine Vergangenheit herbeizitiert, dann bringt er seine geballte Wut mit ein – und den Willen, es ein für allemal auszufechten; blinden Schmerz, der von nie verheilten Wunden, nie gebüßten Verbrechen herrührt – und von Fragen, auf die es bis heute keine Antwort gibt.

Unwillkürlich zieht Ed Dayem wieder sein Taschentuch hervor und beginnt, sich nochmals die Stirn abzutupfen, während sein Blick an dem rätselhaften Grinsen klebt, das die greisen Lippen verzerrt.

»Wissen Sie was, Eddie? Es gibt nur eine Art, sich jemandem gegenüber erkenntlich zu zeigen: ihm das, was er einem geliehen hat, mit Zins und Zinseszins zurückzuzahlen, so gut man eben kann. Und wenn Sie das nicht können, weil Ihnen die Mittel fehlen, der Wohltäter Sie aber nonstop daran erinnert, dass Sie ihm alles verdanken, bis Sie am Ende ein Trauma riskieren, dann zwingt er Sie geradezu, radikal zu reagieren. Indem Sie ihn entweder so lange ertragen, bis Sie sich in seiner Spucke auflösen. Oder ihn für immer zum Schweigen bringen. So ist mir das mit Emma passiert. Ich sah nur noch ihren geifernden Mund, ihre feuersprühenden Pupillen, und ihren Finger, der anklagend auf mich gerichtet war. Als wäre ich der allerletzte Dreck. Kein Mensch überlebt das unbeschadet, so gedemütigt zu werden, Eddie. Kein Jemand und kein Niemand. Jeder von uns hat dieses gewisse Extra, das man gemeinhin Stolz nennt. Der eine behält ihn still für sich, der andere trägt ihn vor sich her. Was Pandora ihre Büchse war, ist uns der Stolz. Es genügt, ihn zu reizen, und schon ist die Katastrophe da. Und so passierte, was passieren musste. Als der FLN damals sämtliche Laster für tabu erklärte und alle Zuhälter und Trinker gnadenlos verfolgte, bin ich zu Emma in ihr Schlafzimmer hoch und habe sie wie eine Sau mit meinem rostigen Taschenmesser abgestochen. Da habe ich mit einem Klappmesser gleich zwei Fliegen erschlagen. Mich von einer zu schwer auf mir lastenden Hypothek befreit. Und mein Ticket für die Résistance gekauft. Die Freiheitskämpfer haben mich wie einen Helden begrüßt …

Heute noch frage ich mich, was wohl aus mir geworden wäre, wenn Emma mich anders behandelt hätte. Eines ist sicher: ich hätte keinen Grund gehabt, mich den Widerstandskämpfern anzuschließen. Vermutlich hätte ich bis heute hinter meinem schmierigen Tresen gestanden und Bierflaschen entkapselt. Umgeben von einem Harem kreischender Huren und schüchterner Wichser, deren Selbstwertgefühl keine Freundin in freier Wildbahn hergibt.«

»Warum erzählen Sie mir diese Geschichte, Hadsch?«

»Damit ich Sie später nicht daran erinnern muss, was ich alles für Sie getan habe. Ich möchte meine Tage friedlich auf meinem Greisenbett beschließen, umgeben von meinen Trophäen und den treuesten meiner Höflinge.«

»Ich würde es niemals wagen, die Hand gegen Sie zu erheben.«

»Ich fürchte, Ihr Arm reicht nicht an mich heran. Aber ich habe viel erlebt. Und ich weiß, dass eine Viper keinen großen Anreiz braucht, um großes Unheil anzurichten.«

»Ich bin in Ihren Augen bloß eine Viper?«

»Wenn Sie ein Orang-Utan wären, würde man das sehen!«

Ed Dayem steckt den Hieb gelassen weg. Drei Jahrzehnte auf Tuchfühlung mit den Dinosauriern der Republik waren nicht genug, um ihm Eintritt zu dieser Kaste zu verschaffen. Sein kolossales Vermögen, das exorbitante Netz seiner Beziehungen reichten nicht aus. Der Kreis der Rboba ist ein eigener Kosmos. Für jeden Nichteingeweihten ein fatales Labyrinth. Und Ed kennt sie alle, kennt ihre Karrieren, die gepflastert sind mit menschlichen Gerippen, tödlichen Fallen und heimlichen Schätzen. Er kennt ihre Methoden und ihre Ruchlosigkeit: der ihrer Feinde immer einen Schritt voraus.

Und doch ist es ihm nicht eine Sekunde lang geglückt, ihr Vertrauen zu erringen. Eifersüchtig hüten sie ihre Macht und ihre blickdichten Logen. Lassen ihn nie in den Hexenkessel ihrer Komplotte blicken. Nehmen seine Dienste nur sporadisch in Anspruch und nur, um die eigenen Pfründe zu sichern. Um ihn danach wie einen gemeinen Handlanger wieder zu entlassen.

Ed Dayem hasst es, so behandelt zu werden, doch die Angst, die ihm die Alleinherrscher über Algier einflößen, lässt für Gefühlsregungen oder narzisstische Anwandlungen keinen Platz. Nur wer das kleinere Übel geduldig erträgt, bleibt von Schlimmerem verschont. Eine Woche, bevor er sich in der Irrenanstalt erhängte, in die seine Rechtschaffenheit ihn geführt hatte, hat ein namhafter Gewerkschafter Folgendes an die Wand seiner Zelle geschrieben: *Ich gebe auf. Die Rboba von Algier werden nie krepieren. Wenn es keine Sterne mehr am Himmel gibt, wenn die Sonne erloschen sein wird, die Götter ihre Seele ausgehaucht haben, werden die Rboba noch immer da sein, über der Asche einer verschwundenen Welt werden sie thronen und ihre Intrigen gegen die Finsternis schmieden, ihr eigenes Echo belügen, mit der linken Hand die rechte bestehlen und hinterrücks ihren eigenen Schatten erdolchen.*

»Sie sind ungerecht, Hadsch.«

»Wir haben immer mit offenen Karten gespielt.«

»Was erwarten Sie von mir?«

»Endlich mal eine vernünftige Frage.«

Hamerlaine greift nach einer Zeitung auf seinem Schreibtisch und schleudert sie seinem Besucher entgegen:

»Da, schon wieder dieser Idiot von Amar Daho …«

Ed Dayem fängt die Zeitung auf und überfliegt sie in fiebernder Hast. Amar Dahos Foto prangt auf der Titelseite, dazu ein zweispaltiger Leitartikel.

»Ich dachte, ich hätte Sie gebeten, den Herausgebern nahezulegen, dass dieser Mistkerl totgeschwiegen wird.«

»Es steht ihnen doch frei, welche Orientierung sie ihren Zeitungen geben wollen. Das sind nicht unsere Freunde, das ist unsere Konkurrenz. Und alle sind sie auf Polemik und Skandale angewiesen, um ihre Blätter an den Leser zu bringen. Nur so funktioniert es.«

»Das ist nicht mein Problem. Sehen Sie zu, dass kein Mensch diesem Mistkerl mehr ein Forum gibt.«

»Dann wird man sie schmieren müssen.«

»Dann schmieren Sie sie, so viel Sie können, bis es ihnen zu den Ohren rauskommt. Hauptsache, dass dieser Daho nirgends mehr einen Fuß auf den Boden bekommt. Ich will nicht den leisesten Atemzug mehr von ihm hören.«

»Aber er ist doch nur ein Holzkopf. Seine Stimme trägt nicht weiter, als er spucken kann. Er ist es noch nicht mal wert, dass man sich an ihm die Schuhe abwischt. Er ist nur ein Furz auf einem Tennisplatz.«

»Der mir die Luft verpestet.«

»Logisch bei einem Aas, das bis heute nicht beigesetzt ist. Er war Minister, und Sie haben ihn vom Thron gestürzt. Er war vermögend, und Sie haben ihn ruiniert. Er hatte seine Netzwerke, und Sie haben ihm nichts als seine Tränen gelassen. Selbst mit dem modernsten Tauchgerät käme man nicht in die Abgründe, in die Sie ihn gestoßen haben.«

»Aber das reicht mir nicht. Ich will, dass man ihm ein für alle Mal das Maul stopft. Vor einer Woche hat er einen Artikel in einem Magazin im Ausland publiziert und war Gast in einer Polit-Talkshow in Al-Dschasira. Zwei Tage später kommt er mit einer donnernden Anklageschrift und trompetet überall herum, dass er ein Opfer seiner Kompetenz und Redlichkeit geworden ist, und dass die ganze Intrige um seine Person nur dazu dient, ihn in der Öffentlichkeit anzuschwärzen, damit er nicht bei den Senatswahlen antritt. Er hat sogar angekündigt, jetzt erst recht zu kandidieren und allen Kontrahenten zu zeigen, wo der Hammer hängt. Und dann hat der Dreckskerl es gewagt, meinen Namen zu nennen. Er sagt, ich sei es, der auf seinen Skalp scharf ist.«

»Da hat er nicht mal gelogen.«

»Irrtum, Eddie. Wenn ich auf jemandes Skalp scharf bin, dann ziehe ich ihm das Fell bei lebendigem Leib über die Ohren. Ich wollte ihm nur eine Lektion erteilen. Aber er hat offenbar nichts daraus gelernt. Und diesmal werde ich wirklich seinen Skalp als Fußmatte verwenden.«

»Wie das?«

»Die Presse, das sind Sie! Unter Ihrer Regie laufen sechs Tageszeitungen, zwei Wochenzeitungen und eine Webseite. Das ist mehr als genug, um jedes beliebige räudige Schaf zu skalpieren.«

»Mediales Mobbing hat seine Grenzen. Wenn man übertreibt, werden die Leute misstrauisch. Sie nehmen nicht alles für bares Geld, was ihnen aufgetischt wird.«

»Bare Münze«, korrigiert Hamerlaine.

»Wieso bare Münze? «

»Man nimmt etwas für *bare Münze.*«

»Ist doch egal, wie man sagt, Hauptsache, man versteht, was gemeint ist.«

»Eddie, wir haben Sie einbestellt, damit dieser Hurensohn ein für alle Mal verstummt. Durchforsten Sie sein Leben, jeder hat irgendwo eine Leiche im Keller. Und wenn Sie keine finden, dann packen Sie ihm eine rein, dass ihm Hören und Sehen vergeht. Ich will, dass er im Schlamm versinkt, in einem solch stinkenden Schlamm, dass sogar der Todesengel sich davor ekelt, ihn holen zu kommen.«

Ratlos dreht und wendet Ed Dayem die Zeitung in seinen Händen. Er weiß, dass sein Schicksal besiegelt ist. Dass das, was ein Rboba anordnet, getan werden muss. Krampfhaft schluckt er seinen Speichel hinunter, atmet ein, atmet aus, wischt sich mit dem Handrücken über die Stirn. Das Surren der Klimaanlage tost in seinen Schläfen wie ein böser Wind.

»Glauben Sie, dass …«, stammelt er.

»Ich glaube überhaupt nichts, Eddie. Wer die Meinung beherrscht, beherrscht die Wahrheit, und es muss keine heilsame Wahrheit sein. Denken Sie nur an unsere Devise, als das Parteikomitee Ihnen die Leitung unserer medialen Streitmacht anvertraut hat: Wahrheit ist das, was die Leute für wahr halten. Jede noch so heilige Wahrheit, die nicht hieb- und stichfest ist, ist bloße Behauptung, und jede Ungeheuerlichkeit, die unwiderlegbar ist, ist absolute Wahrheit.«

Ed Dayem nickt unschlüssig:

»Ich will sehen, was sich tun lässt.«

»Für mich ist es schon getan. Ich warte nur noch auf die Bestätigung … Sie können jetzt gehen. Ich muss gleich zur Dialyse. Mein Chauffeur bringt Sie in die Stadt.«

»Bemühen Sie ihn nicht. Ich werde ein Taxi nehmen.«

»Immer noch der alte misstrauische Eddie!«

»So bleibt man am Leben.«

Der Alte lacht trocken auf:

»Na, dann hinaus mit Ihnen, Sie Klugscheißer.«

Ed Dayem nickt. Die Falte, die sich da gerade in seine trübgraue Physiognomie eingräbt, entgeht Hamerlaine natürlich nicht. Er lässt sich gegen die Rückenlehne seine Polsterthrones fallen und verschränkt die Finger überm Bauch. In seinen Augen leuchtet ein bizarrer Glanz.

Als Ed Dayem vor der Tür ankommt, hält er inne, denkt kurz nach, wendet sich nochmals zum Alten um:

»Sagen Sie, Hadsch, diese Geschichte mit der Puffmutter, ist die eigentlich wahr?«

Schweigend, düster, mustert der Alte den Zeitungszaren. Solange, dass Ed schon bereut, ihn provoziert zu haben. Dann knurrt er, wobei er Ed einen Blick zuwirft, so bedrohlich wie aus dem Auge des Orkans:

»Flaubert sagt, alles, was wir erfinden, ist wahr.«

Und gönnerhaft winkt er Eddie hinaus.

5.

Der Anblick der jungen Toten im Wald von Bainem geht Nora nicht aus dem Kopf. Und wenn sie sich noch so sehr auf die Menschen konzentriert, die die Gehwege bevölkern: Das leblose Gesicht umkränzt von Wildblumentuffs lässt sie nicht los. Das schrille Hupen ringsum peitscht ihr mit der Wucht einer Detonation ins Ohr.

»Bring mich bloß raus aus dieser Hölle!«, befiehlt sie ihrem Fahrer.

»Rush Hour, Chefin«, entgegnet der Fahrer, den das Verkehrschaos, das im gesamten Front-de-Mer-Sektor herrscht, nicht minder nervt.

»Dann nimm doch eine Abkürzung, verdammt!«

»Geht nicht. Sämtliche Straßen sind verstopft.«

Nora schaut auf die Uhr. Zwölf Uhr Mittag. Das Polizeipräsidium ist zwar nur ein paar Steinwürfe entfernt, doch die endlosen Autoschlangen bewegen sich kaum noch voran. Die wenigen Verkehrspolizisten, die sich mühen, das Chaos zu entwirren, sind heillos überfordert. Mancherorts agieren sie blindlings drauflos. Man hört schon von Weitem ihre Trillerpfeifen und das Gebrüll, mit dem sie die Verkehrsrowdys zur Ordnung rufen, ohne dass es ihnen gelänge, das Chaos auf der Straße einzudämmen.

»Gut«, disponiert die Kommissarin um, »dann setz mich zunächst bei mir zu Hause ab. Wenn der Verkehr sich beruhigt hat, kommst du mich holen.«

Der Fahrer nickt, zufrieden, umkehren zu können.

Nora kommt gegen halb eins bei sich an. Sie findet Sonia noch im Bett vor, die Augen verquollen vom Schlaf.

»Aufstehen!«, ruft sie ihr zu.

Sonia räkelt sich träge unter ihren zerwühlten Laken, ihr Haar ist zerzaust, ihre Züge zerknautscht. Brummend zieht sie sich das Kopfkissen übers Gesicht und fragt mit gedehnter Stimme: »Wie spät ist es denn?«

»Seit wann interessierst du dich dafür, wie spät es ist? Ich wette, du hast dich schon wieder mit Barbituraten vollgepumpt. Sieh dich doch mal an. Du siehst aus wie ein ranziges Omelett.« Wütend fegt Nora mit der Hand einen gelblichen Flakon vom Nachttisch. »Ich habe dir schon hundert Mal gesagt, dass ich diese Scheißpillen nicht mehr bei mir sehen will.«

»Hey, was tust du da?«, protestiert Sonia. »Dieses Zeug kostet ein Vermögen.«

Nora zieht ihr das Laken vom Leib, um die Langschläferin zu zwingen, aufzustehen. Sonia ist völlig nackt, mit festen, hohen Brüsten und einem buschigen Venushügel. Die Spuren des Slips haben auf ihrer sonnengebräunten Haut ein winziges milchig-weißes Dreieck hinterlassen.

»Was soll ich denn deiner Meinung nach den ganzen Tag lang tun?«, schreit sie Nora an. »Du hast ja immer noch keinen Job für mich gefunden und verbietest mir, auf der Straße herumzuhängen. Ich bin doch nicht deine Geisel. Und auch kein Möbelstück. Ich nehme das Zeug, weil mir stinklangweilig ist. Du bist ja ständig im Einsatz – und ich? Ich versinke in bodenloser Langeweile.«

»Jetzt geh erst mal duschen. Das bringt dich auf frische Ideen.«

Sonia rappelt sich widerstrebend hoch und stützt sich schwankend an der Bettkante ab, mit einem Blick, der so unstet wie ihre Bewegungen ist. Sie ist eine hübsche junge Frau, schlank und rank, so um die dreißig. Mit achtzehn Jahren ist sie von zu Hause ausgerissen und hat schon alles kennengelernt: klamme Zeiten, anrüchige Bordelle, den Straßenstrich, dubiose Männerbekanntschaften und den Haftrichter. Die Narben und Brandspuren von Zigaretten auf ihrer Haut, die der makellosen Perfektion ihres Körpers Abbruch tun, erzählen von den Kalamitäten, die ihren Weg in den Abgrund säumten. Nora hat Sonia rein zufällig während einer Razzia kennengelernt. Sie war in einem Keller eingesperrt, wo sie von einer Bande von Vergewaltigern und Zuhältern gefangen gehalten wurde. Sie war in einem erbärmlichen Zustand, wurde gefoltert, stand unter Drogen und kurz davor, den Verstand zu verlieren, weil sie Nacht für Nacht Opfer wüster Vergewaltigungsorgien war. Man brachte sie in ein Krankenhaus, in dem sie mehrere Tage blieb, bevor sie in eine Spezialklinik verlegt wurde, wo Nora sie regelmäßig besuchte. Zwischen den beiden Frauen entspann sich eine Beziehung, und bald kam die eine nicht mehr ohne die andere aus. Nach einer Entzugstherapie zog Sonia bei Nora ein. Inzwischen wohnt sie schon drei Jahre bei ihr, aber in letzter Zeit bricht ihr Hang zum Ausreißen wieder durch. Sie kommt jeden Abend später zurück, ist betrunken, sieht verlottert aus und riecht nach den Ausdünstungen ihrer Gelegenheits-Lover. Sie ist kaum noch zu bändigen und droht damit, ganz von der Bildfläche zu verschwinden, wenn Nora ihr nicht mehr Freiheiten zugesteht.

»Ich muss dringend in den Beauty-Salon und was für mein Aussehen tun«, sagt sie stockend.

»Da kann ich dir leider nicht widersprechen«, bestätigt die Kommissarin betrübt.

Sonia reibt vielsagend Daumen und Zeigefinger gegeneinander: »Ich brauche Geld.«

»Was hast du denn mit dem gemacht, das ich dir gestern gegeben habe?«

»Ich hab's verpulvert.«

»Glaubst du vielleicht, ich betreibe irgendwo eine Fälscherwerkstatt?«

»Das ist nicht mein Problem. Ich muss mein Haar in Ordnung bringen. Sonst muss ich mir die Knete halt wieder *wie früher* besorgen.«

»Bitte keine Erpressung.«

Sonia lacht ihr ins Gesicht, berührt sie leicht und provozierend mit der bloßen Schulter, klimpert herzerweichend mit den Wimpern und streckt ihr die Hand hin: »Na los, stell dich nicht so an, mein Engel.«

Nora unterdrückt einen Seufzer, dann gibt sie nach. Im Nu hat sich Sonia die beiden Scheine geschnappt, die Nora aus ihrem Portemonnaie hervorkramt.

»Ich frage mich nur, was aus mir geworden wäre, hätte die Vorsehung dich mir nicht auf den Weg gestellt«, säuselt sie, küsst sie auf den Mund und wankt in Richtung Badezimmer.

Noras Blick folgt ihr nach, gleitet über die harmonischen Rundungen ihrer Hüfte, verweilt auf Sonias prallen Pobacken, bis die Gefährtin hinter der Glastür verschwunden ist. Dann lässt Nora sich auf den Bettrand fallen, zündet sich eine Zigarette an und dreht sich versonnen zum Fenster um, vor dem aschfahl der Himmel hängt.

6.

Das Polizeipräsidium von Algier erinnert an einen verlassenen Lagerschuppen. Einige Polizisten schlendern müßig durch die Korridore, die Daumen unters Koppel geschoben, die Gedanken sonst wo. Das schwache Licht, das durch die verstaubten Fenster einfällt, gibt dem Halbdunkel einen deprimierenden Touch, den das Knarren der Türen, das Klappern der Tastaturen noch verstärkt.

Hinter den Schaltern versuchen zwei Polizisten, die Zeit totzuschlagen. Der eine traktiert sein iPhone, der andere quält sich durch ein Kreuzworträtsel. Er hat die Felder schon zigmal neu überschrieben, kaut auf seinem Kugelschreiber herum und zerbricht sich den Kopf, warum die Wörter nicht zusammenpassen. Ermattet greift er nach seinem Kaffeebecher, in dem das bittere Gebräu längst erkaltet ist, und nimmt erneut den Kampf mit den Synonymen auf, bleibt an einem Buchstaben hängen, der sich nicht fügen will, und brummt übellaunig:

»Das ist doch nicht normal. Der Typ, der dieses Kreuzworträtsel verbrochen hat, muss Analphabet sein. Hier, zum Beispiel das Wort ›Kapitale‹. Mit *Kies, Moos, Koks,* habe ich es schon probiert, aber es passt alles nicht.«

»Vielleicht solltest du's mal mit einem Bilderrätsel versuchen«, empfiehlt der Kollege.

Ein Mann betritt das Präsidium. Er ist klein, hager, so um die sechzig, wirkt ziemlich angeschlagen und steckt in einem zerknitterten, viel zu großen Anzug. Mit seinem strubbeligen Haar, den zerfließenden Gesichtszügen und den dunklen Ringen unter den Augen sieht er aus, als hätte er die Nacht in einem Stall verbracht.

Er tritt an den Schalter, zieht eine umfangreiche Akte aus seiner Mappe hervor und knallt sie auf den Tresen.

Nach kurzem Blick auf den Blätterwust, der in dem Aktendeckel steckt, wendet der Polizist sich wieder seinem Kreuzworträtsel zu.

»Büro 15, rechts am Ende vom Korridor«, sagt er noch eben, doch da ist sein Kopf schon hinter der Zeitung verschwunden.

»Ich komme wegen Aufhebung einer Beschlagnahme«, beharrt der Bürger.

Der Polizist legt seinen Kugelschreiber hin, sichtlich genervt.

»Kannst du nicht später wiederkommen? Ich habe meinen Kaffee noch nicht ausgetrunken.«

»Und ich habe weder geschlafen noch gefrühstückt. Ich komme direkt vom Nachtzug.«

Der zweite Polizist hört schweren Herzens mit Surfen auf, legt sein Handy aus der Hand und winkt den Bürger zu sich an den Schalter heran.

»Was haben Sie für ein Problem, Monsieur?«

»Ich bin hier, um den Staat zu verklagen.«

Die beiden Polizisten sehen sich verdutzt an, dann brechen sie in schallendes Gelächter aus.

»Ich bin kein Komiker«, antwortet der Bürger.

»Und das hier ist kein Kabarett«, hält man ihm entgegen.

Der Bürger zieht aus der Innentasche seines Jacketts einen Dienstausweis hervor und schiebt ihn über die Theke.

»Ich bin Petrochemie-Ingenieur und Dozent an der Universität Oran.«

Die beiden Polizisten wechseln einen verständnisinnigen Blick.

»Und wieso sind Sie dann auf Scherereien aus, Herr Wissenschaftler? Man verklagt doch keinen Staat, wo denken Sie hin!«

»Was ist hier los?«, tönt eine Stimme von weiter hinten aus einem Kabuff.

Die beiden Polizisten räumen schleunigst Handy und Zeitung beiseite, nehmen wieder eine ordentliche Haltung ein und drehen sich nach hinten zu dem kleinen Raum um. Im Türrahmen steht ein Offizier in Zivil, die Arme über der Brust verschränkt, mit ausdrucksloser Miene.

»Der Herr will Anklage gegen den Staat erheben, Inspektor«, klärt ihn der Erste der beiden Polizisten mit einem Hauch fassungsloser Belustigung in der Stimme auf.

Der Offiziere tritt näher und reicht eine Hand über den Tresen, die der Bürger aus Oran eilends drückt.

»Inspektor Zine.«

»Ich komme direkt aus Oran, Herr Inspektor«, erklärt der Bürger.

»In Oran gibt es auch ein Polizeikommissariat«, bemerkt der Polizist.

»Ich habe doch wohl das Recht, im ganzen Land Anklage zu erheben. Ich habe genug davon, von Krethi zu Plethi zu laufen, überall nur auf verschlossene Türen zu stoßen und Stunden meines Lebens in versifften Wartezimmern zu verlieren, bis mir irgendwann ein Subalterner erklärt, dass sein Chef beschäftigt ist oder dringend zu einem Termin außer Haus gerufen wurde. Hier die Akte enthält meine komplette Geschichte, sämtliche Zeitungsausschnitte mit meinen gesammelten Wutausbrüchen, meinem angestauten Überdruss, den ich den betroffenen Behörden bis ins letzte Detail dargelegt habe. Heute habe ich beschlossen, mich doch lieber an

Gott direkt statt an seine Heiligen zu wenden. Ich bin Opfer eines korrupten Systems, deshalb erhebe ich hier und heute, im Polizeipräsidium von Algier, Anklage gegen den Staat.«

Der Bürger schnürt den Bindfaden auf, der das gewaltige Dossier zusammenhält und macht sich daran, nach Unterlagen zu suchen. Seine Bewegungen sind so abgehackt, dass sein Gesicht zu beben beginnt und sein Atem plötzlich so keuchend geht wie der eines Asthmakranken.

»Im Jahr 1997 hat mir die Gemeinde Aïn el-Türck ein Grundstück von 143 Quadratmetern zugeteilt. Hier der unterschriebene und datierte Zuweisungsbescheid. Ich habe die verlangte Summe restlos bezahlt, ebenso die erforderlichen Notar- und Erschließungskosten, anbei die Quittungen und Überweisungsbelege. Ein Jahr später stelle ich staunend fest, dass ein Dritter auf meinem Grundstück ein Haus gebaut hat. Seitdem habe ich keine Ruhe mehr. Der Kerl, der mein Grundstück besetzt hat, kann alle nötigen Dokumente vorweisen. Er hat mir den Zuweisungsbescheid gezeigt, der auf seinen Namen ausgestellt ist und vom selben Gemeindevorsteher unterschrieben wie meiner. Anfangs hat man mir ein anderes Grundstück in Aussicht gestellt. Jahrelang hat man mich damit hingehalten. Im Liegenschaftsamt von Sénia, wo ein ganz übles Pack das Sagen hat, hat man mich erst mit falschen Versprechungen geködert, und mich dann komplett ignoriert. Ich bin vor Gericht gegangen. Die Richter interessierten sich mehr für meinen Geldbeutel als für meine Beschwerde. Weder meine Einschreiben noch meine Freitagsgebete haben ihre Adressaten erreicht. Der Präfekt von Oran erklärt, ich ginge ihm auf den Geist. Er fühlt sich von mir verfolgt. Und in allen Polizeistationen machen die Polizisten mittlerweile Abwehrgesten, sobald sie mich auftauchen sehen, um den bösen Fluch fernzuhalten. Hundert Mal habe ich schon dem Ministerium geschrieben, und mehr als zwanzig Mal dem Staatspräsidenten, und nie die geringste Reaktion. Diese Geschichte hat meinen Blutdruck in die Höhe getrieben, ohne von meinen Herzproblemen und meinen Angstzuständen zu reden. Ohne Antidepressiva kann ich gar nicht mehr leben. Meine Frau ist zu ihren Eltern geflüchtet, meine Kinder gehen mir aus dem Weg, der Jüngste ist beim Versuch, das Meer mit einem morschen Boot zu überqueren, ums Leben gekommen. Ich bin am Ende.«

Der Inspektor nickt. Sein Blick umwölkt sich, kurz und bündig ordnet er an: »Nehmt seine Aussage auf. Und zwar mit allem Drum und Dran, verstanden?«

Stirnrunzelnd machen die beiden Polizisten sich daran, in ihren Ablagefächern nach den passenden Formularen zu suchen.

Als Zine in sein Kabuff zurückkommt, lümmelt da Leutnant Guerd herum, die Füße auf dem niedrigen Beistelltisch, eine Zigarette zwischen den Kiemen. Über die Ungeniertheit seines Vorgesetzten hat Zine sich schon immer aufgeregt, aber es gibt eine Art von Diensteifer, gegen die man nur wenig vermag. Zwischen den beiden stimmt die Chemie einfach nicht. Zwar entstammen sie demselben Examensjahrgang, doch während der eine mit links vorangeprescht ist, mit Schleimerei und Katzbuckelei, krebst der andere noch immer auf den unteren Stufen der Karriereleiter herum, obwohl er eine beachtliche Strecke auf vermintem Gelände zurückgelegt hat.

»Darf ich wissen, was du in meinem Büro treibst, Leutnant?«

»Das nennst du ein Büro? Das war einmal die Abstellkammer. Besen und Bürsten waren hier daheim, Scheuertücher, Eimer und Putzmittel. Weil sie nicht wussten, wohin mit dir, haben sie die Abstellkammer für dich hergerichtet: ein Tisch aus der Kantine, drei Resopalstühle, ein steinaltes Telefon, ein Büroschrank vom Flohmarkt und fertig war die Laube. Dann haben sie dich zwischen zwei Türen installiert und gehofft, dass du mit dem nächsten Luftzug die Fliege machst.«

»Du hast meine Frage nicht beantwortet, Leutnant.«

»Eigentlich«, lästert Guerd, während er mit dem Kinn auf die Thermoskanne deutet, die auf einem Aktenstapel thront, »bin ich gekommen, um mich an deinem Kaffee zu laben. Es scheint, dass er das ideale Gesöff für Schwarzseher ist.«

»Da kommst du zu spät. Die Kanne ist schon leer. Was willst du hier?«

»Den Kotzbrocken spielen. Ist doch das Privileg des Vorgesetzten, oder nicht?«

»Zugegeben, als Brechmittel bist du einsame Spitze.«

Leutnant Guerd grinst, wie immer, wenn er um eine Antwort verlegen ist. Er zieht seine Füße wieder ein, richtet sich zu voller Länge auf, damit er den Inspektor um einen Kopf überragt, und streicht sich über den gezwirbelten Schnäuzer. Sein Grinsen verstärkt sich, während er brummt:

»Kennst du schon die Geschichte vom Totengräber, der Höhlenforscher werden wollte?«

»Nein.«

»Er soll immer tiefere Gruben für seine Toten gegraben haben, so lange, bis er irgendwann beschloss, in noch tiefere Tiefen vorzustoßen, nur um zu sehen, wie weit er wohl käme …«

»Ja und?«

»Er ist nie wieder aus seinem Loch hervorgekommen.«

»Ich schätze, es gibt auch eine Moral von der Geschichte, Leutnant.«

»Wie soll ich das wissen? Der Typ ist noch immer am Buddeln.«

»Verstehe …« Zine nickt.

Guerd ist beglückt, seinem Untergebenen das Maul gestopft zu haben.

Zine dagegen bereut, dem Leutnant eine Steilvorlage geliefert zu haben. Dabei hatte er sich geschworen, sich nicht mehr provozieren zu lassen, weil der letzte Idiot dann oft das letzte Wort behält, auch wenn er vorher um jede Antwort verlegen war. Und nun hat er es wieder verpatzt. Aber wie soll man sich auch nicht hinreißen lassen? In Algerien muss man so viele Kränkungen wegstecken, dass man zwangsläufig aggressiv reagiert. Wer Schwamm drüber sagt, wischt sich selbst mit aus, wer schweigt, tut sich selbst Gewalt an. Wenn es hart auf hart kommt, muss der Sarkasmus sich in mörderische Metaphern kleiden. In einem Land, in dem der Schein alles andere überdeckt, rufen die sarkastischen Spitzen nach Bild und Ton. Das allein rettet die Frustration davor, in Agonie abzugleiten.

Guerd kommt auf den Grund seines Besuchs zurück:

»Wir haben seit heute Morgen eine Leiche am Hals.«

»Ich bin informiert.«

»Wir haben nichts, um sie zu identifizieren. Ich will, dass du sämtliche Kommissariate anrufst, um zu sehen, ob jemand das Verschwinden eines brünetten jungen Mädchens angezeigt hat, circa zwanzig Jahre alt, grüne Augen, etwa einen Meter sechzig groß. Alles deutet darauf hin, dass sie etwas feierte. Geh alle Festsäle und Hotels durch und check ab, ob es irgendwo Randale gab, einen Streit, der übel ausgegangen ist, irgendwas in der Art.«

»Das ist alles?«

»Ja, außer dass ich deinen Bericht allerspätestens morgen um 15 Uhr auf meinem Schreibtisch sehen will.«

»Schon notiert.«

»Das rat ich dir auch«, grummelt der Leutnant und verlässt den Abstellraum.

Der Inspektor betrachtet noch eine Weile den Platz, an dem sein Vorgesetzter sich aufgehalten hat, dann gießt er sich einen großen Schluck Kaffee ein, den er in einem Zug hinunterschüttet, und dreht sich um zu Nelson Mandelas Porträt an der Wand hinter ihm.

7.

Nachdem er sich vergewissert hat, dass ihm niemand folgt, spurtet Ed Dayem eine steile Treppe hinunter, die auf einen kleinen Platz führt. Unten angekommen, springt er ins nächste Taxi und befiehlt dem Fahrer, ihn in den Stadtteil Anassers zu bringen. Jedes Mal, wenn hinter ihm ein verdächtiges Fahrzeug auftaucht, duckt Ed sich auf dem Rücksitz. Beunruhigt fragt ihn der Taxifahrer, ob etwas nicht stimmt.

»Kümmere dich um die Straße und lass mich in Ruhe, kapiert?«

»Ich dachte, es ginge Ihnen nicht gut.«

»Bist du etwa Arzt?«

»Nein.«

»Dann halt die Klappe!«

Der Fahrer macht eine entschuldigende Handbewegung und verschmilzt aufs Neue mit seinem Lenkrad.

Ed fühlt sich mies. Seine Unterredung mit Hamerlaine hat ihn furchtbar mitgenommen. Für jemanden, der es verabscheut, dass die Dinge ihm entgleiten, ist das Maß mehr als voll. Seit einiger Zeit schon hat er nichts mehr im Griff. Er, der Kaltblütige, der bisher noch jeden, der ihn reinlegen wollte, ausgetrickst hat. Wenn er jahrelang ungehindert wüten konnte, dann nur, weil er nichts von seinen Absichten und Selbstzweifeln durchscheinen ließ. Doch seit einigen Monaten ist er für seine Widersacher so transparent wie ein Röntgenbild. Zwar manipuliert er seine Umwelt noch mit Meisterhand, aber der Sumpf, zu dem Algier sich entwickelt hat, ist inzwischen derart mit Krokodilen verseucht, dass das Baden immer gefährlicher wird. Eben deshalb ist er nach Spanien übergesiedelt. Er kann anderen noch immer sehr gefährlich werden, und sein Netzwerk ist weitgehend intakt. Doch sein Revier wirkt weniger uneinnehmbar als früher, seit eine neue Generation von Aasgeiern am Werk ist. Die kurzen Prozess macht, der nichts mehr heilig ist. Und die mit unfassbarer Respektlosigkeit sämtliche Konventionen mit Füßen tritt. Die neuen Beutegeier kennen weder Geduld noch Skrupel. Sie wollen alles, und zwar sofort. Ohne Zugeständnisse, und ohne zu teilen.

Ed Dayem ist nicht traurig, seinen Platz zu räumen, nur seine Privilegien, auf die würde er ungern verzichten. Er ist reich, und noch immer verteufelt einflussreich, und obwohl er nicht abgeneigt wäre, sich zur Ruhe zu setzen, zöge er es doch vor, nicht gleich lebendig begraben zu werden. Wenn Algerien so tief gesunken ist, dann ist Ed Dayem daran nicht ganz unschuldig. Er hat sein Leben lang Karrieren und Ehen zerstört, Bündnisse und Projekte sabotiert. Wie viele anständige Leute hat er nicht in den moralischen oder materiellen Ruin getrieben, wie viele Wissenschaftler, Aktivisten, kluge Köpfe ins Exil? Wie viele graue Eminenzen sind seinetwegen nicht schon in der Psychiatrie gelandet, wie viele Nationalhelden hat er nicht durch den Schlamm gezogen, bevor er ihnen den Todesstoß versetzte? Noch heute, mit seinen fünfundsechzig Jahren, ist ihm keine Quälerei zuwider, kommt kein Charisma gegen ihn an. War nicht er es, der lauthals verkündet hat, jeder Kopf, der die Masse überragt, gehöre gekürzt? War nicht er es, der aus der Meinungsfreiheit die Freiheit gemacht hat, ungestraft über jeden alles und jedes zu behaupten?

Ed Dayem ist ein gefürchteter Mann. So gefürchtet wie Krebs und böser Blick zugleich … Und doch kann er nicht mehr nach Algerien heimkehren, ohne dass seine Eingeweide sich zusammenkrampfen.

Kurz bevor sie Annassers erreichen, bittet Ed den Fahrer unter dem Vorwand, ihm sei eben noch ein wichtiger Termin eingefallen, in Richtung des Golf-Viertels abzudrehen. Er lässt sich in der Nähe eines Marktes absetzen, geht ein paar hundert Meter zu Fuß, hält dann am Straßenrand ein vorüberfahrendes Taxi an und lässt sich nach Chéraga bringen. Dort angekommen, wartet er, bis das Taxi um die Ecke gebogen ist, umrundet dann noch einen Häuserblock und tritt endlich den Heimweg an. Es ist Ed klar, dass er unter Verfolgungswahn leidet, aber er kann nicht anders. Er weiß, dass Algier wie ein Schießstand ist, wo ihn jederzeit eine verirrte Kugel treffen kann.

Seine Villa steht am Ende einer von Bougainvilleen gesäumten Allee. Ein prachtvolles Anwesen im Kolonialstil, das er dem Staat in jener Epoche, als die herrenlosen Güter veräußert wurden, für einen symbolischen Dinar abgekauft hat, nachdem er zuvor rasch die Witwe eines Märtyrers der algerischen Revolution daraus verjagt hatte, die dort seit 1963 wohnte. Es ist eine ruhige, reinliche Gegend. Zahlreiche hohe Funktionäre genießen dort das süße Leben, ohne dass es sie groß was kostet. Die nachbarschaftlichen Kontakte beschränken sich auf unverbindliches Grüßen; Kinder sieht man, anders als in den volkstümlichen Vierteln, nur sehr selten auf der Straße.

Zu Hause angekommen, entlässt Ed Dayem seinen Hausmeister in den Feierabend, nimmt eine heiße Dusche, um zu entspannen, lässt sich danach splitternackt in einen Sessel sinken und ruft im Büro an.

»Hallo, Sido … Nein, ich bin schon heute Morgen zurückgekommen. Wie läuft es …? Sehr gut. Ist Post da …? Kann das nicht bis morgen warten …? Okay, schick mir die

Verträge und alles, was keinen Aufschub duldet … Nein, nicht mit Mostefa. Ich hatte dich doch angewiesen, ihn zu feuern, oder …? Seine Entschuldigungen gehen mir sonst wo vorbei. Ich will ihn nicht mehr durch den Verlag schleichen sehen. Schick mir jemand anderen, und zwar gleich. Ich bin total kaputt und will früh ins Bett.«

Er knallt das Mobilteil so heftig auf die Basis, dass es fast zu Bruch gegangen wäre, gießt sich ein Glas Scotch ein und stellt den Fernseher an.

Er war schon fast eingedöst, da klingelt es an der Tür. Er erkennt Basma, eine seiner Angestellten, auf dem Display der Überwachungskamera, betätigt den Öffner und wirft sich im Schlafzimmer noch rasch einen Bademantel über.

»Ich dachte, du hättest die Zeitung verlassen«, sagt er zur Begrüßung, während er zur Seite tritt, um die Frau einzulassen.

»Ich habe mich nur für sechs Monate beurlauben lassen«, erwidert sie. »Ich bringe dir die Papiere zur Unterschrift.«

Ed deutet auf einen Schreibtisch.

»Leg sie da hin.«

»Es ist sehr dringend. Sie müssen heute noch raus.«

Mit ihrem Garçonne-Haarschnitt, ihren großen meergrünen Augen und ihrem aufreizenden Hüftschwung beschleunigt Basma, die ihre üppigen Kurven am liebsten in hautenge Outfits zwängt, gern den Puls sehnender Begierde. Im Büro versinken die männlichen Kollegen in andächtiges Schweigen, sobald sie den metallischen Klang ihrer High Heels auf dem Steinboden vernehmen. Mit zwanzig war sie eine Bombe, die die Knöpfe an den oberen zehntausend Hosenschlitzen sprengte. Minister und Geschäftsleute sammelte sie mit wahrer Leidenschaft. Und als ihre Liebhaber sie mit den

Jahren zugunsten noch frischeren Fleisches verließen, fing sie an, damit zu drohen, die Skandale der Republik ans Licht zu ziehen und nicht einen Beweis schuldig zu bleiben. Solange, bis Ed sie entschärfte, indem er ihr einen Job anbot, der das reinste Honigschlecken war, und dazu bestens bezahlt. An den Wochenenden improvisierte er ihr Dienstreisen ins Ausland, wo er dann zu ihr stieß – aber nie ohne einen Kulturbeutel voll Präservative. Manchmal setzte er sie auch ein, um Politiker zu kompromittieren, die zwar erbitterte Demagogen waren, aber sexuell viel zu ausgehungert, um dem Gesang der Sirenen zu widerstehen.

Ed mustert sie, das Kinn zwischen Daumen und Zeigefinger.

»Hast du nicht ein paar Kilo zu viel auf den Rippen?«

Ein Lächeln huscht über Basmas Gesicht.

»Ich bin schwanger.«

»Von wem?«

»Von meinem Mann, wo denkst du hin?«

»Du hast geheiratet?«

»Deshalb habe ich mich doch auch für sechs Monate beurlauben lassen.«

Eddie zieht eine Augenbraue in die Höhe:

»Du hättest es mir ruhig sagen können.«

»Ich dachte, dass man vor dir ohnehin nichts geheim halten kann.«

»Das dachte ich auch.«

»Ist das für dich ein Problem?«

»Nicht wirklich.«

Er fixiert sie so intensiv, dass sie verlegen schluckt.

»Und wer ist der Glückliche?«

»Slimane …«

»Slimane Brik?«

»Ja.«

Ed bricht in lautes Gelächter aus.

»Da hätten du aber etwas Besseres finden können. Dieser Platzhirsch ist der reinste Schmarotzer. Der hat es im Leben noch nie zu was gebracht.«

»Er hat es immerhin fertiggebracht, mich zu verführen.«

»Hör auf, du enttäuschst mich. Der ist es doch nicht wert, dass du dir die Füße auf seinem Speichelleckernacken abwischst. Du hast doch alles, damit er auf deine Kosten lebt: die Wohnung, die ich dir gekauft habe, den Wagen, den die Zeitung dir geschenkt hat, den mehr als üppigen Lohn, den wir dir überweisen ...«

Basma legt die Papiere auf den Schreibtisch und dreht sich zu ihrem Arbeitgeber um: »Eddie, ich gehe auf die vierzig zu, da ist ein Ehemann keine schlechte Investition. In einer Gesellschaft wie der unseren kann man sich keine bessere Absicherung und keinen besseren sozialen Status denken.«

»Aber du hast auf den elendsten Klepper gesetzt!«, wendet Eddie ein, während er hinter dem Schreibtisch Platz nimmt. »Slimane ist ein fieser Typ. Du wirst mehr Schaden als Nutzen durch ihn haben.«

»Ich hatte doch eine gute Schule, mit dir als Lehrer. Ich habe meine Angelegenheiten bestens im Griff.«

Ed nickt zustimmend und signiert, ohne die Dokumente noch einmal durchzulesen, verstaut sie wieder in der Aktenmappe und bemerkt, nachdem er Basma beäugt hat, anerkennend: »Die Schwangerschaft steht dir gut.«

Er kommt auf sie zu, umfasst ihre Taille und zieht sie zu sich heran: »Schwangere Frauen sind meine erotische Lieblingsfantasie.«

Basma wehrt sich zum Schein gegen die Umarmung ihres Arbeitgebers: »Ich bin eine verheiratete Frau, Ed.«

»Und ändert das was?«

»Na, ich denke schon.«

»Soll das heißen, du bist in diesen Trottel verknallt?«

»Ich liebe ihn.«

»Dummchen! Du scheinst die Lektionen zu vergessen, die ich dir seit Jahren erteile: Die einzige Liebe, die zählt, ist die Liebe zu sich selbst. Kein Mensch auf der ganzen Welt ist es wert, dass man ihm davon etwas opfert.«

Er zieht mit einem heftigen Ruck am Reißverschluss auf der Rückseite ihres Kleides.

»Der Fahrer wartet doch schon«, flüstert Basma.

»Der wartet so lange wie nötig.«

»Was für eine unwürdige Ehefrau ich nur bin …«

»Die unwürdigste aller Zeiten, und das hier ist nur der Anfang.«

»Bitte, Eddie«, fiept sie, während sie sich mit gierigem Mund und glutvollem Blick in seiner Umarmung windet, »zwing mich nicht, dir Widerstand zu leisten.«

»Du kannst es ja mal versuchen …«

Ein Beben durchfährt Basmas Körper, sie verdreht die Augen, die Haare hängen ihr ins Gesicht, wieder und wieder leckt sie sich mit der Zunge über ihre blutroten Lippen. Ihr Atem beschleunigt sich, und mit graziöser Geste lässt sie schließlich ihr Kleid zu Boden gleiten.

»Ich werde nie mehr wagen, die Augen zu meinem armen Slimane aufzuschlagen.«

»Dann schau doch einfach zu Boden. Er liegt dir ohnehin zu Füßen.«

8.

Die Sonne scheint fast schon voll ins Schlafzimmer, als Kommissarin Nora die Augen öffnet. Die Nachttischuhr steht auf 8 Uhr 55. Nora springt fluchend aus dem Bett, schlüpft in ihre Hose und eilt zum Waschbecken. Als sie in den Raum zurückkommt, bemerkt sie, dass Sonia in voller Montur schläft, mit geöffnetem Mund, Lippenstiftspuren auf den Wangen und einem Stöckelschuh, der an ihrem großen Zeh baumelt.

Nora hat bis tief in die Nacht auf sie gewartet. Vergeblich. Sie hat sie auch nicht heimkommen hören. *Wo hat sie sich denn jetzt schon wieder herumgetrieben?*, schimpft sie in Gedanken.

Sonia sieht zum Erbarmen aus, das Hemd bis über den Nabel hochgezogen, den Bauch von blauen Prellungen entstellt, dazu Hemd und Hose an Knien und Ellenbogen dermaßen verdreckt, als wäre sie auf allen vieren durch eine Abflussrinne gekrochen.

»Die blöde Kuh!«, murmelt die Kommissarin, während sie die Tür hinter sich schließt.

Nora muss sich mit Geduld wappnen, um auf die Straße zu gelangen. Erst muss sie über zwei kleine Mädchen hinwegsteigen, die auf einer Stufe vergessen worden sind, und dann so lange warten, bis ein Nachbar mit seinem Sohn einen alten verbeulten Kühlschrank die Treppe hinuntergeschleppt hat.

Der Platz ist schon von einer Horde von Kindern belegt. Manche spielen Fußball, andere balgen sich um einen Platz an der Sonne, bis sie vom gleißenden Licht ganz geblendet sind.

Der Dienstwagen steht mal wieder entgegen der Fahrtrichtung auf der Straße. Nora kann ihren Fahrer noch so sehr anweisen, ein Minimum an Respekt für die Gesetze der Republik aufzubringen, bisher hat sie den Wagen nicht ein einziges Mal korrekt parkend vorgefunden.

Kaum ist die Kommissarin an Bord, gibt der Chauffeur Gas, dass die Reifen nur so quietschen, und hätte dabei fast einen Jungen überfahren. Der hält sich protestierend die Hand vor den Bauch.

Nora ist spät dran. Sie hat einen Termin in El-Biar, in der Privatklinik El-Boustane. Dorthin wurden auf Weisung des Sicherheitschefs die sterblichen Überreste des in Bainem ermordeten Mädchens transportiert. Bis vor Kurzem wurden die Leichen einfach ins staatliche Krankenhaus gebracht. Aber seit der Innenminister sein Faible fürs Luxuriöse entdeckt hat, hat er sämtliche Kommissariate im Großraum Algier dazu verdonnert, den Privatsektor zu bevorzugen, weil der dank seiner High-Tech-Ausrüstung einen besseren, zuverlässigeren Service böte. In Wahrheit nur ein Vorwand. Sicherlich ähnelt die Leichenkammer des staatlichen Krankenhauses einem Schlachthaus, und die Qualität der dort erbrachten Dienstleistungen ist höchst fragwürdig. Indes: die das staatliche Gesundheitswesen auszeichnende Angestaubtheit ist vom Staat nicht anders gewollt. Denn umso mehr kann in die Taschen der Entscheidungsträger fließen, die mit zwielichtigen Immobilienhändlern ihre Geschäfte machen – und mit den Meuchelmördern des Gesundheitssektors, denen die Bestechungsgelder lieber sind als jedes Arztdiplom, jeder hippokratische Eid.

Nora erinnert sich noch an das Haus der Jugend von El-Biar, zehn Jahre zuvor. Ein großes Gebäude im Kolonialstil mit prächtigem Vorhof, einem großen Festsaal, eigenem Kinosaal, Büroräumen im ersten Stock, Musik-, Foto- und Malateliers im zweiten und einer Bibliothek mit zehntausend Büchern im dritten Stock. Das Zentrum erfreute sich bei der Jugend großer Beliebtheit. Am Wochenende wurde immer irgendein Anlass zum Feiern gefunden, man lud Komiker und Musiker aus den umliegenden Stadtteilen ein und hatte jede Menge Spaß. Eine schöne Zeit war das. Dann wurde das Gebäude wegen einer an den Haaren herbeigezogenen, nie wirklich aufgeklärten Sittengeschichte per Erlass des Präfekten quasi über Nacht versiegelt, die Mädchen zurück in die Elternhäuser geschickt, die Jungen den Fährnissen der Straße überantwortet. Als dann die Brombeerranken über die Wege krochen, die Ratten sich im Souterrain breitmachten, die Spinnen mit ihren Netzen die zu Bruch gegangenen Fensterscheiben überzogen, tauchte ein Architektenteam auf, entrollte auf dem Boden gewaltige Baupläne und entwarf die kühnsten Zukunftsvisionen. In weniger als einem Jahr verwandelte sich das Haus der Jugend mit tatkräftiger Unterstützung der Chinesen in eine Privatklinik, die der Gesundheitsminister höchstpersönlich mit großem Tamtam und Kastagnettengerassel und Tausenden bunter Fähnchen einweihte.

Die El-Boustane-Klinik gehört einem gewissen Haroun Ibader, ehedem Chef der algerischen Zollbehörden. Ein genialer Mauschler, der mehr als einmal in die Fänge der Justiz geraten und doch immer wieder begnadigt worden war. Und der es sogar geschafft hatte, sich eine weiße Weste und den makellosen Ruf eines Marabouts zuzulegen, indem er seine Tochter dem Sohn des Innenministers zur Frau gab. Der Minister, vom ultramodernen Labor der Klinik geblendet, hatte beschlossen, ihr künftig alle Leichen zu überlassen, die die Kriminalpolizei am Hals hätte, sowie sämtliche Untersuchungen und Laborproben, die bei ungeklärten Todesfällen anstünden.

Leutnant Guerd ist schon vor Ort, steht mit anklagend über der Brust verschränkten Armen hoch oben auf der Freitreppe. Er trägt die verkniesterte Miene eines Zuhälters zur Schau, der von seinem Häschen versetzt worden ist. Vielsagend blickt er auf seine Armbanduhr und bläst die Backen auf, um seiner Chefin zu verstehen zu geben, dass sie zu spät kommt. Nora gibt ihm keine Hand. Sie rauscht an ihm vorüber und wendet sich auch dann nicht um, als er zu murren beginnt.

Doktor Reffas empfängt sie in einem Raum, der unmittelbar ans Labor angrenzt und in dem eisige Temperaturen herrschen. Der Körper des Mädchens liegt unter einem Laken auf einem weißen Seziertisch. Ringsum sind Regale in die Wände eingelassen, auf denen Glasgefäße mit in Formalin schwimmenden Monstrositäten ausgestellt sind. An der Decke flackern Neonröhren so anämisch wie ersterbende Seelen.

Doktor Reffas ist eine lebende algerische Legende. Sein Können wird bis nach Frankreich gelobt. Vorher arbeitete er im staatlichen Krankenhaus. Allzu sehr damit beschäftigt, Leben zu retten, achtete er weder auf die katastrophale Misswirtschaft in der Verwaltung noch auf die häufigen Diebstähle von Medikamenten und medizinischer Gerätschaft aus dem unantastbaren Grundbestand. Als er aber merkte, dass man aus Plastikflaschen Sauerstoffmasken herstellte, deckte er alles in einer Zeitung auf. Er rechnete damit, dass der Gesundheitsminister die skrupellosen Geschäftemacher ihrer gerechten Strafe zuführen würde, doch stattdessen fand er noch am selben Morgen, an dem er seine Anschuldigungen öffentlich machte, ein Fax auf seinem Schreibtisch vor: fristlos entlassen.

Am folgenden Tag schon fand er eine Anstellung in der El-Boustane-Klinik, und der öffentliche Gesundheitssektor verlor eine der Galionsfiguren der algerischen Medizin.

Nora hasst diese Privatklinik, doch für den Doktor hegt sie größte Verehrung. Sie kennt ihn seit Jahren. Wenn sie ihren Glauben an Algerien noch nicht ganz verloren hat, dann ist das ihm zu verdanken. Reffas ist der lebende Beweis, dass Algerien nicht nur Abschaum hervorbringt.

»Haben Sie die Ärmste schon identifiziert?«, fragt der Arzt, während er das Laken vom Gesicht der Toten abzieht.

»Noch nicht.«

»Armes Mädchen …«

»Wir sind nicht hier, um in Tränen zu zerfließen«, knurrt Leutnant Guerd. »Am Ende hat sie es selbst provoziert.«

»Ein solches Bild des Jammers ist durch nichts zu rechtfertigen«, erwidert der Doktor. Nora bittet ihren Untergebenen, seine Ansichten für sich zu behalten.

»Haben Sie etwas gefunden?«, fragt sie den Doktor.

»Nichts, aus dem sich für den Moment brauchbare Erkenntnisse ableiten ließen. Es deutet nichts auf eine Entführung hin, es finden sich keinerlei Hautpartikel unter ihren Fingernägeln, nichts, das uns erlaubte, die DNA des Täters zu ermitteln. Dieses Mädchen kam zwischen 22 Uhr 30 am 23. Dezember und 2 Uhr früh am 24. Dezember ums Leben. Und noch etwas: Sie ist Jungfrau.«

»Das schließt noch lange keine Vergewaltigung aus. Manche ziehen da ganz andere Körperöffnungen vor«, mischt sich der Leutnant wieder ein, dem es Spaß macht, seine Chefin erröten zu sehen.

»Es gibt keinerlei Hinweis auf Analverkehr«, stellt der Doktor klar. »Keine Spur von Sperma.«

»Bei Verwendung von Kondomen findet sich auch keine Spur«, beharrt der Leutnant, stolz auf seine Sachkunde.

Der Arzt mustert ihn zwei Sekunden lang.

»Ich kenne meine Arbeit, junger Mann. Man hat dem Mädchen Drogen eingeflößt, ohne sie zu vergewaltigen.«

»Wie eigenartig«, gesteht Nora ein. »Glauben Sie, der Tod wurde durch eine Überdosis verursacht?«

»Oder durch die Verstümmelung«, entgegnet der Doktor und zieht das Laken von der Wunde auf der Brust der Toten weg.

»Wohl der Biss eines streunenden Hundes«, mutmaßt Guerd, den der Arzt so langsam anödet.

»Nein, keineswegs. Da hat ein Mensch zugebissen.«

Synchron werfen beide Polizeibeamten den Kopf zurück, als hätte ihnen jemand einen Kinnhaken verpasst.

»Die Analysen lassen keinen Zweifel zu«, erklärt der Arzt. »Die Konturen der Wunde, der Abdruck der Zähne, die Art des Bisses, alles weist eindeutig darauf hin, dass da ein menschlicher Kiefer am Werk war, der den Busen des Mädchens verstümmelt hat.«

Entsetzt schlägt Nora die Hand vor den Mund. Der Leutnant grinst belustigt angesichts seiner sprachlosen Chefin.

»Man sollte bei den Damen behutsamer sein«, bemerkt er zum Doktor. »So zartbesaitet, wie sie sind … Glauben Sie, dass da ein Kannibale sein Unwesen treibt?«

»Wer weiß das schon?«, erwidert der Doktor, während er das Laken wieder über die Tote deckt. »Ähnliche Fälle gab es in den 1990ern, als die islamistischen Terrorgruppen ihr Unwesen trieben.«

»Aber es müssten sich doch DNA-Spuren nachweisen lassen, wenn es der Biss eines Menschen ist?«, mutmaßt Nora.

»Die Wunde wurde gründlich gereinigt.«

Die beiden Offiziere verabschieden sich vom Arzt.

Im Innenhof der Klinik angelangt, vergewissert Nora sich rasch, dass keine Zeugen in der Nähe sind, bevor ihr Zeigefinger ihrem Untergebenen so apodiktisch entgegenschnellt, dass dieser um sein Augenlicht fürchtet: »Wenn ich noch eine einzige sexistische Anspielung aus Ihrem Mund höre, reiß ich Ihnen vorne was raus und stopf es Ihnen hinten wieder rein.«

»Hey!«, empört sich der Leutnant. »Ich war doch gar nicht vulgär. Und ich erlaube keiner Frau, und wenn sie noch so viele Orden und Abzeichen hat, in diesem Ton mit mir zu reden. Ich pinkele schließlich im Stehen!«

»Ich sag es nicht zweimal, Leutnant Guerd: Ab sofort betrachte ich die geringste ungehörige Äußerung als Gehorsamsverweigerung. Frau hin oder her, ich verspreche Ihnen, ich verfrachte Sie binnen kürzester Zeit in das letzte Kaff in der Sahara, wo Sie so lange in der Sonne schmoren können, bis Sie schwarz sind. Und wenn Sie meinen, Ihr Gemächt sei mächtig genug, um Sie in Algier zu halten, dann kann ich Ihnen auf der Stelle das Gegenteil beweisen.«

Die Augen des Leutnants weiten sich vor Wut. Aber er begnügt sich damit, die Lippen zusammenzukneifen und die Fäuste zu ballen.

Nora mustert ihn stumm, mit spöttisch funkelndem Blick.

»Seien Sie Punkt zwölf in meinem Büro!«

»Fahren wir denn nicht zusammen zurück?«

»Ich habe einen Dienstwagen, keinen Raubtierkäfig.«

»Wie komme ich denn dann in die Stadt? Ein Nachbar hat mich hier abgesetzt.«

»Dann frag ihn halt ein zweites Mal.«

»Er arbeitet in Bou-Ismaïl.«

»Dann beschlagnahme ein Taxi. Du bist doch Bulle, oder nicht? Du kannst dir in diesem beschissenen Land doch alles erlauben.«

Wie angewurzelt lässt sie ihn mitten im Klinikhof stehen und läuft zu ihrem Dienstwagen.

Im Polizeipräsidium wartet schon Brigadier Tayeb auf sie, mit einem Umschlag unterm Arm, den er so fest an sich presst, als fürchte er, er würde auf und davon fliegen. Nora bittet ihn in ihr Büro.

»Und?«, erkundigt sie sich.

Der Brigadier kramt umständlich drei Blatt Papier aus dem Umschlag hervor: den kriminaltechnischen Untersuchungsbericht.

»Das Bettlaken ist aus goldbestickter Seide. Hergestellt in Malaysia. Kostet ein Vermögen. Wird von keinem Geschäft hierzulande verkauft. Außer dem Blut der Toten haben sie einige Haare darauf gefunden, die vom Täter stammen könnten. Capitaine Salah persönlich kümmert sich um die Analyse.«

»Und wann bekomme ich die Ergebnisse?«

»Hat er mir nicht gesagt, Frau Kommissarin.«

»Und die Splitter vom Rücklicht?«

»Die Untersuchungsergebnisse lassen keinen Zweifel zu: Es handelt sich um einen VW Tuareg mit Allradantrieb.«

Nora verschränkt die Hände unterm Kinn, denkt zwei Sekunden lang nach, bittet dann den Brigadier, Platz zu nehmen.

»Danke, Tayeb … Ich spendiere dir einen Kaffee, und dann fahre ich mit dir noch mal zur El-Boustane-Klinik hinaus. Ich habe da noch ein paar Fragen, die ich Doktor Reffas vorhin nicht stellen konnte.«

9.

Ed Dayem erscheint gegen 9 Uhr am Sitz seines Medienkonzerns. Das Wetter ist schön, die Sonne übertrifft sich selbst für diese Jahreszeit, auf den Panoramafenstern schimmern perlmuttfarbene Reflexe. Ed stellt seine dicke Limousine auf dem Parkplatzgelände hinter dem Gebäude ab, über dessen fünf Etagen er das Zepter schwingt wie ein altorientalischer Despot. Ein junger Mann in ärmlichen Klamotten, mit einem Knüppel in der Hand und einer undefinierbaren Armbinde, steht vor ihm stramm, salutiert und reißt diensteifrig den Wagenschlag auf.

»Hallo, Moh, haben sie dich aus dem Knast entlassen?«

»Schon vor zwei Wochen, Si Dayem!«

»Und wie war's?«

»Naja, ich hab mir die Zelle mit einer Schwuchtel geteilt, da kam keine Langeweile auf.«

»Du bist mir ein Glückspilz!«

Moh ist ein junger Arbeitsloser aus der Vorstadt, dessen Dasein zwischen dem Gefängnis und dem Keller seiner Mietskaserne verläuft. Obwohl er höchstens Anfang dreißig ist, hat er kaum noch Zähne im Mund und sein Blick ist so verquer wie sein Verstand. Weil er nicht richtig tickt, übertragen die Dealer ihm gern riskante Missionen, die ihn oft auf direktem Weg ins Kittchen bringen, und er, der mit Freuden noch den letzten Auftrag annimmt, wenn er ihm nur seine Ration Cannabis sichert, umgibt jede seiner Runden durch den Strafvollzug mit einer heroischen Gloriole. Im Viertel haut ihn jeder Bengel übers Ohr, aber Moh betrachtet jeden Reinfall als bereichernde Erfahrung, hegt er doch unverdrossen den Plan, eines Tages ein zweiter Al Capone zu werden.

Abends, wenn der Parkplatz sich geleert hat, kehrt Moh in seinen Verschlag im Souterrain seines Sozialbaus zurück und träumt, während er an seinem Joint zieht, von einer Villa mit Swimmingpool, pottwalgroßen Luxuskarossen, pharaonischen Banketten und einem Harem von Blondinen mit schwindelerregendem Hüftschwung.

Ed drückt ihm einen Schein in die Hand.

»Leiste dir mal ein Lächeln, Moh. Ich möchte so gern glauben, dass um mich herum alles paletti ist.«

»Aber es ist doch alles paletti, Si Dayem – alles *intik, kho.*«

Ed zwinkert ihm zu und macht sich auf in die Chef-Etage.

Vor dem Aufzug im fünften Stock steht eine junge Dame zu seinem Empfang bereit. Sie hilft Ed aus seinem Kaschmirmantel, nimmt ihm seinen Dior-Schal und sein Vuitton-Aktenköfferchen ab.

»Alle warten schon auf Sie, Monsieur Dayem.«

»Danke, Zohra. Bring mir bitte einen Kaffee.«

Die gesamte Direktion erhebt sich, als Ed den immensen Konferenzsaal betritt. Um einen kolossalen Tisch herum sind der Finanzdirektor, die Publikationsdirektoren sämtlicher Zeitungen und Magazine, der Rechtsbeistand, Eds Privatsekretär und einige andere schick in Schale geworfene junge Mitarbeiter versammelt, deren Namen und Funktionen Ed sich noch nie merken konnte. Ed gibt niemandem die Hand. Wie ein Grandseigneur durchschreitet er den Raum und lässt sich majestätisch im großen Polstersessel am anderen Ende des Konferenztisches nieder. Er wartet, bis Zohra ihm den Kaffee gebracht hat, bevor er das Briefing eröffnet.

Es herrscht bleierne Stille, während die Verantwortlichen reihum ihren Lagebericht abliefern. Ed gibt vor zuzuhören, indem er ab und zu verständnisinnig nickt. Wenn er etwas nicht begreift, kratzt er sich verärgert an der Wange. Tatsächlich gelingt es ihm nicht, die nötige Konzentration für die Schilderungen seines Fußvolks aufzubringen, es scheint, als wolle er im Eiltempo damit durchkommen. Um sein Desinteresse zu kaschieren, lässt er hin und wieder eine belanglose Frage oder eine gewagte Bemerkung vom Stapel. Nur ein einziges Mal überwindet er erfolgreich seine Langeweile, als es um den Finanzbericht geht, dem er angespannt lauscht und der ihn zu befriedigen scheint. Er beglückwünscht das Team für die effiziente Arbeit und hebt die Sitzung auf.

Nach dem Briefing begibt sich Ed in sein Büro. Sido Lamine, sein Privatsekretär, ist schon dort und damit beschäftigt, die anhängigen Akten zu sortieren. Er ist der Einzige, zu dem Ed bedingungsloses Vertrauen hat. Sie sind beide aus demselben Holz geschnitzt. In den 1970ern haben sie sich im Dunyazade kennengelernt, einem auf Bollywood-Filme spezialisierten Kino. Ed war Kassenwart, Sido abwechselnd Ticketverkäufer und Platzanweiser. Sie verstanden sich großartig, setzten mit dem stillschweigenden Einverständnis des Geschäftsführers Tickets auf dem Schwarzmarkt ab und unterschlugen mit schöner Regelmäßigkeit einen Gutteil der Einnahmen. Während Sido seine Kröten verpulverte, legte Ed seine Kohle gewinnbringend an und machte sich binnen fünf Jahren selbstständig, brachte es zum Besitzer eines kleinen Zeitungskiosks, dem ein zweiter, dann ein dritter folgte und weitere in den bevölkerungsreichen Stadtteilen. Er investierte in billige Klamotten von Tati, die er en gros beim Zoll einkaufte, leistete sich ein Restaurant im Badeort La Madrague und ein Bordell an der Küstenstraße, wo die Bonzen Erholung suchten. Dreist wie er war, nahm er mit, was er nur konnte, und verschaffte sich Zutritt zu den oberen Zehntausend. Und nachdem er es einmal in den Kreis der Entscheidungsträger geschafft hatte, las er Sido wieder auf, der mittlerweile zum Trinker geworden war, und konditionierte ihn im Sinne seiner neuen Ambitionen um. Binnen kürzester Zeit legte Sido ein außergewöhnliches Talent fürs Management und eine vorbildliche Loyalität gegenüber seinem Chef an den Tag, dem er seit nunmehr vierzig Jahren treu und ergeben zur Seite steht.

»Wie ist es bei Hamerlaine gelaufen?«, fragt Sido ihn, während er die Vorhänge vom Panoramafenster wegzieht.

»Er hat sich auf Amar Daho eingeschossen.«

»Aber er hat ihm doch eh alles genommen und nur ein paar Knochen zum Abnagen gelassen.«

»Ich bin es leid, statt seiner daran herumzunagen. Hast du wenigstens etwas Brauchbares gefunden?«

»Ich hätte da schon so eine Idee, aber Omar Sfa ziert sich noch.«

»Wer hat Hamerlaine überhaupt gesteckt, dass ich in Spanien war?«

»Kein Mensch wusste davon. Aber ein Anruf beim Flughafen genügt doch schon, um herauszubekommen, wer das Land an welchem Tag zu welcher Stunde verlassen hat, wie schwer sein Gepäck war und was sich laut Scan darin befunden hat …«

Sido setzt sich auf einen Stuhl und legt die Füße hoch. Auf einen goldbronzenen Beistelltisch. Nach längerem Nachdenken bemerkt er schließlich:

»Weißt du, Eddie, die Leute fangen an, es seltsam zu finden, dass wir uns so auf Ex-Minister Amar Daho einschießen. Wir haben eine Menge anonymer Schmähbriefe bekommen, ganz zu schweigen von den ordinären Kommentaren im Internet.«

»Lass die Hunde nur bellen. Das ist doch ihre Lebensaufgabe, oder nicht?«

»Sie können aber auch beißen, vor allem, wenn sie tollwütig sind. Diese Geschichte wird uns nochmal im Halse stecken bleiben.«

Ed runzelt die Brauen und streicht sich mit dem Finger über den Nasenrücken.

»Ich bin es ja nicht, der so scharf auf Dahos Ohren und seinen Schwanz als Jagdtrophäe ist, sondern Hamerlaine. Und wer wagte es schon, einem Hamerlaine zu widersprechen? Er hat das Schicksal aller Dinge in diesem Land in der Hand …«

»Gewiss, nur dass …«

»Nur dass was, gottverdammt? Auf welchem Stern lebst du eigentlich? Wenn Hamerlaine was beschließt, kommt keiner dagegen an … Hast du denn gar keine gute Nachricht für mich? Ich habe die ganze Nacht über kein Auge zugetan.«

»Doch, eine ganze Menge sogar …«, antwortet Sido, auf Ausgleich bedacht. »Unser Umsatz übersteigt bei Weitem unsere kühnsten Prognosen.«

»Und der Vertrag mit Seynooks?«

»In zwei Wochen haben wir einen Termin mit den Unterhändlern.«

»Und wie lässt es sich an …?«

»Wir drücken die Daumen, ohne die Hände in den Schoß zu legen.«

»Das ist keine Antwort.«

Sido steht auf, geht vor bis zum Panoramafenster, kehrt um und setzt sich mit halbem Hintern auf eine Ecke der

Schreibtischplatte. Sinnierend blickt er seinen Chef an, während sich auf seiner Stirn eine senkrechte Falte bildet.

»Wir sind nicht die Einzigen, die an dem Projekt dran sind, Eddie. Und die Konkurrenz ist gefräßig. Wir haben alles Nötige in die Wege geleitet, aber wir wissen nicht, wie die anderen vorgehen.«

»Ich mag es nicht, wenn deine Stimme so zaghaft klingt wie eben jetzt, Sido. Ich will dieses Projekt.«

»Ich auch, Eddie, ich auch. Ich habe unsere feinsten Spürnasen an die Sache gesetzt. Wir haben die Konkurrenz so sehr geschmiert, dass sie ins Schleudern kam. Zwei Mitbewerber sind jetzt im Vorfeld ausgeschieden, doch die Dzaïr-Room-Gruppe, die Gebrüder Soltani und Magic Store sind noch im Rennen – und sie weigern sich, aus dem Feld zu gehen.«

»Sie sind zäh, aber wir sind clever. Wir müssen den richtigen Dreh finden. Ich will unbedingt das Geschäft mit Seynooks machen. Das ist unser einziges Schlupfloch, um von hier wegzukommen, wenn die Lage sich verschlechtert. Die Situation im Land wird immer ungemütlicher, die Wut der Straße hallt in unseren Mauern wider. Ich wüsste nicht, wie ich einen Volksaufstand meistern sollte.«

Sido erhebt sich. Er wirkt weitaus weniger angespannt als sein Chef.

»Algerien hat seine Krise hinter sich, Eddie. Ich glaube kaum, dass das Land Lust auf eine zweite hat. Die Warnlichter stehen auf Rot, sicher, aber es wird nicht zum erneuten Crash kommen.«

»Das hoffe ich, Sido, ich hoffe es von ganzem Herzen.«

»Weil du am Ende gar ein Herz hast, Chef? Du hast mir doch beigebracht, dass dieses Organ Quell aller Enttäuschungen ist. Und dass die beste Art, ein erfülltes Leben zu leben, darin besteht, es auf Eis zu legen.«

»Falsch ist das nicht … Jetzt zieh Leine … Ich muss noch jemanden anrufen.«

»Bin schon weg … Ach, fast hätte ich es vergessen. Da sind noch zwei Intellektuelle, die schon ewig im Empfangssaal auf dich warten.«

»Am frühen Morgen ein schlechtes Zeichen. Wenn zwei algerische Intellektuelle sich vertragen …«

»… dann geht das immer auf Kosten eines Dritten«, fährt Sido fort, während er die Tür hinter sich schließt.

10.

Im Empfangsraum warten zwei junge Männer in granatroten Ledersesseln ungeduldig darauf, Ed ihre Aufwartung zu machen. Der eine ist J'ha, Gründer eines angesagten Verlags, der andere ein franko-algerischer Autor, welcher eigens aus Paris angereist ist, um sein neuestes Buch zu promoten. Das lange Warten am hinteren Ende des Korridors hat ein wenig ihre Züge verzerrt, die ein breites Lächeln buchstäblich in letzter Sekunde vor der Entgleisung rettet, als Ed Dayem sich endlich zu ihnen gesellt.

Eilig fordert er sie auf, doch wieder Platz zu nehmen: »Tut mir sehr leid, dass ihr so lange warten musstet. Ich komme gerade von einer Rundreise durch Europa zurück, und auf meinem Schreibtisch stapeln sich die Akten, eine dringender als die andere.«

»Allein meine Schuld«, erwidert der Verleger entgegenkommend. »Ich bin schließlich ohne Voranmeldung gekommen.«

»Du bist doch hier zu Hause, J'ha. Du brauchst dich nicht anzumelden ...« Ed blickt angelegentlich auf seine Armbanduhr. »Also, was kann ich für dich tun?«

»Ich habe diesen jungen Autor hier in Lizenz herausgebracht. Er ist wahnsinnig talentiert. Ich fände es gut, wenn du uns helfen könntest, ihn hierzulande bekannt zu machen.«

»Hat dein Wunderkind auch einen Namen?«

»Verzeih, ich hab die elementaren Höflichkeitsregeln außer Acht gelassen. Lieber Eddie, darf ich dir Baasous Llaz vorstellen, einen Autor, der ...«

»Sieh an ...!«, unterbricht ihn Ed, »der gnadenlose Kritiker unseres berühmtesten Schriftstellers.«

Die Stirn des jungen Romanciers glättet sich. Er ist geschmeichelt, dass einer der größten Pressemagnaten Algeriens ihn kennt.

»Ich habe seine Copy-and-Paste-Artikel gelesen. Welch ein Furor! Welch ein Irrsinn! Es hat mich umgehauen. Hätte er mir seine Dienste angeboten, ich hätte ihn vom Fleck weg engagiert. Einen Blog auf so renommierten Online-Seiten wie der des *Nouvel Observateur* oder *Mediapart* zu eröffnen, dort die schamlosesten Unterstellungen zu verbreiten und dann so zu tun, als wären es besagte Online-Seiten, die unseren berühmten Schriftsteller derart verunglimpfen, ehrlich, auf so was muss einer erst mal kommen.«

Der junge Autor, der nicht versteht, worauf Ed hinauswill, weiß nicht mehr, ob er weiterhin lächeln oder sei Lächeln lieber ablegen soll.

Der Magnat zieht ein kleines Notizbuch aus der Innenseite seiner Jackentasche, blättert kurz, hält inne und beginnt, mit tönender Stimme vorzulesen:

»Laut Malek Bennabi gibt es den Kolonisierten und den Kolonisierbaren. Die Kolonisierten streben danach, sich dem Joch, das sie knechtet, zu entziehen; die Kolonisierbaren brauchen auch, wenn sie frei sind, beständig einen Herrn. Manche versuchen, sich in Paris anzubiedern und lassen, wenn sie keine Interessenten finden, ihre Wut an den Erfolgreichen aus. Andere verschreiben sich ungeniert jenen Lobbies, die allem Schönen und Großen in unserem Land den Kampf ansagen, und lassen nichts unversucht, das Bild jener Gerechten zu entstellen, die es in Algerien noch gibt, um sich selber umso wirkungsvoller in Szene zu setzen. Man applaudiert ihnen, lobt sie und behängt sie mit Orden, dann drängt man sie, in devoter Dankbarkeit genau das zu verkünden, was Musik in den Ohren ihrer

Herren ist – denn für unsere Feinde gibt es keinen köstlicheren Sieg als mitanzusehen, wie unser Land von seinen eigenen Söhnen in den Schmutz gezogen wird.«

J'ha wittert einen brenzligen Geruch in der Luft.

»Und von wem ist das?«, fragt er.

»Von meiner Wenigkeit«, ruft der Magnat stolz aus.

»Seltsam …«

Ed Dayem wendet sich wieder an den Nachwuchsautor: »Sagen Sie mal, Monsieur Llaz, wer ist denn dieser berüchtigte Jonathan Klein, dass Sie ihn wie ein Beweisstück am Ende Ihrer flammenden Machwerke schwenken?«

»Ein Amerikaner, von der Universität Bakersfield.«

»Merkwürdig. Wir haben bei der Universität Bakersfield nachgefragt – der Knabe ist dort völlig unbekannt. Und was sein berühmtes Lexikon anbelangt, in dem er den Stolz unserer Nation des Plagiats beschuldigt: völlig unauffindbar.«

»Jonathan Klein existiert aber. Er hat mir geschrieben.«

»Vielleicht hat J'ha Ihnen geschrieben. Er macht das gerne, seine kleinen Gemeinheiten von seinen neu eingestellten Mitarbeitern signieren zu lassen. Und ganz unter uns: Wer sind Sie denn schon, dass man Ihnen schreibt? Die *Washington Post,* der *Canard Enchaîné, El País, Politiken,* der *Spiegel?* Und wenn was dran wäre, glauben Sie denn, die Medien, die unseren berühmten Autor gefeiert haben, würden erst auf Ihr Signal warten, um ihn zu lynchen? Das Ganze ist wohl eine Nummer zu groß für Sie, Monsieur Llaz. Jonathan Klein ist kein Amerikaner, sondern ein waschechter Algerier, ein absolut typischer *kahl-arras,* einer dieser undankbaren Intellektuellen von der Art, wie sie nur unser liebes Vaterland exkrementieren kann, ein echt beknackter Kamelbremser, der krank vor Neid und Eifersucht ist und denkt, er würde einen Tsunami auslösen, wenn er nur einen Stein ins Wasser wirft … Ist es nicht so, J'ha?«, fügt er hinzu, während er eindringlich den Verleger mustert, der sich nicht rührt.

»Das glaube ich Ihnen nicht!«, ruft der junge Autor.

»Glauben Sie denn überhaupt noch an irgendetwas, Monsieur Llaz?«

»Und wie heißt Jonathan Klein denn nun wirklich?«

»Das behalten wir lieber für uns, für alle Fälle … Eines sollten Sie wissen, Monsieur Llaz: Die Diffamierung ist eine hohe Kunst, nur die Eingeweihten blicken da durch. Und ihre Wirkung beruht ausschließlich auf zwei Faktoren: der Leichtgläubigkeit der Durchschnittsleser und der Nichtüberprüfbarkeit der Aussagen. Ihre Behauptungen indes, Monsieur Llaz, lassen sich allesamt mit ein paar Mausklicks überprüfen – und widerlegen. Aber das dürfte ja wohl Ihre geringste Sorge sein. Für Sie zählt nur das Rampenlicht der Öffentlichkeit, ganz gleich, wie Sie dorthin gelangen. Wissen Sie, wie es dem Nachtfalter ergeht? Er flattert so lange ums Licht, bis er darin verbrennt … An Ihren stupiden Hirngespinsten finden nur Jammergestalten Ihres Formats und die Paranoiker des Internets Gefallen.«

»Ich bin keine Jammergestalt.«

»Wie würden Sie sich denn definieren?«

»Das geht Sie nichts an. Und außerdem haben Sie überhaupt nichts überprüft. Sie nehmen mich auf den Arm. Sie wissen doch gar nichts!«

»Oh doch! Wir wissen so einiges über eine ganze Menge Leute, die über jeden Zweifel erhaben sind. Wir wissen zum Beispiel, dass unser Freund J'ha hier über ein riesiges Netz obskurer Schreiberlinge, frustrierter Zeitungsfritzen und vereidigter Verunglimpfer verfügt, dass er ein Manipulator ohnegleichen ist und wie sonst keiner den Franzosen den Arsch leckt.«

»Das hat jedenfalls mehr Stil, als maghrebinischen Landpomeranzen den Arsch zu lecken«, kontert der Verleger in aller Gelassenheit.

»Vielleicht hat es mehr Stil, aber hygienisch ist es um einiges bedenklicher. Eine maghrebinische Landpomeranze führt fünfmal am Tag ihre rituellen Waschungen durch.«

Ed zielt mit seiner Zigarette auf den jungen Autor: »Über Sie wissen wir auch so einiges, Monsieur Llaz.«

Llaz lacht laut los: »Ich habe mir nichts vorzuwerfen, Monsieur Dayem. Ich bin weder Politiker noch Geschäftsmann.«

Ed Dayem grinst höhnisch, ohne den Pariser Autor aus den Augen zu lassen: »Die Korruption steckt manchmal woanders, als man denkt. Die kleine Welt, der Sie sich angeschlossen haben, ist eine Mafia, allerdings ohne deren Ehrenkodex …«

»Und was haben Sie gegen mich in der Hand, Monsieur Dayem?«, fragt der junge Autor herausfordernd.

»So einiges. Wir wissen zum Beispiel, dass Sie jedes Mal, wenn unser berühmter Schriftsteller ein neues Buch herausbringt, unverzüglich auf die fnac.com-Seite gehen, um dem Buch, ohne es überhaupt gelesen zu haben, einen einsamen Stern und einen vernichtenden Kommentar zu verpassen – in der Hoffnung, damit potentielle Leser abzuschrecken. Wir wissen auch, dass Sie nach dieser Großtat etliche Monate damit zubringen, Ihre eigenen Kommentare zu bewerten. Man muss schon ein echter maghrebinischer Schmierfink sein, um die Infamie derart auf die Spitze zu treiben … Sagen Sie,

Monsieur Llaz, bewerten Sie Ihre Kommentare eigentlich alle in Eigenregie? Oder lassen Sie sich dabei von Ihren Freunden helfen? Stellen Sie sich vor, ich hab mir mal den Spaß gemacht, nachzuzählen: Sie haben Ihre eigenen Kommentare über dreitausendfünfhundertmal bewertet. Enorm! Und das, mein Junge, das ist kein Mobbing mehr, das ist der helle Wahnsinn.«

Verärgert springt der Verleger auf: »Jetzt gehst du wirklich zu weit, Eddie!«

»Ich fürchte, da bin ich nicht der Einzige.«

»Du musst uns keine Morallektionen erteilen.«

»Daran zweifle ich keine Sekunde.«

»Mir scheint, du vergisst da eine Kleinigkeit, Eddie. Was das Streuen falscher Gerüchte angeht, sehe ich weit und breit niemanden, der es mit dir aufnehmen kann. Du bist doch der König der Nachrichtenwelt, du verbringst deine Zeit damit, die einen wie die anderen mit banalen Skandalmeldungen und schlüpfrigen Enthüllungsgeschichten in Grund und Boden zu rammen. Kein Tag vergeht, an dem du nicht beim Lynchen derer mitmachst, die nicht deine Sprache sprechen, und den letzten Blindgänger in den Himmel hebst …«

»Das bestreite ich ja gar nicht. Aber ich muss ein komplettes Imperium absichern, Bündnisse konsolidieren, einen Harem von Prostituierten unterhalten und einen Dschungel gieriger Tatzen schmieren. Und Sie? Was ist denn Ihr übergeordnetes Ziel, wenn Sie unseren großen Schriftsteller diffamieren? Glauben Sie, es täte Ihrem Image gut, wenn Sie ihn verleumden? Wollen Sie an seiner Stelle glänzen? Hier geht es um Talent. Das hat man oder man hat es nicht … Wenn ich einen Rivalen ausschalte, fallen mir seine ganzen

Geschäftsbeziehungen zu. Aber was bringt es Ihnen, wenn Sie einen Konkurrenten vernichten? Die Genugtuung, ein Licht ausgeknipst zu haben, damit alle Welt wieder im Dunkeln sitzt?«

Weder J'ha noch Llaz noch Ed Dayem ist bewusst, dass sie in diesem Moment das *algerische Paradox* verkörpern. Dass sie zwar der Spezies Mensch angehören, aber in Wahrheit bar jeder Menschlichkeit sind: blindwütige Fanatiker, denen jede Form von Edelmut, Hilfsbereitschaft und Güte fremd ist, und die das morbide Bedürfnis antreibt, anderen zu schaden, wo es nur geht. Die derart erbärmlich sind, dass sie selbst, wenn man vor ihren Augen alle Pracht der Erde entfaltete, doch nur die eigene Hässlichkeit sähen. Ist Dayem am Ende vielleicht nur deshalb wütend, weil er im Vergleich zu seinen umnachteten Doppelgängern wenigstens einen Funken Licht retten will? An jemandem, der das Image Algeriens in der Welt blankpoliert, dessen Person eine Art nationaler Errungenschaft darstellt, deren Existenz über den Niedergang der Nation ein wenig hinwegtröstet, darf man sich nicht vergreifen, findet der Magnat.

Wenngleich ihm sehr wohl klar ist, wie tief er gesunken ist, steht Eddie dank seiner patriotischen Ader, die in dem ganzen Wust aus Gewalt und Verkommenheit, aus dem seine Person besteht, noch irgendwie überlebt hat, auf dem Standpunkt, dass gewisse Werte, vor allem jene, die es über die Staatsgrenzen geschafft haben, verteidigt gehören. Wenn die zwei Schreiberlinge in ihm einen alten Dämon wecken, dann wohl auch deshalb, weil sie ihn widerspiegeln. Er sieht in ihnen sein eigenes Bild – jenes, das ihn verstört, wenn er nachts allein in seinem Bett liegt: das Bild des doppelköpfigen Horrors, in den er sich verwandelt hat.

Der Verleger beißt die Zähne zusammen und unterdrückt seine Wut. Mit einer Kopfbewegung signalisiert er dem jungen Romancier, aufzustehen.

»Du enttäuschst mich, Eddie, es bricht mir schier das Herz.«

»Oh, das Herz, dieses verflixte Herz, das sich immer dann meldet, wenn es darum geht, jemanden bei der Stange zu halten … Ich würde gern mal einen Blick hinter dein Brustbein werfen, J'ha. Dein Blut wird von keinem Organ durch die Adern gepumpt, sondern allein von deiner Niedertracht. Du bist so ekelhaft wie ein Eitergeschwür und so fies wie eine Fehlgeburt.«

»Wir sind nicht hier, um uns beleidigen zu lassen.«

»Dazu bedarf es wirklich keiner Anstrengung. Bei maghrebinischen Mackern eures Kalibers steht die Beleidigung schon im Raum, bevor man nur den Mund aufmacht.«

J'ha, um eine Antwort verlegen, presst die Kiefer zusammen und ballt die Fäuste. Rabenschwarz wandert sein Blick durch den Raum, auf der Suche nach einer passenden Retourkutsche, wandert unverrichteter Dinge zum Glastisch zurück, streift den Perserteppich, dann die schmutzverkrusteten Schuhe des Franko-Algeriers, bevor er vom höhnischen Grinsen des Pressemoguls aufgespießt wird.

»Du bist ja komplett irre, Eddie«, hört er sich keuchen.

»Strolche euren Schlags machen mich auch völlig kirre. Nimm den Fuß vom Gas und such dir einen Schuh, der nicht zwei Nummern zu groß für dich ist. Damit kannst du dann zwar nicht mehr angeben, aber es hilft dir, aufrecht durchs Leben zu gehen. Und sag dir: Es gibt eine Hierarchie in allen Dingen. Und in jeder Disziplin. Wer hätte je Operndiva und Klageweib, Superstar und Schlagersternchen, Wissenschaftler und Schulmeister, den ausgewiesenen Autor und den beflissenen Schreibanfänger auf dieselbe Stufe gestellt? Wenn man jemandem nicht das Wasser reichen kann, sollte man es gar nicht erst versuchen, sonst verhebt man sich nur. Gib deinem Leben einen Sinn, du Sturkopf, und versuch, den Kurs zu halten.«

Ed wendet sich um zum Romancier und fährt fort:

»Eifersucht ist eine Form von Selbstverleugnung, junger Mann. Macht traurig und böse, kompensiert aber nichts. Nur die Momente zählen im Leben, die uns ein wenig Freude geben. Alles andere ist Vergeudung. Wenn du schreiben willst, dann schreib. Man baut sein eigenes Talent nicht dadurch aus, dass man anderen das ihre abspricht. Begabung ist nichts, worum man feilschen könnte. Willst du meinen Rat? Du kannst den Beruf wechseln, die Religion, du kannst sogar dein Geschlecht umwandeln, aber versuch nicht, Gold in Schlamm zu verwandeln. Bei dem Tausch würdest du nichts gewinnen, und am Ende hättest du noch deine Seele verloren.«

»Amen …«, brummt J'ha, während er seinen Schützling zum Ausgang schiebt. »Wenn man dich so hört, lieber Eddie, möchte man dir die Republik am liebsten mit geschlossenen Augen anvertrauen. Dabei würde selbst Gott lieber zweimal als einmal unter seinem Bett nachsehen, bevor er sich schlafen legt, wenn er wüsste, wo du überall deine Fallen aufstellst und deine Spinnennetze webst.«

Mit Schaumblasen vorm Mund stieben Verleger und Schützling aus dem Raum.

11.

Nachdem J'ha und sein Schützling abgerauscht sind, bleibt Ed noch eine Weile gedankenverloren sitzen, schnipst dann mechanisch den Deckel von seiner Marlboro-Packung, schiebt sich die nächste Zigarette zwischen die Zähne und durchforstet seine Taschen nach einem Feuerzeug.

Da hält eine behaarte Hand ihm Feuer hin.

Ed reckt sein Kinn hoch. Ein korpulenter Kerl mit knallrotem Kopf hat sich über ihn gebeugt.

»Was hast du denn den zwei jungen Leuten da erzählt, dass sie so schauerliche Mienen machen?«

»Mit denen sind sie schon aus dem Mutterleib gekrochen.«

»Aber J'ha konntest du doch immer gut leiden.«

»Ich habe diese in ihren Bauchnabel verliebten Intellektuellen mit ihrer chronischen Schwarzweißseherei noch nie ausstehen können. Unsere halten sich für die Besten der Welt. Und sind doch die Ersten, die über die Besten unter ihresgleichen herziehen.«

Omar Sfa steckt sein Feuerzeug wieder ein und lässt sich schwerfällig in den Sessel fallen, in dem wenige Minuten zuvor noch der Verleger saß. Der Sitz ächzt unter seinem Elefantenleib.

Während Ed den enormen Bauch seines Chefredakteurs betrachtet, der sich als gallertartige Masse über dessen Oberschenkel ergießt, fragt er sich unwillkürlich, ob die Natur die Menschen nicht zum Narren hält.

»Das Problem unserer Nation …«

»Lass die Nation in Frieden, Omar. Das Volk hat mit unseren Machenschaften nichts zu tun.«

»Na, wie man halt so redet.«

»Drück dich anders aus. Man reduziert eine Schattennation nicht auf eine gottverdammte sichtbare Minderheit, die sich lieber groß aufspielt als ehrlich zu begeistern.«

Omar Sfa stimmt zu: »Okay, Chef, dann sagen wir mal, das Problem unseres Landes rührt daher, dass zwei seiner Grundfesten grundschief sind: die politische und die geistige Elite. Die erste ist ein reiner Resonanzkörper, die zweite dröhnt so düster wie eine Trauermarschtrommel …«

Ed unterbricht ihn mit einer verärgerten Handbewegung: »Falsch! Das Problem ist kultureller Natur. Wir haben einen miesen Charakter. Wenn bei uns ein legendärer Comedian gastiert, um uns aufzuheitern, machen wir ihn zur Schnecke. Wenn uns ein Filmregisseur mit der Welturaufführung seines neuesten Streifens beehrt, fallen wir mit Gebrüll über ihn her. Wir treten den letzten im Netz gefundenen Schwachsinn breit und verlieren kein Wort darüber, wenn jemand tosende Anerkennung erntet. Ist das jetzt pathologisch, ist es unsere Bestimmung oder unser Naturell?«

»Das ist unsere redaktionelle Linie, Eddie. Wir können den anderen doch nicht zum Vorwurf machen, was wir selber Tag für Tag unter die Leute bringen.«

»Klar, aber warum sind wir so missgünstig?«

»Weil wir noch in der analen Phase herumkrebsen, Eddie … Der Fehler ist systemimmanent. Es ist das System, das seine Kinder in den Wahnsinn treibt, indem es ihnen das Recht verweigert, im eigenen Land glücklich zu sein.«

Ed zieht nervös an seiner Zigarette: »So sehe ich das nicht. Das System ist doch nur die Kulisse für unsere Charakterlosigkeit … Es ist mir bis heute schleierhaft, woher diese maßlose, gnadenlose Verachtung rührt, mit der Künstler und

Intellektuelle hierzulande einander beharrlich entgegentreten. Meine Güte, du bekommst ja keine zwei Verleger, Maler, Schauspieler, Musiker oder Literaten an einen Tisch, ohne dass es gleich zu Mord und Totschlag kommt. Ständig sägen sie an irgendwelchen Ästen, streuen die grässlichsten Gerüchte aus und schwingen die Motorsäge, sobald der andere sich auch nur regt. Wer um alles in der Welt sind wir, dass wir so sind?«

Omar, dem es schwerfällt, ein Bein übers andere zu schlagen, fläzt sich breitbeinig hin, sodass sein gewaltiger Hosenschlitz zum Vorschein kommt, und ruckelt in dem Sessel, der für ihn viel zu eng ist, auf der Suche nach einer bequemen Sitzposition ein paar Mal hin und her, dann legt er los:

»Die intellektuelle Klasse Algeriens ist das Resultat einer kuriosen Mixtur. Wir glauben nicht an das Individuum. Und noch weniger an seine Fähigkeit, stellvertretend für eine stigmatisierte Gemeinschaft zu sprechen. Wir sind verbitterte Geschöpfe. Unsere Massenvernichtungswaffen heißen Ablehnung und Widerspruch. Jemand hat einmal gesagt: ›Wer sich für nichts mehr begeistern kann, ist ein wandelndes Unglück.‹ Aber während ein Unglück manchmal auch sein Gutes hat, sind wir zu gar nichts mehr gut. Wir lassen uns von unserem Frust die Richtung vorgeben. Das Talent eines Kollegen strahlt nicht auf uns ab, sondern stößt uns mit der Nase auf unsere eigene Unfähigkeit.«

»Nun mal langsam, Omar, ich hab mein Frühstück noch nicht verdaut.«

»Ich versuch dir nur zu erklären, wie es bei uns läuft.«

»Danke, aber Defätismus widert mich noch mehr an als Egomanie … Du kommst mir vor wie einer, der gerade einem Pool voller Krokodile entronnen ist. Was ist denn los?«

»Ich bin gekommen, um dir meine Kündigung auf den Tisch zu legen.«

Ed runzelt die Stirn.

»Das ist wohl ein schlechter Scherz. Ich habe dein Gehalt doch erst vor drei Monaten verdoppelt. Reicht das nicht aus?«

»Es geht nicht ums Geld, Eddie.«

»Hat ein anderes Blatt dir mehr geboten?«

»Wenn ich dir doch sage, dass es mir nicht ums Geld geht.«

»Was hast du dann für ein Problem?«

»Ich werfe die Flinte ins Korn. Ich habe Angst, dass der Schuss irgendwann nach hinten losgeht.«

»Nimm dir eine Auszeit. Geh nach Taghit oder besser noch nach Rom. Deine Ausgaben kannst du als Spesen verbuchen.«

»Das ist es nicht, Eddie. Der Job ermüdet mich einfach. Ich habe genug davon, ständig auf Leute einzudreschen, die mir gar nichts getan haben, Bonzen Fallen zu stellen, damit andere Bonzen alles absahnen können, in der Scheiße zu wühlen, um dort etwas zu finden, das mich als Rächer der Enterbten hinstellt. Das hat doch mit Nachrichten nichts mehr zu tun, Eddie. Und ich fürchte mich vor dem, was das aus mir macht.«

Ed bricht in lautes Gelächter aus:

»Du hast nicht nur eine Episode, du hast die komplette Serie verpasst, Omar. Nachrichtenjournalismus, das war gestern. Heute ist Meinungsjournalismus angesagt. Du bist derjenige, der das Denken formatiert. Du hast die Macht, die Geheimnisse der Götter zu lüften und in laufende Verfahren einzugreifen. Hast die Macht, noch vor dem Richter dein Urteil zu sprechen und den Verurteilten noch vor dem Henker zu richten. Es gehört zu deinen Privilegien, Giganten zu zermalmen und aus Scharlatanen Götter zu machen, Genies in den Schmutz zu ziehen und jeden x-Beliebigen an den Pranger zu stellen. Jeden Morgen stürzen die Leute sich auf unsere Zeitung, um dein Geschreibsel zu inhalieren. Deine Chronik interessiert sie, sie ist ihre Wahrheit … Deine Macht ist grenzenlos, Omar. Also sprich, tobe dich aus, erschüttere die Throne, brich Kriege vom Zaun, mach der Polemik Feuer unterm Arsch und forme den Menschen nach deinem Bilde, denn dein Wort ist das Evangelium, dein Schiedsspruch so ehern wie das Jüngste Gericht.«

»Eben, Eddie, das ist es ja. Ich bin es leid zu sein, was ich gar nicht bin.«

Ed kratzt sich umständlich hinterm Ohr: »Hast du anonyme Drohungen erhalten?«

»Schlimmer. Wir haben unserem Land extrem geschadet mit unseren endlosen Rachefeldzügen, unseren Grabenkämpfen und unseren abstrusen Enthüllungen. Ich kann nicht mehr, ich geh auf dem Zahnfleisch. Täglich müssen wir uns einen neuen Skandal ausdenken, aus dem sich Profit schlagen lässt. Täglich ist unser Volk mit neuem Unheil konfrontiert. Gestern habe ich mich gefragt, ob ich eigentlich ein Gewissen habe oder bloß eine Kolumne, von der aus ich völlig ungestraft mein Gift verspritze: auf alles, was sich bewegt. Heute Morgen beim Rasieren konnte ich mir nicht mehr in die Augen sehen … Ich bin nicht stolz auf mich, Eddie, das kannst du mir glauben. Ich denunziere, hetze, scheuche das Wild dank meiner geharnischten Leitartikel auf, zerre Geier und Hyänen in den Schmutz. Aber wenn ich dann lese, was ich geschrieben habe, wird mir klar, dass ich kaum besser bin als sie.«

Ed ist kurz davor zu explodieren, aber er lässt sich seine Wut nicht anmerken. Er drückt seine Zigarette in einem Kristallaschenbecher aus und klatscht nach Despotenmanier in die Hände, bedächtig, mit längeren Pausen dazwischen.

»Bravo! Welch ein Sühnespektakel! Da kriegt man direkt eine Gänsehaut. Du solltest es mal beim Theater versuchen, Omar. Du würdest das Publikum derart zum Weinen bringen, dass es in der Flut seiner eigenen Tränen ersöffe.«

Eds Stimme ist tonlos. Und so spitz wie eine Gräte, die einem im Hals stecken bleibt. Düster fährt es dem Chefredakteur durch Mark und Bein.

»Du hast ja lange gebraucht, bis du gemerkt hast, dass du ein Gewissen hast, Omar.«

»Das ist keine Frage des Gewissens, sondern der Berufsethik.«

»Berufsethik, soso. Ein großartiges Wort. Damit kannst du bei den Naiven Eindruck schinden. Ist so aufgeblasen und trügerisch wie die Sprüche im Giebelfeld der Rathäuser.«

Ein junges Mädchen kommt mit einem Tablett mit Kaffeetassen und Brioches zur Tür herein. Ed jagt sie mit markerschütterndem Gebrüll in die Flucht: »Tür zu, verdammt!«

Hastig zieht das Mädchen wieder die Tür ins Schloss. Man hört, wie eine Tasse am Boden zerschellt und Stöckelschuhe im Eiltempo davontrippeln. Ed atmet tief ein, um die Wut zurückzuhalten, die sich in ihm festgesetzt hat, und mustert schweigend seine Fingernägel. Seine Atemzüge erinnern an die schleichenden Schlängelbewegungen eines Reptils: lautlos, unmerklich und todbringend.

Bäche von Schweiß rinnen Omar Sfa übers Gesicht. Er wischt sie nicht ab. Hängt an den Lippen seines Chefs. Wartet auf dessen Verdikt: »Abgelehnt, Omar. Ich lehne dein Entlassungsgesuch ab. Wir zwei haben einen Vertrag, und es liegt nicht in deinem Interesse, ihn aus einer spontanen Laune heraus Hals über Kopf zu kündigen.«

»Mein Entschluss steht, Eddie. Ich geh von Bord, das stärkste Tau könnte mich nicht halten.«

»Weil du denkst, das Schiff wird sinken?«

»Mit dem Schiff hab ich nichts an der Backe, Eddie. Ich rackere mich seit fünfzehn Jahren für dich ab. Jetzt häng ich den Kittel an den Nagel. Zugegeben, er ist schmutziger als damals, als ich ihn mir übergestreift habe, aber wenn man bedenkt, in was für einen Morast du mich geschickt hast, um dort für dich Schätze zu heben, dann war das auch nicht anders zu erwarten. Ich will so gehen, wie ich gekommen bin, Eddie. Ohne Gedöns. Ich bin überall für dich herumgedüst, mit monumentalen Scheuklappen und ätzender Feder. Jetzt fahr ich nur noch auf den Felgen. Ich bin längst reif für den Schrottplatz.«

»Ich lass dich aber noch nicht zum alten Eisen, Omar. Ich brauche dich noch. Hat Sido denn gestern Abend nicht versucht, dich zu erreichen?«

»Gestern Abend?«, ruft Omar verärgert. »Von wegen! Dein werter Herr Privatsekretär hat mich auf die Minute genau um 3 Uhr 47 angerufen. Ich dachte, der Präsident sei gestorben oder Bin Laden von den Toten auferstanden. Ich lag im Tiefschlaf, verdammt! Und Sido, der am Ende der Leitung tönt: ›Ich glaube, ich weiß jetzt, wie man Amar Daho definitiv zum Schweigen bringt.‹ Wenn ich meinen Arm durch die Leitung hätte strecken können, hätte ich Sido an der Gurgel gepackt und solange zugedrückt, bis ihm die Mandeln zu den Ohren herausgekommen wären. Mich um 3 Uhr 47 wegen so etwas anzurufen! Für wen hält er mich denn?«

»Ich hatte ihn beauftragt, Dahos Achillesferse ausfindig zu machen. Einer von den großen Manitus verlangt seinen Kopf. Sido hat den ganzen Tag und die halbe Nacht lang Berge von Akten und Archivmaterial gewälzt. Als er dachte, er hätte was gefunden, war er so froh, dir das mitteilen zu können, dass er nicht auf die Uhr geschaut hat. Ist ja auch kein Weltuntergang. Ich werde auch immer mal wieder zu den unmöglichsten Stunden geweckt. Und oft ist es völlig belanglos oder blinder Alarm. Aber es gehört halt zu unserem Beruf, das Gras wachsen zu hören, Omar. Man kündigt doch nicht, weil man mal morgens um 3 Uhr 47 einen Telefonanruf erhalten hat.«

»Ich kündige wegen dem Inhalt dieses Anrufs, Eddie. Sido sagte, er wolle mir einen Vorschlag machen. Ich: ›Kann das nicht bis morgen warten?‹ Sido: ›Nein.‹ Ich: ›Und was schlägst du mir vor?‹ Sido: ›Ich habe da ein Dokument gefunden, unterschrieben von einem Psychiater. Amar Daho hatte eine Tochter, die Autistin war, die hat sich 1992 das Leben genommen. Sie war erst vierzehn Jahre alt.‹ Ich: ›Ja und?‹ Sido: ›Daraus lässt sich doch was machen. Man könnte die Vermutung lancieren, dass die Kleine gar nicht autistisch war, sondern depressiv, und dass sie sich umgebracht hat, weil sie es nicht länger ertragen hat, von ihrem Vater vergewaltigt zu werden.‹ Und Eddie, weißt du was? Mir ist der Hörer aus der Hand gefallen, als hätte ich mich am Höllenfeuer verbrannt. Ich bin ins Bad gerannt und hab erst mal gekotzt. Und was hab ich im Spiegel gesehen, als ich den Kopf gehoben habe? Den Teufel leibhaftig!«

»Ich finde Sidos Vorschlag ein wenig übertrieben …«

»Ein wenig übertrieben, Eddie? Das ist wohl das Entsetzlichste, was dem Hirn eines Verfluchten entspringen kann. Und mir wurde schlagartig klar, was für ein Fluch auch auf mir lastet. Vor meinem inneren Auge sind sämtliche Typen vorbeigezogen, die ich auf der Titelseite unserer Zeitungen gekreuzigt habe, die ganzen Mistkerle, die ich an den Pranger gestellt, die Elenden, die ich in meinen Leitartikeln hingerichtet habe, und um exakt 3 Uhr 57 habe ich festgestellt, wie sehr das korrupte Pack und ich doch Maden in ein- und demselben Scheißdreck sind. Und dass es nichts Ruchloseres gibt, als mit dem Finger darauf zu zeigen, wenn man doch selber mitten in der Jauche steckt ... Dann bin ich ins Schlafzimmer zurück, habe meine schlafende Frau betrachtet, meine Kinder im Zimmer nebenan, und mich gefragt, was sie wohl von mir dächten, sollten sie jemals erfahren, dass hinter dem Helden, der ich in ihren Augen bin, ein Schmierfink der übelsten Sorte steckt.«

Omar Sfa verrenkt sich nach Leibeskräften, um seinen schwerfälligen Körper aus dem Sessel zu hieven, zieht einen Umschlag aus der Innentasche seines Jacketts hervor und legt ihn auf den Glastisch:

»Meine Kündigung, Eddie ... Und versuch ja nicht, mich umzustimmen oder auch nur zu kontaktieren. Ab heute will ich nichts mehr von dir hören oder sehen. Und nie wieder eines deiner Revolverblätter aufschlagen. Und sollte die Ironie des Schicksals es wollen, dass unsere Wege sich dereinst im Paradies kreuzen, dann lass ich mich stante pede in die Hölle versetzen, um dich bloß nie wiederzusehen.«

Schon ist er fort. Und lässt Ed Dayem sprachlos zurück.

12.

22 Uhr 40.

Es nieselt auf den Anhöhen von Algier. Verlassen liegen die Straßen da, dem Regiment streunender Katzen unterworfen, deren geisterhafte Gegenwart man nur erahnen kann, derweil sie methodisch die Müllcontainer filzen. Bereitwillig schwemmt das Regenwasser den Inhalt der zerrupften Plastiktüten über die Gehwege. Ein paar Straßenlaternen, die der jugendlichen Zerstörungswut noch nicht zum Opfer gefallen sind, überziehen den Asphalt mit trübgelbem Schein. Die Menschen sitzen, tief in die Polster gekuschelt, in ihren Wohnzimmern, ziehen sich türkische TV-Serien rein oder zappen sich auf der Suche nach einem Fußballspiel durch die Kanäle.

Das nächtliche Algier gleicht einem Stillleben. Einer Totenstadt, in der die Poltergeister sich so rar machen wie die Marabouts.

Nora sitzt rauchend am Steuer ihres privaten Pkw, eines noch nicht ganz abbezahlten Renault Clio. Der Aschenbecher quillt längst über vor Kippen. Auf dem Neonschild des Hotels gegenüber leuchten sporadisch, gleichsam widerstrebend, drei Buchstaben auf. Nora ist das Etablissement nicht unbekannt. Von außen wirkt es wie eine Herberge für abgebrannte Durchreisende, doch hinter der Fassade tanzt nächtens der Bock. 2000 Dinar kostet eine Hure pro Stunde, und der Tarif für die ganze Nacht übersteigt so manche Börse.

Aber Nora ist nicht wegen des Hotels gekommen, sondern wegen des Restaurants nebenan, dem Tanit. Die reinste Räuberhöhle, in der das Essen zwar sehr zu wünschen übrig lässt, die aber günstig gelegen ist, gleich neben dem Stundenhotel … für den Fall, dass die Speisenden sich mit weiterführenden Gedanken tragen. Nora weiß, dass Sonia dort mit einem Freier zu Abend isst, und wartet geduldig, um sie abzufangen, sobald sie herauskommt. Nora könnte natürlich auch hineingehen und sie holen, aber Sonia wäre imstande, ihr eine mordsmäßige Szene zu machen, wie sie es gern tut, wenn sie sturzbetrunken ist.

Gegen 22 Uhr 50 verlassen zwei junge Leute Arm in Arm, mit unsicherem Schritt, das Restaurant. Sie sind beschwipst und bleiben alle zwei Meter stehen, um aus voller Kehle zu lachen. Der Mann ist hochgewachsen und sehr schlank. Er schwimmt nachgerade in seinem altmodischen Trenchcoat. Sonia trägt einen Kunstpelzmantel und Lederstiefel. Sie schwankt auf ihren hohen Absätzen.

Nora lässt sie eine Weile durch den Regen laufen, dann eilt sie ihnen nach, packt Sonia am Arm und entreißt sie ihrem Gefährten.

»Was um alles in der Welt hast du hier verloren?«

»Hände weg!«, schreit Sonia sie an und weicht dabei so heftig zurück, dass sie fast über ein Schlagloch gestolpert wäre.

Nora dreht ihr den Arm auf den Rücken und schiebt sie in Richtung Clio. Sonia versucht, sich zu befreien. Sie windet sich fluchend, aber Nora hat sie fest im Griff. Und Sonias Anstrengungen lassen sie schnell außer Atem geraten. Dem jungen Mann, der erst völlig verwirrt war, dämmert so langsam, dass ihm da jemand seine Beute wegschnappt. Schnell versucht er gegenzusteuern:

»Hey, das Mädchen gehört mir.«

»Jetzt nicht mehr«, kontert Nora und zückt ihre Dienstmarke. »Sieh zu, dass du dorthin verschwindest, woher du gekommen bist, wenn du die Nacht nicht auf dem Revier verbringen willst.«

»Die Zeiten des algerischen Stalinismus sind vorbei …«

»Da irrst du dich gewaltig, du Ratte, es ist noch viel schlimmer geworden.«

Zu betrunken, um von ihnen abzulassen, verfolgt der junge Mann die beiden Frauen bis zum Renault.

»Ich lade dich ein, wenn du willst«, sagt er zu Nora. »Eine Bullenfrau hatte ich noch nie. Ich verspreche euch das volle Programm. Mein Schwanz ist so lang, dass er jedes Mal wie eine Peitsche knallt.«

»Na, wenn das so ist, dann schieb ihn dir doch gleich selber hinten rein.«

Nora wuchtet Sonia in den Renault, schwingt sich hinters Steuer und düst los. Dabei streift sie den jungen Mann, der wie angegossen auf der Straße steht, mit dem Kotflügel.

»Was willst du denn mit diesem Looser anfangen, du dumme Gans?«, schimpft sie drauflos, während sie so brutal Gas gibt, als zerträte sie mit ihrem Fuß den Kopf einer Viper.

Sonia antwortet nicht mehr. Sie lehnt an der Wagentür und ist schon eingeschlafen.

Zu dieser Stunde ist Ed Dayem längst zu Hause. In Gesellschaft Nasseras, einer attraktiven Studentin, zweiundzwanzig und anmutig wie eine Gazelle, die sich aus einer märchenhaften Oase in sein Schlafzimmer verirrt hat. Sie hatten Sex und nehmen jetzt einen Drink zu sich, Ed in einem monumentalen Sessel, das Mädchen barbusig auf der Bettkante, den String achtlos am Boden.

Sie kennen sich seit nunmehr zwei Jahren. Ed hatte die Anhalterin, die gerade aus der Universität kam, auf der Umgehungsstraße an Bord genommen. An jenem Tag ging es ihr nicht gut. Ihr hübsches Gesicht war völlig verkrampft, aus ihren Augen kullerten die Tränen. Ed hatte sie gefragt, was los war. Nassera erzählte ihm, dass ihr Professor ihr miserable Noten gäbe, weil sie sich weigerte, mit ihm ins Bett zu steigen. Wenn das so weiterginge, würde sie überall durchfallen, und danach könnte sie sich dann gleich aus dem Fenster stürzen. »Hat dein sexgeiler Prof auch einen Namen?« – »Er heißt Khaled Jebbour …« Ed hatte sogleich am Straßenrand gehalten und den Rektor der Universität per Handy kontaktiert. »Hast du einen gewissen Khaled Jebbour unter deinen Kollegen? Gut. Den will ich in einer Stunde bei dir im Büro sehen … Du weißt nicht, wo er ist? Mir egal. Ich weiß sehr wohl, wo ich ihn in einer Stunde finden werde, Rabah, und es wäre nicht in deinem Sinn, mich zu enttäuschen …« Ed hatte aufgelegt und dem Mädchen mit Beschützermiene zugelächelt. Eine Stunde später saß Khaled Jebbour blass und fiebernd beim Direktor im Büro und hätte sich fast in die Hose gemacht. Der Rektor hatte nur Eds Namen erwähnen müssen, da kam der Perverse schon angekrochen. Ganz Algier kennt Ed Dayem, fürchtet ihn, schmeichelt ihm. Er ist so etwas wie der algerische J. Edgar Hoover. »Weißt du, wer dieses Mädchen ist?«, hatte er den vor Angst halbtoten Professor gefragt. »Das ist meine Studentin, Monsieur Dayem.« – »Falsch«, hatte Ed mit schneidender Schärfe erwidert, »das ist meine Nichte …« Daraufhin hatte er sich erhoben, das Mädchen am Arm genommen und mit ihr zusammen das Büro des Direktors verlassen. Mehr zu sagen war nicht nötig gewesen. Die Botschaft hatte ihren Adressaten so sicher erreicht wie ein eingeschriebener Brief.

Wieder im Wagen, hatte Ed dem Mädchen zugezwinkert: »Wie heißt du überhaupt, Schönheit?«

»Nassera …«

»Also, Nassera, von heute an wird dich kein Mensch mehr belästigen.«

»Danke!«

»Und was studierst du?«

»Medizin.«

»Du kannst davon ausgehen, dass du dein Diplom schon jetzt in der Tasche hast.«

»Ich bin beeindruckt. Denen haben Sie ja eine ganz schöne Angst eingejagt, dem Professor und dem Rektor …«

»Bei mir brauchen selbst die härtesten Burschen die doppelte Menge Pampers.«

»Aber wer sind Sie denn, Monsieur?«

Und Ed sprach, in aller Schlichtheit: »Der Herrgott auf Erden«, bevor er den Motor seines Jaguars wie zur Bestätigung laut aufheulen ließ.

Einige Stunden später hatten sie ihre Bekanntschaft bereits im Bett besiegelt.

Seitdem ruft Ed sie immer dann an, wenn er Appetit auf Frischfleisch hat, und sie kommt sofort. Bei Tag wie bei Nacht.

Ed führt sein Glas schottischen Whiskys an die Lippen, ohne den Blick von ihr zu lassen.

»Warum starrst du mich so an?«

»Ich betrachte dich. Du bist zum Anbeißen.«

Sie lacht schallend.

Ed blickt jäh düster.

»Was hältst du von mir, Schönheit?«

»Wie meinst du das?«

»Welche Art von Mensch bin ich für dich?«

»Ist das wichtig? Du bist der König der Welt. Milliardäre fressen dir aus der Hand. Du musst nur mit dem Finger schnipsen, und dein Wunsch wird erfüllt. Was bringt es dir, wenn du weißt, was man von dir hält?«

»Wissen kann man nie genug.«

»Ich möchte gar nicht wissen, ob ich deine Mätresse oder deine Hure bin.«

»Ich rede doch nicht von dir.«

Er nimmt einen kräftigen Schluck Whisky, streckt dann die Hand nach der Flasche auf dem Nachttisch aus, um sich nachzuschenken.

Seine Stirn kräuselt sich, als er sagt: »Meine Feinde kenne ich in- und auswendig, ich lese in ihren Gedanken, als wär's ein offenes Buch, und dennoch: Wenn mir irgendeine Person Rätsel aufgibt, dann bin ich das selbst. Ich weiß auf den Millimeter genau, wie weit mein Einfluss reicht, aber wer ich selber bin, das weiß ich nicht.«

»Einverstanden«, erklärt das Mädchen. »Dann will ich dir mal sagen, was ich von dir halte. Du bist ein stinkreiches altes Arschloch, und ich mag dich ziemlich gern.«

»Glaubst du wirklich, dass ich ein Arschloch bin?«

»Du etwa nicht?«

Ed stellt sein Glas auf dem Nachttisch ab und geht nackt, wie er ist, mit seinem Hängebauch, dem welken Hinterteil, zum Fenster vor. Er blickt auf die Lichter der Stadt … Ach, Algier! denkt er. Was ist geblieben von den herrlichen Soiréen von einst, auf denen die Schönen und Reichen sich trafen, nur so, um sich nicht aus den Augen zu verlieren? Von den kleinen Scharmützeln, die man mit Schwung und Charme ausfocht? Den Intrigen, die stets nach Schema F abliefen? Und den Seitensprüngen, die man direkt vor der Nase des gehörnten Gatten beging, um den prickelnden Reiz noch zu erhöhen?

»Wenn ich nachts allein bin, stehe ich oft stundenlang hier und sehe auf die Straße. Ich beobachte die Leute, die von wer weiß woher nach Hause kommen, andere, die durch die Dunkelheit irren und wer weiß wonach suchen. Und die alle, davon bin ich fest überzeugt, ein Stück von mir bei sich tragen, die einen mehr, die anderen weniger. Sie lesen meine Zeitungen, sehen mich im Fernsehen und sind, ohne es zu ahnen, Teil meines Erfolgs. Und doch kommt es mir so vor, als gäbe es sie in Wahrheit gar nicht. Es ist, als wären sie die Frucht meiner Einbildung, als müsste ich nur die Augen schließen, damit sie verschwinden.«

»Wenn du die Augen nur nicht schließt, solange ich bei dir bin.«

»Ich meine das ganz im Ernst, Nan«, erwidert Ed, während er zu seinem Sessel zurückkehrt. »Sobald ich allein in meinem Schlafzimmer bin, treiben mich diese Gedanken um. Wer bin ich denn, verflixt noch mal? Soll ich mich freuen über das, was mir begegnet? Oder darüber jammern?«

»Eddie, bitte! Leg mal 'ne andere Platte auf. Wir sind hier, um zu vögeln, nicht um zu philosophieren.«

»Im Leben gibt es mehr als nur Sex.«

»Nämlich?«

»Alles Übrige.«

»Du bist wirklich eigenartig, Eddie.«

»Eigenartig? Inwiefern?«

»Du machst alles kaputt. Bis vor ein paar Minuten ging es uns doch gut. Warum musst du so viel quatschen? Wenn dir nach Beichten zumute ist, da bist du bei mir nicht an der richtigen Adresse.«

»Ich und beichten? Glaubst du vielleicht, mich drückt das Gewissen? Ich weiß doch noch nicht mal, was dieses Wort überhaupt heißt. Ich stelle mir nur Fragen. Ich bin weder groß studiert noch besonders protegiert, aber ich stehe an der Spitze eines Imperiums. Ich habe in Viehställen geschlafen und mich in der Nähe von Kasernen herumgetrieben, um nicht völlig zu verhungern, habe Zigarettenstummel aufgelesen und daran gesogen, bis ich mir die Finger versengte. Und hopp, quasi über Nacht bin ich der König der Welt? Wieso? Und wieso gerade ich?«

»Das dürften sich eine Menge Leute fragen, Eddie. Sieh sie dir doch an, unsere Führungskräfte, Parlamentarier, Milliardäre. Von denen hatten viele noch nie ein Buch in der Hand. Aber es hat sie nach oben geschwemmt in einem Land, in dem fast alle bestechlich sind, wo das Mittelmaß auf Kosten echter Kompetenz reüssiert, und wo man das Gewissen vieler Leute kastriert, nur damit alles, was hässlich und unschön ist, so bleibt, wie es ist. Wie soll man sich sonst erklären, dass Algerien trotz seines unermesslichen Reichtums so wenig Träume und Ambitionen hat? Und bis heute das traurige Schlusslicht der Nationen bildet?«

»Du magst mir nicht glauben, aber ich bin sehr in Sorge um unser Vaterland.«

»Man hat immer nur das Vaterland, das man verdient, Eddie. Das ist kein Schicksal.«

»Ich versichere dir, ich befürchte das Schlimmste für die nächste Generation.«

»Die schlägt sich schon irgendwie durch.«

Verachtung blitzt in den Augen des Mädchens auf. Ed beugt sich irritiert zu ihr vor, sieht ihr prüfend ins Gesicht: »Du glaubst mir nicht, wenn ich dir sage, dass ich mir Sorgen um unser Vaterland mache?«

»Nein.«

»Nein?«

»Nein!«

Unter der Wucht seiner Ohrfeige fällt Nassera hintenüber. Noch bevor es Ed – ohnehin zu spät – dämmert, wie sehr er sich da vergriffen hat, ist Nassera schon mit wehendem Haar aus dem Bett gesprungen, rafft String, Jeans und Sportschuhe zusammen und läuft ins Wohnzimmer, um sich anzuziehen. Ed folgt ihr nach, die Arme bedauernd ausgebreitet.

»Verzeih mir, ich weiß nicht, was da über mich gekommen ist.«

»Komm mir bloß nicht näher, du Blödmann. Wie kann man nur so brutal sein! Hast du denn nur noch Schlamm in der Birne? Ich hasse dich!«

Sie schlüpft in ihre Jeans, den Pulli, die Lederjacke, wickelt sich ein Tuch um den Hals …

»Bleib bei mir, Nan, ich flehe dich an … Lass mich nicht allein …«

»Ich lass dich in Gesellschaft deiner Hirngespinste, du blöder Hund. Man ohrfeigt mich nicht wie eine billige Soldatendirne.«

»Es tut mir so leid … Ich mach's wieder gut, das verspreche ich dir. Hast du Lust auf einen kleinen Wochenendtrip? Nach Paris, Prag, Palermo? Algier macht mir höllisch Angst. Woanders würden wir an nichts anderes als uns zwei beide denken.«

»Versuch jetzt bloß nicht, mich aufzuhalten, Eddie! Ich schrei dir das ganze Viertel zusammen.«

»Bitte, Nan! Ich lieb dich doch.«

»Um lieben zu können, muss man erst mal eine Seele haben. Du bist nur ein Stück Dreck, in dem die Maden wimmeln.«

Sie hat sich fertig angekleidet, rennt hinaus und knallt die Tür derart aufgebracht ins Schloss, dass in der Diele ein alter Meister höchst unsanft vom Haken fällt.

Im selben Moment versucht Leutnant Guerd irgendwo in den alten Kellergewölben von Bab el-Oued, seinen Frust zu ertränken. Er hockt im hintersten Winkel des Gosto, einer zwielichtigen Kneipe, in der er sich für gewöhnlich auf Kosten des Hauses volllaufen lässt. Den ersten Liter des sauren Gesöffs hat er schon intus und bestellt gerade nach. Es war ein harter Tag für ihn. Sich von einer »Tusse« runterputzen zu lassen, ohne zu mucken, und das vor versammelter Mannschaft, noch dazu in Gegenwart des Kriminaldirektors, das ist so gar nicht sein Ding. Kommissarin Nora hatte ihm ihr komplettes Repertoire derber Flüche an den Kopf geworfen und die ganze Zeit unverschämt mit ihrem Zeigefinger vor seiner Nase herumgefuchtelt. Der Zeiger der Bürouhr stand auf zwölf Uhr mittags, aber ihm war es wie Mitternacht, so schwarz erschien ihm alles ringsum. In seinem Schädel hallen noch die Drohungen seiner Vorgesetzten wider. Selbst wenn er beide Hände gegen die Schläfen presst, er kann sie einfach nicht ersticken. Seine Kollegen haben ihn in stummer Verachtung gemustert. Und er, wie ein Strolch, den man auf frischer Tat ertappt, er wagte kein einziges Wort zu sagen, noch nicht mal, um das Gesicht zu wahren. Wäre der Direktor nicht dabei gewesen, er hätte garantiert den Revolver gezogen und seine Ehre mit Blut reingewaschen, denkt er bei sich. Aber er hatte ja gar keine Ehre. Nie hätte ein echter *d'Arguez*, einer, der im Stehen pisst, es hingenommen, sich von einer Frau, egal ob mit Schulterstücken oder nicht, vor anderen Männern so schurigeln zu lassen. Er, der seinen

Wurmfortsatz stets wie ein Zepter schwenkte, überzeugt, dass Frauen nur zum Kinderkriegen und Putzen da waren und ansonsten den Mund zu halten hatten, hatte sein Fett abbekommen. Wäre sein Vater noch von dieser Welt, er hätte ihn bestimmt verstoßen.

Mit dem Finger gibt er dem Barkeeper Zeichen, ihm eine neue Flasche zu bringen. Um ihn herum diskutieren ein paar Betrunkene über Gott und die Welt. Die Klientel des Gosto besteht aus arbeitslosen Schauspielern, die für die kleinste Statistenrolle im letzten Schundfilm dankbar wären, Hafenarbeitern, die vor Erschöpfung halb betäubt sind, und Dealern, denen der Stoff ausgegangen ist. Guerd kann den Ort eigentlich nicht leiden, aber seit er dem Geschäftsführer einmal aus einer dubiosen Affäre, in der es um gepantschten Wein ging, herausgeholfen hat, fühlt er sich dort ein wenig wie zu Hause.

Der Barkeeper stellt die Flasche vor ihn auf den Tisch und kehrt hinter seinen Tresen zurück. Guerd trinkt jetzt direkt aus der Flasche, wie die Penner, die sich im Schatten der Pissoirs ruinieren. Um zu zeigen, dass es ihm dreckig geht. Dass ihn alles anwidert. Dass er sich selbst verachtet. Der Barkeeper überwacht ihn aus dem Augenwinkel, während er zugleich dem Geschäftsführer einen fragenden Blick zuwirft. Dieser sitzt unweit der Tür – für den Fall, dass sich ein Gast auf Französisch zu empfehlen versucht.

Gegen Mitternacht merkt Guerd, dass er Mühe hat, die Ziffern auf seiner Uhr zu erkennen. Er fragt jemanden am Nebentisch, wie spät es ist, handelt sich aber nur eine barsche Abfuhr ein. Guerd erhebt sich torkelnd, wankt mit weichen Knien zum WC. Der Lichtschalter, den er nach einer halben Ewigkeit gefunden hat, funktioniert zwar, doch die Glühbirne ist defekt. Fluchend uriniert der Leutnant blindlings ins Dunkle, merkt irgendwann, dass er seine Schuhe begießt, schwenkt ein wenig nach rechts und entleert seine Blase bis auf den letzten Tropfen. Dann kehrt er in den Schankraum zurück. Die Flasche, die er auf dem Tisch zurückgelassen hat, ist verschwunden. Resigniert zuckt er die Achseln: ohnehin Zeit, nach Hause zu gehen.

Der Geschäftsführer stellt sich ihm in den Weg: »Und nach der Rechnung fragst du gar nicht, mein Freund?«

Mit seinem flammenden Rotschopf steht der Geschäftsführer vor ihm wie ein Kathedralfelsen bei Sonnenuntergang. Trotz der Kälte trägt er nur ein Matrosenshirt, unter dem sich eine robuste Brustmuskulatur wölbt. Auf seinen Herkulesarmen speien tätowierte Schlangen Feuer.

Guerd schwankt, seine Bewegungen sind vage, seine Lider schlaff. »Mach keinen Stress, Mann«, lallt er und versucht selbstgefällig, den Muskelprotz beiseitezuschieben.

»Du wirst schön blechen, mein Freund. Wir sind hier nicht bei der Heilsarmee.«

»Den Teufel werd ich tun. Ich bin Leutnant Guerd von der Kriminalpolizei.«

»Das interessiert mich einen feuchten Dreck. Hier wird selbst der Präsident der Republik zur Kasse gebeten.«

Der Leutnant muss sich geradezu verrenken, um seine Dienstmarke hervorzuholen.

»Diese Art von Kreditkarte wird hier nicht akzeptiert«, erklärt der Rotschopf.

»Das ist keine Kreditkarte, das ist mein Dienstabzeichen.«

»Und ’n Rad hat der Kerl auch noch ab!«, bemerkt der Muskelprotz, an den Barkeeper gewandt.

»Ich will Farhat sprechen«, sagt Guerd, »der kennt mich.«

»Farhat haben sie gekündigt. Ich bin der neue Geschäftsführer, aber mit Vitamin B läuft bei mir nichts. Vor allem nicht bei den höheren Dienstgraden. Ich bin so was von allergisch gegen jede Art von Bullen, dass ich schon kotze, wenn ich nur ’n Kalb auf der Weide sehe. Du hast getrunken, du zahlst. Das ist doch nur korrekt, oder? Ich will keine Geschichten.«

»Wenn du deine Muskelmasse nicht bald aus dem Weg räumst, dann mach ich euch morgen den Laden dicht.«

»Was morgen ist, weiß kein Mensch, mein Junge. Jetzt wirst du erst mal brav nach Kleingeld suchen, dich schön bedanken und deinen Rausch woanders ausschlafen. Zwing mich nicht, dir die Ohren langzuziehen, bis dir die Nase sonst wo rauskommt.«

»Was-hast-du-da-gesagt?«

»Du bist besoffen, nicht taub.«

Nicht zu fassen, wie unverschämt dieser Mensch mit ihm spricht. Guerds blutleeres Gesicht beginnt zu zucken. Und seine Fäuste zu beben.

»Du-willst-mir-die-Ohren-lang-ziehen?«

»So lange, bis dein Zinken zwischen deinen Zähnen sitzt«, beharrt der Rotschopf.

»Ich weise dich darauf hin, dass du mit einem Polizeioffizier sprichst.«

»Und ich sag’s dir jetzt zum zweiten Mal, dass wir hier nicht bei der Heilsarmee sind.«

Guerd ist außer sich. Nicht zu glauben, dass ihm jemand den Respekt versagt. Dass seine Polizeimarke völlig wertlos ist. In seinem Innern detoniert ein explosives Gemisch aus Revolte und dunklen Schatten. Wie Brandsätze flammen Noras Drohungen in ihm auf. Glühende Lava durchströmt ihn. Sein unbegreifliches Schweigen im Büro, während die Kommissarin ihn Faser für Faser auseinandernimmt. Der indignierte Blick seiner Kollegen. Die versteinerte Miene des Kriminaldirektors. Die Schmach, die ihn wie einen nassen Lappen beutelt … Eine Woge der Empörung reißt ihn mit, und in einem letzten, imaginären Aufbäumens seines Stolzes stößt Guerd einen durchdringenden Schrei aus, fährt mit der Hand ans Holster. Doch ihm bleibt keine Zeit, die Pistole zu ziehen. Wie der Blitz schlägt in seinem Gesicht die Faust des Geschäftsführers ein …

13.

Die beiden Polizisten am Empfang des Polizeipräsidiums schrecken auf, als Leutnant Guerd mit einem dicken Verband im Gesicht die Halle durchquert und die Treppe hochrennt.

»Ob seine Freundin ihm wohl die Tür vor der Nase zugeknallt hat?«, spottet der eine.

»Jedenfalls sitzt sein Maulkorb nicht am richtigen Platz, so viel ist sicher«, ulkt der andere.

Mit gesenktem Kopf, immer dicht an der Wand entlang, den verdutzten Blicken der Entgegenkommenden ausweichend, hastet der Leutnant in sein Büro. Er ist froh, dass sein Assistent noch nicht an seinem Platz ist, hängt seine Jacke an den Haken, greift nach dem Telefon und wählt die Nummer von Inspektor Zine: »Hat niemand ein junges Mädchen als vermisst gemeldet?«

»Der Bericht liegt auf deinem Tisch.«

Der Leutnant sieht seine Post durch, entdeckt einen grünen Aktendeckel, schlägt ihn auf. Einem Blatt mit dem Stempel des 4. Arrondissements ist zu entnehmen, dass am 26. Dezember ein gewisser Lounes Sadek, wohnhaft Block D in der Cité des Lauriers-Roses, zu Protokoll gegeben hat, dass seine Tochter Nedjma Sadek, Studentin an der Ben-Aknoun-Universität, seit drei Tagen nicht mehr zu Hause war.

»Dann komm mal rüber, aber dalli!«, brummt der Leutnant und legt wieder auf.

Inspektor Zine schlendert lässig zur Tür herein. Seine lockere Art ärgert den Leutnant. Im Allgemeinen ist Guerd nicht auf den Mund gefallen, wenn es darum geht, seinen Untergebenen mit einer kränkenden Bemerkung aus dem Konzept zu bringen, aber heute Morgen hält ihn sein Brummschädel davon ab, den Tag mit Vorhaltungen zu beginnen, die lächerlich wirken könnten, nachdem seine Chefin ihn selbst erst tags zuvor zur Schnecke gemacht hat.

Er lächelt angelegentlich: »Gute Arbeit, Inspektor. Endlich mal so etwas wie eine Fährte, um mit den Ermittlungen anfangen zu können.«

»Was hast du denn da im Gesicht?«

»Ach«, Guerd macht eine wegwerfende Handbewegung, »ich habe da eine Treppenstufe verfehlt. Hab' mir wohl einen zu viel hinter die Binde gegossen … Ich komme gerade aus der Ambulanz. Ich habe einen Nasenbeinbruch, und der Arzt hat mich für zwei Wochen krankgeschrieben. Du wirst mich an der Seite der Kommissarin vertreten. Das ist mal was anderes als dieses Rattenloch, in dem du Trübsal bläst.«

»Kein Problem.«

Der Leutnant schiebt dem Inspektor mit einem Finger den grünen Aktendeckel entgegen: »Bring das dem Boss, zusammen mit dem ärztlichen Attest hier.«

»Die Krankmeldung musst du schon selbst überbringen.«

»Tu mir den Gefallen. Ich habe keine Lust, dem Chef große Erklärungen abzugeben. Er würde mir sowieso nicht glauben.«

Der Inspektor nimmt den Bericht aus dem 4. Arrondissement und das ärztliche Attest an sich.

»Weißt du, gestern habe ich diese Schlampe nur aus Respekt vor dem Direktor ihre große Nummer abziehen lassen. Ich hätte ihr sonst eins auf die Klappe gegeben, dass sie die Englein singen gehört hätte. «

»Das wäre keine so gute Idee gewesen, Chef«, erwidert der Inspektor höflich.

»Aber echt, du brauchst so einer Zicke nur einen Hauch von Autorität zu verleihen, und schon führt sie sich auf, als würden ihr Flügel wachsen. Armes Algerien! Als sie gestern in der Klinik die Leiche gesehen hat, da wäre sie fast in Ohnmacht gefallen. Und kaum ist sie zurück im Büro, trumpft sie auf wie eine Amazone. Aber das schwör ich dir, früher oder später stell ich meine Mannesehre wieder her … Auf allen vieren wird diese Schlampe vor mir kriechen.«

»Aber sicher doch«, murmelt der Inspektor und verabschiedet sich.

In der Cité des Lauriers-Roses, der Oleander-Vorstadt, sind die Blütenträume längst verwelkt, und die Wahlversprechen vergehen vor Langeweile. Die Architekten, die die Siedlung einst auf dem Reißbrett entwarfen, hatten nur eine Leitidee: vierzig Prozent des für das Wohnungsbauprojekt bewilligten Budgets für sich und die Staatsbeamten abzuzweigen. Auf einem Feld, das noch nach Kuhmist riecht, haben sie vier Wohnsilos von haarsträubender Hässlichkeit hochgezogen. Und wenn man um sein Leben liefe … dort würde man nicht unterkriechen wollen. Es ist eine immense Schlafstadt, der es am Nötigsten fehlt. Kein Lebensmittelhändler ums Eck, kein Café und keine Kinderkrippe. Der Spielplatz, auf den Plänen durchaus ansprechend eingezeichnet, erweist sich in natura als Mülldeponie, auf der sich Schrotthaufen und Berge von Unrat türmen, in denen sich ein Heer struppiger Katzen herumtreibt. Und von der Straße, die dorthin führt, ist nichts als ein schmales Asphaltband geblieben, das von derart tiefen Schlaglöchern wimmelt, dass garantiert jedes Fahrzeug mit mehr als vier Leuten an Bord ein Kardangelenk einbüßte. Über die Bäume, die sich wie arme Sünder am Straßenrand reihen, lässt sich nur so viel sagen, dass sie so schnell wohl kein junges Blattgrün mehr zu Gesicht bekommen werden. Hier und da lungern kleine Jungs mit aufgestoßenen Knien und abgestumpften Gesichtern herum, frisch geschlüpften Unglückswürmern gleich. Auf kleinen Flechthockern hocken kleine Greise zuhauf: *chibanis,* die in der Sonne schmoren, der Zeit beim Vergehen zusehen und sich fragen, warum sie sie nicht gleich mitnimmt.

Block D ist ein Bollwerk aus übereinandergestapelten Bruchbuden mit Gitterfenstern. Sollte ein Feuer ausbrechen, würde niemand überleben, aber das ist allen egal. Man ist nirgendwo sicherer als in den eigenen vier Wänden, hinter einer Panzertür, wo der Riegel vorgeschoben und der Schlüssel zweimal im Schloss umgedreht ist. Ein schöner Beweis, wie viel Vertrauen hier herrscht. Die Menschen verwandeln ihre Wohnungen in Raubtierkäfige und wundern sich dann, warum man sie wie Tiere behandelt.

Nun gut … Der ganze Block D erinnert an ein monumentales surrealistisches Gemälde mit abblätternden Wandverkleidungen, Graffiti, unentwirrbaren Tags und Dutzenden von Satellitenschüsseln, die in die Fassade geschraubt sind. Dem Eingang fehlt die Tür – Kinder haben sie vermutlich abmontiert –, und der Aufgang hat jede Erinnerung an seine Stufen verloren. Zwei Kinderbanden bekriegen sich im Hof, lauter kreischend als ein tosendes Fußballstadion. Wenn in Algerien keine Schule herrscht, herrscht die Straße mitsamt ihren Fehden. Heute ist der Säbel aus Holz, morgen hat der Gladiator die Qual der Wahl, vielleicht fällt sie gar auf einen Atomsprengkopf.

Ein Mann im Overall steht über den Motor seiner alten Karre gebeugt. Schweiß und Schmieröl rinnen ihm übers Gesicht, seine Füße stecken in löchrigen Sandalen. Der Polizeiwagen hält auf seiner Höhe an. Inspektor Zine fragt ihn, ob er eine Familie Sadek kennt. »Dritter Stock links«, grummelt der Mann, ohne aufzusehen.

Das Innere von Block D ähnelt gewissen Steinzeithöhlen, Wandmalereien mit eingeschlossen. Ein zwölfgeschossiger Bau, ohne Fahrstuhl. Das Treppenhaus stinkt ätzend nach Salpeter und Zigarettenkippen; am hellen Tag herrscht finstere Nacht, doch es kommt keinem in den Sinn, die kaputten Glühbirnen vielleicht mal auszuwechseln. Nicht ein Briefkasten ist heil davongekommen. Von der Abdeckung des Stromzählers ist nichts übrig geblieben, vom Gaszähler immerhin noch ein Abdruck an der Wand.

Weiter oben hört man zwei Nachbarinnen keifen.

Kommissarin Nora und Inspekteur Zine sind im dritten Stock angelangt. Die Tür der linken Wohnung erinnert an mittelalterliche Kerkerpforten.

Die Kommissarin läutet.

Nach einer halben Ewigkeit erscheint eine verschleierte Frau. Ihr Gesicht verdüstert sich, als Nora ihr sagt, dass sie von der Polizei ist.

»Sie sind doch die Familie Sadek?«

»Worum geht es?«

»Um die Vermisstenanzeige, die Monsieur Lounes Sadek aufgegeben hat. Dürfen wir hereinkommen?«

Ein Junge taucht neben seiner Mutter im Türrahmen auf: »Was ist hier los, Mama?«

»Geh, hol deinen Vater. Er ist hinter Block B.«

Die Frau lässt die beiden Polizeibeamten nicht herein, aber sie schließt auch nicht die Tür. Sie bleibt auf der Schwelle stehen, die Augen von huschenden Schatten erfüllt.

Schon bald kommt der Junge wieder, gefolgt von seinem Vater, einem ausgemergelten Fünfziger, der zwanzig Jahre älter aussieht, als er ist. Man erkennt sogleich den kleinen Beamten alter Schule, ärmlich, aber würdevoll, einer, der sein Erscheinungsbild disziplinierter als ein Soldat kontrolliert. Seine Hornbrille ist ein Relikt aus der Epoche des wissenschaftlichen Sozialismus *made in Algeria* und wirkt so grotesk wie ein sowjetischer Showroom. Aber sein Blick ist so frank und frei wie der Schwur eines Proletariers. Er ist frisch rasiert, sein Haar ordentlich nach oben gekämmt, der Schnäuzer so akkurat, dass kein Barthaar übersteht, der Anzug verschlissen, aber reinlich. Trotz des Billigparfüms umgibt den Mann, der in Höhe des Herzens einen Ansteckbutton in den algerischen Nationalfarben trägt, ein angenehmer Duft. Mit einer höflichen, fast schon aristokratischen Geste bittet er die beiden Polizisten ins Wohnzimmer herein, das trotz des dürftigen Mobiliars einen gepflegten, aufgeräumten Eindruck macht.

»Haben Sie Nachrichten von meiner Tochter?«

»Noch nicht. Wir sind am Ermitteln. Deshalb sind wir auch gekommen …«

»Ich weiß, warum Sie hier sind«, erwidert der Vater gereizt. »Mein Sohn hat es mir unterwegs erklärt. Ich dachte nur, Sie hätten sie gefunden.«

»Wir wissen ja nichts über sie, Monsieur Sadek«, gesteht ihm Nora. »Wir wissen noch nicht einmal, ob es sich um Ihre Tochter handelt.«

»Wir machen einen Albtraum durch, meine Frau und ich. Immer, wenn es klingelt, hoffen wir, dass sie es ist.«

»Neigte Ihre Tochter denn dazu, sich hin und wieder mal abzusetzen?«

»Sie kam jeden Tag pünktlich nach Hause. Ich verstehe das nicht. Ihrem Verlobten zufolge wollte sie zu einem Casting. Das algerische Fernsehen plant eine Sitcom für den Ramadan. Meine Tochter war in der Endauswahl und sollte sich um eine Rolle bewerben. Sie träumt davon, Schauspielerin zu werden.«

»Ist ihr Verlobter beim Kino?«

»Nein. Naja, es ist nicht so ganz ihr Verlobter. Wir haben ihm der Tradition gemäß ihre Hand zugesprochen, damit sie unbehelligt zusammen ausgehen können. Um das Gerede zu unterbinden. Die Leute haben ja weiter nichts zu tun, als ihre Nachbarn zu bespitzeln.«

Inspektor Zine kritzelt eifrig Notizen in seine Kladde. Er fragt: »Wie heißt denn der Verlobte?«

»Mourad Hérat.«

»Haben Sie seine Anschrift?«

»Er stammt nicht aus Algier. Er kommt aus der Nähe von Bouira und hat erst vor ein paar Monaten eine Arbeit hier gefunden.«

»Und seit diesem Casting«, schaltet Nora sich ein, um den Gesprächsfaden wieder in die Hand zu bekommen, »hat Ihre Tochter kein Lebenszeichen mehr von sich gegeben?«

»So möchte ich das nicht bezeichnen. Ich würde eher sagen, sie hat seitdem nicht mehr angerufen. Ihr Verlobter sagt, sie sei nach Blida gefahren, um sich dort mit den anderen Bewerberinnen zu treffen. Sie hätte aber abends wieder zurück sein sollen.«

»Wo arbeitet denn der Verlobte?«, will der Inspektor wissen.

»In einem Nobelrestaurant an der Küste.«

»Da gibt es mehrere …«

»Ich glaube, im Corsaire.«

Der Inspektor nickt und notiert sich den Namen des Etablissements.

»Soviel ich weiß, ist das Corsaire nur abends geöffnet. Aber Ihr angehender Schwiegersohn hätte seine Verlobte doch nach Blida begleiten können? Blida ist ja nur vierzig Kilometer von Algier entfernt. Wenn man die Autobahn nimmt, ist man in weniger als dreißig Minuten da.«

»Sein Chef hat ihm nicht freigegeben.«

»Hat Ihre Tochter ein Handy?«, will Nora wissen.

»Ja … aber es kommt immer nur der Anrufbeantworter.«

»Hat sie denn keine Adresse oder Festnetznummer hinterlassen, unter der sie im Notfall zu erreichen wäre?«

»Ich wusste ja überhaupt nichts von dieser Sitcom-Geschichte. Ich bin Lehrer am Gymnasium. Ich bin durchaus aufgeschlossen, aber ich hätte meine Tochter nie im Leben allein zum Casting gelassen. Man weiß nie, bei dieser Art von Beruf.«

Nora wendet sich zur Mutter um, die sich reglos, mit stockendem Herzschlag, in der Ecke hält, während der Junge nicht recht weiß, ob er sich auf die Polsterbank setzen oder mitten im Zimmer stehen bleiben soll. Inspektor Zine geht auf eine alte Kommode zu, auf der sich vier Bilderrahmen aneinanderreihen. Die beiden mittleren Fotos zeigen ein kleines Familienfest, das linke den Jungen auf einem Pony in irgendeinem Zoo, das rechte ein junges Mädchen in der traditionellen Tracht von Constantine.

»Ist das Nedjma?«

Nora wären fast die Beine weggeknickt, als sie auf dem Bild rechts außen die Tote aus dem Wald von Bainem wiedererkennt. Ihr Gesichtsausdruck ist der Mutter nicht entgangen, die dem leisesten Alarmsignal entgegenbangt. Der Vater hat begriffen, dass sich da etwas anschickt, seine Welt zu verwüsten.

»Was ist los?«, ruft er mit zugeschnürter Kehle. »Ja, das ist Nedjma … Was ist los mit ihr?«

Nora sucht nach Worten, findet nicht eines. Ihr Atem überschlägt sich. Sie vermag weder zu schlucken noch dem Blick des Vaters, in dem die blanke Panik steht, zu begegnen. Was soll sie sagen? Wie es sagen? Noch nie in ihrer ganzen Laufbahn hatte sie es mit der unerträglichsten aller Situationen zu tun: eine Botschaft zu überbringen, die niemand hören will. Wenn im Film zwei Armeeangehörige an der Haustür einer Ehefrau läuten, deren Mann an der Front ist, zappt Nora immer gleich weiter, um nicht mitansehen zu müssen, wie über der potentiellen Witwe der Himmel einstürzt. Heute sitzt Nora nicht vor dem Fernseher, und keine Fernbedienung kann sie aus dieser Lage befreien. Ihr und nur ihr allein fällt die Rolle dessen zu, der das Licht der Welt ausknipst.

Jäh kommt dem Vater das Unglück zu Bewusstsein, das ihn zur Zielscheibe erwählt hat. Er mustert ungläubig die Kommissarin, schüttelt dann, erst langsam, dann immer heftiger, den Kopf.

»Nein!«, keucht er, »nein, nein … Verlassen Sie mein Haus. Gehen Sie … Damit können Sie bei mir nicht landen … Ich weiß ja noch nicht einmal, wer Sie sind. Ich verbiete Ihnen, was auch immer zu sagen …«

»Es tut mir so leid, Monsieur Sadek.«

Die Mutter bricht schluchzend zusammen.

Der Junge sinkt auf die Knie, das Gesicht in beiden Händen vergraben.

Offensichtlich hatten sie alle schon seit dem ersten Tag des Verschwindens ihrer Tochter mit dem Schlimmsten gerechnet, nur dass sie dem Wunder einen zu großen Spielraum einräumten.

»Meine Tochter ist aber doch in Blida«, sagt der Vater mit brüchiger Stimme. »Sie hat die Rolle bekommen, das ist alles. Nach dem Ende der Dreharbeiten wird sie überraschend wieder in der Tür stehen. Das sieht ihr ganz ähnlich, sie liebt es, uns zu überraschen. Ich bin mir sicher, dass sie sich bald melden wird. Hören Sie? Verschwinden Sie, Sie Unglücksboten.«

Er glaubt selber kein Wort von dem, was er da sagt. Er weigert sich nur zuzulassen, dass das, was ihm nächtelang den Schlaf raubte, nun über seine Türschwelle tritt, dass es vor ihm steht, aufrecht in schweren Stiefeln, und so leibhaftig, dass es Himmel und Erde unter sich begräbt und es nach ihm keine Zukunft und keine Gnadenfrist mehr gibt.

»Es tut mir aufrichtig leid, Monsieur Sadek. Sie müssen uns in die Pathologie begleiten, um die Tote zu identifizieren.«

Erst da gibt der Vater klein bei. Wie sehr man die Tiefschläge des Lebens auch von sich weist, das Schicksal hat ja doch seinen eigenen Kopf.

Tränen laufen über seine Wangen, und wie ein toter Baumstamm fällt er in die Arme des Inspektors.

14.

Madame Joher Kacimi ist ein prachtvolles Geschöpf, kunstvoll geschminkt und mit den edelsten Essenzen parfümiert. Trotz ihrer fünfzig Jahre verdreht sie den Männern auf der Straße noch immer den Kopf, diese Jo, wie man sie in den oberen Sphären nennt. Ihre Eskapaden regen selbst noch die Fantasien der Dienstboten an. Aber Joher gibt sich nur dem Meistbietenden hin, und jeder Kuss wird bar auf die Kralle gelöhnt.

Seit Wochen ersucht sie Hadsch Hamerlaine um ein Gespräch. Da dieser auf ihre fortwährenden Anrufe und Botschaften, die sie auf seiner Sprachbox hinterlassen hat, bisher nicht reagiert hat, hat sie beschlossen, ihn persönlich aufzusuchen.

Es ist 8 Uhr morgens, als sie an der Tür des Anwesens in der Allée des Promeneurs 62 in Hydra klingelt, dem schicken Viertel auf den Anhöhen von Algier. Marouane, dem Pförtner, bleibt keine Zeit, sie nach ihrem Begehr zu fragen, da hat sie ihn schon zur Seite geschoben, mit langen Schritten den Garten durchquert und die Treppenstufen zur Veranda erklommen.

Joher kennt ihren Weg gut.

Hadsch Hamerlaine nimmt gerade ein paar Einträge in seinem Terminkalender vor, da springt die Tür zu seinem Büro jäh heftig auf.

»Warum antwortest du nicht, wenn ich dich anrufe?«, faucht Joher, die Hände resolut in die Hüften gestemmt.

Der Alte legt seinen Stift zur Seite, schiebt seine Brille auf die Nase und mustert die Lady, die da so selbstherrlich im Türrahmen steht. Angstvoll keuchend taucht Marouane hinter ihr auf und macht Anstalten, sich für das Benehmen der Frau zu entschuldigen, die sich ohne Vorankündigung selbst eingeladen hat, doch der Alte entlässt ihn mit einem Wink, lehnt sich, nachdem die Tür wieder geschlossen ist, in seinem Thron zurück und verschränkt die Finger über seinem Bauch, während ein vieldeutiges Lächeln seine Lippen umspielt.

»Das ist das erste Mal, dass jemand es wagt, ohne Voranmeldung bei mir hereinzuplatzen«, bemerkt er, während in seinen Augen ein ungesundes Leuchten aufscheint.

»Es gehört nicht zu deinen Gewohnheiten, mich nicht zurückzurufen. Was soll ich daraus schließen? Dass ich nichts mehr wert bin?«

Der Rboba wirft den Kopf mit einem kleinen lautlosen Lachen in den Nacken.

»Du weißt, wie sehr ich es hasse, wenn man in diesem Ton mit mir redet.«

Joher führt ihre gefalteten Hände unters Kinn, plötzlich versöhnlich: »Ich leide unter deinem Schweigen, Saad.«

»Ich kenne so manchen Imam, dessen Gebete bis heute nicht erhört wurden. Deshalb ist er aber noch lange nicht vom Glauben abgefallen.«

Joher lotet ihren Mut aus, knöpft den oberen Teil ihrer Jacke auf und lässt sich in einen Sessel fallen.

»Hab ich dir erlaubt, dich zu setzen?«, fragt er mit eisiger Stimme.

»Ich bitte dich, hab Nachsicht mit mir. Ich habe seit Wochen nicht geschlafen, und die Sorge um die Zukunft vernichtet mich.«

»Das gibt dir noch lange nicht das Recht zu meinen, gewisse Benimmregeln gälten für dich nicht, meine Hübsche.

Du wirst deinen fetten Arsch da wegheben und so lange stehen bleiben, bis ich dir ›Platz‹ zurufe!«

Joher unterdrückt ein Seufzen und rappelt sich wieder hoch. Hadsch Hamerlaine duldet keine Vertraulichkeit, vor allem nicht von Seiten des weiblichen Geschlechts, das er derart ruppig behandelt, dass es schon an Verachtung grenzt. Aber sie weiß, in der Welt der Republikzaren, in der sie als blutjunges Ding gelandet ist, ist kein Platz für Eigenliebe oder Liebe überhaupt; wer die Karriereleiter erklimmen will, muss erst eine Bauchlandung am Abgrund machen, bevor ihm gestattet wird, aufzusteigen.

»Was führt dich her, Schätzchen? Und rede nicht um den heißen Brei herum. Es ist schon ein großes Entgegenkommen, dass ich dir fünf Minuten meiner Zeit zugestehe. Nächstes Mal wirst du keine Zeit haben zu merken, wie dir geschieht.«

Der Ton ist hart. Und schneidend wie ein Rasiermesser.

Joher nickt ergeben.

»Mein Mann hat nicht die geringste Chance, bei den kommenden Senatswahlen gewählt zu werden«, erklärt sie.

»Und wieso wäre das mein Problem?«

»Du könntest ihn auf die Vorschlagsliste des Präsidenten setzen.«

»Ich verstehe mich nicht mit dem Präsidenten.«

»Die *anderen* verehren dich dafür umso mehr … Du bist der Einzige, der uns aus dem dunklen Loch herausholen kann, in das unsere früheren Hofschranzen uns geworfen haben. Damals fraßen sie uns aus der Hand, meinem Mann und mir. Wir haben ihnen zu einem gewaltigen Vermögen verholfen. Und heute zeigen sie uns die kalte Schulter und torpedieren unsere Projekte.«

»Du hast aufs falsche Pferd gesetzt. Dein Mann ist ein lahmer Gaul und dabei so stur wie ein Esel. Wenn ich du wäre, würde ich ihn in die Tonne treten und den Deckel fest zuschweißen.«

»Nach zwanzig Jahren Ehe? Er ist die einzige Sicherheit, die ich noch habe, Saad. Ich flehe dich an, hilf ihm, Senator zu werden.«

»Er ist der Mühe nicht wert, Süße. Er ist ein tumber, plumper Analphabet, der fortlaufend Mist baut und in die Gruben fällt, die er anderen gräbt, ohne dass ihm jemand einen Schubs gibt. Ich hatte ihn zum Generalkonsul in Frankreich ernannt, und sechs Monate später haben sie ihn mir zurückgeschickt, mit einer Akte, die eines mehrfach Vorbestraften würdig gewesen wäre. Dir zuliebe habe ich ihn an einer Botschaft in Asien untergebracht, dann zum Missionschef in drei afrikanischen Ländern ernannt, und kein einziges Mal hat er es bis ans Ende seiner Dienstzeit geschafft. Dein Macker ist die reinste Pest. Man könnte ihn in Weihwasser tauchen, und er würde daraus noch Katzenpisse machen …«

Joher ballt die Fäuste zum Gebet. Ihre Augen glänzen vor Verzweiflung, ihre Wangenknochen zucken nervös. Sie weiß, dass Saad Hamerlaine ihre letzte Zuflucht ist und sie, wenn er nicht den kleinen Finger rührt, nirgends mit einer Spur von Mitgefühl rechnen kann.

»Darf ich mich endlich setzen?«

»Nein.«

»Um des Himmels willen. Ich halt das nicht mehr lange aus, das spüre ich.«

»Du bleibst stehen.«

Joher bedrängt ihn nicht weiter.

Sie atmet tief durch, um sich Mut zu machen, und bemerkt mit ersterbender Stimme: »Früher, da hast du mir nichts abgeschlagen.«

Der Alte sinnt eine Weile den Worten der Lady nach, während sein Blick sich nostalgisch verschleiert. Er nickt betrübt. Nach längerem Schweigen rührt er sich auf seinem Thron und beginnt theatralisch zu deklamieren:

»Früher, da hattest du auch einen festen Arsch, und deine Brüste verschwanden in meiner hohlen Hand. Wenn ich dich von hinten nahm, hast du dich vor Schmerz gewunden, und ich liebte dieses Geräusch, wenn deine Fingernägel sich in die Laken krallten. Wenn meine Finger über das Band deiner hübschen Wirbel glitten, die sich unter dem schimmernden Weiß deiner Haut hinzogen, war mir, als flöge ich über die Kordilleren. Wenn ich an deinem Haar zog, triumphierte ich wie ein junger Zenturion auf seinem römischen Streitwagen. Es war die Zeit der Eroberungen und der fulminanten Orgien, als meine Wünsche sich von selbst erfüllten und die Berge sich vor mir so platt machten, als wären es Laufbänder. Heute, da halte ich zwar die Welt in der Faust, und nicht ein Stern strahlt heller als ich, doch wenn ich von einer Frau Besitz ergreife, dann stöhnt sie nicht mehr und ich, ich höre auf zu existieren.«

»Was redest du denn da? Du bist doch so glutvoll wie ein Kanonenofen.«

»Ich fürchte, die Asche hat meine Glut längst erstickt.«

»Hör auf! Das sagst du nur, damit ich dir das Gegenteil beweise.«

»Ich muss nichts beweisen.«

»Und wie findest du mich? Habe ich mich sehr verändert?«

»Du bist noch immer ein sehr ansehnliches Stück Fleisch, nur dass mein Schwert ziemlich stumpf geworden ist.«

Joher glaubt, nach dem Strohhalm fassen zu dürfen, den die Vorsehung ihr da hinüberschiebt. Sie sinkt auf die Knie und psalmodiert nachgerade:

»Dem kann ich abhelfen. Ich habe vielleicht ein paar Falten bekommen, aber meine Finger sind noch immer sehr flink.«

Er herrscht sie an, dort zu bleiben, wo sie ist.

Joher schluckt und betet, dass der Hausherr nicht nach den Domestiken läuten möge, um sie hinauszuwerfen.

»Nicht nötig«, winkt der Alte ab. »Mit dem Alter ist mein Bauch auf Kosten meines Schnippels immer dicker geworden. Aber mein Geist ist frisch und mein Auge scharf …. Wenn du dir schon die Mühe gemacht hast, hierher zu kommen, meine Süße, und damit du nicht ganz unverrichteter Dinge wieder nach Hause kehrst, zieh dich aus und vergnüge dich mit dem hier«, fügt er hinzu und zeigt auf eine dicke kubanische Zigarre in einer Schatulle.

Dieser Mistkerl!, flucht die Lady lautlos, während schwarze Wut in ihr aufspritzt wie ein Geysir. Ihr schönes Gesicht wirkt jäh zerknittert, und ihre prächtigen Augen füllen sich mit Tränen.

»Ich bin doch keine Nutte!«, protestiert sie mit bebender Stimme.

»Wie herzzerreißend, meine Süße. Stolz und Karriere harmonieren nicht immer. Du hast genug erlebt, um mir da zuzustimmen. Du bist gekommen, um für deinen Hahnrei von Ehemann einen Posten auszuhandeln. Er kennt den Tarif. Und er hat dich doch geschickt, wenn ich nicht irre? Also erspar mir deine gespielte Entrüstung und zeig mir, dass ich nicht der Einzige bin, der in die Jahre gekommen ist, das wird mir guttun.«

Joher schnieft in ein winziges Seidentuch. Die Tränen haben schwärzliche Kajalspuren in ihr Gesicht gezeichnet. Nach einem langen, stummen Martyrium hebt sie den Kopf und taucht ihren Blick hasserfüllt in den des Alten:

»Du könntest dich weniger grausam zeigen.«

Hamerlaine lehnt sich im Sessel zurück und betrachtet genussvoll den Ausdruck trotziger Wut, der die Züge der Frau verzerrt, hüstelt in seine Faust und beugt sich wieder vornüber, die Ellenbogen auf den Schreibtisch gestützt. Er sagt:

»Gegen Ende des 18. Jahrhunderts, da hat ein gewisser Surcouf, ein furchtloser Kaperkapitän aus Saint-Malo, ein britisches Handelsschiff attackiert, um es um seine Ladung zu erleichtern. Die Kaperung war extrem gewaltsam, und um in seiner aussichtslosen Lage trotz des Desasters das Gesicht zu wahren, wandte sich der britische Kapitän mit folgenden Worten an seinen Angreifer: ›Ihr Franzosen kämpft des Geldes wegen, wir Engländer um der Ehre willen.‹ Woraufhin Surcouf schlagfertig konterte: ›Jeder kämpft für das, was er nicht hat.‹«

Joher nickt zustimmend, gleichfalls in aussichtsloser Lage. Verbittert beginnt sie, ihre Jacke aufzuknöpfen, doch je weiter sie kommt, desto ungestümer werden ihre Hände, und zuletzt reißt sie sich wie von Sinnen die Kleider vom Leib.

15.

»Hast du nicht was von einer Hütte gesagt?«, ruft Inspektor Zine staunend aus.

Das Anwesen Nummer 32 ist ein architektonisches Juwel. Er erhebt sich auf einem Hügel hoch über dem Meer und wird von einem Heer hieratischer Palmen bewacht. Die Fassade, die aus italienischem Marmor besteht, zieht sich über hundert Meter hin und ist mit schwenkbaren Kameras bestückt. Das imposante Tor aus Schmiedeeisen gibt den Blick auf einen Teil des Swimmingpools frei. Der Rasen ist derart flach gemäht, dass man ihn fast schon für festgewalzt hält. Linker Hand führt eine Steintreppe zu einem Privatstrand. Die traumschöne Villa zur Rechten ließe jedem Hollywoodstar das Wasser im Mund zusammenlaufen.

Nora steigt aus dem Wagen, um die Landschaft zu bewundern. Der Wald ringsum wirkt wie von einem Festungsarchitekten entworfen: schnurgerade Pfade, kantig gestutztes Buschwerk. Der nächste Nachbar ist meilenweit entfernt, hinter einem Bollwerk dichter Bäume verborgen, sicher vor jedem bösen Blick. Hier oben verschanzen sich die reichsten Leute der Nation, getreu dem Sprichwort, welches besagt, dass die schönsten Freuden die sind, die man im Stillen genießt. Man könnte sich beinahe im Paradies wähnen, blitzten nicht hier und da ein Stück Dach oder ein weißer Kiesweg durch die Vegetation. Die einzige Küstenstraße liegt verlassen da. Vermutlich, weil Neider und Neugierige dort keinen Zugang haben.

Inspektor Zine tritt neben Nora. Beide lassen ihren Mordfantasien freien Lauf, wohl wissend, dass sie selbst sich nie solch einen Platz an der Sonne werden leisten können wie den hier, an den es sie im Zuge ihrer Ermittlungen verschlagen hat.

Sie klingeln am Gartentor.

»Ja bitte?«, tönt es knisternd aus einer gutgetarnten Gegensprechanlage.

»Die Polizei«, stellt Nora sich vor.

»Sind Sie sicher, dass Sie nicht an der falschen Adresse sind?«

»Ganz sicher kann man sich nie sein.«

Schweigen, dann: »Ich schicke Ihnen den Wächter.«

»Danke, reizend von Ihnen!«, erwidert Nora sarkastisch.

Ein dürrer alter Mann kommt herangeschlurft, an der Leine eine übererregte Dogge. Er blinzelt ins grelle Licht, nähert sich misstrauisch, verwundert, dass da jemand zu derart früher Stunde in die friedliche Stille dieses Heiligtums einbricht. Offensichtlich ist er es nicht gewohnt, Fremde in dieser Gegend zu sehen.

»Guten Morgen«, begrüßt Nora ihn.

»Guten Morgen, Madame. Was wünschen Sie?«

»Wir sind von der Polizei. Wir würden uns gerne mit Monsieur Hamerlaine unterhalten.«

»Ist der Minister informiert?«, schnarrt eine Stimme von der Seite.

Eine Art Androide taucht hinter dem Wächter auf, mit Schultern so breit wie ein Reklameschild. Ein Glatzkopf mit Pferdeschwanz und einem Reißwolfgebiss, das jederzeit zuzuschnappen droht. Sein Raubtierblick scheint den Rest seines Gesichts zu verschlingen. Mit martialischem Schritt bewegt er sich voran, in einem Anzug, der so sehr spannt, dass die Knöpfe kurz vorm Abplatzen sind. Mit dem Daumen, der nach hinten über seine Schulter weist, schickt er den

Alten in seine Wächterbox zwei Meter neben dem Gittertor zurück.

»Worum geht es?«, knurrt er ungehalten.

»Können wir nicht erst einmal hereinkommen?«

»Das hier ist kein Taubenschlag.«

»Ich bin Kommissarin Nora von der Kripo-Zentrale.«

»Das interessiert mich nicht die Bohne. Sie haben kein Recht, hier zu sein. Am besten drehen Sie ganz schnell wieder ab.«

»Und wer sind Sie?«

»Das geht Sie nichts an. Sie befinden sich hier auf Privatgelände, und wir nehmen hier weder Anweisungen noch Ausweise entgegen. Los, ziehen Sie Leine.«

»Passen Sie auf, was Sie sagen!«, herrscht Zine ihn an.

»Passen Sie mal lieber auf Ihren Kompass auf, der scheint zu spinnen. Das hier ist die Residenz von Monsieur Hamerlaine. Nach hier wird man nicht eingeladen, sondern vorgeladen.«

»Wir sind am Ermitteln …«

»Was habt ihr bloß am Keks?«, ereifert sich der Koloss. »Versteht ihr kein Arabisch? Ich sag euch, haut bloß ab, sonst rufe ich den Präfekten an.«

»Was ist denn hier los?«, fragt ein flotter junger Mann dazwischen, der aus dem Nichts aufgetaucht ist.

Der Koloss erklärt ihm die Lage. Der junge Mann nickt, klopft ihm auf die Schulter:

»Ist gut, alter Junge, ich übernehme.«

Der Koloss wirft den beiden Polizisten einen letzten finsteren Blick zu, dann zieht er ab.

Der junge Mann ledert seine getönten Brillengläser blank, rückt die Brille sorgsam auf seinem Youngster-Gesicht zurecht und setzt ein breites Willkommenslächeln auf. Er ist ein hübscher Knabe, zartgliedrig und elegant, das Haar von leuchtendem Blond, dem das kühle Blau seiner Augen Kontra gibt.

»Entschuldigen Sie ihn, es geht ihm in letzter Zeit nicht sonderlich gut.«

»Vielleicht sollten Sie ihn lieber an die Leine legen«, empfiehlt Zine.

»Den würde selbst das Tau eines Frachters nicht zurückhalten«, erwidert der junge Mann und reicht die Hand durchs Gittertor. »Ich heiße Réyan und bin der Verwalter der Residenz. Was kann ich für Sie tun?«

»Wir würden gerne Monsieur Hamerlaine sprechen.«

»Sind Ihre Vorgesetzten informiert?«

»Warum stellt man uns nur immer dieselbe Frage?«, wundert sich Zine.

»Das ist die normale Vorgehensweise«, antwortete der junge Mann. »Monsieur Hamerlaine ist einer der Gründerväter der Nation. Es ist das Mindeste an Korrektheit, den Umweg über Ihr Ministerium zu machen, bevor Sie bei ihm vorstellig werden. Normalerweise kommen die Minister persönlich vorbei. Untergebene zu schicken wird als schwerer Verstoß gegen das Protokoll gewertet.«

»Wovon redet der nur?«, fragt Zine die Kommissarin.

»Wie auch immer, Monsieur Hamerlaine ist in seinem Heim in Hydra. Dies ist eine seiner Zweitresidenzen. Wenn Sie einen Rat wollen, informieren Sie vorab Ihre Vorgesetzten über Ihre Pläne. Die amtliche Rückendeckung federt so manchen Sturz ab.«

Er winkt ihnen lässig zu und verschwindet.

Die beiden Polizisten steigen wieder in ihren Wagen. Zine fühlt sich, als hätte er gerade eine Halluzination gehabt. Mit zittriger Hand zündet er sich eine Zigarette an und stößt die Luft durch die Nasenlöcher aus.

»So behandelt zu werden, noch dazu von einem Gorilla, der dem Zoo entsprungen ist!«

»Ja«, seufzt die Kommissarin. »Manche Leute stehen über dem Gesetz. Sie erfreuen sich absoluter Straflosigkeit, und weil sie das wissen, treten sie noch dreister auf.«

»In welchem Land leben wir bloß?«

»In unserem eigenen, und da ist noch viel zu tun.«

»Was tun wir denn als nächstes?«

»Wir fahren nach Hydra.«

»Und holen nicht *vorher* die Genehmigung ein?«

»Lieber krepieren wir!«, kontert Nora. »Los, gib Gas!«

Marouane ist ratlos. Es ist das erste Mal, dass die Polizei in der Allée des Promeneurs 62 auf den Anhöhen von Hydra an die Tür klopft. Er fragt sich, ob er die Kommissarin und ihren Begleiter eigenmächtig abwimmeln oder lieber den Hausherrn in Kenntnis setzen soll. Um kein Risiko einzugehen, entscheidet er sich für die zweite Lösung. Er bittet die beiden Offiziere, einen Moment auf dem Gehweg zu warten und geht seinen Arbeitgeber fragen. Nach einigen Minuten kommt er zurück:

»Wenn Sie mir bitte folgen würden.«

Der Bedienstete geleitet die beiden Gesetzesvertreter durch einen üppig blühenden Garten, bevor er sie der Obhut eines anderen Lakaien übergibt. Letzterer, ein klapperdürrer Schwarzer, kontrolliert erst, ob die beiden Polizisten auch nicht bewaffnet sind, dann führt er sie in einen sonnenüberfluteten Patio. Hadsch Hamerlaine sitzt im Schaukelstuhl im Schatten eines Sonnenschirms und schlürft gemächlich ein großes Glas Zitronenlimonade.

»Wenn ich eingewilligt habe, Sie zu empfangen, dann nur, um zu sehen, wie eine Frau sich in Kommissars-Uniform macht.«

»Wir arbeiten in Zivil, Monsieur.«

Der Alte stellt sein Glas auf einem holzgeschnitzten Tischchen ab und sagt zu Nora: »Stellen Sie sich mal vor mich hin. Mein steifer Hals hindert mich daran, den Kopf zu drehen.«

Nora gehorcht.

Schweigend begutachtet er sie von Kopf bis Fuß, mit einem gespenstischen Lächeln auf den Lippen.

»Wundervoll …«, bemerkt er. »Wissen Sie eigentlich, dass ich es war, der damals darauf bestanden hat, dem schönen Geschlecht den Zugang zum Polizei- und Armeedienst zu ermöglichen?«

»Das ist mir neu, Monsieur.«

»Das war in den 1970ern. Sie hätten mal die Augen des Politbüros sehen sollen. Die dachten, ich wäre verrückt geworden. Frauen in den Reihen der Militärs? Niemand hielt das für machbar. Ich bin sehr zufrieden zu sehen, was aus meinem Vorschlag geworden ist. Gefällt Ihnen Ihr Beruf?«

»Ich kann nicht klagen, Monsieur.«

»Wissen Sie, dass ich es war, der der ersten Jagdpilotin unserer Luftwaffe ihre Ernennungsurkunde zum Offizier überreicht hat?«

»Auch das ist mir neu, Monsieur.«

»Ja, so war das. Die allererste Jagdpilotin unserer Nationalen Volksarmee hatte die seltene Ehre, ihre Offiziersurkunde aus meiner Hand entgegenzunehmen. Ich sehe noch immer ihr strahlendes Gesicht vor mir. Eine ansehnliche Brünette mit Grübchen in den Wangen und einem schelmischen Gesichtsausdruck. Sie hat die Hacken so kraftvoll zusammengeschlagen, dass es einen Riss im Boden gab. Ach, was für eine schöne Zeit war das damals!«, fügt er mit bebender Stimme hinzu. »Wir investierten, so viel wir konnten, damit die Kinder Algeriens ihre verrücktesten Träume verwirklichen konnten. Es war ihnen zwar nicht immer vergönnt, aber wir glauben bis heute daran. Wenn ich bedenke, dass es mir zu verdanken ist, dass wir einen weiblichen General in unserer Armee haben, hätte ich beinahe Lust, eine Träne zu vergießen. Nicht einmal Frankreich hat eine Frau in einer derart hohen Position.«

»Ja, Monsieur.«

Der Alte verschluckt jäh sein Lächeln und verschließt sein mumienhaftes Gesicht. Dem Inspektor hat er bisher nicht die geringste Aufmerksamkeit geschenkt.

»Sie wollten mich sprechen, Kommissarin?«

»So ist es, Monsieur.«

»Ich höre.«

Inspektor Zine schickt sich an, einen Aktendeckel aufzuschlagen. Der Rboba bremst ihn mit der Hand ab, noch immer, ohne ihn anzusehen.

»Ja, Frau Kommissarin?«

Nora räuspert sich.

»Ich fürchte, ich muss Ihnen eine furchtbare Nachricht überbringen, Monsieur.«

»Die einzige Nachricht, die mich wirklich berührt, wäre die von meinem Ableben.«

Nora zieht den Hals ein klein wenig ein. Sie ringt um Luft.

»Ihre Tochter …«

»Ich habe keine Tochter, Frau Kommissarin.«

Nora hat das Gefühl, zu zersplittern. Ihr stockt der Atem, die Knie werden ihr weich. Sie versteht nicht, was mit ihr los ist. Ist es der glasige Blick des Alten, der sie destabilisiert, oder sein barscher Ton?

»Madame Lounes Sadek gibt an, dass Sie ihr Vater sind.«

»Ich kenne keinen Sadek.«

»Ihr Mädchenname ist Hamerlaine, Louisa Hamerlaine.«

»Ich habe Ende der 1950er Jahre eine Cousine geheiratet. Eine Zwangsehe. Aber sofort nach der Unabhängigkeit habe ich sie verstoßen, genau am 10. Juli 1962. Um meine Freiheit voll und ganz auszukosten. Ich habe keine Ahnung, ob sie damals schwanger war, und es ist mir auch schnurzegal. Es hat mich nie interessiert, in Erfahrung zu bringen, was aus ihr geworden ist. Ein Jugendirrtum, damit war es für mich erledigt. Ich habe längst eine neue Muse – mit Namen Algerien. Deshalb habe ich kein zweites Mal geheiratet.«

»Madame Sadek ist als Louisa Hamerlaine am 14. Februar 1963 in Sour el-Ghozlane geboren, als Tochter von Saad und Milouda Ben Souheil …«

»Jetzt reicht's aber!«, donnert der Alte. »Worauf will sie denn hinaus? Solange ich nicht tot bin, ist es zu früh, dass sie mich zu beerben hofft. Außerdem würde ich sie gar nicht anerkennen. Für mich existiert sie nicht.«

»Es geht nicht ums Erbe, Monsieur«, mischt Zine sich ein, um der Kommissarin Hilfestellung zu geben. »Nedjma Sadek, die Tochter von Louisa Hamerlaine, ist tot …«

»Na und? Jeden Tag wird gestorben, oder nicht?«

»Es handelt sich um Ihre Enkeltochter …«

»Wenn ich Ihnen doch sage, dass ich weder Tochter noch Enkeltochter habe. Wie lauten die Kennnummern Ihrer Dienstmarken? Ich werde Ihrem Chef die Ohren lang ziehen, damit er Sie Mores lehrt. Es wird ihm noch leidtun, dass er

Sie nicht an die Leine gelegt hat. Man geht einem Saad Hamerlaine nicht ungestraft im eigenen Haus auf den Geist.«

Zine beeindruckt er damit gar nicht. Kühn hält der dem giftigen Blick des Alten stand.

»Wir tun nur unsere Arbeit, Monsieur Hamerlaine. Zwecklos, uns deshalb anzubrüllen.«

»Wie bitte?«, tobt der Alte. »Wissen Sie überhaupt, mit wem Sie reden?«

»Wir sind Polizisten, Monsieur, und im Rahmen unserer Dienstaufgaben hier. Wir haben eine Leiche am Hals, ein bildschönes junges Mädchen, das leblos im Wald von Bainem aufgefunden wurde.«

Im Eifer des Gefechts knallt der Inspektor dem Rboba das Foto der Toten auf den Tisch … Und mit einem Schlag, wie von Zauberhand, als hätte der Nebel mal eben die Sonne über Algier verschluckt und die Stadt in den Abgrund gestürzt, zerbröselt das Gesicht des Alten. Als hätte eine unsichtbare Hand ihn wie eine alte vermoderte Reliquie ausgepresst, sodass nur noch eine Staubwolke zurückbleibt. Kein Mensch hätte auch nur eine Sekunde geglaubt, dass der Herr über Regen und Sonnenschein, Herrscher über Leben und Tod, dieser Hadsch Saad Hamerlaine – geheiligt sei sein Name – auch nur einen Moment der Schwäche haben könnte. Doch beim Anblick des Fotos war es, als durchzucke ihn ein Erdbeben, und seine Augen wären fast aus ihren Höhlen getreten.

Nora erstarrt. Der Alte scheint einem Herzinfarkt zu erliegen. Mit aufgerissenem, nach Luft schnappendem Mund, bleichem Gesicht und verdrehten Augen klammert sich Hamerlaine, am ganzen Leib zitternd, an das Tischtuch, während das Glas Zitronenlimonade krachend am Boden zerschellt. Zwei Bedienstete kommen verängstigt angesaust, eilen ihrem Herrn zu Hilfe, stützen ihn, damit er nicht zusammenbricht, während die beiden Polizisten ratlos herumstehen …

Der Urknall dauert nur wenige Momente. Rasch kommt der Rboba wieder zu sich, erholt sich von seinem Schwächeanfall, die Pupillen flackern wieder auf, die Fäuste werden wieder geballt. Über sein Gesicht legt sich wieder die habituelle Totemmaske, und in seinem Kopf flutschen meteoritenschnell sämtliche Gedanken wieder an ihren Platz.

Algeriens Herrgott ist wieder zu sich gekommen, und alle Dinge sind wieder im Lot.

Er erklärt: »Mir war, als hätte ich auf dem Foto meine Mutter erkannt. Es ist ihr wie aus dem Gesicht geschnitten.«

Dann befiehlt er den beiden Angestellten, die Polizisten hinauszubegleiten.

16.

Inspektor Zine hat seine Thermoskanne längst leergetrunken. Mit ausdruckslosem Blick fixiert er die Tasse auf seinem Schreibtisch und wartet. Gegen 17 Uhr fangen die Mitarbeiter an, ihre Akten wegzuräumen. Auf den Korridoren sind immer seltener Schritte zu hören. Ein Polizist steckt seinen Kopf zur Tür herein. »Bis Morgen, Chef.« Zine hört ihn nicht. Er sucht nach einer Zigarette, aber die Schachtel ist leer. So langsam geht die Sonne unter, und im Kabuff wird es zunehmend dunkler. Zine fehlt die Kraft, Licht anzumachen. Wie angewurzelt sitzt er auf seinem Stuhl, das Kinn auf die Fäuste gestützt, und wartet. Vor seiner Nase das Telefon. Einmal Läuten, und er ist reif für den Fleischwolf. Hadsch Hamerlaine wird nach seinem Auftritt vom Vormittag nicht so einfach zur Tagesordnung übergehen. Zwei ehemalige Sicherheitschefs hat er schon wegen einer Lappalie gefeuert. So nachtragend und mimosenhaft wie er ist, hat er noch nie den kleinsten Fehler verziehen.

Die Putzfrau findet einen vor Sorge aschgrauen Inspektor vor. Eilig sucht sie Eimer, Besen und Wischlappen zusammen und zieht sich lautlos zurück.

Doch das Telefon läutet noch immer nicht.

Als in sämtlichen Etagen des Präsidiums Stille eingekehrt ist, steht Zine auf, nimmt seine Jacke vom Haken und geht in die Halle hinunter. Vom Bereitschaftsdienst erfährt er, dass Nora vom Chef persönlich nach Hause gebracht worden ist. Sein Herz zieht sich zusammen. Warum?, fragt er sich auf dem Weg zu seinem alten Peugeot, der unten auf dem Parkplatz auf ihn wartet. Da er nicht weiß, wohin mit seiner Angst, ruft er die Kommissarin per Handy an: »Was wollte der Alte von dir?«

»Ich habe ihm Bericht erstattet.«

»Wie hat er ihn aufgenommen?«

»Wie soll er ihn denn aufnehmen?«

»Hat Hamerlaine ihn denn nicht angerufen?«

»Der hat doch gar keinen Grund, ihn anzurufen.«

»Sicher?«

»Entspann dich. Wir haben morgen so einiges vor.«

Zine fühlt sich etwas besser. Er schaut als Erstes bei Mounir in dessen Dessous-Boutique am Ende der Avenue Mohammed V vorbei. Mounir, der gerade eine Kundin berät, deutet mit dem Kinn auf ein Schränkchen hinter einem Vorhang. Zine findet in einer winzigen Schublade ein Papiertütchen, steckt es diskret ein und marschiert zu seinem Gefährt zurück. Es ist stockfinster, als er endlich zu Hause ankommt. Er entkleidet sich, nimmt eine heiße Dusche, schlüpft in seinen Trainingsanzug in den Farben des Fußballclubs von Algier, Mouloudia, und macht es sich vor dem Fernseher bequem. Es gibt nur drei Sender, für die er sich interessiert: ARTE, gut für die Bildung, National Geographic und Thalassa, gut für die Entspannung. Um Spielfilme, politische Talkshows und die dümmlichen Unterhaltungssendungen macht er einen großen Bogen.

Und erst, als er gemütlich im Sessel sitzt, öffnet er das Tütchen, das er bei Mounir abgeholt hat: Cannabis. Er dreht sich einen Joint und bereitet sich darauf vor, abzuheben.

Pünktlich um 20 Uhr bringt seine Etagen-Nachbarin ihm das Abendessen. Sie ist Witwe und Mutter zweier Jungs. Sie haben einen Deal gemacht: Der Inspektor kauft das Essen ein, die Nachbarin kocht für ihn, sich und für ihre Kinder. So geht das jetzt schon zehn Jahre. Anfangs haben sie sich ihren Tagesablauf erzählt und zusammen Tee getrunken. In letzter

Zeit hat ihr Verhältnis sich abgekühlt. Die Nachbarin kommt mit ihrem Tablett herein, stellt es auf den Tisch und zieht sich ohne einen Blick für Zine zurück … Eines Abends war sie geschminkt, parfümiert und mit offenem, über die Schultern wallendem Haar bei ihm erschienen. »Meine Söhne sind in Boumerdès«, hatte sie gesagt und ihr Kleid fallen lassen. Zine hatte gezögert. Er fürchtete, es würde nicht klappen. Wie üblich. Aber die Nachbarin war so schön, und ihr Körper prachtvoll. Zine hatte sich gesagt, warum es nicht noch einmal probieren. Er hatte probiert, gehofft, gefleht, sämtliche Koranverse, die er kannte, heruntergebetet, ihre Brüste, ihren Hals, ihren Mund geküsst, ihre Hüften gestreichelt, ihre Schenkel … Nichts hatte sich bei ihm gerührt. Das Stückchen schlaffes Fleisch, das jämmerlich unter seinem Bauch hing, weigerte sich zu reagieren. Um das Gesicht zu wahren, hatte Zine gebrummt: »Ich fürchte, das war doch keine so gute Idee.« Die Nachbarin hatte nicht weiter insistiert. Sie hatte sich wieder angezogen und war wortlos gegangen. Und seitdem reden sie nicht mehr miteinander. In jener Nacht hat Zine wie ein Wilder gegen den Spiegel im Badezimmer geboxt und bis zum Morgengrauen auf seine blutende Hand gestarrt.

Zine hat ein schlimmes Handicap: er ist impotent. Eine Erektionsstörung, die keineswegs von Anfang an da war. Fünfzehn Jahre ist es jetzt her, dass der Bus, mit dem er auf dem Weg ins Ouarsenis war, nach Tissemsilt, um seine kranke Mutter zu besuchen, in einen Hinterhalt geriet: eine vorgetäuschte Straßensperre. Terroristen in afghanischer Tracht ließen alle Passagiere aussteigen, fesselten ihnen die Handgelenke mit Draht und zwangen sie, am Straßenrand niederzuknien. Jedem Zweiten hatten sie schon die Kehle durchtrennt, als die Spezialeinheiten der Gendarmerie auftauchten. Zine hat keine Erinnerung an das Gefecht, nur die leblosen Körper seiner Reisegefährten, die sieht er noch immer mit verrenkten Gliedern an der Böschung liegen, während die Blutlachen im Gras kleine Rinnsale bilden. Es war den Gendarmen unmöglich, ihn zum Aufstehen zu bewegen. Seine Knie waren blockiert, und er hatte sich in die Hose gemacht. An jenem Tag verlor er seine »Manneskraft«, aber das merkte er erst Monate später: in der Psychiatrie, in die er aufgrund seines Schockzustandes eingewiesen wurde. Da war er fünfundzwanzig. Er dachte, es käme schon alles wieder ins Lot, wenn er das Trauma erst einmal überwunden hätte, aber dem war nicht so. Da er sich zu sehr schämte, um sich einem Arzt oder Nahestehenden anzuvertrauen, hatte er es mit diversen Elixieren, Aphrodisiaka und Viagra versucht; aber der schlappe Wurmfortsatz unter seinem Unterbauch sprach auf nichts an. Am Anfang hatte er noch an Selbstmord gedacht, dann lernte er nach und nach, sich damit abzufinden.

Um sich zu trösten, dachte er an die auf der Fahrt nach Tissemsilt vor seinen Augen enthaupteten Mitreisenden. An seine heimtückisch in eine Falle gelockten und massakrierten Kollegen. An die vielen in entlegenen Gehöften erwürgten Familien. Die verstümmelten Körper, die er selber bei Razzien gefunden hatte, die unzähligen Witwen und Waisenkinder, die durch die Nervenheilanstalten geisternden Phantome … Im Vergleich zu all diesen Terrorismusopfern ist er, das muss er sich eingestehen, noch der am wenigsten Beklagenswerte.

Nach dem Abendessen schiebt Zine eine CD in den Player auf seinem Nachttisch. Dieselbe CD wie immer. Eine Komposition des Lautenvirtuosen Mohamed Rouane. Sein ganz persönliches Stimulans. Während sein Kopf sich mit sanften Klängen füllt, hängt er alten Erinnerungen nach. Immer wieder gern versetzt er sich in sein Heimatdorf am Fuß des Ouarsenismassivs zurück. Dorthin, wo er als Kind so gern durch die Obstplantagen lief. Seine Mutter behielt ihn stets von Weitem im Blick. Wenn er sich zu sehr entfernte, rief sie ihm gellend hinterher, auf der Stelle umzukehren, und er lief brav zu ihr zurück. Er hatte schon immer von der anderen Seite des Gebirges geträumt, wollte sehen, was sich dahinter verbarg. Nur deshalb ist er vermutlich auch zur Polizei gegangen. Um Land und Leute kennenzulernen.

Wie lange diese Epoche nun schon zurückliegt …

Zine bekommt nie Besuch. Er hat einen einzigen Freund. Einen gewissen Sid-Ahmed, der früher mal Journalist beim Radio war. Sie hatten sich in der Psychiatrie kennengelernt. Sie lagen im selben Zimmer, bekamen dieselbe Behandlung. An freien Tagen springt der Inspektor in seinen Peugeot und düst los, Richtung Fouka-Marine, um ihn zu treffen. Sid-Ahmed wohnt in einer verfallenen Strandhütte. Die beiden Freunde verbringen ihre Tage auf ausgeleierten Segeltuchstühlen, schauen aufs Meer hinaus und ziehen an ihren Joints. Sie bringen es fertig, dort wortlos Seite an Seite bis zum Einbruch der Dunkelheit zu sitzen. Es genügt ihnen, einfach nur zusammen zu sein.

Von Zeit zu Zeit schaut Zines älterer Bruder bei ihm vorbei, ein knochenharter Bauer mit fest gewickeltem Turban und abgetragener Weste. Er bleibt nie lange in Algier. Zu viel Lärm, zu viel Schmutz. Und zu viele leichte Mädchen. Aber wenn er auch wie ein Landei daherkommt, so hat der große Bruder doch einen wachen Geist. Er hat studiert und für Politik nicht weniger Interesse als für die Landwirtschaft. Bevor er kommt, ruft er jedes Mal an. Und er kommt nie mit leeren Händen. Sein Weidenkorb ist immer üppig gefüllt mit hausgebackenem Fladenbrot, selbst erzeugtem Honig und frischem Obst. Tatsächlich kommt er vor allem deshalb vorbei, um die alte Debatte neu zu entfachen: Die Mutter möchte nicht sterben, ohne ihren Sprössling verheiratet zu sehen. Zine verspricht, darüber nachzudenken. Sein Bruder erinnert ihn daran, dass er das jetzt schon seit Jahren verspricht und dass der alten Dame so langsam der Geduldsfaden reißt. Zine findet immer eine Ausrede, bevor er seinen Bruder wieder zum Busbahnhof bringt.

Es ist 1 Uhr morgens. Der Inspektor bekommt kein Auge zu. Selbst der Virtuosität eines Mohamed Rouane gelingt es nicht, seine Seele in den Schlaf zu wiegen. Es geht Zine nicht gut. Er hat Angst, das Licht zu löschen. In jeder Ecke des Zimmer lauert ein Phantom. Namens Saad Hamerlaine. Lauert in der ganzen Wohnung, dem ganzen Gebäude.

1 Uhr morgens.

Im dritten Stock eines Blocks mit Sozialwohnungen im Stadtteil Bab el-Oued.

Sonia kniet vor der WC-Schüssel im Bad und kotzt sich die Gedärme aus dem Leib. Ihr Geröchel hat sie erschöpft. Es geht ihr dreckig. Krämpfe schütteln ihre Schultern. Als sie sich völlig entleert hat, braucht sie noch lange, bis ihr Atem wieder gleichmäßig geht. Mit tastender Hand setzt sie die Wasserspülung in Gang, klammert sich ans Waschbecken und rappelt sich stöhnend auf. Der Spiegel wirft ihr ein Bild des Jammers zurück. Ihr Haar steht wirr zu Berge, ihr von schwärzlichen Kajalspuren durchzogenes Gesicht erinnert an eine Hexenmaske.

»Ich frag mich langsam, ob es nicht klüger wäre, dich an die Kette zu legen«, erklärt Nora, die Arme über der Brust verschränkt.

»Versuch's doch mal!«, kontert Sonia patzig.

»Du wirst dich ja doch nie ändern …«

Sonia hält ihr Gesicht unter den sprudelnden Wasserhahn.

»Davon bekommst du auch keinen klaren Kopf, du dumme Kuh«, schimpft Nora.

»Ey, du kannst mich mal.«

»Du tust mir leid. Ich weiß ja nicht, was für ein Spiel du da spielst, aber du hast null Chancen, dabei zu gewinnen. Sieh dich doch an: eine wandelnde Leiche.«

»Ich mache aus meinem Leben, was ich will«, entgegnet Sonia, während sie nach einem Handtuch greift.

»Das nennst du ein Leben? Arme Idiotin! Ein Lappen bist du, mit dem andere sich den Hintern wischen. Ich fürchte, ich muss dich echt nochmal zur Entziehungskur in eine Klinik bringen.«

»Und wer soll dir dann die Muschi lecken, ey?«

Der Arm der Kommissarin schnellt vor. Die Ohrfeige trifft Sonia voll im Gesicht. Sie schwankt, aber sie fällt nicht hin.

»Siehst du?«, kontert sie, mit der Hand auf der brennenden Wange. »Du bist genauso brutal wie alle anderen.«

Nora sagt lieber nichts mehr.

Zur selben Stunde feiern fünf Oberbonzen in einem luxuriösen Loft auf dem Dach eines Hochhauses im schicken El-Hamma-Viertel einen der ihren, dem das Gericht nach monatelangem Eingaben- und Berufungshickhack eine blitzblanke weiße Weste verpasst hat. Die illustre Runde besteht aus dem Großbanker Ali Bey, liebevoll Ali Baba der Räuber genannt; dem milliardenschweren Senator und Analphabeten Slim Touta, dessen Politikverständnis beim Bankett beginnt und bei Auslandsreisen auf Staatskosten schon zu Ende ist; dem monströsen Lästermaul Ben Dahmane, dessen Job als Sprecher der PDD ihn nicht davon abhält, falsche Versprechungen zu machen; dem ehemaligen Diplomaten Tajedine Lyès, der neuerdings in Import-Export macht – und Ed Dayem. Damen haben diese fünf Herren sich keine bestellt, wie immer, wenn sie zusammenkommen, um sich unter Verbündeten volllaufen zu lassen. Betrunken fläzen sie sich auf Sofas rund um einen großen Tisch herum, auf dem sich Alkoholika, Knabberzeug und Süßigkeiten türmen. Nur Ed hält sich ein wenig am Rande. Er sitzt auf einer Sessellehne und sieht durch die große Panoramafront hinaus aufs Meer.

»Ist aber doch eine fette Beförderung, Ben, gib's zu«, muntert Tajedine den Parteisprecher der PDD auf. »Und außerdem ist Kairo eine schöne Stadt.«

»Das können sie mit mir nicht machen!«, geifert der Politfuzzi. »Die wollen mich nur absägen. Die PDD steht mir rechtmäßig zu. Das wissen sie und deshalb versuchen sie, mich auf die sanfte Tour zu disqualifizieren. Kannst du dir vorstellen, dass ich Mitglied der Arabischen Liga bin? Bei den Redeschlachten dieser Brüllaffen habe ich nichts verloren. Was ist denn schon die Arabische Liga? Ein Abstellgleis für Pensionäre. Niemand weiß, wozu sie gut ist, außer sich in die Haare zu kriegen und hinterrücks zu erdolchen.«

Ben Dahmane hat den Ehrgeiz, Parteivorsitzender zu werden. Schon sehr jung hatte er begriffen, dass in einem Land, in dem man stolz darauf ist, korrupt zu sein und andere zu korrumpieren, der gewiefte Ganove sich schwer ins Zeug legen muss. Dahmane ist nicht als Beni Kelboun[4] geboren, er ist es geworden. Schon bei den Muslim-Scouts glänzte er durch Opportunismus und wurde in jungen Jahren Mitglied der Einheitspartei, die sich schon damals durch maßlose Rechtsbeugung und Kungelei hervortat, alldieweil die Alphatiere des Staates sich in der Schande suhlten wie die Wildsau im Pfuhl. Für einen Klüngelnovizen wie ihn mit seinen wuchernden Gelüsten war das die ideale Schule. Später, nach Einführung des Mehrparteiensystems, hat er dank eines Geldgebers aus den Emiraten eine salafistische Stiftung lanciert, die aufgrund ihrer nachweislichen Verwicklung in den dschihadistischen Terrorismus zwischen 1993 und 1997 wieder aufgelöst wurde. Im Jahr 2004 nutzte er die Amnestie, die reuigen Sündern im Rahmen der Nationalen Versöhnung erteilt wurde, um sich der PDD anzuschließen, einer frisch aus dem Hut gezauberten Oppositionspartei, und erklomm zügig Stufe um Stufe. Was er vor allem Ed Dayem verdankte, der ihm sein komplettes Medienarsenal zur Verfügung stellte.

»Hör auf zu jammern, Ben!«, ermuntert ihn der Banker. »Man kackt doch verdammt noch mal nicht in die eigene Hängematte! Dort in Kairo wirst du in Devisen bezahlt und kannst dir sämtliche Bauchtänzerinnen am Nil leisten.«

»Ich habe doch nicht meine besten Jahre geopfert, um in der Arabischen Liga zu versauern«, protestiert Ben Dah-

4 In der arabo-berberischen Mythologie war Beni Kelboun die Bezeichnung für die Kannibalen, die – vor der Ära der öffentlichen Verkehrsmittel – Pilger und umherreisende Missionare überfielen. Heute werden skrupellose Opportunisten Beni Kelboun genannt, die die niederen Instinkte zum Dogma erhoben haben.

mane. »Ich stehe vor einer großen Karriere. Immerhin habe ich hier die Wahlen organisiert. Mehr als einer von denen, die gewählt wurden, hat seinen Posten mir zu verdanken. Abgeordnete, Bürgermeister, Senatoren …«

»Hey!«, fährt ihm Slim Touta, der Milliardär, in die Parade: »Ich jedenfalls habe dir nichts zu verdanken. Meinen Sitz im Senat habe ich mit meinen eigenen Piepen und cash bezahlt … Worüber beklagst du dich überhaupt? Du repräsentierst Algerien bei der Arabischen Liga, das ist auch nicht jedem vergönnt.«

»Glaub mir, man schiebt mich ab ins Exil. Ich kenn doch die Tricks. Mein Vater sagte immer: ›Sperr die Augen auf und kneif die Arschbacken zusammen. Dann hast du mehr Weitblick als alle – und keiner kriegt Einblick in dein Innenleben.‹«

»Ach Ben, du übertreibst, garantiert! Du witterst gleich wieder das Schlimmste, dabei ist das doch eine tolle Sache für dich.«

»Ich habe aber nichts verlangt!«, schmettert der Politfuzzi, »keinen Gefallen und keinen Auslandsposten! Ich will *hier* was schaffen, in Algerien.«

»In Algerien *schafft* man nicht, man *macht Geschäfte*. Und da bist du echt ein Ass. Du hast deine Quote bei den Immobilienprojekten, du kannst wirklich jede Bank um Kredit angehen und bekommst ihn zinslos zugesagt, du willst ein Grundstück, du bekommst es, du willst eine Konzession, schon gehört sie dir. Was willst du denn noch?«

»Ich rede nicht von diesen alltäglichen Dingen, Slim. Ich rede von meiner Karriere. Weißt du, ich glaube, meine Zukunft liegt in der Politik, aber hundert pro! Ich brauche diese PDD. Die ist mir auf den Leib geschnitten. Ich kenne ihre

Tiefen und Untiefen besser als irgendwer sonst, und ich habe ein astreines Programm, um die Partei zu reformieren und die Republik zu wahrer Größe zu führen …«

»Weil du glaubst, du könntest am Ende noch Präsident werden?«

»Und warum nicht? Was haben denn die anderen, was ich nicht habe, diese ganzen Kandidaten, die sich jetzt schon die Klinke in die Hand geben? Während der Dauer ihres Mandats machen sie sich unsichtbar, und kaum ist von Wahlen die Rede, kommen sie aus ihren Löchern gekrochen. Machen keinen Wahlkampf, haben kein Programm, scheuen jede Auseinandersetzung, jedes Fernsehduell. Und sind trotzdem eines Morgens da, einfach so, und denken, sie könnten …«

»Schluss jetzt!«, brüllt Ed Dayem. »Dein Gewinsel geht uns auf den Sack! Wir sind hier, um mit unserem Freund Tajedine seinen Sieg zu feiern, verdammt noch mal!«

»Wir unterhalten uns doch nur«, lenkt Ben ein. »Darf man jetzt noch nicht mal mehr diskutieren?«

»Du bist ätzend, Kerl. Das geht jetzt schon zwei Stunden, dass du dich unmöglich benimmst. Du bist nie zufrieden. Jetzt hör mit dem verfluchten Gegreine auf. Man hört ja den eigenen Rülpser nicht mehr.«

»Warum regst du dich denn so auf, Eddie?«

»Das fragst du mich? Du machst doch die ganze Stimmung kaputt!«

»Ok, Eddie, ich sag ja schon nichts mehr.«

»Wär' echt nett von dir.«

Ben Dahmane gibt auf. Er gießt sich zu trinken ein und schmollt vor sich hin.

Für einen Moment erlischt jedes Gespräch.

Ali, der Banker, grabscht nach einem Loukoum und beißt genüsslich hinein. Dann wendet er sich an Ed: »Stimmt es, dass Omar Sfa dir die Tür vor der Nase zugeschlagen hat?«

»Ich habe ihn gefeuert«, korrigiert ihn Ed. »Kleiner Unterschied.«

»Meine Güte! Wie willst du denn jetzt dein Käseblatt verkaufen, wo dein bester Leitartikler sich verdünnisiert hat?«

»Ich brauche nur zu pfeifen. Es fehlt nicht an bösen Zungen.«

»Die Leute liebten aber seine Chroniken«, sagt Tajedine. »Warum hast du ihn gefeuert?«

»Weil er plötzlich damit ankam, dass ihn sein Gewissen drückt.«

»Ein Gewissen? Was soll das sein?«, japst Slim, der Senator, um die anderen zu erheitern.

»Ein bösartiger Gehirntumor«, gibt der Banker zurück.

Slim der Senator, Tajedine der Diplomat und Ali Baba der Räuber brechen in gellendes Gelächter aus. Ihre Nilpferdmäuler sind weit aufgerissen, ihre Fettwampen zucken im Rhythmus ihrer Bauchmuskelkontraktionen. Sie freuen sich, alle miteinander reich und mächtig zu sein in diesem großen, weiten Land, dessen Volk sich ausgeplündert, in die Ecke gestellt und von Gott und der Welt verlassen fühlt.

Ed Dayem lacht nicht. Mit erloschener Miene blickt er hinunter zur Stadt und betrachtet die Lichter des Hafens in der Ferne.

17.

Pünktlich um acht erscheint Ed Dayem vor dem Anwesen 32. Der Wächter schickt ihn zum Privatstrand hinunter, an dem Hadsch Hamerlaine im Schatten eines weißen Sonnenschirms das Meer inspiziert. Es ist schön für die Jahreszeit. Die Sonne dürfte den Himmel heute ganz für sich allein haben. Kleine Wellen verlaufen sich leise plätschernd im Sand. Am Horizont gibt sich ein Öltanker für eine Insel aus.

Der Alte hat bewusst keinen Stuhl für seinen Besucher vorgesehen. Seine Devise lautet: »Gibst du ihnen den kleinen Finger, nehmen sie die ganze Hand.« »Sie«, das sind die Anderen, die Hölle, die Kleinganoven, mit anderen Worten alle, die nicht zur »Loge« gehören, jenem engen Zirkel »historischer« Thronräuber, die hinter dem Rücken der Institutionen und der Regierungen, die da kommen und gehen, kontinuierlich die Fäden ziehen und den Schwarzen Peter den nach außen sichtbaren Entscheidungsträgern zuschieben, der Armee und, wenn es brenzlig wird, dem Ausland.

Auf seinem Liegestuhl ausgestreckt, mit einer Decke über den Beinen, einer dunklen Brille im Gesicht, lauscht der Alte dem Geräusch der sich nähernden Schritte. Man beurteilt den Feind nach dem Tempo seines Vordringens.

Noch bevor Ed den Mund auftun und Guten Tag sagen kann, wird er von der Hand des Alten gebremst. Unschlüssig bleibt er neben dem Sonnenschirm stehen. Heute Morgen hatte der Alte ihn am Telefon zum ersten Mal geduzt. »Wärst du wohl so freundlich, in der 32 vorbeizuschauen?« Ed hatte sich kneifen müssen. So freundlich? Also erinnert der Rboba sich doch noch an dieses Wort, das man längst aus seinem aktiven Wortschatz gestrichen glaubte. Ed kannte diesen Ton überhaupt nicht an ihm, so gerade heraus, ohne versteckte Spitzen, fast schon menschlich. Was hat diese plötzliche Ruhe zu bedeuten? Welcher Sturm braut sich da im Verborgenen zusammen? Ed hat sich auf der ganzen Herfahrt das Hirn zermartert, ohne eine auch nur halbwegs plausible Antwort zu finden. Jetzt, wo er da ist, von hinten über den Greis gebeugt, erwartet er den Richterspruch. Welchen Vergehens, welchen Versehens hat er sich schuldig gemacht? Ed ist seit langem mit dieser erschreckenden Realität vertraut: Wer zum Zaren der Republik vorgeladen wird, hat sich zwangsläufig etwas vorzuwerfen.

Das Schweigen dauert eine Ewigkeit.

Ohne Vorwarnung dringt jäh die Stimme des Alten an sein Ohr, wie aus dunkler Höhle.

»Bei Shakespeare heißt es: *Wer Macht zu schaden hat und schränkt sie ein / […] Der darf sein Gut als Herr und Eigner haben.*«

»Hübsche Weisheit«, kommentiert Ed auf gut Glück.

»Papperlapapp!«, faucht der Alte. »Rührseliges Getue, weiter nichts, und das dämlichste, das mir je untergekommen ist. Shakespeare war ein verträumter Idealist. Er hatte Erfolg, Talent, eine Fangemeinde, aber weder einschlägige Erfahrung noch Menschenkenntnis. Niemand kann auf Dauer herrschen, ohne hart durchzugreifen. Macht ist gleichbedeutend mit Schaden zufügen. Man kann beides nicht voneinander trennen, ohne Katastrophen auszulösen. Revolutionen, Aufstände, Staatsstreiche, politische Einmischung von außen, sämtliche Missstände einer Gesellschaft rühren von allzu großer Laxheit her. Sagt man nicht auch: *Wen der Herr liebt, den züchtigt er?* «

»So sagt man, Monsieur.«

»So handle ich!«, brüllt der Alte und krümmt sich, von seinem Ausbruch ermattet, bebend unter seiner Decke zusammen.

Nachdem er sich geräuspert hat, fährt er fort: »Die Natur des Menschen will es nicht anders, Eddie. Das Leben ist ein Wettkampf. Die einen schwingen sich zu Weltherrschern auf, die anderen lassen auf sich herumtrampeln.«

Ed begnügt sich mit einem Nicken. Er fragt sich, wann der Alte endlich sein Gewäsch beenden und zum Kern der Sache vorstoßen wird.

»Sie wirken nicht sehr überzeugt, Eddie.«

»Was spielt das für eine Rolle, Monsieur? Wer bin ich denn schon, um mit Ihnen konform zu gehen oder nicht?«

Der Alte hat sich noch nicht ein einziges Mal zu ihm umgedreht. Er blickt beharrlich vor sich hin, auf die spritzende Gischt, die peu à peu den Horizont verschluckt, das wogende Meer, das in weiter Ferne schäumend seinen Groll versprüht.

Ed verspürt ein Brennen in den Waden. Der Alte hätte wenigstens an einen Stuhl denken können, schimpft er innerlich.

Nach endlosem Nachdenken entfährt es dem Alten: »Der Wolf ist in der Schafherde.«

»Ich verstehe nicht, wovon Sie reden.«

»Und ich verstehe nicht, wie er es fertig gebracht hat, bei mir einzudringen. Ich dachte, meine Stallungen und Festungen seien gut bewacht, und nun treibt der Wolf sich hier herum. Ich hebe einen Vorhang hoch, schaue unter mein Bett, in meinen Tresor, und überall steckt der Wolf und grinst mich höhnisch an. Ich habe keine Ahnung, wie er sich Zugang zu meinen Sicherheitscodes verschafft hat. Aber er hat meine Fallen spielend ausgetrickst. Und meine Schlösser mit verblüffender Leichtigkeit und einer unglaublichen Unverfrorenheit geknackt.«

»Sind Sie bestohlen worden, Monsieur?«

»Von wegen!«

Und erst jetzt nimmt er die Brille ab und dreht sich um zum Pressebaron. Seine Augen sind trüb, umschattet. Ed ist überrascht, bei diesem großen Manitu eine Art Melancholie zu entdecken, einen gedämpften Schmerz, der ihn wieder zum Normalsterblichen macht. Nie hätte er gedacht, der Alte könnte so etwas wie Zweifel oder Erschöpfung verspüren, doch an diesem Morgen, unter der strahlenden Sonne von Algier, wirkt der Allmächtige fast so bemitleidenswert wie ein kleines graues Mäuschen.

»Ihnen ist ein Unglück zugestoßen, nicht wahr, Monsieur?«

»Ein Unglück wird dem zustoßen, der denkt, er könne mir etwas anhaben. Ein Unvorsichtiger hat es gewagt, sich mit mir zu messen, Eddie. Er hat meine Familie angegriffen. Ich will wissen, wer das war.«

»Mein Gott, wie konnte das passieren?«

»Das frage ich mich auch.«

»Was erwarten Sie von mir?«

»Größtmögliche Diskretion.«

»Die habe ich stets gewahrt.«

»Nur deshalb sind Sie noch am Leben.«

Der Alte setzt seine Brille wieder auf und wendet sich erneut dem Meer zu. Der Öltanker ist nur noch ein verschwommener Punkt am Horizont. Eine Möwe fliegt im Streifflug über die Wellen.

»Die Ermittlungen werden von einer Kommissarin geleitet, Nora Bilal. Ich muss unbedingt wissen, was sie macht, was sie entdeckt, wen sie verdächtigt, und zwar in allen Einzelheiten. Sie soll ja ein ausgezeichneter Spürhund sein. Hab ich nichts gegen. Aber ich will eine Nasenlänge Vorsprung haben. Ich muss diesen Hurensohn, der seine Dreckspfoten bis zu meiner Familie ausgestreckt hat, als Ersten zu fassen kriegen. Ich dulde nicht, dass er vor Gericht gebracht oder ins Gefängnis geworfen wird. Ich praktiziere meine eigene Justiz. Ich bin mein eigener Richter und Henker.«

»Ich erwarte Ihre Anweisungen, Monsieur.«

»Ich will eine Vertrauensperson im Team der Kommissarin.«

»Wir haben den Sicherheitschef, der uns aus der Hand frisst.«

»Glauben Sie, das wüsste ich nicht? Ich könnte sogar den Innenminister einspannen, wenn ich das wollte. Ich brauche einen völlig unauffälligen Typen, einen kleinen Schlaufuchs, der nach nichts aussieht, einen x-beliebigen Untergebenen, der sich damit zufriedengibt, uns in Echtzeit zu informieren, ohne verstehen zu wollen.«

»Ich denke, ich habe da jemanden für Sie an der Hand.«

»Hoffentlich kein allzu hoher Dienstgrad.«

»Leutnant Guerd. Wir haben ihn schon ein paar Mal eingesetzt.«

»Ist er zuverlässig?«

»Absolut. Wir haben ihm, neben etlichen anderen kleinen Gefälligkeiten, das Verschwinden der Beweisstücke im Fall der Gebrüder Ramdani zu verdanken. Er gehorcht mir blind. Und ist nicht sehr teuer.«

»Biete ihm mehr und wirf ihn in die Arena!«

Der Alte zieht die Decke hoch bis zur Brust und wendet sich wieder dem Meer zu.

Ed wartet auf eine Reaktion, eine letzte Empfehlung. Doch der Alte wirkt, als wäre er nicht mehr von dieser Welt. Er ist vollauf damit beschäftigt, seine grauen Zellen für die kommende Schlacht in Stellung zu bringen.

Langsam überzieht das Wellengeplätscher den Strand, wie getrieben von einem unheilvollen Wind.

Ed bleibt weiter nichts übrig, als zu gehen. Die Audienz ist beendet.

18.

Der Direktor des Algerischen Fernsehens ist sich absolut sicher. Die Sondersendungen für das Ramadan-Programm stehen noch nicht fest, und eine Sitcom ist auch nicht geplant. Von einem Casting sei bisher gleichfalls nie die Rede gewesen.

»Die Kandidaten sollten sich in Blida einfinden«, präzisiert Nora.

»Wir haben unsere eigenen Räume für diese Vorauswahlen«, wendet der Direktor ein.

»Eigenartig«, bemerkt Inspektor Zine.

»Vielleicht bereitet ja einer unserer Konkurrenzsender eine Sitcom vor.«

»Das haben wir bereits überprüft. Sie haben kein Budget für ein solches Projekt. Der Vater des Opfers hat vom nationalen Fernsehen gesprochen.«

»Er irrt sich. Sie haben doch gestern gehört, was unser Programmdirektor gesagt hat. Er hat Ihnen die Drehbücher gezeigt. Wie haben sie noch nicht geprüft, und folglich sind auch noch keine Drehs verabredet.« Er schaut auf seine Uhr. »Oh, es tut mir leid, aber ich habe in knapp zwanzig Minuten eine Sitzung.«

Nora dankt ihm für seine Mitarbeit.

Die beiden Polizisten kehren unverrichteter Dinge zum Polizeipräsidium zurück. Drei Tage treten sie jetzt schon auf der Stelle. Sie haben in den Zeitungsarchiven nach einer Annonce für ein Casting gesucht, das ihnen irgendeinen Anhaltspunkt bieten könnte: nichts. Die wenigen Filmemacher, die fürs Fernsehen arbeiten, haben am Telefon übereinstimmend erklärt: Wenn irgendwo eine Sitcom geplant gewesen wäre, dann hätten sie sich in diesen mageren Zeiten gegenseitig die Augen ausgehackt, um an den Auftrag heranzukommen.

Leutnant Guerd lungert auf dem Vorplatz des Präsidiums herum und hält Ausschau, auf der Nase ein Pflaster, dazu eine Sonnenbrille, die sein Gesicht verdeckt und die blauen Flecken kaschiert. Sobald er Noras Dienstwagen um die Ecke biegen sieht, verzieht er sich.

Inspektor Zine findet ihn in seinem Dienstkabuff auf seinem höchsteigenen Bürostuhl vor.

»Haben sie dich degradiert, Leutnant?«

»Nicht wirklich.«

»Und was hast du dann hinter meinem Schreibtisch zu suchen?«

»Ich wollte nur mal sehen, wie man sich fühlt, wenn man der letzte Jockel ist. Du solltest übrigens mal eine Belüftung einbauen lassen. Das ist ja ein tödlicher Mief hier in deiner Höhle. Selbst Mandela da auf dem Foto sieht so aus, als würde er gleich abkratzen.«

»Ich ertrag es nicht, wenn man in meinem Büro herumschnüffelt, während ich nicht da bin. Du verstößt gegen das Reglement, Leutnant.«

»Wenn man dich so hört, könnte man gerade meinen, dass du in deinen schrottigen Schubladen Dokumente höchster Geheimhaltungsstufe aufbewahrst.«

Guerd steht auf, wobei er so tut, als würde er sich den Staub vom Hinterteil klopfen, und sagt:

»Wo ein Bauer ist, ist der Fladen nicht weit …«

Zine übergeht die Bemerkung: »Was willst du diesmal von mir, Leutnant?«

»Dir einen kleinen Urlaub gewähren. Es scheint, dass du die letzten Tage wie ein Ochse geschuftet hast.«

»Ist deine Rekonvaleszenz-Zeit denn schon vorbei?«

»Man hat mich dringend zurückgerufen. Tja, das ist die Kehrseite der Kompetenz. Ich bin unentbehrlich. Wenn hier die Hölle los ist, dann schreien sie Zeter und Mordio, und ruckzuck bin ich wieder zur Stelle. Ich übernehme ab jetzt also wieder die Verantwortung für den Fall, und du kannst fürs Erste Pause machen.«

»Weiß Nora Bescheid?«

»Noch nicht.«

»Aber ich brauche ihre Erlaubnis.«

»Die Welt steht auf dem Kopf. Seit wann machen denn die Frauen den Männern Vorschriften?«

»Das ist eben das Paradoxe an den Hierarchien. Man wird ja oft von Chefs befehligt, die einem nicht das Wasser reichen können.«

Zines unterschwellige Ironie dringt nicht an Guerds Ohr. Er zeigt ihm ein Dokument, das formal allen Ansprüchen genügt:

»Das hier ist vom Direktor unterschrieben, mein Junge. Er ist der Boss. Und wenn er dir drei Tage lang frei gibt, dann ist das keine Gefälligkeit, sondern ein Befehl.«

»Ich hoffe nur, du weißt, was du tust.«

»Man erklärt seinem Vater doch auch nicht, wie das Kindermachen geht. Jetzt hau endlich ab!«

»Kannst du gern haben.«

Der Inspektor fährt noch eben bei sich zu Hause vorbei und packt ein paar Klamotten in seine Reisetasche, dann nimmt er mit seinem alten Peugeot Kurs auf Fouka-Marine, um seinem Freund Sid-Ahmed Gesellschaft zu leisten.

Die Zeiten haben sich gewandelt, die Übergänge zwischen Schwindel und Ekel sind in Algier fließend geworden.

Bis zur Weißglut erhitzt, verschmelzen die Geister wie Blei an Silvester in einer Mixtur aus Resignation und Überdruss. Algier ist nicht mehr Algier; seine Kellergewölbe bergen weder Mysterien noch Verlockungen mehr in sich. Nachdem es alle Lebenskünstler und Nachtschwärmer ins Exil verschlagen hat, wurde die Stadt von einer Horde von Emporkömmlingen überschwemmt, die sich brutal bereichern, weder Stil noch Status haben und felsenfest glauben, dass auf jeder Tugend und jedem Verdienst ein Preisschild steht. Sie haben die Werteskala auf den Kopf gestellt, die Bataillone gesprengt, die Ordnung der Dinge über den Haufen geworfen und alle roten Linien und Monumente mit Füßen getreten: überzeugt, sämtliche Seelen und heiligen Schwüre zu versauen, wenn sie nur kräftig genug auf sie spucken.

Jeden Morgen stellt Zine beim Aufwachen fest, dass man sich selbst zunehmend fremder wird. Deshalb drückt er jetzt auch so zufrieden aufs Gaspedal. Wie ein Internatszögling, der einen Ausflug macht. Um schnellstmöglich von dieser Stadt wegzukommen, die er früher so liebte und heute nicht mehr wiedererkennt.

Unterwegs macht er halt, kauft Proviant beim Gemüsehändler, Bier in einem illegalen Getränkeausschank, dessen Inhaber er kennt, und taucht gegen Mittag überraschend bei seinem alten Kumpel auf, der gerade Fisch auf einem Grill Marke Eigenbau brutzelt.

Was für eine fabelhafte Abwechslung!

Jedes Mal, wenn Zine in die Piste zum Strand einbiegt, hält er erst einmal an, klettert aus dem Auto, atmet in vollen Zügen die Gerüche des Meeres ein und spürt die frische Brise auf seinem Gesicht. Die Plastiktüten, die in den Büschen und Zäunen hängen, die teerverschmierten Kiesel und die Rinnsale, die ihre ekelerregenden Verunreinigungen bald hier, bald dorthin verströmen, verleihen dem Ort einen fragwürdigen Charme, doch kaum haben die Sommergäste das Feld geräumt, kehren Harmonie und Ruhe ein. Dann finden allenfalls ein paar harmlose Penner den Weg hierher, die ihren Rausch unter dem Blick einiger weniger Angler ausschlafen. Kein Streit. Kein Lärm. Zine kann sich nichts Schöneres vorstellen. Abends beobachtet er staunend den Sonnenuntergang, der so feurig aufflammt wie ein Nordlicht auf Abwegen. Wenn die Nacht ihn umfängt, würde er am liebsten ein für alle Mal einschlafen, sanft vom Rauschen der Wellen gewiegt.

Sid-Ahmeds brüchige Bude balanciert so lala auf einem Felsen, während das Wasser ihre Pfosten umspült. Das Salz hat die Wände zerfressen und der Rost die Fensterläden. Über die Fassade ziehen sich breite Risse hin, während das Dach langsam durchlässig wird. Die nächstgelegene Hütte ist mehrere Steinwürfe entfernt und wird von unsichtbaren Gestalten bewohnt, die sich vor längerer Zeit dort eingenistet haben. Stünde nicht irgendwo noch ein alter, ramponierter Strommast herum, man könnte schier meinen, man sei auf einer wilden Insel. Zine liebt diesen Ort. Er könnte hüllenlos über den Strand laufen und würde doch niemanden schockieren. Wer hier lebt, nimmt es nicht so genau. Jeder hat mit der eigenen Misere zu tun. Und lebt vom einen auf den anderen Tag.

Früher hatte Sid-Ahmed in Algier gelebt, in einer schönen Wohnung auf den Höhen des Tagarin-Viertels. Er war ein Radiostar, der im Dritten eine spannende Literatursendung moderierte. Zusammen mit Djamal Amrani, seinem besten Freund, einem talentierten Lyriker, der sein Idol war.

Alles war in Butter bis zu dem Tag, an dem er Morddrohungen erhielt. Die Terroristen forderten seinen Kopf. Er zog mit seiner Frau in einen anderen Stadtteil um. Und eines Tages wurde seine Frau mitten auf der Straße ermordet. Sid-Ahmed musste feststellen, dass er völlig allein auf der Welt war. Auf Depressionen folgten Selbstmordversuche, und zuletzt landete er in der Psychiatrie, wo er mit Zine auf demselben Zimmer lag. Wiederhergestellt, irrte der Journalist von einem Unterschlupf zum nächsten, immer auf der Flucht vor seinem Schatten, lag nächtens hinter seinem Fenster auf der Lauer, vergrub sich tagsüber tiefer als eine Akazienwurzel. Ohne es zu merken, wurde er zum Säufer und Vagabunden. Dank der Fürsprache Inspektor Zines, der den Bürgermeister von Fouka kannte, durfte er die leer stehende Hütte auf dem Felsen beziehen, und seitdem lebt er dort als Einzelgänger, von seinen Büchern und seinen Gespenstern umringt.

»Du kommst gerade richtig«, ruft er dem Inspektor zu, der sich vollbepackt nähert. »Ich habe den Fisch frisch aus dem Wasser geholt.«

»Allein der Duft ist schon ein Hochgenuss!«

Sid-Ahmed wedelt weiter mit seinem Stück Pappe über dem Grill herum und dirigiert seinen Freund mit einem Kopfnicken in die Hütte, um dort sein Bündel abzulegen. Zine tritt durch eine windschiefe Tür und stapelt seine Einkaufstüten im einzigen, karg möblierten Innenraum: ein Feldbett, in der Ecke eine eingerollte Steppdecke, ein Hocker, ein niedriger wackliger Tisch, ein kleiner Schrank, der vor Büchern überquillt, und an der leprösen Wand zwei Poster von Angela Davis und Djamila Bouhired, mit Tesa festgeklebt.

An die Wand gegenüber hat jemand mit einem Stück Kohle geschrieben:

In Algerien brillieren die Genies nicht, sie verbrennen. Entgehen sie der Bücherverbrennung, enden sie auf dem Scheiterhaufen. Rückt man sie versehentlich ins Rampenlicht, geben sie eine umso bessere Zielscheibe ab.

Zine erinnert sich nicht, dieses »Manifest« schon früher mal bemerkt zu haben. Seufzend geht er wieder zu seinem Freund auf die Terrasse hinaus, die eigentlich nur aus einer Zementschicht besteht.

»Ich hätte dir jede Menge Schreibhefte mitgebracht, Sid, wenn du nur was gesagt hättest.«

»Ich brauche keine Hefte.«

»Deshalb beschreibst du jetzt schon die Wände?«

Sid-Ahmed hält inne, eine Augenbraue höher als die andere.

»Was ist los mit dir?«, fährt der Inspektor fort. »Ist deine Inspiration zurück, oder wirst du jetzt zum Schlafwandler?«

»Lass gut sein, Zine«, erwidert der gewesene Journalist in gewitterschwerem Ton.

Der Inspektor bläst die Wangen auf. Und dringt nicht weiter in ihn.

Das Meer liegt ruhig da. Eine winzige Brise kitzelt akribisch das Moos am Felsen.

»Ich hatte dich eigentlich schon am Freitag erwartet«, bemerkt Sid-Ahmed, mehr um das Thema zu wechseln.

»Ich war zum Dienst eingeteilt.«

»Was machen die Banditen?«

»Denen geht's prächtig, danke der Nachfrage.«

Sid-Ahmed nimmt eine glühheiße Seezunge vom Feuer und lädt sie auf einen angeschlagenen Teller, den er seinem Gast reicht.

»Lass es dir schmecken, Bulle«, sagt er, während er sich genüsslich die Finger leckt.

Zine setzt sich auf einen Stein und beginnt zu essen.

»Was führt dich mitten in der Woche hierher?«

»Der Wind, der sich dreht.«

»Kann ich mir vorstellen. Die Wetterfähnchen treiben ihre Scherze.«

»Genau so und nicht anders, Sid.«

»Warum hast du deine Polizeiuniform noch nicht an den Nagel gehängt?«

»Irgendwer muss sie ja tragen.«

»Um dich selbst zu belügen?«

»Du bist heute aber ganz schön aggressiv, Bruder.«

Sid legt einen Finger an seine Wange: »Weißt du, warum Justitia eine Augenbinde trägt?«

»Ich sehe da zwar keinen Zusammenhang, aber du hast garantiert eine Erklärung parat.«

»Justitia trägt die Augenbinde, damit man nicht sieht, dass sie einen schiefen Blick hat. Nie wirst du erleben, dass sie mal zu den Schwachen hinübersieht. Selbst die Natur ist selektiv, und der Zufall borgt nur den Reichen. Die Welt ist ungerecht. Du bist ungerecht.«

»Ach ja?«

»Du trägst dein Dienstabzeichen, als wär's 'ne normale Anstecknadel. Den armen Schluckern trittst du in den Arsch, doch wenn die großen Haie im Trüben fischen, dann siehst du weg. Das ist doch nicht gerecht.«

»Soll das jetzt heißen, dass du mich davonjagst?«

»Das würde ich mir verübeln, mein kleines Bullenherz.«

Nach dem Essen machen sie es sich in den Segeltuchstühlen, die Sid-Ahmed am Strand aufgelesen hat, bequem und schauen aufs Meer. Sie ziehen sich ein paar Bierchen rein, rauchen einen Joint. Schweigend. Der ehemalige Journalist döst wieder ein, den Schesch übers Gesicht gezogen. Der Inspektor aber bleibt hellwach und lauscht dem Flüstern des Meeres. Und jede Welle, die sich schäumend zurückzieht, scheint ein wenig mehr von dem Gift, das sich in ihm festgesetzt hat, herauszuspülen.

Plötzlich beginnt sein Handy zu vibrieren.

Es ist Nora: »Verdammt noch mal, wo steckst du denn?«

»Der Chef hat mir freigegeben.«

»Deine direkte Vorgesetzte bin ich. Ich befehle dir, sofort zurückzukommen.«

»Ich komme ja schon.«

Schlaftrunken zieht Sid-Ahmed zieht sich den Schesch vom Gesicht.

»Du gehst schon?«

»Die Pflicht ruft«, erklärt Zine geknickt.

»So was gibt's noch?«

»Solange, wie es auf dieser Welt *arme Schlucker* gibt.«

19.

Das »Le Corsaire« hat zwar noch nicht seine Pforten geöffnet, doch die Bediensteten sind bereits emsig zugange. Es ist ein luxuriöses Restaurant mit breiten Glasfronten, umrahmt von Pergolen und mohnroten Vorhängen, bei dem Assoziationen an die schicksten Pariser Brasserien aufkommen. Der Parkplatz ist hübsch angelegt, von Pinien umsäumt und an allen vier Ecken mit Scheinwerfern bestückt. Ein schmaler weißer Kiesweg zieht sich unter einer Marquise bis zu einer großzügigen, blumengeschmückten Terrasse hin. Die gläserne Schiebetür öffnet sich automatisch, wenn Gäste kommen. Im Inneren ist alles funkelnd und verchromt, die Wände sind spiegelvertäfelt, als Wandleuchten prangen Riesenmuscheln, und auf den Tischen liegen cremefarbene Decken auf. Hinter einem stattlichen Mahagonitresen ordnet ein Barkeeper im blütenweißen Hemd und mit steifer Fliege seine Utensilien. Es ist ein Mann im besten Alter, von tadellosem Äußeren, mit silbernen Schläfen und gezwirbeltem Schnäuzer, wie es sich für einen authentischen Sohn Algiers gehört, der von El Anka im Respekt vor sich selbst und den anderen erzogen wurde. Es fehlt nicht viel und er nimmt Haltung an, als Nora ihm ihre Dienstmarke zeigt.

»Wir suchen Mourad Hérat. Er soll hier arbeiten.«

»Er ist im Außendienst tätig, Madame.«

»Und das heißt?«

»Er parkt die Fahrzeuge der Gäste ein. Er kommt erst in knapp einer Stunde, wenn wir öffnen.«

Nora wirft Zine einen fragenden Blick zu. Der Inspektor breitet ratlos die Arme aus. »Können wir hier warten?«, fragt Guerd in autoritärem Ton.

»Gewiss. Die Polizei ist uns immer willkommen. Ich werde Sie in den VIP-Flügel geleiten.«

Der Barkeeper lässt sie in einem prächtigen, mit Brokat ausstaffierten Salon Platz nehmen und kommt mit einem Tablett mit tunesischer Patisserie und Erfrischungsgetränken zurück.

»Eine kleine Aufmerksamkeit des Hauses«, erklärt er ehrerbietig.

»Ich hoffe, man wird uns auch zum Essen einladen«, tut Leutnant Guerd prophylaktisch kund.

Im Bestreben, seine Kompetenzen nicht zu überschreiten, deutet der Barkeeper nur ein ausweichendes Lächeln an und eilt zu seinem Tresen zurück, um diesem den letzten Schliff zu verleihen.

Der Geschäftsführer höchstpersönlich, ein perfekt gestylter Monsieur, bringt den Parkplatz-Boy eine Stunde später zu den Polizisten. Er wirkt besorgt. Nora beruhigt ihn, bevor sie ihn gehen lässt.

Mourad Hérat macht einen völlig gelassenen Eindruck. Er ist ein schöner Junge, geradezu unwiderstehlich in seiner Pagenuniform, mit seinen hellen Augen und einem Auftreten wie Brad Pitt. Auf der Leinwand würde er sicherlich Furore machen.

»Du bist der Beerdigung deiner Verlobten Nedjma ferngeblieben«, setzt der Leutnant ihm sofort die Pistole auf die Brust.

»Mir hat kein Mensch was gesagt«, entgegnet Mourad Hérat unaufgeregt. »Ich war in Bouira. Mein Vater wurde operiert. Ich habe erst gestern früh davon gehört.«

»Bist du sicher, dass sie zu einem Casting nach Blida gefahren ist?«, führt Nora die Befragung fort.

»Das hat sie mir jedenfalls erzählt.«

»Warum hast du sie nicht begleitet? Blida liegt nicht am Ende der Welt, und du hattest doch den ganzen Tag frei.«

»Weil ich mit der ganzen Sache nicht einverstanden war. Ich wollte nicht, dass meine Frau zum Kino geht.«

»Wie hat sie denn überhaupt von dem Casting erfahren?«

»Weiß ich nicht. Vielleicht an der Universität. Sie hat ja pausenlos herumerzählt, dass sie davon träumte, Schauspielerin zu werden. Vielleicht hat ihr da jemand von dieser Sitcom erzählt.«

»Wie lange wart ihr denn schon verlobt?«

»Sechs Monate.«

»Und wo warst du am 23. Dezember?«

»Bei einem Freund, bei dem ich auch wohne, in Kouba.«

Die Fragen prasseln von allen Seiten auf ihn ein, harsch und ohne Unterlass.

»Wann hast du Nedjma zum letzten Mal gesehen?«

»Am Abend vor dem Casting. Wir waren ein Sorbet essen, im Palais des Glaces. Da hat sie mir gebeichtet, dass sie sich um eine Rolle in einer Fernseh-Serie bewirbt. Damit hatte ich nun wirklich nicht gerechnet. Ich war wütend und habe ihr gedroht, Schluss zu machen. Ich komme doch vom Land. Ich habe es hingenommen, dass sie zu Ende studiert, aber dann auch noch zuzusehen, wie sie sich öffentlich zur Schau stellt, das kam nicht in Frage.«

»Hat sie keinen Namen erwähnt, von der Produktionsgesellschaft oder so?«

»Ich wollte nichts davon hören. Für uns ist Schauspielerei kein achtbarer Beruf. Sie hat versucht, dagegen zu argumentieren. Ich habe Nein gesagt und sie im Palais sitzen lassen. Auf ihre Anrufe im Lauf des Abends habe ich nicht reagiert.«

»Du hast also Schluss mit ihr gemacht.«

»Nein. Ich liebte sie doch. Ich hoffte, sie würde ihr Projekt fallen lassen.«

»Und du hast nicht versucht, sie am nächsten Morgen davon abzuhalten?«

»Dafür war ich zu stolz. Ich dachte, ich sei ihr das wert, und sie würde mir zuliebe ihre Ansicht ändern. Aber sie ist nicht zur Vernunft gekommen.«

»Ist sie alleine fort oder mit Freundinnen?«

»Ich war doch nicht dabei … Kann ich jetzt gehen? Ich höre einen Wagen kommen.«

Der Inspektor notiert sich die Anschrift des Fahrzeugeinparkers und lässt ihn laufen.

Die drei Polizisten verlassen das Restaurant.

Guerd ist verärgert, dass der Vorschlag, den er dem Barkeeper unterbreitet hat, auf taube Ohren gestoßen ist. Er lässt den Inspektor ans Steuer und zieht sich schmollend auf den Rücksitz zurück. Er brummt: »Der Knabe hat mich nicht überzeugt.«

»Worauf gründet deine Meinung?«, fragt Zine.

»Auf Intuition. Ein guter Polizist wittert das sofort, wenn da etwas faul ist.«

»Bei deinem angeschlagenen Riecher würde mich das schwer wundern.«

»He, Dr. Watson, wie bringst du es bloß fertig, witzig zu sein, ohne dir die Nase rot anzumalen?«

»Ich brauch dir nur zuzuhören.«

Nora hält sich die Hand vor den Mund, um ihr Lächeln zu verbergen. Guerd findet das unterdrückte Kichern der Kommissarin und das verschwörerische Getue der beiden auf den Vordersitzen weniger lustig. Er ballt die Fäuste, presst die Kiefer zusammen.

Amina Frid war Nedjmas beste Freundin. Sie haben dasselbe Gymnasium besucht und an der Uni dieselben Fächer belegt. Der Tod ihrer engsten Freundin hat sie so sehr getroffen, dass sie seitdem nicht mehr zu den Vorlesungen gegangen ist.

Sie hat sich bereit erklärt, Nora und ihre beiden Teamkollegen bei sich zu Hause in El Harrach zu empfangen, wo sie bei ihrer Mutter wohnt.

»Mourad ist ein Lügner«, schimpft sie. »Natürlich war er bei ihr, als sie zum Casting abgeholt wurde. Ich habe sie doch mit eigenen Augen vor dem Uniportal quatschen sehen. Dann tauchte ein schwarzer Geländewagen auf. Mourad hat Nedjma auf die Wangen geküsst und ihr den Wagenschlag geöffnet. Nedjma ist eingestiegen, und der Geländewagen ist losgefahren.«

»Das hat er uns aber nicht so erzählt. Er sagte, er wäre überhaupt nicht damit einverstanden gewesen, dass sie zum Film will …«

»Was?«, regt die Studentin sich auf, die immer mehr in Rage gerät. »Er hat sie doch überhaupt erst dazu ermutigt, sich für die Rolle zu bewerben. Er hat ihr ständig damit in den Ohren gelegen und ihr die irrsinnigsten Versprechungen gemacht. ›Das liegt dir im Blut‹, hat er ihr eingeflüstert. ›Du hast nicht das Recht, dieses Talent, das du von Gott hast, verdorren zu lassen. Du hast alles, um zu brillieren. Du bist schön, du hast Ausstrahlung. Eines Tages schreitest du den roten Teppich in Cannes hinauf.‹ Er hat ihr keine Ruhe gelassen. Klar hat Nedjma sich für den Film interessiert, aber zuerst wollte sie mal zu Ende studieren.«

Leutnant Guerd zieht eine Augenbraue in die Höhe, um seinen Kollegen zu signalisieren, dass seine Intuition trotz seiner lädierten Nase funktioniert.

Nora versucht, die Studentin, die das Gespräch über die tote Freundin völlig aufgewühlt hat, zu beruhigen. Amina ist in Tränen aufgelöst. Das Sofa, auf dem sie sitzt, bebt förmlich unter ihrem Wutausbruch.

»Mourad sagt, dass seine Verlobte …«

»Verlobte?«, fährt die Studentin auf, »Mourad ist ein Schürzenjäger. Er war in fast alle Mädchen auf der Uni verknallt. Er versprach, mit ihren Profs zu reden, damit sie bessere Noten bekämen, verwickelte sie in die wildesten Geschichten, lud sie zu alkoholischen Parties ein. Er hatte Knete en masse und verkehrte in den teuersten Hotels. Ich habe Nedjma gleich vor ihm gewarnt. Ich habe ihr gesagt, dass dieser Typ nicht sauber ist. Das lag auf der Hand: Denn alle Mädchen, die er verführte, haben ihr Studium vernachlässigt und sich nur noch in Luxushotels herumgetrieben.«

»Was meinen Sie damit?«

»Ist doch klar.«

»Nicht klar genug für die Polizei«, erklärt ihr Nora.

Amina dreht sich hilfesuchend zu ihrer Mutter um, die sie mit einem Wimpernschlag ermutigt, deutlicher zu werden.

»Sie verkaufen ihren Körper.«

»Nedjma auch?«

»Nedjma war ahnungslos. Sie war ja angeblich die angebetete Verlobte. Aber Mourad ging mit den anderen Mädchen genauso vor. Er pickte sich immer die schönsten und ein bisschen naiven heraus, bequatschte sie und trieb den Betrug so weit, dass er offiziell um ihre Hand anhielt, aber dann drängte er sie nach und nach auf die schiefe Bahn. Er ist Zuhälter. Er beliefert hochstehende Persönlichkeiten mit frischem Fleisch. Das sprang eigentlich jedem ins Auge, aber Nedjma war ja so verliebt. Ich hatte ihr extra Nabila vorgestellt, eine Ex von Mourad, die ihr erzählen sollte, was dieser Saukerl aus ihr gemacht hatte. Nejdma hat sich geweigert, sie anzuhören. Sie dachte, sie sei nur eifersüchtig.«

»Na, was hält deine Intuition davon?«, fragt Zine den Leutnant, nachdem sie sich von der Studentin verabschiedet haben. »Das Mädel fantasiert«, sagt Guerd. »Ihr Hass auf den trauernden Verlobten ist größer als ihre Trauer um die verblichene Freundin. Ein Typ, der Knete en masse hat, in Luxushotels verkehrt und abends als Fahrzeugeinparker endet, das macht doch keinen Sinn.«

»Sie hat einen Geländewagen erwähnt.«

»Jeder Oldie mit Pomade im Haar fährt heutzutage einen Geländewagen.«

»Du glaubst nicht an die Story von den verführten Mädchen?«

»Nicht eine Sekunde. Das Mädel ist stinksauer auf Mourad. Wer weiß, am Ende hatte sie es selber auf ihn abgesehen und vergibt ihm nicht, dass er ihr die beste Freundin vorgezogen hat. Ich trau keiner frustrierten Frau über den Weg. Die beschuldigen am Ende noch den Papst, dass er mit dem Teufel Unzucht treibt.« Nora schleudert einen weißglühenden Blick in seine Richtung.

»Ich meine doch nicht Sie, Frau Kommissarin, ich schwör's beim Haupte meiner Mutter«, beschwichtigt der Leutnant Nora und hält sich schützend die Arme vors Gesicht …

Rückkehr zum Corsaire.

Das Restaurant ist brechend voll, der Parkplatz bis auf den letzten Platz besetzt. Ein Millionär feiert den Geburtstag seines Sprösslings. Er hat das ganze Viertel eingeladen, dazu ein Flamenco-Orchester, das eigens aus Granada eingeflogen wurde. Die Fiesta ist auf ihrem Höhepunkt. Nora und ihre beiden Untergebenen haben hinter den mohnroten Vorhängen und unter den Karosserien sämtlicher Luxuslimousinen gesucht: doch der Fahrzeugeinparker mit den hellen Augen ist auf und davon.

20.

»Bist du Linkshänderin?«, fragt Zine die Kommissarin, die gerade eine Hausmitteilung abzeichnet.

Nora legt ihren Kugelschreiber mit einem Anflug von Rührung beiseite.

»Meine Mutter hat mir mehr als einmal eine Abreibung verpasst! Sie war entsetzt, mich die linke Hand benutzen zu sehen. ›Das ist die Hand des Dämons!‹, rief sie und raufte sich die Haare. ›Du musst unbedingt lernen, mit der rechten Hand zu essen, sonst liegt auf dem, was du zu dir nimmst, kein Segen.‹ Ich habe es versucht, aber so schnell gewöhnt man sich nicht um.«

»Schon seltsam, dass die Menschen überall das Böse sehen. Sogar über den eigenen Körper ziehen sie Demarkationslinien.«

»Das war schon immer so. Ohne Konflikte kann die Menschheit offenbar nicht leben.«

Eine Sekretärin taucht auf und befreit die Kommissarin von der Unterschriftenmappe. Sie ist hübsch, mit hohen Wangenknochen, mandelförmigen Augen und einem strengen Haarknoten. Der Blick, den sie dem Inspektor zuwirft, entlockt Nora ein Lächeln. Zine ist ein ansehnlicher Bursche, gut gebaut, ein wenig ungeschliffen vielleicht, aber er hat durchaus Potential. Die Tatsache, dass er noch Junggeselle ist, lässt das Herz aller späten Mädchen im Polizeipräsidium höher schlagen.

In dem Moment erscheint Leutnant Guerd, um Meldung zu machen. Er ist nicht begeistert, den Inspektor im Büro der Chefin zu erblicken. Es wurmt ihn, dass die beiden sich so gut verstehen, als hätten sie sich gegen ihn verbündet. Er ärgert sich über sich selbst, dass er den Inspektor aus seinem Bau befreit hat. Er dachte, er würde ihn dadurch in Schwulitäten bringen, und nun macht der Untergebene, der bisher im dumpfen Dämmerlicht seines Kabuffs kaum zu erkennen war, sich plötzlich ungeniert breit.

Eine Zumutung für Guerd, herumstehen zu müssen, während der Inspektor mit übereinandergeschlagenen Beinen in einem der Sessel lümmelt und behaglich seinen Kaffee schlürft. Ohne sich groß bitten zu lassen, nimmt Guerd ebenfalls Platz und legt los:

»Mourad Hérat hat uns auf der ganzen Linie angeschwindelt. Ich bin gerade zurück aus Kouba. Die Anschrift, die er uns gegeben hat, ist die eines Lebensmittelladens. Der Inhaber hat bestätigt, dass er niemanden bei sich beherbergt. Logisch, er hat sieben Kinder. Ich habe Mourads Foto einem Haufen Jugendlicher in der Siedlung gezeigt. Niemand hat ihn erkannt.«

»Ich habe inzwischen eine Suchmeldung nach dem Flüchtigen herausgegeben«, erklärt Nora. »Der Geschäftsführer des Corsaire hat uns die Anschrift seiner Eltern mitgeteilt. Die Gendarmerie von Bouira ist bereits informiert.«

»Und was machen wir bis dahin?«

»Wir ermitteln. Das ist unser Job. Mourad Hérats Flucht ist der Beweis, dass wir das Wild aufgescheucht haben. Die Studentin könnte uns bestimmt noch ein bisschen weiterhelfen. Gestern war sie völlig neben der Kappe. Wir lassen sie in Ruhe, bis es ihr besser geht, dann fahren wir noch einmal zu ihr und stellen ihr die richtigen Fragen. Ich würde mir auch gern die Version dieser Ex-Verlobten namens Nabila anhören. Zine und ich werden ein wenig die großen Hotels aufmischen, und du recherchierst an der Universität. Es scheint, dass unser Kandidat in der Bibliothek gejobbt hat, bevor er beim Corsaire als Parkplatzbursche angestellt wurde.«

Guerd kratzt sich am Kopf. Wie immer, wenn ihm etwas Kopfzerbrechen bereitet. Was für ein Spielchen treibt die Kommissarin da mit ihm? Die Bibliothekarin der Universität, eine alte pergamentene Dame, hat ihm versichert, dass Mourad Hérat zu keiner Zeit dort tätig war. Der Leutnant hat die Listen der Praktikanten, der Angestellten, der Mitglieder durchgesehen: Der Name des Flüchtigen taucht nirgendwo auf. Mourad Hérat ist noch nicht einmal ein Buch ausleihen gekommen. Guerd ist wütend. Hat die Kommissarin ihn absichtlich auf eine falsche Fährte gesetzt, um ihn aus dem Fall herauszuhalten? Gewiss, sie kann ihn nicht leiden, aber ihn deshalb Zeit und Energie im Rahmen einer Ermittlung verschwenden lassen? Er hat seinen Genesungsurlaub schließlich nicht aus eigenen Stücken abgekürzt. Der Chef hat ihn dringend zurückberufen und dem Team zugewiesen. »Dieses Miststück! Na warte, die ist mir aber eine Erklärung schuldig!«, flucht er laut vor sich hin.

Als Erstes sucht Guerd ein Café auf, wo er sich einen kräftigen Espresso bestellt, drei Zigaretten hintereinander raucht und darüber nachdenkt, wie er sich jetzt verhalten soll. Ich kann es mir schenken, einen großen Aufstand zu machen, sagt er sich schließlich, nachdem er sich halbwegs beruhigt hat. Zu protestieren oder großartige Erklärungen zu verlangen, würde sowieso zu nichts führen. Nora hätte, ohne mit der Wimper zu zucken, eine Antwort parat. Sie würde ihm nur weismachen wollen, dass sie sich vermutlich geirrt hat, und damit wäre die Sache dann abgehakt.

Guerd ruft Ed Dayem an. Der willigt ein, ihn am »üblichen Ort« zu treffen, einem kleinen Elektroladen in der Rue Larbi Ben M'hidi, unweit der Grande Poste. Dort nimmt Guerd immer die Weisungen des Pressemoguls entgegen, und desgleichen den Geldumschlag für inoffizielle Dienste.

Hinter dem Ladentisch steht Karima, aufgeputzt und geschminkt wie eine Kasinohostess. Der Leutnant träumt schon lange davon, sie zu verführen, aber sie leistet beharrlich Widerstand. An diesem Nachmittag hat sie zu viel Lippenrot aufgelegt. Und ihr Make-up überdeckt längst nicht alle Falten.

»Monsieur Dayem …«

»… erwartet Sie schon in seinem Büro«, schneidet sie ihm hastig das Wort ab, um ihn schnellstmöglich wieder loszuwerden.

Aber Guerd bleibt absichtlich am Tresen stehen. Mit sabberndem Mund beäugt er Karima, vergewissert sich, dass niemand in der Nähe ist und flüstert ihr ins Ohr: »Noch immer Jungfrau, Kiki?«

»Man kann Ihnen aber auch gar nichts verbergen, Leutnant.«

»Wenn Sie genug davon haben, kann ich diesen Zustand beenden, Sie müssen es nur sagen.«

»Besten Dank. Aber ich hebe mich für meinen Zukünftigen auf.«

»Weil Sie glauben, dass Sie noch eine verwandte Seele finden?«

»Solange man lebt, solange …«

»Na, dann viel Spaß beim Warten …«, murrt der Leutnant, während er im Flur verschwindet.

Karima beißt sich auf die Lippen, um ihre Wut zu unterdrücken. Als sie die Tür am Ende vom Flur ins Schloss fallen hört, entfährt es ihr mit tränennassen Augen: »Sie mich auch, Sie Operetten-Colombo!«

Ed Dayem empfängt den Polizisten mit ausgebreiteten Armen: »Mein lieber Guerd, welch eine Freude, dich wiederzusehen … Was hast du denn da im Gesicht?«

»Ich bin im Treppenhaus gestolpert.«

»Du hättest besser den Aufzug genommen«, foppt Ed ihn und schiebt dem Polizisten einen Stuhl zu.

»Ich leider unter Platzangst.«

»Möchtest du etwas trinken? Einen Minztee?«

»Da sage ich nicht nein, vor allem, wenn es dazu noch ein Portiönchen gesalzene Pistazien extra gibt.«

»Unter der Bedingung, dass du hinterher alles sauber machst. Du hast die Angewohnheit, jedes Buffet in eine öffentliche Mülldeponie zu verwandeln … Na, und wo drückt dich der Schuh?«

Guerd legt ein Foto auf seinen Schreibtisch: »Unser Hauptverdächtiger Mourad Hérat, Parkplatzwächter. Ich habe mir das Foto im Corsaire besorgt, wo er gearbeitet hat. Er war der Verlobte der Ermordeten. Seit unserem Besuch bei ihm ist er spurlos verschwunden. Es scheint, dass er Studentinnen auf den Strich geschickt hat und Nedjma überredet hat, zum Film zu gehen. Er ist zur Fahndung ausgeschrieben.«

Ed Dayem zieht das Foto zu sich herüber: »Mir scheint, den habe ich schon mal irgendwo gesehen.«

»Vermutlich im Corsaire.«

»Das ist ein Restaurant für reiche Proleten. Dort pflege ich nicht zu verkehren.«

»Dann vielleicht in einem der Luxushotels. Es heißt, er geht dort ein und aus, um eine gewisse Klientel mit Frischfleisch zu beliefern.«

»Und du hast dich dort umgesehen?«

»Genau deshalb bin ich ja hier. Die Kommissarin schickt mich an Stellen, wo kaum was abfällt für mich, und behält die fetten Brocken für sich. Die Schlampe hat mir einen Schlappschwanz-Inspektor vorgezogen, der noch nicht mal 'ne Kuh auf der Weide beschattet bekommt.«

»Vielleicht schlafen sie ja miteinander und brauchten einen Moment der Intimität.«

»Die Kommissarin steht nur auf Frauen.«

»Ehrlich?«

»So wahr ich Guerd heiße.«

»Und ihr duldet Homosexuelle bei der Polizei?«

»Da wir die Schamlosigkeit schon so weit getrieben haben, Weiber zu Offizieren zu ernennen, warum dann noch Skrupel haben?« In gravitätischem Tonfall: »Eddie, jetzt mal im Ernst. Die Kommissarin misstraut mir. Ob sie irgendeinen Verdacht hat?«

»Was für einen Verdacht sollte sie denn haben? Und wieso? Sie führt eine Ermittlung durch, keinen Kreuzzug.«

»Mir gibt das zu denken. Ich verstehe da etwas nicht. Sie kann mich nicht riechen, so viel steht fest. Aber mir zu misstrauen, das ist doch was ganz anderes. Mir gehen die seltsamsten Fragen durch den Kopf. Vielleicht steckst du mir mal ein Licht auf, Eddie. Ich habe das Gefühl, überhaupt nichts zu blicken. Wer ist die Tote von Bainem? Und warum interessiert sich so ein hohes Tier wie du für ihren …«

»Guerd!«, bremst Dayem ihn ab. »Du bist im Begriff, deine Finger in einen Reißwolf zu stecken.«

Der Leutnant rudert auf der Stelle zurück.

»Ich frag doch nur, damit ich gewappnet bin, falls es kracht«, fiept er.

»Es wird nicht krachen. Ich bin Pressemagnat und immer auf der Suche nach pikanten Lokalnachrichten. Eine schöne Tote im Wald, das ist spannender Stoff. Die Leser wollen auch unterhalten sein. Politskandale sind schön und gut, aber auf Dauer doch sehr ermüdend. Von Mord und Totschlag dagegen kann man nie genug kriegen.«

Guerd glaubt ihm nicht eine Sekunde lang, aber er nickt zustimmend. Ihm ist ohnehin alles egal, solange sein Kuvert nur prall gefüllt ist. Er hat immer am Rande schmutziger Affären agiert, ohne sich groß Gedanken zu machen, und Dayem hat sich noch jedes Mal großzügig gezeigt, wenn wieder ein Fall glücklich gelöst war. Und doch, die Alltäglichkeit dieser Meldung lässt ihm keine Ruhe. Leichen dieser Art findet man zuhauf im Gebüsch, in Treppenhäusern und am Strand. Noch nie hat man ihn deshalb je herangezogen. Und plötzlich mobilisiert der Tod einer Studentin, Tochter eines ärmlichen Lehrers aus einer heruntergekommenen Sozialsiedlung, sogar den Kriminaldirektor.

»Ich mag es nicht, wenn du nachdenkst, Leutnant«, ermahnt Dayem ihn.

»Ich denke ja gar nicht nach.«

»Oh doch, du bist am Nachdenken, und das ist kein gutes Zeichen … Weißt du, was mit einem Hirnamputierten passiert, der zu viel nachdenkt? Es kommt zu einem Treibhauseffekt, und dann kann er sich gar keine Vorstellung mehr von den unangenehmen Dingen machen, die ihm zustoßen könnten.«

»Ich bin nicht hirnamputiert. Ich bin allen Absolventen meines Examensjahrgangs um einen Schritt voraus.«

»Wer allzu hastig vorprescht, Leutnant, der gerät leicht aus der Spur. Wir leben in einem Land, wo aus einem vermeintlichen Geniestreich schnell ein Schlag ins eigene Genick wird. Würdest du gern wie ein Karnickel im Kochtopf enden?«

»Ich habe das Karnickel lieber vor mir auf dem Teller, Eddie.«

»Na, dann binde dir ein Lätzchen um und versuch, nicht mit vollem Mund zu reden. Du sollst nur die Ohren aufsperren, und sonst gar nichts«, fährt Ed in autoritärem Tonfall fort. »Wir verlangen ja nichts Unmögliches von dir. Häng dich einfach nur an die Kommissarin und leite mir alle Informationen, die du aufschnappen kannst, gerade so weiter. Ohne sie groß zu sortieren. Ich ziehe dann schon meine Schlüsse daraus. Wenn das zu viel verlangt ist, engagiere ich jemand anderen.«

»Ich arbeite doch seit Jahren für dich, Eddie. Hab ich dich schon einmal enttäuscht?«

»Nun, jetzt gerade enttäuschst du mich.«

»Ich bin ja guten Willens«, versucht der Leutnant rasch einzulenken. »Ich möchte nur gern verstehen, warum die Kommissarin mir so misstraut. Zu wichtigen Terminen nimmt sie den Inspektor mit, und mich hat sie aufs Abstellgleis geschoben.«

»Wenn dich nur das aufregt, dann spreche ich das Thema gerne beim Direktor an.«

»Warum mich nicht gleich mit der Leitung der Ermittlungen betrauen? Ich bin seit Urzeiten in dem Metier.«

»Du bist kein Kommissar, Guerd.«

»Ich hätte längst eine Beförderung verdient. Ich trete seit Jahren auf der Stelle. Du könntest doch dem Sicherheitschef ein, zwei Takte zuflüstern. Oder gleich dem Minister. Sie wären bestimmt ganz froh, dir nach allem, was du für sie tust, auch mal gefällig zu sein.«

Dayem stoppt ihn mit einer Handbewegung: »Man bittet die Propheten um nichts, das Gott allein erfüllen kann, Leutnant. Und ganz unter uns: ich bleibe lieber auf Distanz. Wenn du in unserem Land um ein Almosen bittest, bekommst du es zwar, aber dann kommen sie wieder und verlangen das Äußerste von dir … Ich kann den Inhalt deines Kuverts verdoppeln, doch eine Beförderung ist bei mir nicht drin. Du bist am Zug. Wie entscheidest du?«

»Ich nehme das Kuvert.«

»Siehst du? Wenn du nicht nachdenkst, hast du deine Zeit nicht verloren.«

Dayem zieht ein Bündel Geldscheine hervor und schiebt sie dem Leutnant über den Tisch, der sie schneller als ein Taschenspieler wieder verschwinden lässt.

21.

Brigadier Issa marschiert vorneweg, oder besser gesagt, er humpelt voran, infolge einer Verletzung, die er sich während eines terroristischen Hinterhalts zugezogen hat. Er schwimmt förmlich in seiner viel zu großen Uniform. Mit seinem gebeugten Rücken, den schneeweißen Schläfen und dem kümmerlichen Schnäuzer bietet er dem Alter mit verblüffender Gleichmut die Stirn. Man hatte ihm einen gutbezahlten Ruhestand angeboten, doch er hat es vorgezogen, im Souterrain des Präsidiums auszuharren und dort die sauberen Früchtchen zu überwachen, die ihm der Zorn der Straße tagaus, tagein vor die Füße spült. Brigadier Issa beklagt sich nicht. Er liest keine Bücher, sieht nicht fern, hat keine Ahnung, wie man Kreuzworträtsel löst. Dafür wimmelt es in seinen Kerkern von räudigen Schafen, und das füllt seine Zeit vollkommen aus. Auch hat der Beruf ihn derart verbogen, dass er sich ein Leben ohne Schlagstock in der Faust und am Koppel einen dicken Schlüsselbund gar nicht vorstellen kann. Wenn sich die Gelegenheit bietet, ein paar Birnen zu zermatschen, dann versagt er sich dieses Vergnügen nicht. Der Knast ist sein Leben. Er fordert weder Urlaub ein noch Ausgleichstage. Wohin sollte er auch? Algerien trieft vor Tristesse, die Kneipen bersten vor Verbitterung, die Kinos sind von Ratten und Spinnen verseucht und die Stadtparks von Arbeitslosen überschwemmt, die sich mit synthetischem Crack vollpumpen. Issa kann sich schwer vorstellen, am Rand der Sahara vor seiner Lehmhütte zu hocken und Däumchen zu drehen – auf den öden Hochplateaus, wo der Wüstenwind alles versengt, sogar den Verstand. Klar ist das Kellergeschoss des Präsidiums keine fürstliche Bleibe, doch für ihn immer noch besser, als unter der bleichen Sonne der Agonie zu vergreisen. Sein altes Eheweib nörgelt, die Kinder sind längst ausgeflogen; es gibt nicht eine vertraute Menschenseele mehr. Doch wenn er die Häftlinge abends grölen hört, dann spürt er, das Leben geht weiter, macht eine Delle in sein Kopfkissen und schläft den Schlaf des Gerechten – in seiner Zelle, wo ihn kein Chef mehr stören kommt, wenn das Licht erst einmal gelöscht ist.

Hinter dem Brigadier folgen Nora, Guerd und Zine. Ihre Schritte hallen durch den düsteren Gang, über den defekte Glühbirnen wachen. In einer Isolationszelle sitzt ein junger Mann, den Kopf in beiden Händen vergraben, zusammengesunken an einem Kantinentisch. Es ist Mourad Hérat, der am Vorabend von der Gendarmerie eingeliefert worden war. Man hat ihn in einem Hammam in Palestro aufgegriffen. Sein blaues Auge zeugt davon, dass er versucht hat, sich zu wehren, aber seiner Kleidung ist anzusehen, dass das keine so glänzende Idee war.

»Na, hast du was Schönes geträumt?«, fragt ihn Guerd.

»Was tue ich in diesem Irrenhaus?«, stöhnt der Aufgegriffene. »Ich habe kein Auge zugetan, und zu essen hat man mir auch nichts gebracht.«

»Ist doch mal 'ne andere Erfahrung für dich als immer nur die Luxushotels«, bemerkt Nora.

»Ich bin unschuldig.«

»Wenn das so ist, warum bist du dann abgehauen?«

»Ich bin nicht abgehauen. Ich will nicht in eine Geschichte hineingezogen werden, mit der ich nichts zu tun habe. Ich habe Ihnen gesagt, was ich weiß. Nachdem Sie gegangen sind, hat der Geschäftsführer des Restaurants mich gefeuert. Was hätte ich Ihrer Meinung nach denn tun sollen? Ihn wegen ungerechtfertigter Entlassung verklagen? Das läuft nicht so in diesem Land. Ich habe meinen Koffer gepackt und bin nach Hause gefahren. Ich brauchte dringend Entspannung.«

»In einem Hammam im Palestro?«

»Für ein Hotelzimmer habe ich kein Geld.«

»Brauchst du doch auch nicht. Bouira ist nur einen Katzensprung entfernt.«

»Mein Vater hat eine Operation am offenen Herzen hinter sich. Ich wollte ihn nicht beunruhigen. Das mit Nedjma weiß er noch gar nicht. Ich stehe noch unter Schock. Ich bekomme meine Gedanken noch gar nicht auf die Reihe. Wir wollten im Frühling heiraten. Ich habe sie mehr als alles auf der Welt geliebt. Ich kann gar nicht glauben, dass sie tot ist.«

»Wie rührend«, spottet Guerd und nimmt rittlings auf dem Stuhl gegenüber dem Verdächtigen Platz.

Das Handy in Noras Tasche vibriert. *Sonia* steht auf dem Display. Nora nimmt den Anruf nicht an.

Mourad wischt sich das Gesicht an einem Hemdzipfel ab. Der smarte Parkplatzboy von neulich ist die reinste Ruine mit seinem wachsbleichem Gesicht, seinen offenen Schnürsenkeln und zerbissenen Fingernägeln. Er schwankt vor Übermüdung.

Zine hebt ihm das Kinn an: »Nicht einschlafen, mein Junge.«

»Rühr mich nicht an«, protestiert Mourad. »Bleib mir mit deiner dreckigen Pranke vom Leib. Ich kenne meine Rechte.«

»Du hast nur ein einziges Recht«, erklärt ihm Guerd, »das, kein Wort über die üble Viertelstunde zu verlieren, die du hier verbringen wirst.«

Wieder vibriert das Handy der Kommissarin. Es ist eine

SMS von Sonia: »*Wenn du nicht sofort kommst, bring ich mich um.*« Nora gerät in Panik. Sie überträgt Guerd den Fortgang des Verhörs und bricht schleunigst auf.

Der Leutnant ist entzückt, jetzt am Ruder zu sein. Er hängt seine Jacke über die Stuhllehne und bittet den Inspektor, ihn das Verhör auf seine Art führen zu lassen, ohne sich einzumischen. Dann krempelt er seine Hemdsärmel über seinen Schimpansenarmen hoch, lässt nach Boxerart seine Halswirbel knacken, stützt sich auf den Tisch und beugt sich drohend über den einstigen Parkplatzboy:

»Ich rate dir, dich kooperativ zu zeigen, mein Süßer. Nicht mal tot hättest du vor mir Ruhe! Ich will alles wissen, und zwar haarklein, und wenn ich dir dafür das Hirn aus der Schädeldecke sägen und scheibchenweise aufschneiden müsste.«

»Ich habe Ihnen doch gesagt …«

Guerd ohrfeigt ihn so stark, dass er kurz davor ist, ohnmächtig zu werden.

»Versuch nicht, Zeit zu schinden, Aschenbrödel. Das bringt dir nichts. Ich bin bereit, dich die ganze Woche in die Mangel zu nehmen. Und wenn nötig, auch die nächste Woche. Ich habe nichts zu verlieren. Aber du! Du verlierst erst deine Zähne, dann die Tassen im Schrank, und am Ende dein Gesicht, denn du wirst mir ja doch alles gestehen. Also, plaudern wir jetzt wie zivilisierte Menschen, oder soll ich auf dich einschlagen, bis du so platt wie ein Pfannkuchen bist?«

»Ich werde Anzeige erstatten«, droht Mourad mit blutverschmiertem Mund.

»Wenn du willst, bring ich dir das Formular sogar persönlich vorbei. Aber vorher erklärst du mir mal, warum du uns an der Nase herumgeführt hast. Ich eigne mich nämlich nicht sonderlich zum Tanzbär … Du hast gesagt, dass du Nedjma am Abend vor dem Casting zuletzt gesehen hast, dabei hast du sie eigenhändig in den Geländewagen geschoben, der sie am nächsten Tag vor der Universität abgeholt hat.«

Mourad versucht, sich den Mund abzuwischen. In seinem Blick hat etwas geflackert. Der Leutnant begreift, dass er den Finger auf die richtige Stelle gelegt hat. Er legt nach:

»Lass dir ja nicht einfallen, zu leugnen. Die Überwachungskameras am Eingang der Universität haben dich gefilmt«, lügt er kühn. »Man sieht dich darauf mit Nedjma. Man sieht den Geländewagen kommen. Und man sieht, wie du deine Verlobte auf die Wangen küsst, ihr den Wagenschlag öffnest und ihr in den Wagen hilfst.«

Mourad hält die Luft an.

»Jetzt bist du baff, was?«

»Diese Geschichte ist nicht meine Geschichte.«

»Das ist keine Geschichte, das ist ein Schundroman. Wie oft hast du dich verlobt und was hast du mit deinen Herzensdamen angestellt? Hast du sie still und heimlich zur Prostitution freigegeben? Hast du sie in die Luxushotels mitgeschleppt, um ihre Jungfräulichkeit zu verschachern, na, hast du's?«

»Wer hat Ihnen denn so einen Quark erzählt?«

»Rate mal.«

»Ist nicht schwer. Amina ist eine krankhafte Lügnerin. Sie ist sauer auf mich, weil ich ihre beste Freundin heiraten will. Ursprünglich war Amina meine Freundin gewesen. Aber sie hätte mir Nedjma nicht vorstellen dürfen. Das war Liebe auf den ersten Blick. Dagegen konnte Amina nicht an. Sie hat versucht, Nedjma gegen mich aufzuhetzen, um mich zurückzubekommen, aber es hat nicht funktioniert. Es konnte nicht funktionieren. Nedjma und ich waren füreinander bestimmt.

Amina ist imstande, den letzten Tratsch zu erzählen, um mich in Verruf zu bringen.«

Guerd ist hochzufrieden, diese Version der Geschichte zu hören. Voll Genugtuung dreht er sich zu Zine um, als wolle er ihm zuflüstern: *Siehst du? Was habe ich dir gesagt?*

»Aber es gab nicht nur Amina«, bemerkt prompt der Inspektor. »Ihre Version stimmt bis aufs Komma genau mit der von Nabila, deiner ehemaligen Verlobten, überein.«

»Wir waren bei Nabila«, schiebt Guerd hinterher, um die Gesprächsführung gleich wieder an sich zu reißen. »Und sie hat uns dasselbe erzählt, dass du deine kleinen Freundinnen verschachert hast und so skrupellos bist wie ein Abgeordneter unserer schönen Republik … Also?«

»Also was?«

Guerd holt zum Faustschlag aus. Der Verdächtige geht hinter seinen gefesselten Handgelenken in Deckung.

»Hast du Angst, dass ich dir die Fresse poliere? Das ist dein Kapital, stimmt's? Was anderes hast du nicht, um die Mäuse zu hynotisieren, du miese kleine Natter. Wenn du willst, dass deine süße Wichservisage heil bleibt, dann solltest du lieber keine dicke Lippe riskieren.«

Mourad gibt nach. So leicht wie eine entriegelte Tür. Er fährt sich mit den Händen übers Gesicht, ist entsetzt über das Blut auf seinen Fingern, atmet tief durch, wägt Für und Wider ab, dann bricht es aus ihm heraus: »Ach, basta! Bringen wir's zu Ende … Ich will nach Hause.«

»Mein Wagen steht dir zur Verfügung. Je schneller du es ausspuckst, umso schneller bist du hier raus.«

Mourad überlegt und überlegt, dann, mit leiser Stimme, als führe er Selbstgespräche, beginnt er auszupacken: »Es war ihre Idee. Nedjma redete nur vom Kino von Cannes und von den Filmfestivals. Sie war regelrecht besessen davon. Ich riet ihr, erst einmal zu Ende zu studieren. Sie antwortete mir, dass in Algerien ein Diplom gerade so viel wert ist wie ein Tombola-Los und das ganze Studium purer Zeitverlust. Sie hatte ja nicht Unrecht. Ich habe zehn Semester lang studiert und jobbe für einen Hungerlohn beim Parkplatzservice. Aber ich liebte sie. Ich musste ziemlich viele Zugeständnisse machen, um sie zu halten. Sie träumte von einer tollen Karriere, um ihren Plattenbau ein für alle Mal hinter sich zu lassen. Sie hätte sich eiskalt über mich hinweggesetzt, wenn ich mich ihr in den Weg gestellt hätte …«

»Mach's bitte kurz. Erzähl uns von dem Casting.«

»Bob kommt oft ins Corsaire.«

»Bob? Ein Amerikaner?«

»Nein, einer von hier. Eines Abends, als ich seinen Wagen einparkte, kam er auf mich zu. Er fragte mich, wer die Kleine sei, die mit mir flirtete. Meine Verlobte, sagte ich ihm. Er wollte wissen, was sie so mache. Studentin in Ben Aknoun, habe ich gesagt. Er erklärte, er finde sie hinreißend. Ich habe mich bedankt. Und dann hat er angefangen, mir von seiner Produktionsfirma und seinen sagenhaften Projekten zu erzählen. Ich habe ihm gesagt, dass meine Verlobte kein Interesse hätte und ich auch nicht wünschte, dass sie zum Film ginge. Das war's eigentlich. Zwei Tage danach hat Nedjma mir erzählt, dass ein Produzent an die Uni gekommen sei und ihr von einer Fernsehserie erzählt hat, die demnächst abgedreht werden sollte. Sie war total aufgeregt. Als sie mich fragte, ob ich dem Produzenten von ihr erzählt hätte, habe ich, ich weiß gar nicht warum, Ja gesagt. Vielleicht, weil sie so glücklich war und mich ein wenig mehr angehimmelt hätte. Dann ist alles wie von selbst gegangen. Bob ist noch mehrere Male gekommen, um auf uns beide einzureden. Er wedelte mit dem Drehbuch für eine Sitcom vor Nedjmas Nase herum. Nedjma wollte es lesen. Bob weigerte sich, die Handlung preiszugeben. Er versicherte mir, dass es eine Unterhaltungsserie für den Ramadan war und keine kompromittierenden Szenen drin vorkämen, nichts als gute Laune. Nedjma schwebte auf Wolken. Unmöglich, sie auf den Boden zurückzubekommen. Sie wollte immer nur wissen, wann das Casting endlich beginnt.«

»Und dann ist Bob gekommen und hat sie an der Uni abgeholt.«

»Was hätte ich denn anderes tun können?«

»Hast du den Namen der Produktionsfirma?«

»Nein.«

»Hat Bob keine Visitenkarte dagelassen?«

»Nein.«

»Und auch keine Telefonnummer, unter der er zu erreichen ist?«

»Er hatte ja Nedjmas Nummer. Er rief sie ja immer an.«

»Und du hast deine Verlobte mit einem Fremden wegfahren lassen?«

»Das war kein Fremder. Er war Gast im Corsaire. Er sah zwar aus wie ein Neandertaler, aber die Trinkgelder, die ich von ihm bekam, waren so fett wie ein ganzes Stipendium. Er ist steinreich, kommt den einen Tag im Tuareg vorgefahren, den anderen in der Limousine und bringt jedes Mal ’ne andere Sexbombe mit ins Restaurant, Blondinen, Brünette, Rothaarige, alle jung und schön. Als ob er sie sammeln würde. Für mich war das der Beweis, dass das ein Typ vom Film war. Nur diese Leute können sich solche recycelbaren Harems leisten.«

»Beschreib uns mal diesen Bob.«

»Ein Kleiderschrank mit einem Schmiss quer übers Kinn. Etwa einsfünfundneunzig groß. Glatzkopf mit einem Pferdeschwanz. Trägt einen Diamanten im linken Ohrläppchen. Wirkte wenig kultiviert.«

»Ist er seit diesem berühmten Casting noch mal ins Corsaire gekommen?«

»Nein.«

»Hast du nicht versucht, ihn zu finden?«

»Ich weiß doch nicht, wo er wohnt.«

»Bist du nicht auf den Gedanken gekommen, nach dem Verschwinden deiner Verlobten die Polizei einzuschalten?«, fragt ihn Zine.

Mourad antwortet nicht. Er senkt den Kopf; seine Schultern beginnen zu beben. Er schluchzt leise vor sich hin.

Am Montag morgen wird Mourad Hérat mit der Auflage, die Stadt nicht zu verlassen, auf freien Fuß gesetzt.

Am Abend desselben Tages wird er in einem schäbigen Hotelzimmer in einem Vorort von Algier aufgefunden – erhängt, dazu auf dem Nachttisch folgender Abschiedsbrief: »Nedjma ist tot, was soll ich da noch leben? Sie war alles für mich. Nichts auf Erden kann mich noch halten. Ich bitte meine Mutter und meinen Vater, die Familie Sadek und alle, die mich lieben, um Verzeihung. Mourad.«

22.

Den Strohhut tief über beide Ohren gezogen, im Mundwinkel einen erloschenen Zigarettenstummel, so kauert Sid-Ahmed auf einem Felsvorsprung und bewacht seine Angelschnur. Vor ihm das Meer liegt so glatt und eben da, als lüde es zum Eiskunstlauf. Eigensinnig müht sich eine reglose Kolonne ausgefranster Wolken, das pure Blau des Himmels zu unterlaufen, während die Januarsonne die winterliche Kälte auf Abstand hält. Es gibt Tage wie diesen, da überkommt einen die Lust, die Angelrute hervorzuholen und sich ins Zwiegespräch mit der Stille ringsum zu versenken. Man konzentriert sich auf den Schwimmer wie auf eine fixe Idee und betet, dass bloß kein Fisch anbeißt. Eine winzige Bewegung, und die wahrhaft himmlische Ruhe ist dahin. In Algerien nennt man solche Momente »Stunde des Gosto«. Man fühlt sich einfach wohl, ist ganz in seinem Element, ganz für sich, allein auf der Welt und will es auch bleiben. Und existiert für keinen sonst.

Schritte knirschen auf dem schmalen Pfad. Sid-Ahmed dreht sich nicht um. Er weiß, das kann nur der Inspektor sein. Wer außer Zine sollte ihn schon besuchen kommen?

»Ich hoffe, diesmal hast du dein Handy ausgestellt, Bulle.«

»Und ob! Ich hab dir Merguez und Lammhoden mitgebracht.«

»Das passt prima. Ich habe heute nichts an der Angel.«

»Die Fische fressen vielleicht gerade die Bootsflüchtlinge, die auf offener See gekentert sind.«

Zine trägt seine Einkäufe in die Hütte. Schon auf der Schwelle ist er von dem sich bietenden Anblick frappiert. Als er das letzte Mal da war, stand, mit einem Stück Kohle geschrieben, nur ein Zitat an der Wand. Jetzt sind sämtliche Wände mit Textfragmenten, Versen oder Sprichwörtern bedeckt, ein wüstes Gemälde mit Kreide gekritzelter oder auch mit Blechstücken geritzter, ineinander verschlungener Linien.

»Was ist denn hier passiert?«, fragt der Inspektor seinen Freund beim Rauskommen. »Ist deine Inspiration zurück oder ersäufst du in deinem Delirium?«

»Ich reagiere mich ab.«

»Aber doch nicht an deinen eigenen vier Wänden, Sid. Sieht ja aus wie ein Bahnhofs-WC.«

»Wenn es mir Spaß macht?«

Zine spürt, dass hinter der Einsilbigkeit seines Freundes schlechte Laune hochkommt. Er beschließt, die Atmosphäre nicht zu vergiften und erbietet sich, den Grill zu bedienen.

Nachdem sie wie vollgefressene Landsknechte gerülpst haben, versinken die beiden Freunde in ihren Segeltuchstühlen, rauchen einen Joint und schicken sich an zu schweigen, um dem Leben zu lauschen. So war es schon immer. Heiteres Geplauder ist ihre Sache nicht, und außerdem haben sie längst alle Themen abgehakt, damals, als sie in der Psychiatrie auf demselben Zimmer lagen.

Die Sonne steht im Zenith. Die Möwen kreischen, die Wellen plätschern: optimale Voraussetzungen für eine wohlverdiente Siesta.

Aber Sid-Ahmed scheint nicht bereit, sich von den Armen des Schlafes umschlingen zu lassen. Vorhin beim Essen hat er Selbstgespräche geführt. Zweimal. Beim ersten Mal hat er seinem Schatten mit hocherhobener Faust gedroht, beim zweiten Mal hat er die Hand leicht bewegt, wie wenn man eine Fliege verscheucht. Zine fragt sich, ob das wohl der richtige Tag für einen Überraschungsbesuch ist. Er hat das Gefühl, überflüssig zu sein. Er hätte sich gern vorher angekündigt. Aber wie? Sid hat kein Telefon. Auch kein Fernsehen oder Radio. Wären da nicht ein alter rostiger Kühlschrank und ein vorsintflutlicher Ofen, könnte man meinen, der ehemalige Journalist lebte komplett in der Steinzeit, eingekapselt in seiner Bruchbude, völlig abgeschnitten von der Zivilisation. Vielleicht ist es genau dieser Lebensstil, der den Inspektor immer wieder nach Fouka zieht. In Algier erstickt Zine. Seit man ihn aus seinem Kabuff herausgeholt hat, wo er sich damit zufrieden gab, Akten zu archivieren und das Bereitschaftsdienstregister zu unterzeichnen, hat er ein wenig die Orientierung verloren. Der Außendienst ist eine spannende Angelegenheit, aber er fordert einem mehr ab, als dabei herauskommt. Zine hat die Nacht damit verbracht, rings ums Corsaire Wache zu schieben, in der Hoffnung, einen Blick auf einen Koloss mit Kinnnarbe und Diamantohrstecker zu erhaschen, umsonst. Vorgestern hat er der Spurensicherung in dem Hotelzimmer, in dem Mourad Hérat sich das Leben genommen hatte, assistiert. Heute früh ist er mit dem falschen Fuß aufgestanden. Im Büro hätte er sich fast mit Leutnant Guerd geprügelt, der ihm eine anzügliche Bemerkung über sein Verhältnis zu Nora an den Kopf geworfen hatte.

Ohne um Erlaubnis zu fragen, war Zine in seine alte Karre gesprungen und hatte Kurs auf Fouka genommen …

Aber augenscheinlich ist das heute nicht der rechte Ort, um die Seele baumeln zu lassen.

Sid-Ahmed ist abweisend, ja, abwesend, schlimmer noch: bedrückt. Gewiss, er hatte des Öfteren mal einen schlechten

Tag, schwieg von früh bis spät wie ein Grab und ignorierte seinen Besucher komplett. Zine nahm ihm das nicht weiter übel. Er verstand. Die beiden Männer kennen sich seit über einem Jahrzehnt und haben gelernt, sich so zu nehmen, wie sie sind. Aber heute gibt Sid-Ahmed sich noch einmal anders. Mehr als nur apathisch und resigniert, als wäre er mit allem fertig, wie ans Ende der Welt katapultiert, von finsteren Gedanken absorbiert.

»Warum kommst du nicht mal für ein paar Tage zu mir?«, schlägt der Inspektor ihm vor.

»Zu viel Lärm.«

»Du könntest dich mit deinen alten Freunden vom Radio treffen.«

»Was soll ich mit denen reden?«

»Da gibt es eine ganze Menge.«

»Mir geht's hier gut.«

Schweigen.

Dann Sid-Ahmed:

»*Worauf warten die Affen, um Menschen zu werden?*«

»Wie bitte?«

»Ich weiß nicht mehr, wo ich das gelesen habe. *Worauf warten die Affen, um Menschen zu werden.* Der Satz geht mir seit Wochen nicht mehr aus dem Kopf. Er hat sich förmlich in mir festgesetzt. Ich schlafe mit ihm ein, stehe mit ihm auf. Selbst im Schlaf verfolgt er mich noch.«

»Du grübelst einfach zu viel. Du solltest deine Arbeit wieder aufnehmen, um deine intellektuelle Hyperaktivität auszuleben. Ich bin mir sicher, sie würden dich beim Dritten Programm wie einen Propheten empfangen. Du würdest uns fantastische Literatursendungen servieren, und unsere Abende wären weniger öde.«

Sid-Ahmed richtet sich auf, spuckt in großem Bogen aus, fällt auf seinen Sitz zurück. Sein Blick erinnert an den eines Boxers, der am Boden liegt.

Unvermittelt erkundigt er sich:

»Was ist eigentlich aus Rahal Zoubir geworden?«

»Aus wem?«

»Rahal Zoubir … Das war ein Musiker, wie es keinen Zweiten gibt. Seit er sich vom Chanson zurückgezogen hat, fällt es mir schwer, noch einen Zugang zur Lyrik, die ich einmal sehr liebte, zu finden. Was ist mit ihm passiert? In welche Schublade hat man ihn eingesperrt? Lebt er oder ist er unter der Erde?«

»Ich hab noch nie von ihm gehört.«

»Logisch. Alles, was es in diesem Land an schönen Dingen gibt, hält man vor uns geheim. Unsere Tummelplätze sind zu tristen Tümpeln geschrumpft, unsere Schreie am Saum unserer Lippen erstarrt, unsere frommen Wünsche zu Grabreden geronnen. Die Totengräber unserer Träume haben uns sogar unsere Gebete geraubt. Wir welken wie Gemüse in greller Sonne vor uns hin. Und warten. Warten auf den Tod. Warten auf den Wahnsinn. Oder auf beides zugleich. Unsere Jugend hat noch nie einen Touristen, noch nie ein Kino gesehen. Unsere Alten vergessen völlig, wer sie einmal waren. Unser Vaterland ist unter Verschluss, unsere Hoffnungen sämtlich gekreuzigt. Ein Affe im Käfig zeigt mehr Haltung als unsereiner am Strand.«

»Deine Platte hat einen Sprung, Sid.«

»Es ist die einzige, die mir noch bleibt.«

»Niemand zwingt dich, sie immer wieder aufzulegen.«

»Was soll ich mir dann anhören?«

»Das Rauschen der Wellen, das Zwitschern der Vögel, das Lachen der Kinder …«

»Das ruft nichts in mir wach, Zine. Aus dem Missklang der Gegenwart könnte ich nicht einmal mehr Mozart heraushören.«

Sid ist wirklich im Keller, denkt Zine. Seine Stimme ist gesplittert, sein Geist von einem gefräßigen Gift befallen.

Schweigen.

»Kinderlachen? Wie klingt das, Inspektor?«

»Schön.«

»Schönheit? Was ist das?«

»Das, was uns vor uns selber rettet.«

Sid-Ahmed rutscht unruhig auf seinem Stuhl hin und her. Er besteht nur noch aus Seufzern und gereizten Bewegungen.

»Und wenn dem so ist, warum setzt du dann keine Kinder in die Welt, Bulle?«

»Ich muss ja nur mein Fenster öffnen. Alle Kinder im Viertel sind irgendwo auch meine Kinder.«

»Willst du denn noch immer nicht heiraten?«

»Daran denke ich noch nicht mal im Schlaf.«

»Solltest du aber. Die Einsamkeit ist eine Kältekammer. Dabei kommt nur Verbitterung heraus. Du hast doch eine Wohnung, Geld auf dem Konto und einen Job.«

»Ich will da jetzt nicht drüber reden.«

»Hast du ein Problem?«

Zine versteift sich.

Sid-Ahmed kratzt sich angelegentlich am Kinn. Er bereut es, sich nicht auf die Zunge gebissen zu haben, lauert auf die Reaktion seines Freundes. Zine wiederum fragt sich, ob der Witwer ihn vielleicht nur loswerden will. Indiskretion ist mitunter eine weniger frontale Form der Provokation.

Der Inspektor beschließt, herauszufinden, worauf Sid eigentlich hinauswill. Ganz offen bekennt er: »Ja, ich habe ein Problem.«

Der ehemalige Journalist nickt.

Und diesmal mündet das Schweigen in abgrundtiefe Verlegenheit.

Sid zündet sich einen zweiten Joint an, nimmt drei kräftige Züge und reicht ihn seinem Gefährten weiter.

»Eine Frau ist das Eigentliche im Leben«, sagt er.

»…«

»Sie ist der Rettungsring, wenn alles versagt.«

»…«

»Ach, hätte ich damals nur auf meine Frau gehört …«

»…«

»Man sollte gut zuhören, wenn eine Frau etwas sagt. Vor allem dann, wenn ihre Stimme plötzlich ganz leise wird, weil ihre Schreie nichts gefruchtet haben. Eine Frau spricht nicht, sie belehrt uns. Wenn du auch nur eins ihrer Worte verpasst, dann kannst du einpacken.«

Zine ist sprachlos. Zum ersten Mal überhaupt lässt der Journalist sich zu derart vertraulichen Bemerkungen hinreißen. Zine mag das gar nicht. Diese unerwartete Herzensergießung hat einen dubiosen Beigeschmack. Sie erscheint ihm wie ein böses Omen.

»Ich hatte eine Frau, die mich liebte«, fährt Sid-Ahmed fort. »Ich dachte, das sei ja wohl das Mindeste. Ich war schließlich ihr Mann, oder? Ihr Lebenszweck und ihre Berufung. Wenn sie mich verwöhnte, dann war ich überzeugt, dass sie sich dadurch meiner nur umso würdiger erwies. Sie hatte mir alles zu verdanken, ihre Freuden, ihren Stolz, ihren Sozialstatus, ihre Karriere, und noch ihre geheimsten Fantasien. Sie gehörte mir so sehr, dass sie tot umgefallen wäre, hätte ich zwei Minuten lang die Luft angehalten. Nun, jedenfalls erschien es mir so … Und eines Tages schlug sie mir die Tür vor der Nase zu, und da merkte ich, dass ich ohne sie keinen Pfifferling wert war …«

»Warum diese Enthüllungen, Sid?«

Sid ist weit weg, hört nur sich selber reden: »Liebe heißt teilen, Zine. Wer nur die halbe Liebe lebt oder sie, wie ich, als selbstverständlich ansieht, riskiert mehr zu verlieren, als er je besessen hat. Schlagartig kehrte sich die Welt von ihm ab, und er bekäme einen anderen Blick auf die Dinge. Er verbrächte den Rest seiner Tage damit, auf die Nacht zu warten, um seine Augen zu verschließen, und kein Licht würde ihn noch erreichen können.«

»He, geht's dir noch gut?«

»Es geht, wie es kommt, Bulle.«

Zine stützt sich auf den einen Ellenbogen und sieht seinen Freund besorgt an: »Du machst mir echt Angst.«

»Du hast doch deine Knarre dabei. Wenn du mich als Bedrohung ansiehst, knall mich ab. Ich werde dem lieben Gott sagen, dass es Notwehr war.«

»Ich meine das im Ernst.«

»Musst du nicht. Es gibt nichts Ernstes auf Erden.«

Er greift wieder nach seinem Joint, saugt kräftig daran und plumpst in seinen Stuhl zurück.

»Hab ich dir erzählt, warum Leila mir die Tür vor der Nase zugeknallt hat?«

»Das kannst du mir ein andermal erzählen, Sid.«

»Niemand weiß, was morgen sein wird.«

»Hör auf mit dem Unsinn.«

»Ich war in jener Nacht stockbesoffen heimgekehrt. Es muss so um 3 oder 4 Uhr früh gewesen sein. Leila wartete in der Diele auf mich, rasend vor Wut. ›Die Bärtigen schicken dir Todesdrohungen, und du wagst es noch, dich zu den unmöglichsten Stunden draußen herumzutreiben‹, schimpfte sie mit mir. Und so war es jede Nacht. Mir war es egal, ob mich einer erschießen oder erdolchen wollte. Ich wollte normal leben. Und jede Nacht stand Leila Heidenängste aus, wachte und betete im Wohnzimmer, dass ich unversehrt nach Hause käme. Sie empfing mich mit wütender Verzweiflung. Ich lachte ihr ins Gesicht und fiel in voller Montur ins Bett. So ging das viele Monate. Ich merkte das gar nicht. Mir fiel nicht auf, wie sehr Leila abgemagert war, wie verhärmt ihr schönes Gesicht aussah … Und in einer dieser Nächte, die so wie alle Nächte davor war, da konnte Leila nicht mehr. Da wartete sie schon in der Diele auf mich, an jedem Arm einen gepackten Koffer. ›Ich kann nicht mehr!‹, schrie sie mich an. ›Was soll das werden?‹, entgegnete ich. Sie erklärte mir, dass es ihr reichte, dass sie nicht länger vor Angst tausend Tode sterben wollte, während ich meine Sause durch die Kneipen machte … Und weißt du, wie ich reagiert habe, Zine? Wie ich meine Frau behandelt habe, die solche Angst um mich hatte? Weißt du, wie ich Madame Leila Brahmi, die brillante Anwältin von Algier, die es hingenommen hat, ihr Leben mit einem an Schlaflosigkeit leidenden, leichtfertigen Trunkenbold zu teilen, gemaßregelt habe …? Ich habe ihr eine Ohrfeige versetzt! … Paff! Ich habe so heftig zugeschlagen, dass sie zu Boden gestürzt ist. Jawohl, Zine. Ich war in meiner Eigenliebe offenbar zutiefst gekränkt. ›Du willst Schluss machen mit mir?‹, habe ich zurückgebrüllt, ›Wer hindert dich daran? Los, hau ab, verschwinde, geh zu deiner Mutter zurück und komm ja nicht zurück, um dich mir zu Füßen zu werfen und um Verzeihung zu bitten …‹ Jawohl, Zine, ich habe meine Frau um 4 Uhr morgens auf die Straße gesetzt. Mitten in der Sperrstunde. Ich habe ihr ein Auge grün und blau und die Lippen blutig geschlagen, und sogar noch versucht, ihr einen Tritt in den Hintern zu geben, während sie schon die Wohnung verließ. Ich brüllte, so laut ich konnte, damit alle Nachbarn mich hörten, damit alle Welt wusste, wer bei uns im Haus das Sagen hatte … Ich lag noch quer auf meinem Bett, als es an der Tür klopfte. Ich brauchte hundert Jahre, um zu öffnen. Es war die Polizei. Sie brachte mir die beiden Koffer meiner Frau zurück. ›Wir haben eine furchtbare Nachricht für Sie, Monsieur Brahmi‹, sagte der eine Polizist. Ich habe erst gar nicht begriffen, was er mir da erzählte, so besoffen war ich … Leila war von einem fanatisierten Jugendlichen zweihundert Meter von zu Hause entfernt getötet worden. Sie wartete auf ein Taxi, um zu ihrer Mutter zu fahren.«

23.

Der Bericht des Gerichtsmediziners ist eindeutig: Es war kein Selbstmord. Mourad Hérat war bereits tot, als man ihn erhängte. Jemand, der offensichtlich über Herkuleskräfte verfügte, muss Mourads Kinn und Hinterkopf mit beiden Händen umfasst und den Kopf mit einem vehementen Ruck von rechts nach links gerissen haben. Der zweite und dritte Halswirbel sind durchgeknackst und linksseitig verschoben, wie sich deutlich auf dem Röntgenbild erkennen lässt. Durch das Erhängen sind sie noch weiter nach unten gesackt, was ihre Schieflage nur verstärkt hat.

Nora steckt den Bericht wieder in den Umschlag zurück und denkt nach, einen Finger auf der Lippe.

»Ich wusste, wir hätten ihn einen oder zwei Tage länger behalten sollen«, seufzt sie. »Früher oder später hätte er ausgepackt, und wir hätten keinen zweiten Mord am Hals.«

Zine kratzt sich verlegen hinterm Ohr.

Das Telefon auf dem Schreibtisch der Kommissarin läutet. Es ist Guerd. Nora stellt den Lautsprecher an.

»Ich habe da einen VW-Tuareg vor mir«, verkündet der Leutnant.

»Mir sind heute früh zwischen dem Universitätstunnel und dem Präsidium gleich vier entgegengekommen«, erwidert Nora.

»Dieser hier hat Kratzer rings ums rechte Rücklicht. Und die Scheinwerfer scheinen erst vor Kurzem ausgetauscht worden zu sein.«

»Das ist kein Beweis.«

»Und wenn ich Ihnen sage, dass der Fahrer ein Kleiderschrank mit gepierctem Ohr ist?«

»Wir kommen sofort! Wo steckst du?«

»Im Sofitel.«

Nora springt von ihrem Stuhl auf, schnappt sich ihre Dienstjacke und rast auf den Flur hinaus. Zine muss Gas geben, um hinterherzukommen.

Der Geländewagen steht auf dem VIP-Parkplatz des Sofitels. Nora beugt sich über das rechte Rücklicht. Winzige Kratzspuren im Lack bezeugen, dass das Fahrzeug gegen etwas gestoßen sein muss. Die Scheinwerfer wirken neuer als die auf der linken Seite, auch gibt es minimale Farbunterschiede bei der Chromeinfassung.

Guerd ist mächtig stolz auf sich. Die Hände in die Hüften gestemmt, steht er da und strahlt, überzeugt, einen Punkt gutgemacht zu haben. Er bittet seine beiden Teamgefährten, ihm ins Hotel zu folgen.

»Unser Mann isst zu Mittag«, sagt er.

»Allein?«

»In Begleitung einer Miezi. Wir sollten ihn gleich einbuchten. Die Kleine ist keine sechzehn.«

»Alles zu seiner Zeit.«

Der Kleiderschrank tafelt an einem Tisch im hinteren Teil des Restaurants in Begleitung eines grell geschminkten jungen Mädchens. Tief über seinen Teller gebeugt, schaufelt er das Essen in sich hinein und redet dabei mit vollem Munde. Er ist schon im Sitzen ein Koloss, der dem Kellner neben ihm fast bis zur Schulter reicht. Von hinten ist nur sein Nacken in Form dreier Fettwülste zu sehen, über denen ein Flechtzopf baumelt. Sein Rücken erinnert an eine Springmauer auf einem Hindernisparcours. An seinem Ohrläppchen blitzt ein Stecker.

Die drei Polizisten stehen noch im Eingangsbereich hinter einem Wandschirm, durch den sie den Verdächtigen diskret beobachten. Als dieser sich jäh umdreht, um dem Kellner ein Zeichen zu machen, trifft Nora fast der Schlag. Sie hat den Rambo wiedererkannt: es ist der Androide von neulich, der aus dem Anwesen 32. Zine hat ihn auch identifiziert.

»Was ist los?«, fragt Guerd misstrauisch. »Habe ich schon wieder Mist gebaut?«

»Im Gegenteil«, beruhigt ihn die Kommissarin. »Wir kennen den Knaben. Er ist uns neulich am Zweitwohnsitz von Saad Hamerlaine über den Weg gelaufen.«

Die Stirn des Leutnants glättet sich: »Aber sonst geht's euch gut …? Ich würde ja lieber ein Hochspannungskabel küssen, als diesem personifizierten Jagdschein um den Bart zu gehen.«

»Zieh Handschuhe an, dann piekst er dich nicht!«, foppt ihn Zine.

»Und was machen wir jetzt?«, fragt Guerd ungeduldig, den die Schockstarre seiner beiden Kollegen nervt. »Schleichen wir uns auf Zehenspitzen davon oder lecken wir dem Yeti die Stiefel?«

»Immer mit der Ruhe, Guerd«, empfiehlt ihm die Kommissarin. »Kraftprotze dieser Art gibt es bei uns in Massen. Nichts deutet darauf hin, dass das unser Mann ist. Also bitte kein falsches Manöver.«

»Vor dem fürchte ich mich nicht«, sagt Guerd. »Lasst mich nur machen. Wir werden ja sehen.«

Bevor Nora ihren Leutnant noch am Arm zurückhalten kann, hat der schon eine Reihe von Tischen passiert und baut sich vor dem Muskelmann auf: »Bob?«, ruft er fragend und breitet theatralisch die Arme aus. »Sehe ich recht? Bob in

Algier? Was tust du denn hier, du Schlawiner? Hattest du genug von Los Angeles?«

Der Koloss dreht sich langsam zu ihm um, empört, inmitten seines Gelages gestört zu werden, und mustert den Eindringling von Kopf bis Fuß:

»Und in diesem Clownskostüm haben sie dich ins Sofitel gelassen?«, brummt er mit vollen Backen.

»Der Portier ist vor Lachen tot umgefallen, als er mich kommen sah. Ich musste nur noch die Füße heben und über ihn hinwegsteigen.«

Der Koloss wischt sich mit der Serviette über den Mund und mustert sein Gegenüber. Unfassbar, dass ihn da jemand mitten im Vergnügen stört, wo er doch in so galanter Gesellschaft ist. Er knurrt:

»Du solltest dich erst mal dekontaminieren, bevor du hier die Leute anpisst, Kho. Außerdem dürftest du gar nicht hier sein. Das ist kein Ort für dich.«

»Tut mir leid, Bob, ich wollte dich nicht verletzen.«

»Warum nennst du mich Bob? Ich bin nicht Bob. Kennen wir uns?«

»Du weißt nicht, wo du mich hinstecken sollst?«

»Wie soll ich das wissen … Und wer bist du?«

»Wir waren doch zusammen auf dem College.«

»Da liegst du schief, Kho. Ich war nie auf der Schule. Ich bin schon als Gelehrter zur Welt gekommen. Als meine Mutter mir noch die Brust gab, da erkannte ich allein am Geschmack die einzelnen Bestandteile der Milch. Verzieh dich, bevor ich Kleinholz aus dir mache. Siehst du nicht, dass ich beschäftigt bin?«

»Ach, hör auf, Bob. Du willst mir doch nicht einreden, dass du dich nicht an mich erinnerst?«

»An deiner Stelle würde ich mich möglichst schnell wieder in Vergessenheit bringen, du Sturkopf.«

»Erkennst du jetzt schon keinen alten Kumpel mehr, bloß weil du es im Leben zu was gebracht hast, Bob?«

Der Koloss springt auf, packt den Leutnant am Hals und lüpft ihn zehn Zentimeter hoch: »Nenn mich noch ein Mal Bob, und du kannst deine Suppe über die Magensonde schlürfen, du Schnüffler.« Er setzt ihn wieder ab und fordert seine Begleiterin zum Gehen auf. Den Geschäftsführer, der, von einem Mitarbeiter alarmiert, schleunigst herbeigeeilt war, um die Wogen zu glätten, schnauzt er barsch an: »Ich dachte, das hier wäre ein exklusives Restaurant.«

»Ich bedaure zutiefst, Monsieur …« Der Geschäftsführer überschüttet ihn mit Entschuldigungen.

»Gut, gut«, grunzt der Koloss. »Und das nächste Mal lassen Sie den Eingang von einem Pitbull bewachen, statt jeden Penner ins Restaurant zu lassen. Ich reagiere allergisch auf Gestank.«

Spricht's, packt seine Kleine am Ellenbogen und schiebt sie vor sich her.

»Rühren Sie nichts an!«, befiehlt Nora dem Kellner, nachdem der Koloss zur Tür hinaus ist.

Sie sammelt die Zigarettenstummel aus dem Aschenbecher ein, die Serviette, mit der der Koloss sich den Mund abgewischt hat, dann noch das ganze Besteck, wickelt alles in die Tischdecke und verknotet das ganze Bündel. Geschäftsführer, Kellner und die Gäste an den Tischen ringsum sehen dem Treiben fassungslos zu. »Wie impertinent!«, regt sich auf Französisch eine alte, schrill bemalte Wachtel auf.

Nora beugt sich zum Geschäftsführer und flüstert ihm ins Ohr: »Das nehmen wir mit zum Desinfizieren.«

Als die drei Polizisten aus dem Restaurant kommen, ist kein Tuareg mehr auf dem Parkplatz zu sehen. Nora drückt ihr Bündel an sich und steigt in ihren Dienstwagen. Sie weist Zine an, sie direkt ins Labor der Spurensicherung zu fahren.

»Wir werden die DNA-Spuren des seidenen Bettlakens, das wir in Bainem gefunden haben, mit denen auf den Zigaretten und den Gegenständen aus dem Restaurant vergleichen. Danach sehen wir dann klar.«

»Fahrt schon mal vor«, sagt Guerd. »Ich komme gleich nach. Ich will dem Geschäftsführer noch zwei Fragen stellen.«

»Prima Idee«, antwortet Zine, heilfroh, ihn loszuwerden.

Leutnant Guerd beauftragt eine Bekannte im kriminaltechnischen Labor, ihm sogleich Bescheid zu geben, wenn der Untersuchungsbericht fertig ist. Damit er der Erste ist, der das Dokument in Händen hält. Er macht sich schnell eine Kopie, die er Ed Dayem persönlich überbringt, bevor er das Original zum Kriminaldirektor trägt, um ihm zu beweisen, wie sehr ihm der Fall am Herzen liegt, während die *anderen,* die sich eigentlich darum kümmern sollten, nur ihre Zeit vergeuden. Gleichwohl hat er nicht mit der über alle Maßen heftigen Reaktion seines Chefs gerechnet. Der wäre fast in Ohnmacht gefallen, nachdem er den Bericht studiert hat. Die DNA-Spuren, die man auf dem Seidenlaken gefunden hat, in das der Körper der toten Nedjma Sadek im Wald von Bainem gewickelt war, sind identisch mit jenen auf den Zigarettenkippen, die der Rambo im Restaurant des Sofitel zurückgelassen hat.

»Um Gottes willen!«, ruft der Direktor. »Das wird ein gewaltiges Donnerwetter setzen! Da bleibt kein Stein auf dem anderen!«

Er lockert seinen Krawattenknoten, zupft ein Taschentuch hervor, betupft sich das krebsrote Gesicht, die angstvollen Augen.

»Der Koloss, von dem Nora gesprochen hat, ist Privatchauffeur bei Hadsch Hamerlaine.«

»Ja, ist das denn so schlimm?«, fragt der Leutnant verwundert, meilenweit davon entfernt, das ganze Ausmaß der Katastrophe zu erahnen. Der Direktor schüttet auf einen Zug das Glas Wasser auf seinem Schreibtisch hinunter und beginnt, sich erneut Stirn, Schläfen und Kinn abzutupfen. Noch nie hat Guerd ihn in solch einem Zustand gesehen.

»Ruf die Kommissarin an«, keucht der Alte, außerstande, selbst nach dem Hörer zu greifen. »Sie soll schleunigst kommen.«

Als Nora zur Tür hereinkommt, steht ihr Vorgesetzter kurz vor dem Herzinfarkt. Leutnant Guerd muss ihr die Lage erklären.

»Ja und?«, macht die Kommissarin. »Wenn der Bericht ihn überführt, dann brauchen wir ihn ja nur noch zu verhaften, diesen großen Muskelberg.«

»Er gehört zur Prätorianergarde von Hadsch Hamerlaine«, stöhnt der Vorgesetzte.

»Das Gesetz ist für alle gemacht«, erinnert ihn Nora. »Jeder bekommt, was er verdient hat. Wir gehen nach unseren Richtlinien vor, fertig. Ob Privatchauffeur eines Milliardärs oder Sohn eines Lokomotivführers, das nimmt sich nichts.«

»Und falls wir uns täuschen?«

»Die Untersuchungsergebnisse sind glasklar, Chef.«

»Es muss aber doch irgendwo ein Irrtum vorliegen.«

»In dem Fall lassen wir das Personal des Labors öffentlich lynchen und entschuldigen uns beim großen Manitu.«

»Ich kann es einfach nicht glauben, dass der Chauffeur von Hamerlaine in einen Mord verwickelt sein soll«, jammert der Kriminaldirektor mit zittriger Stimme.

»Oder auch in zwei Morde. Jetzt haben ja wir auch noch die Leiche von Mourad Hérat am Hals, und das ist nicht minder schwerwiegend. Ich will einen Vorführbefehl, und zwar jetzt gleich, bevor irgendwer Wind von der Sache bekommt.«

»Kommt nicht in Frage, darüber mit wem auch immer zu sprechen«, fährt der Chef auf, plötzlich wieder hellwach. »Diese Geschichte bleibt unter uns, in diesen vier Wänden, bis alles komplett aufgeklärt ist, verstanden?«

»Den Vorführbefehl, Chef«, drängt Nora in einem Ton, der keinen Widerspruch duldet.

Der alte Wärter des Anwesens 32 kommt hinter seinem Hund herangehumpelt. Er macht nicht den Eindruck, als würde er die beiden Polizisten wiedererkennen, die drei Wochen zuvor schon einmal hier geklingelt hatten. Ohne bis ans Tor vorzukommen, erklärt er den Besuchern, dass sie hier an der falschen Adresse sind. Nora zückt den Vorführbefehl. Der Alte zuckt die Achseln: »Ich kann nicht lesen, Madame.«

»Wir suchen Boualem Zater.«

»Ich darf nicht mit Fremden reden.«

»Wir sind von der Polizei«, schäumt Guerd. »Bist du begriffsstutzig oder was?«

Mitsamt dem Hund an der Leine schlappt der Alte davon. Eine Minute später taucht der flotte junge Mann wieder auf, der sich Réyan Baz nannte und als Verwalter der Residenz vorgestellt hatte. Er nimmt seine getönte Brille ab, schaut zu den drei Bullen herüber, die aufgereiht hinter dem schmiedeeisernen Gittertor stehen, und erklärt, sichtlich verärgert:

»Monsieur Hamerlaine kommt nur im Sommer hierher, und jetzt haben wir Januar. Wenn Sie ihn sprechen wollen, dann sprechen Sie an der Allée des Promeneurs 62 in Hydra vor.«

»Können wir hereinkommen?«

»Das ist Privatbesitz.«

»Wir sind von …«

»Ich weiß, wer Sie sind. Direkt über Ihren Köpfen hängt eine Kamera. Aber ich habe Befehl, niemanden über die Schwelle dieser Residenz zu lassen.«

»Wir wollen den Fahrer von Monsieur Hamerlaine sprechen.«

»Welchen? Er hat ein Dutzend Chauffeure.«

»Boualem Zater.«

»Da haben Sie kein Glück, er ist auf einer Dienstreise in Annaba.«

»Haben Sie eine Adresse, unter der wir ihn erreichen können?«

»Nein.«

»Wann kommt er zurück?«

»Wenn er fertig ist mit … Darf ich fragen, was Sie von ihm wollen?«

»Nein, dürfen Sie nicht!«, brüllt Guerd.

»Kusch dich!«, kontert der junge Mann kühl.

Nora bittet den Leutnant, sich abzuregen. Sie reicht ihre Visitenkarte durchs Portal: »Ich zähle auf Sie. Bitte rufen Sie mich an, sobald der Chauffeur wieder zurück ist.«

»Es ist mir nicht gestattet, diese Art von Information weiterzugeben. Ich habe Ihnen schon das letzte Mal erklärt, warum niemand am Anwesen 32 vorsprechen sollte, ohne vorab seine Obrigkeit zu informieren.«

»Wir haben einen Vorführbefehl dabei.«

»Das ist nur ein Stück Papier, Frau Kommissarin. Das ist ab einer gewissen Ebene völlig wertlos …« Er tritt den Rückweg an, besinnt sich plötzlich, wendet sich wieder zur Kommissarin um: »Was wirft man Boualem denn überhaupt vor?«

Die drei Polizisten sitzen jedoch schon wieder in ihrem Fahrzeug.

Der junge Mann wartet, bis der Polizeiwagen außer Sicht ist, dann steuert er den Verschlag des Wärters an, schickt den Alten weg, greift nach dem Hörer des Wandtelefons, wählt eine Nummer. Nach dem ersten Läuten wird bereits abgenommen. Bevor Réyan Baz auch nur ein Wort sagen kann, schnarrt eine Stimme am anderen Ende der Leitung: »Ich weiß Bescheid. Briefing in einer Stunde.«

Und schon wird wieder eingehängt.

24.

Es ist nach 23 Uhr. Eine dicke Limousine französischer Bauart fährt vor dem Anwesen Nummer 32 vor. Das Tor gleitet lautlos zur Seite, der Wagen biegt auf das Grundstück ein. Am Steuer ein großer Mann mit grauen Schläfen. Es ist Kader Kacimi, der Ehemann von Joher. In höheren Kreisen nennt man ihn nur den »Ex«: Ex-Konsul, Ex-Politkommissar, Ex-Gouverneur, Ex-Botschafter … Bei denen, die hinter die Kulissen blicken, heißt er der »Zaungast im Ehebett«.

Er parkt den Wagen in einem kleinen Hof, löscht die Scheinwerfer, steigt aus und lässt seinen Blick erst eine Weile durch den parkähnlichen Garten wandern, bevor er die prächtige Villa am unteren Ende der Treppe umfängt. Der Nachtwind mit dem Duft des Meeres im Gepäck streicht ihm erfrischend ums Gesicht. Der Mann ist in Gedanken versunken. Er weiß nicht, warum man ihn herbestellt hat.

Die Hände in den Manteltaschen vergraben, geht er die Stufen hinunter. Die Haustür der Villa öffnet sich. Auf der Schwelle steht Réyan Baz.

»Guten Abend, Monsieur Kacimi …«

»Guten Abend, Réyan.«

Sie betreten einen riesigen, äußerst geschmackvoll möblierten Salon. An den Wänden kostbare Gemälde, auf dem Parkett Bucharateppiche, in kleinen Alkoven dickbauchige Kommoden, auf einem mit Marmor gefliesten Podest ein Flügel. Kacimi fragt: »Ist niemand da?«

»Ich bin doch da«, antwortet Réyan, »und zwei Hausangestellte.«

»Ich dachte, ich wäre zu einem Empfang eingeladen«, erwidert Kacimi, dem nicht ganz wohl zumute ist.

»Den Empfang werden vielleicht Sie uns bereiten, Herr Senator.«

»Ich fürchte, meine Aussichten auf diesen Posten haben sich verflüchtigt.«

»Da täuschen Sie sich, lieber Freund. Ich habe zwar nicht das Recht, es Ihnen mitzuteilen, aber Ihr Name steht auf der Präsidentenliste. Aus diesem Grund sind Sie hier.«

Kacimi versucht, auf die Nachricht mit unterkühlter Würde zu reagieren, doch seine Mimik verrät ihn – er strahlt nur so vor Glück.

»Ich werde Monsieur Hamerlaine anrufen und ihm mitteilen, dass Sie da sind«, sagt Réyan Baz. »Ach, wären Sie wohl so nett, die kleine Statue da auf die Kommode neben der Tür zu stellen. Es ist Monsieur Hamerlaine ein Graus, wenn man seine kleinen Kostbarkeiten von ihren Plätzen verrückt.«

»Aber sicher!« Beflissen greift Kacimi nach einer Bronzeskulptur, die auf dem Salontisch steht. »Und wohin jetzt damit?«

»Dorthin, neben den Elfenbeinkandelaber.«

Réyan vergewissert sich, dass der Besucher die Skulptur auch an den richtigen Platz gestellt hat, dann verschwindet er durch eine Seitentür. Er gelangt in einen Nebenraum voller Überwachungsmonitore, die ein magerer Rothaariger kontrolliert.

»Stell sämtliche Kameras aus«, flüstert Réyan dem jungen Mann zu.

Der Techniker führt den Befehl aus.

»Und jetzt nimmt die CD raus und gib sie mir.«

Der Techniker steckt die CD in eine Hülle und reicht sie dem Verwalter der Residenz.

»Ab sofort rührst du hier nichts mehr an, Farid. Lass alles so, wie es ist.«

»Und die Überwachung …?«

»Keine Widerrede! Tu, was ich dir sage.«

Réyan Baz steckt die CD ein und kehrt in den Salon zurück. Kacimi steht wie bestellt und nicht abgeholt inmitten der weißen Sessellandschaft.

»Monsieur Hamerlaine erwartet Sie. Der Chauffeur wird Sie zu ihm bringen.«

»Wohin?«

»Diese Art von Fragen stelle ich ihm nie, mein Freund.«

Schon kommt der Tarzan mit dem Flechtzopf angepoltert, so massiv wie eine Schlammlawine.

»Boualem, du bringst den Herrn Senator ins Chalet Nummer 28. Monsieur Hamerlaine wird in einer knappen halben Stunde bei euch sein.«

»Ich bin heute Abend aber ohne Auto.«

»Würde es Ihnen etwas ausmachen, wenn wir Ihren Wagen nähmen, Monsieur Kacimi?«

»Im Gegenteil«, antwortet Kacimi, »das passt mir gut. Dann muss ich nicht extra zurückkommen, um ihn hier abzuholen.«

»Und ich?«, knurrt Boualem, »wie komme ich zurück?«

»Dich wird ein Fahrer bringen.«

Der Tarzan knurrt erneut und bittet Kacimi, ihm nach draußen zu folgen. Durchs Fenster beobachtet Réyan Baz, wie die beiden Männer die Gartentreppe hochgehen und in Kacimis stattliche Limousine einsteigen. Die Scheinwerfer leuchten auf, der Wagen macht auf der Stelle ein Wendemanöver, verlässt das Anwesen und verschwindet in der Nacht.

Réyan Baz nimmt ein Glas Rotwein vom Salontisch,

schüttet den Wein auf dem Teppich neben der Kommode aus, auf die Kacimi die Bronzeskulptur gestellt hat, und ruft laut: »Mabrouk!«

Ein schwächlicher Schwarzer im Gewand eines Sklaven aus der Abbassidenzeit kommt zur Tür herein.

»Wer hat den Teppich befleckt?«

»Ich weiß es nicht, Monsieur«, antwortet der Diener.

»Mach mir das sauber. Hadsch Hamerlaine wird bald da sein. Er würde uns lynchen, wenn er einen Fleck auf seinem Buchara entdeckte.«

Eilfertig besorgt der Diener Putzmaterial, kommt zurück, geht vor dem Fleck in die Hocke, beugt sich über ihn und macht sich daran, ihn mit einem feuchten Lappen zu bearbeiten. In seinem Rücken zieht Réyan Baz sich einen Latexhandschuh über, bemächtigt sich der Bronzeskulptur und schlägt damit so heftig auf den Kopf zu seinen Füßen ein, dass dieser wie eine Nussschale zerspringt. Mit breiigem Schädel bricht der Diener zusammen. Blut sprudelt auf den Teppich, zerfließt zu einer Lache rings um den leblosen Körper.

Réyan Baz überzeugt sich, dass der Diener auch wirklich tot ist, öffnet die oberste Kommodenschublade, zieht eine Pistole mit Schalldämpfer hervor und ruft nach dem Techniker: »Farid, schnell! Der Koch hat sich übel verletzt …«

Der Techniker kommt angestürzt. Zwei Kugeln bohren sich in seine Brust. Er schaut verblüfft, weiß nicht, wie ihm geschieht. Als er die beiden roten Flecken auf seinem Hemd entdeckt, reißt er ungläubig die Augen auf und stürzt bäuchlings vornüber auf den Boden. Réyan nähert sich ihm und sieht zu, wie er von Zuckungen geschüttelt wird. »Tut mir echt leid, mein Junge«, sagt er noch zu ihm, bevor er eine Kugel in seinem Nacken platziert …

Dann begibt Réyan Baz sich hinaus in den Garten, umrundet die Treppe, läuft mit zügigem Schritt den Kiesweg zur Box des Wärters hinauf, erledigt erst den Hund, der schrill aufheult, dann den Greis, der in seinem Glasverschlag vor sich hindöst.

Baz wendet sich um, steuert einen Platz mit Vordach an, steigt in ein Auto, öffnet per Fernbedienung das schmiedeeiserne Tor und verlässt das Anwesen in gemäßigtem Tempo.

Eine Stunde später erreicht er ein Chalet inmitten eines Wäldchens. Die Nacht ist stockfinster, der Himmel mit dichten Wolken verkleistert. Es beginnt zu schauern. Der Wind tost pfeifend durchs Blattwerk.

Drinnen im Raum wird einem Mann die Zeit lang. Es ist Othmane Raoui. Er ist groß, knochig, mit spitzem Gesicht und Augen wie glühenden Kohlen. Er sitzt mit übereinandergeschlagenen Beinen auf einem Sofa und mustert gedankenverloren seine Fingernägel.

Hinter ihm steht der bezopfte Tarzan und kann seine Nervosität kaum verbergen.

»Du bist zehn Minuten zu spät«, sagt der Spitzgesichtige zur Begrüßung.

»Ich habe so schnell gemacht, wie ich konnte … Wo ist Kacimi?«

»Im Keller.«

Réyan Baz geht ins Untergeschoss. Kacimi hockt gefesselt, mit einem Pflaster über dem Mund und Klebeband um die Knöchel, in einer Art Verschlag. Sein panischer Blick ist fragend auf den Besucher gerichtet, vermag Réyan, der ausdruckslos wie eine Salzsäule dasteht, aber zu keiner Reaktion zu bewegen.

Réyan geht wieder hoch zu seinen beiden Komplizen.

»Hast du die CD aus der Überwachungskamera?«, fragt ihn der noch immer reglos auf seinem Sofa hängende lange Kerl.

Réyan händigt ihm die CD aus.

»Kann mir jemand erklären, was hier eigentlich gespielt wird?«, erkundigt sich der Tarzan.

»Wir sind dabei, dir den Arsch zu wischen, Bob.«

»Wieso? Was hab ich denn jetzt schon wieder gemacht?«

»Du hast Scheiße gebaut, Bob.«

»Ich wüsste nicht, wo.«

»Du hast eh noch nie gewusst, wo es langgeht.«

»Ich bin doch kein Trottel, Othmane.«

»Oh doch, Bob, sogar ein Volltrottel.«

Der lange Kerl blickt von seinen Fingernägeln auf. Der Blick, dem er dem Kraftpaket zuwirft, ist grottenfinster. Er erklärt ihm:

»Wenn man dir verboten hat, das Grundstück zu verlassen, dann doch nicht, um dich zu ärgern, sondern um zu verhindern, dass du Mist baust. Und schau dir an, wohin dein Mangel an Disziplin uns jetzt gebracht hat.«

»Ich bin doch kein Eunuche. Ich hab doch das Recht, ab und zu mal ein Mädel flachzulegen. Und außerdem bin ich nur ein einziges Mal ausgegangen. Nur für ein paar Stunden.«

»Das hat schon gereicht, um unseren ganzen Plan aus den Angeln zu heben … Du bist in ein Restaurant gegangen und hast dort deine Visitenkarte hinterlassen.«

»Ich habe doch gar keine Visitenkarte.«

»Nimm doch nicht immer alles so wörtlich, verdammt!«

»Wie denn sonst?«

Othmane Raoui bequemt sich endlich, aufzustehen. So unterkühlt wie eine Stange Eis baut er sich vor dem Rambo auf und erklärt ihm in schneidendem Ton: »Zwei Bullen haben die Kippen, die du im Restaurant des Sofitels zurückgelassen hast, ins Labor gebracht, sie analysieren lassen und die DNA-Spuren mit denen auf dem Laken der Jungfrau verglichen, und da hat es bei ihnen ›bingo‹ gemacht!«

»Ich versteh' nicht die Bohne von deinem Gelaber, Othmane.«

»Die Polizei hat's geschafft, dich zu identifizieren!«, klärt Réyan ihn auf.

»Na und? Ich bin der Privatchauffeur von Hamerlaine. Wer würde es wagen, gegen mich die Hand zu erheben … Ich bezahle keine Strafzettel und brettere an jeder Polizeikontrolle vorbei. So war das doch immer, oder nicht?«

»Ab jetzt nicht mehr. Darum musst du außer Landes. So lange, bis Gras über die Sache gewachsen ist. Réyan wird dich nach Bejaia fahren, dort nimmst du morgen früh den ersten Flug nach Paris.«

»Warum nicht nach Algier? Bejaia ist weit weg, und ich bin todmüde.«

»Dort fällt es weniger auf. Jemand wird dir einen echten Pass mit deinem richtigen Foto, aber einem falschen Namen aushändigen, ein Flugticket und etwas Geld. In Paris nimmt dich dein Bruder in Empfang. Du tauchst für ein paar Monate in Dax unter. Dort gibt es tolle Thermalbäder. Das wird dir guttun …«

»Ist es denn so schlimm?«

»Das kannst du wohl sagen! Ende der Diskussion jetzt! Réyan bringt dich in die Villa zurück. Du packst deinen Koffer und machst die Fliege.«

»Ich …«

»Schnauze! Das ist ein Befehl.« Er sieht auf seine Uhr.

»Dir bleiben keine sechs Stunden mehr bis Bejaia. Dein Flieger geht um 7.45 Uhr. Sieh zu, dass du ihn erwischst, Bob. Sonst werde ich dich erwischen … Und jetzt macht euch vom Acker. Ich muss mich noch um unseren Mann im Keller kümmern.«

Nicht ein Wort dringt während der Rückfahrt über Bobs Lippen. Stocksteif sitzt er auf dem Beifahrersitz und stiert in die Nacht, durch die sich die Scheinwerfer bohren. Für ihn geht das alles viel zu schnell, und er ist es nicht gewohnt, sein bisschen Grips zu aktivieren. Er weiß nur, wenn Hadsch Saad Hamerlaine etwas anordnet, dann führt man es aus und fertig.

Auch Réyan Baz schweigt vor sich hin. Er lenkt den Wagen, aber seine Gedanken sind woanders. Sein Gesicht ist eine undurchdringliche Maske.

Sie kommen bei strömendem Regen vor dem Anwesen Nummer 32 an. Réyan öffnet wieder per Fernbedienung das Tor, stellt den Wagen unter dem Vordach ab und den Motor aus: »Wir nehmen den Dienstboteneingang«, erklärt er dem Rambo.

»Warum nicht den Haupteingang? Wir sind doch keine Diebe.«

»Aber Bob, es soll doch niemand wissen, dass du heute Nacht noch einmal hier warst.«

Bob nickt, ohne Réyans Befürchtungen wirklich nachzuvollziehen.

Sie umrunden das Hauptgebäude und betreten das Haus durch eine kleine Tür auf der Rückseite, gehen hinauf in den ersten Stock in einen Raum, Bobs Schlafzimmer, und knipsen das Licht an.

»Jetzt dusch dich, Bob. Ich will, dass du in Bejaia anständig aussiehst. Zieh deinen himmelblauen Anzug an, der steht dir super. Ich kümmere mich um deinen Koffer.«

»Das dauert aber ’ne Stunde, wenn ich erst mal unter der Dusche stehe. Du weißt, dass ich dann alles ringsum vergesse.«

»Nicht diesmal. Ich gebe dir fünfzehn Minuten. Los, zieh dich aus.«

Bob entledigt sich seiner Lederjacke, seines Pullovers, setzt sich auf den Bettrand, um die Socken auszuziehen, schlüpft aus seiner Hose. Als er in Unterhemd und Slip dasitzt, erstarrt er: Réyan Baz hat seine Pistole auf ihn angesetzt.

»Wo hast du denn dieses Spielzeug gefunden, Réyan?«

»Nimm’s mir nicht übel, Bob. Ich bin nur das ausführende Organ.«

Réyan drückt zweimal hintereinander ab. Bob erbebt unter dem Anprall der Kugeln, aber er bricht nicht zusammen. Für einen Moment bleibt er versonnen sitzen, unfähig zu begreifen, woher das Blut auf seinem Körper stammt. Dann wirft er Réyan einen elenden Blick zu, und unter vagem Röcheln entfährt ihm ein »Verdammich! Das glaub ich jetzt nicht!«, bevor er mit einem idiotischen Lächeln auf den Lippen langsam zur Seite sinkt und sich nicht mehr rührt. Um sein Werk zu besiegeln, jagt Réyan ihm noch eine explosive Kugel in die Schläfe. Klumpen von Bobs Hirn klatschen gegen die Wand, lassen den Schirm der Nachttischlampe erzittern.

Mit größter Unbeteiligtheit stellt Réyan den Fernseher an, zerwühlt das Bett, drückt die Kopfkissen platt, breitet Bobs Kleider über einen Stuhl, kontrolliert, ob alles soweit in Ordnung ist, und geht dann in den Salon hinunter, wo die leblosen Körper des Hausdieners und des Technikers in einer Blutlache schwimmen. Baz macht die Lichter aus, läuft in den Garten, setzt sich in sein Auto und rollt Richtung Ausfahrt, während er schon die Fernbedienung für das Tor betätigt. Als er an der Box des Wärters vorbeikommt, tritt er brüsk auf die Bremse: im Inneren des Glasverschlags ist niemand zu sehen.

Réyan springt aus dem Wagen. Mit der Kaltblütigkeit, die er während des Gemetzels an den Tag gelegt hat, ist es von einer Sekunde auf die andere vorbei. Réyan betritt die Box, schaltet sämtliche Scheinwerfer an, die das Anwesen erhellen, und beginnt, von der abrupten Wendung der Dinge wie betäubt, das Grundstück in alle Richtungen abzusuchen. Schließlich entdeckt er auf einem Weg Blutflecken, folgt ihnen bis an den Strand, sucht und sucht mit einer Taschenlampe … Aber der Wärter ist spurlos verschwunden.

Da fällt Réyan mitten im Sand auf die Knie, schlägt die Hände vors Gesicht und stößt einen grässlichen Wutschrei aus, der alsbald vom Tosen der Wellen verschlungen wird.

25.

Im Anwesen Nummer 32 ist die Spurensicherung im Großeinsatz. Im Salon, in dem die Leichen des Hausdieners und des Technikers liegen, hat man neben der Bronzestatue und den Patronenhülsen auf dem Teppich nummerierte Zettel angebracht sowie Indizien gesichert, von denen man annimmt, sie könnten etwas zur Klärung des Tathergangs beitragen. Zwei Fotografen schießen aus den unterschiedlichsten Perspektiven Bilder und zersieben mit ihren Blitzlichtern die beiden in ihrem Blut klebenden Körper.

Nora geht hinauf in den ersten Stock. Dort nehmen andere Kriminalbeamte das Zimmer unter die Lupe, in dem Bob, auf der Seite liegend, mit zertrümmertem Schädel dümmlich ein Kopfkissen anstarrt. Zine und Guerd sind vor Ort und beobachten die Experten bei der Arbeit. Durch das Fenster, das auf den Garten hinausgeht, sieht man ein drittes Team bei der Inspektion der näheren Umgebung.

»Hast *du* das Gemetzel entdeckt?«, fragt die Kommissarin Réyan Baz, der in sich zusammengesunken auf einem Stuhl im Korridor sitzt.

»Ich kann noch gar nicht fassen, was ich da sehe«, entgegnet Baz mit tonloser Stimme. »Ich muss doch jeden Moment aufwachen.«

»Das ist leider kein Albtraum, junger Mann. Erzähl mal, was passiert ist.«

Réyan vergräbt sein Gesicht in beiden Händen.

»Lassen Sie mich doch erst einmal zu mir kommen! Meine besten Freunde liegen dort, wundervolle Menschen. Seit Jahren sind wir schon zusammen. Was soll ich denn nur ihren Familien sagen?«

»Es tut mir leid, aber ich brauche deine Version.«

Réyan Baz steht taumelnd auf, schleppt sich zu einem kleinen Kühlschrank am Ende des Ganges, gießt sich ein Glas Wasser ein und leert es in einem Zug. Dann wischt er sich mit dem Handrücken über den Mund, wankt zu seinem Stuhl zurück und lässt sich erschöpft auf den Sitz fallen.

»Als ich heute Morgen um 7 Uhr ankam, stand das Tor weit auf. Der Wärter war noch nicht auf seinem Posten. Ich habe mir gleich gedacht, dass da was nicht stimmt, aber ich war doch nicht auf ein solches Blutbad gefasst. Also wirklich nicht. Nie haben sich Einbrecher bis hierher gewagt.«

»Glaubst du, es handelt sich um einen missglückten Einbruchsversuch?«

»Ich glaube überhaupt nichts. Ich sehe zum ersten Mal im Leben Menschenkörper, die in ihrem Blut schwimmen. Ich stehe unter Schock. Ich bin total verwirrt. Ich kann im Moment gar nichts sagen.«

»Musst du leider doch.«

»Ich weiß auch nicht mehr als Sie, Frau Kommissarin. Ich komme hier an und finde ein Massaker vor. Ich rufe die Polizei an, und hier ist sie. Ich sehe nur, was Sie auch sehen. Ich habe nichts angerührt. Ich habe noch nicht einmal Bob gefunden. Als ich die beiden Toten unten im Salon entdeckte, hatte ich das Gefühl, mein Herz steht gleich still. Ich habe mich nicht getraut, mich ihnen zu nähern. Ich bin sofort in den Garten hinaus und habe die Kripo alarmiert. Ihre Leute sind sofort gekommen. Sie sind in die Villa hinein und haben Bob oben tot in seinem Zimmer gefunden. Ich bin draußen geblieben. Ich habe es nicht über mich gebracht, ihnen zu folgen. Dann war auch schon die Spurensicherung da. Das ist alles.«

»Ist Monsieur Hamerlaine informiert?«

»Ich hatte weder den Mut noch die Kraft, ihn anzurufen. Das hat der Chef des Einsatzkommandos für mich übernommen. Was hätte ich ihm denn sagen sollen? Es ist grauenvoll, einfach grauenvoll …«

Guerds Kopf taucht im Türrahmen auf:

»Ich glaube, der Präfekt ist soeben eingetroffen, Frau Kommissarin.«

Nora eilt hinunter, um den Kommunalpolitiker im Garten in Empfang zu nehmen.

Der Präfekt hält sich nur mit Mühe auf den Beinen.

»Es ist eine Katastrophe, eine Katastrophe«, wiederholt er ohne Unterlass.

Als er den Salon betritt, fällt er beinahe in Ohnmacht.

Als Nächstes trifft der Minister ein, ganz allein in seinem Dienstmercedes mit den getönten Scheiben, ohne seinen Chauffeur. In der Hast hat er sein Hemd falsch zugeknöpft. Er unterhält sich zunächst mit dem Präfekten. Dann nimmt er Capitaine Salah, der die Spurensicherung leitet, zur Seite und verlangt einen ersten Bericht von ihm. Zehn Minuten später taucht Hamerlaine auf. Seine Ankunft löst allgemeine Hektik aus. Der Minister und der Präfekt begleiten ihn ins Innere der Villa. Lange bleiben sie dort nicht. Hamerlaine kocht vor Wut. Nora sieht ihn schon von Weitem gestikulieren, während die beiden hohen Staatsbeamten ihm zuhören, ohne zu mucksen. Nach beendigter Visite steigt der Rboba wieder in seine Limousine und entschwindet. Minister und Präfekt geben dem Leiter der Spurensicherung letzte Anweisungen und beeilen sich dann gleichfalls, von hier wegzukommen.

Nachdem sie fort sind, geht Nora zu Capitaine Salah hinüber.

»Wir sitzen bis zum Hals in der Scheiße«, gesteht der ihr.

»Du hast schon ganz andere Fälle gestemmt, Salah.«

»Nicht auf diesem Niveau. Der Minister erwartet meinen Bericht zum Ende des Tages. Er glaubt, man könnte alles mit einem Fingerschnipsen regeln.«

»Hast du eine Vorstellung, wie das Gemetzel sich abgespielt haben könnte?«

»Wir haben drei Leichen am Hals und einen Verletzten, der spurlos verschwunden ist. Wir haben Blutspuren in der Box des Wärters gefunden, und den Einschlag einer Kugel auf seinem Stuhl. Offenbar hat man ihn für tot zurückgelassen, aber er hat überlebt. Ich glaube, er hat sich über den Strand in Sicherheit gebracht. Meine Männer haben die Felsen zur Linken abgesucht und keine Leiche gefunden.«

»Vielleicht ist er ertrunken.«

»Möglich. Wir haben ein Team von Tauchern vor Ort, und dann noch ein Team am Strand, falls das Meer den Kadaver wieder herausgibt. Vorläufig haben wir aber noch nichts gefunden.«

»Wie viele Angreifer waren es deiner Meinung nach?«

»Es ist zu früh, um eine Zahl zu nennen. Sie haben den Film aus der Überwachungskamera gestohlen und die Kameras nach der Bluttat abgeschaltet, um den Rückzug der Mörder zu schützen.«

»*Der* Mörder?«

»Ein Anwesen wie die Villa von Hamerlaine attackiert man nicht im Alleingang, Nora. Vor allem, wenn der Techniker vor seinen Monitoren sitzt. Das Tor wurde vom Kontrollraum aus geöffnet. Im Wärterhäuschen gibt es keine Knöpfe, nur einen Stuhl und ein Wandtelefon. Im Moment haben wir so gut wie nichts in der Hand. Ich hoffe nur, der Wärter ist mit dem Leben davongekommen.«

Nora kehrt in die Villa zurück, zurück in den ersten Stock. Réyan Baz sitzt noch immer völlig zusammengesunken auf seinem Stuhl.

»Wo wohnt der Wärter?«, schreckt sie ihn auf.

»Mir dröhnt der Kopf …«

»Verdammt, sag mir, wo der Wärter wohnt!«

»Im Boussadi-Dorf hinter dem Hügel. Eine alleinstehende Hütte unweit der Piste, die in den Wald führt. Sie müssen nach Ammi Messaoud fragen.«

»Welche Hausnummer?«

»Gibt es dort nicht. Es ist ein alter Bauernhof aus der Kolonialzeit, der einzige weit und breit.«

Nora ordnet an, dass Zine mit ihr kommt.

»Und ich?«, protestiert Guerd.

»Wir sind gleich wieder zurück«, wirft ihm die Kommissarin zu, während sie schon die Treppe hinuntereilt.

Der Boussadi-Weiler besteht aus höchstens einer Handvoll in der Natur verstreuter Elendshütten. Nicht ein Kind spielt im Freien. Gerade mal ein Esel, der sich im Staub wälzt, und ein paar Hunde, die im Schatten kleiner Mauern dösen. Das Gehöft von Ammi Messaoud ist eine Ansammlung von Ruinen inmitten eines von Disteln überwucherten Feldes. Die Piste, die dort hinführt, ist kaum erkennbar. Zine bleibt auf Höhe eines Gatters stehen, lässt den Blick witternd in die Runde schweifen. Keine menschliche Gestalt weit und breit.

»Die Tür ist eingetreten«, stellt er fest, »und der Hund rührt sich nicht. Da ist was faul.«

Die beiden Polizisten ziehen ihre Waffen und trennen

sich, um das Gehöft in die Zange zu nehmen. Sie werfen einen Blick hinter das Gebäude, schleichen mit dem Rücken zur Wand, die Pistole im Anschlag, jeder von seiner Seite auf den Haupteingang zu. Die Tür, die sie mit einem Ruck aus den Angeln reißen, fällt krachend zu Boden. Im Flur liegt ein umgestürzter Schrank, ringsum sind diverse Gegenstände verstreut. Die beiden Polizisten rücken vorsichtig vor, sich wechselseitig Deckung gebend. Sie gelangen in einen großen, ärmlichen Raum, in dem ein solches Durcheinander herrscht, als hätte dort ein Orkan getobt. In einem Winkel kauert eine alte Frau, den Kopf in den Händen vergraben, die Knie schützend vor dem Kinn. Das Kopftuch hängt ihr lose über die Schultern, das Oberteil ihres Kleides ist zerrissen. Sie schreckt hoch, als die beiden Polizisten sich ihr nähern. Ihr Gesicht ist blutverschmiert, ihre Lippen sind aufgeplatzt, ihre Wangen mit violetten Schwellungen übersät. Ihre misshandelten Finger zittern.

Nora kniet sich neben sie hin, während Zine nachschauen geht, ob sonst noch jemand im Haus ist.

»Hat man Sie angegriffen, Madame?«

»Was wollen Sie denn noch von mir? Ich habe Ihnen doch schon gesagt, dass ich keine Ahnung habe, wo mein Mann ist.«

»Wir sind von der Polizei, Sie haben nichts zu befürchten.«

»Ich fürchte nichts und niemandem«, erwidert die Frau und stößt die fürsorgliche Hand der Kommissarin zurück. »Ist mir egal, ob Sie von der Polizei sind. Mein Mann erinnert sich sowieso nur an mich, wenn es ihm dreckig geht. Seit er im Schloss seines Herrn lebt, kümmert er sich mehr um den Hund als um seine Familie. Er schickt mir kein Geld und kein Essen. Ich habe ihn schon seit Monaten nicht mehr gesehen.

Keine Ahnung, wohin er verschwunden ist. Sie können mich meinetwegen schlagen bis morgen früh, ist mir völlig egal. Ich-weiß-nicht-wo-er-ist!«

»Wer hat Sie denn so zugerichtet?«

»Zwei Teufel sind mitten in der Nacht über mich hergefallen. Ich habe hier kein elektrisches Licht und hatte noch nicht mal Zeit, meine Lampe anzuzünden. Sie haben überall mit ihren Taschenlampen herumgesucht, bevor sie mich malträtiert haben. Sie haben meinen Mann gesucht. Aber ich habe keine Ahnung, wo er ist.«

Nora holt ihr Funkgerät hervor und bestellt einen Krankenwagen zum Boussadi-Gehöft.

Im Anwesen Nummer 32 haben die Experten von der Spurensicherung ihre Utensilien mittlerweile wieder verstaut.

Capitaine Salah erteilt seinen Männern letzte Anweisungen, bevor er sie in ihre Dienstfahrzeuge steigen lässt, auf denen das Logo der Spezialeinheiten der Polizei prangt.

»Wie ist der Stand der Dinge?«, fragt Nora ihn.

»Es fehlen noch viele Teile im Puzzle«, bekennt der Capitaine bedrückt. »Der Minister wird heute Abend vergeblich auf meinen Bericht warten.«

»Ich glaube, ich weiß, wie es sich abgespielt hat«, mischt Leutnant Guerd sich ein, der einen Horror vor der Statistenrolle hat und der Kommissarin außerdem zeigen will, dass er nicht mit verschränkten Armen zurückgeblieben ist, während sie und Zine über Stock und Stein gesprungen sind. »Die Mörder wurden erwartet. Wie sonst wäre es zu erklären, dass man ihnen das Tor geöffnet hat?«

»Vielleicht sind sie über die Mauer geklettert«, wendet Nora ein.

»Es hat die ganze Nacht über geregnet. Und wir haben nicht einen Fußabdruck im Bereich des Palisadenzauns gefunden. Aber frische Reifenspuren im kleinen Hof oberhalb des Gartens. Also sind die Mörder mit dem Wagen gekommen. Das Tor lässt sich nur vom Kontrollraum aus bedienen. Also gab es entweder drinnen einen Komplizen, oder sie waren mit ihren Mördern verabredet; die Untersuchung wird es dann ja ans Licht bringen … Sie haben geläutet, der Hausdiener hat ihnen geöffnet. Und als er ihnen den Rücken zudrehte, haben sie ihn mit der kleinen Statue erschlagen. Dann kam der Techniker angerannt. Den haben sie auch getötet. Bob hat während dieser Zeit in seinem Zimmer im Bett gelegen und ferngesehen. Sie haben ihn überrascht, als er gerade aufspringen wollte.«

Capitaine Salah lächelt belustigt über Guerd, mit dem die Fantasie durchgeht, verabschiedet sich von der Kommissarin und sieht zu, dass er seine Männer einholt.

Nachdem der Konvoi der Spurensicherer abgerückt ist, wird das Anwesen von lähmender Stille erfasst.

Réyan Baz, der mittlerweile im Salon auf einem der Sofas sitzt, mag noch immer keinen klaren Gedanken fassen. Zine findet ihn merkwürdig. Wie kann man gleichzeitig schockiert sein und dabei einen so wachen, intensiven Blick haben? Wie kann man sagen, man sei völlig verstört und zugleich kein echtes Mitgefühl für die beiden Toten bekunden? Keines Blickes hat Baz bisher die beiden leblosen Körper seiner zwei ach so lieben Freunde gewürdigt. Er benimmt sich, als säße er beim Präfekten im Wartezimmer und warte nur darauf, eine bürokratische Formalität zu erledigen, um danach schnellstens zu verschwinden. Dieser Mann da ist keiner, der leidet – er langweilt sich.

»Kann ich endlich gehen?«, fragt er Nora. »Ich muss dringend duschen, um einen klaren Kopf zu bekommen.«

»Wie ist die räumliche Aufteilung der Villa?«

»Im Parterre haben wir die beiden Salons, den Sommer- und den Wintersalon, dazu die Küchen, den Kontrollraum für die Fernüberwachung und den Personalbereich. Im ersten Stock dann vier Gästezimmer, eine Sauna, einen großen Salon …«

»Wo sind die persönlichen Räume von Hadsch Hamerlaine?«, unterbricht ihn die Kommissarin. »Ich kann mir schwerlich vorstellen, dass er auf einer Etage mit seinen Untergebenen wohnt?«

»Sein Schlafzimmer und sein Büro liegen im linken Flügel der Villa. Aber dort hat nur das Putzpersonal aus Hydra Zutritt. Die hiesigen Angestellten dürfen keinesfalls hinein.«

»Könnten wir mal einen Blick hineinwerfen?«

»Dazu brauche ich eine schriftliche Anweisung, die von Monsieur Hamerlaine persönlich unterzeichnet ist.«

»Entschuldigen Sie«, fragt ein Feuerwehrmann auf der Türschwelle. »Meine Männer warten jetzt schon geschlagene vier Stunden. Wann dürfen wir die Leichen abtransportieren?«

»Aber bitte, tun Sie sich keinen Zwang an, Kommandant, legen Sie nur gleich los«, gibt ihm die Kommissarin grünes Licht.

26.

Saad Hamerlaine empfängt Nora und ihre beiden Untergebenen in seiner Villa im Stadtteil Hydra, in der Rue des Promeneurs 62. Er hat sie aus Gründen der Diskretion in sein Büro gebeten, weil er Zielscheibe eines Komplotts sei, das weit über seine Person hinausreicht.

»Haben Sie eine Vorstellung, wer hinter den ganzen Morden stecken könnte?«, fragt ihn Nora.

Der Alte umfasst sein Kinn mit Daumen und Zeigefinger. Eine feine Falte erscheint auf seiner Stirn. Abwägend schürzt er die Lippen:

»Feinde habe ich keine, Algerien dafür umso mehr, und ich bin eine der Stützen unseres Vaterlandes. Wer mich destabilisiert«, folgert er, »der hat es darauf abgesehen, die Institutionen unseres Staates zu zerrütten. Wissen Sie, wir sind gerade dabei, revolutionäre Reformen einzuleiten, um die Volkswirtschaft anzukurbeln und unserem Volk Sicherheit zu geben, das sich bedroht fühlt von den Entgleisungen des ›Arabischen Frühlings‹ – wie der Westen ihn mit verlogenem Pathos nennt. Unsere Reformen gehen so manchen Ewiggestrigen gegen den Strich.«

»Glauben Sie, das Ausland hat seine Hand im Spiel, Monsieur?«

»Man darf keine Hypothese außer Acht lassen, Frau Kommissarin.«

»Wir führen die Ermittlungen mit unseren bescheidenen Möglichkeiten durch.«

»Der Minister hat mir versprochen, Ihnen alles zu bewilligen, was Sie brauchen. Es geht um das Schicksal der Nation. Wissen Sie, wann meine Enkeltochter ermordet wurde?«

»Ja, Monsieur. Am 23. Dezember …«

»Und Sie wissen, was das heißt?«

Nora sendet einen hilfesuchenden Blick an ihre zwei Untergebenen aus, die beide betreten den Kopf senken.

Der Alte hämmert mit der Faust auf seinen Schreibtisch ein: »Der 23. Dezember, das ist mein Geburtstag!«

Die drei Polizisten erstarren mit offenem Mund. Guerds Adamsapfel verhakt sich in seiner Kehle. Zine merkt nicht, dass ihm der Kugelschreiber, mit dem er sich gerade noch Notizen gemacht hat, aus den Fingern rutscht.

»Jawohl!«, keucht Hamerlaine, »an dem Tag bin ich 87 geworden! Diese Mistkerle haben meinen Geburtstag auf ihre eigene Art gefeiert.«

»Das tut uns überaus leid, Monsieur.«

»Meine Enkeltochter haben sie ermordet! An meinem Geburtstag!«

»Ja, Monsieur.«

»Da können Sie mal sehen, mit was für einer Kanaille wir es zu tun haben, Frau Kommissarin. Mit elenden, widerlichen Kreaturen von noch dazu teuflischer Grausamkeit.«

»Ja, Monsieur.«

»Die Bastarde wollen mich fertigmachen, indem sie meine Familie und mein Personal angreifen, aber eines haben sie dabei übersehen: Mich kann man nicht zerstören. Ich werde sie gnadenlos aufspüren, einen nach dem anderen, und dazu alle, die auch nur im Entferntesten bei dieser Intrige mitgemischt haben. Und ich werde sie bestrafen, so hart bestrafen, dass die Strafe noch einen auf ewig Verdammten erzittern ließe. Ich werde gnadenlos sein, so gnadenlos, dass sie den Tag, an dem sie zur Welt kamen, am Ende noch verfluchen, das können Sie mir glauben. Und vor allem will ich nicht, dass der Fall sich hinzieht. Sie müssen sie schnellstmöglich identifizieren und ihr Netzwerk aufdecken, um dem Land weitere Blutbäder zu ersparen. Wir haben genug unter dem Jahrzehnt des Terrors gelitten, das reicht für alle Zeiten.«

»Wir arbeiten nur zu dritt an dem Fall, Monsieur«, gibt Nora zu bedenken.

»Irrtum. Es sind mehrere Teams im Einsatz, jedes auf seinem Spezialgebiet. Was auf dem Spiel steht, ist enorm, und wir werden alles aufbieten, um jedes Risiko im Vorfeld auszuschalten.«

»Sie wollen sagen, dass an dem Fall auch noch andere Abteilungen dran sind? Staatssicherheit, Geheimdienste, Gendarmerie …?«

»Jeder operiert in seinem Sektor«, beruhigt sie der Alte. »Was in den Bereich der Staatssicherheit fällt, wird vom betreffenden Dienst übernommen. Aber Ihnen wird niemand in die Quere kommen. Es wurde eine Task Force gebildet. Diese wird die Informationen sämtlicher Teams abrufen, sie abgleichen und Empfehlungen für die weitere Vorgehensweise aussprechen. Für die Polizei ist und bleibt es aber ein reiner Kriminalfall.«

Nora nickt, doch die Verblüffung steht ihr nachgerade ins Gesicht geschrieben.

Hamerlaine mustert sie schweigend: »Man sagte mir, Sie hätten Fingerabdrücke auf der Bronzestatue gefunden, mit der Mabrouk, der Koch, erschlagen wurde.«

»Ja, Monsieur.«

»Und worauf warten Sie noch, sie zu analysieren?«

»Schon geschehen, Monsieur«, antwortet Nora, während sie sich zu Zine umdreht, der eilfertig einen Umschlag aus seiner Mappe zieht und ihn der Kommissarin reicht.

»Wir haben die Ergebnisse erst heute Morgen erhalten. Die Fingerabdrücke stammen von einem gewissen Kader Kacimi, einem ehemaligen Diplomaten und Geschäftsmann …«

»Waaas?«, donnert der Alte los. »Das soll wohl ein Witz sein?«

»Keineswegs, Monsieur. Hier ist der Bericht.«

»Kann ich ihn mal sehen?«

»Selbstverständlich.«

Nora beugt sich weit über den monumentalen Schreibtisch des Alten, um ihm das Dokument hinüberzuschieben. Der überfliegt es, schüttelt dann zweifelnd den Kopf.

»Da muss ein Irrtum vorliegen, Kommissarin. Das kann nicht möglich sein.«

»Es liegt kein Irrtum vor, Monsieur.«

»Kader kann das nicht gewesen sein«, beharrt der Alte. »Der täte doch keiner Fliege was zuleide. Er ist ein alter Narr, gewiss, aber er würde keine zwei Sekunden den Anblick eines Tropfens Blut ertragen.«

»Sie kennen ihn?«

»Und ob! Ich habe ihn großgezogen. Er hat mir alles zu verdanken, und er ist nicht undankbar.«

»Kennt er das Anwesen 32?«

»Im Sommer hat er mich dort manchmal besucht. Hin und wieder habe ich ihn und seine Frau auch über Nacht dabehalten. Warum?«

»Der oder die Mörder kannten das Anwesen aus dem Effeff, vom Kontrollraum bis zu den Schlafzimmern des Personals.«

»Das beweist noch gar nichts im Blick auf Kader. Diese Mordkommandos sind Professionelle. Die kundschaften den Ort ihrer geplanten Verbrechen doch vorher bis ins Letzte aus.«

»Halten Sie es für möglich, dass es im Anwesen einen Komplizen gab?«

»Das kann ich mir nicht vorstellen. Meine Männer sind handverlesen. Sie werden besser als sonst wo behandelt und sind mir absolut ergeben. Ich vertraue ihnen blind. Also auf diese Frage müssen Sie schon selbst eine Antwort finden, Kommissarin. Meiner Meinung nach sind Sie auf dem Holzweg. Kader ist nur ein Ablenkungsmanöver. Er kann nicht in diese Geschichte verwickelt sein. Er verehrt mich regelrecht. Ich hatte ihn seinerzeit im Außenministerium untergebracht und während seiner ganzen Diplomatenlaufbahn die Hand über ihn gehalten. Ich bin sein Pate. Sicher, bei den letzten Senatswahlen mochte ich ihn nicht unterstützen, aber er würde mir das doch niemals verübeln.«

»Ich bedauere aufrichtig, Monsieur, aber unsere Experten sind sich einig. Die Fingerabdrücke auf der kleinen Statue stammen definitiv von Kader Kacimi. Wir waren bei ihm zu Hause. Seine Frau sagt aus, sie hätte ihn seit der Nacht des 17. Januar, also der Nacht, in der das Blutbad im Anwesen Nummer 32 stattfand, nicht mehr gesehen. Wir haben auch seine Firma kontaktiert. Dieselbe Antwort. Monsieur Kacimi ist wie vom Erdboden verschluckt.«

Der Alte schüttelt noch immer den Kopf:

»Dafür gibt es sicher eine Erklärung. Kader würde es nie wagen, die Hand gegen jemanden zu erheben. Er schuldet mir alles, was ihm im Leben geglückt ist. Ich habe ihm sogar die Ehefrau ausgesucht. Nein, nein, ich weiß zwar nicht, wo er sich herumtreibt, wahrscheinlich setzt er wieder irgendwelchen Weibern nach, aber mit dem Massaker hat er nichts zu tun. Am Ende hat man sich seiner nur bedient, um die Spur zu verwischen. Vergessen Sie nicht, wir haben es mit einem Komplott gegen meine Person zu tun, mit anderen Worten, gegen den algerischen Staat.«

Er steht auf und verlässt sein Büro. Zurück bleiben drei ratlose Polizisten, die sich fragen, was den Rboba jetzt wohl mehr aufgebracht hat, ihre Inkompetenz oder das rätselhafte »Komplott«.

27.

Kader Kacimis Limousine wurde herrenlos auf dem VIP-Parkplatz des Flughafens Houari Boumédiène aufgefunden. Sicherheitshalber hat man Sprengstoffexperten beauftragt, das Fahrzeug auf Autobomben hin zu untersuchen, bevor man den Peugeot in die Hallen der Kriminaltechnik schaffte.

»Machen Sie Witze?«, ruft Madame Joher Kacimi entrüstet aus. »Mein Mann kann Algerien gar nicht verlassen. Er hat wichtige Termine.«

»Sein Name steht aber auf der Passagierliste«, bekräftigt Nora. »Am Morgen des 17. Januar hat er den Flug AH 1515 nach Brüssel genommen.«

»Ich glaube Ihnen kein Wort. Mein Mann kämpft um einen Sitz im Senat. Das hat momentan absolute Priorität für ihn, und sein Wahlsieg ist alles andere als gewiss. Kader hat mir von dieser Reise ins Ausland nichts erzählt. Er ist noch nie irgendwohin gereist, ohne mir zu sagen, wohin er fährt und wie lange er bleibt. Es ist völlig untypisch für ihn, sich zwischendurch nicht zu melden. Ich bin mir absolut sicher, dass ihm etwas Schlimmes zugestoßen ist.«

»Was lässt Sie das denn vermuten?«

»Ich vermute das nicht, ich bin mir hundertprozentig sicher.«

»Hatte er Probleme?«

»Enorme Probleme, aber nicht von der Art, dass es ihn physisch in Gefahr bringen könnte. Sein Verschwinden sagt mir nichts Gutes. Er ist nicht der Typ, der im Trüben fischt, und er hat auch nichts von einem Draufgänger an sich. Wenn er sich irgendwo bedienen kann, greift er zu, aber wenn man ihm etwas abschlägt, stellt er sich nicht auf die Hinterbeine.

Er ist ein distinguierter, kultivierter Herr, der keine Zeit mit Dingen, die ihn nichts angehen, verliert. Mein Mann muss hier irgendwo sein. Wenn man den Eindruck erwecken will, er hätte das Land verlassen, kann das nur heißen, dass er in Gefahr ist – aus Gründen, die ich nicht kenne.«

»Haben Sie versucht, ihn telefonisch zu erreichen?«

»Jeden Tag. Aber ich lande immer nur auf dem Anrufbeantworter. Und da ist noch etwas, das mich beunruhigt: Mein Mann hätte vorgestern einen wichtigen Termin beim Präsidenten der Nationalversammlung gehabt. Sie können sich denken, dass er eine solche Gelegenheit nicht ungenutzt verstreichen lassen würde.«

Nachdem sie Madame Joher Kacimi in ihrer Wohnung nach Strich und Faden ausgefragt haben, kehren Nora und ihre beiden Untergebenen noch einmal zum Anwesen Nummer 32 zurück. Trotz polizeilicher Anordnung ist der Tatort inzwischen gründlich gereinigt.

Die Kommissarin ist außer sich, aber neben Réyan Baz' aalglatter Gelassenheit wirkt ihre Wut geradezu lachhaft. Der Verwalter des Anwesens legt eine gönnerhafte Ruhe an den Tag. Die Gleichgültigkeit, mit der er die Polizisten empfängt, steht in scharfem Kontrast zu seinem Verhalten wenige Tage zuvor. Réyan Baz versprüht wieder den lässigen Charme des jungen Aufsteigers, der seinem guten Stern vertraut. Mit seinem Glas Wodka in der Hand bekundet er den Besuchern gegenüber ein bestenfalls marginales Interesse. Als er sie kommen sah, hatte er nur kurz genickt, und auf seinen Lippen hatte Zine so etwas wie »Schon wieder diese Scheißbullen« gelesen.

»Nanu, haben Sie etwa Ihre Handtasche vergessen, Frau Kommissarin?«, spottet er.

»Im Dienst trage ich keine.«

Baz breitet die Arme in einer raumgreifenden Bewegung aus: »Wie Sie sehen, ist hier alles wieder in schönster Ordnung.«

»Sie hatten kein Recht, ohne unsere Genehmigung sauber zu machen!«, fährt Nora ihn an.

»Ich bin nur das ausführende Organ, ein unbedeutendes Rädchen. Wenn Sie meinen, wir hätten das Falsche getan, müssen Sie schon den Rboba persönlich abkanzeln.«

Die überbordende Selbstsicherheit des jungen Mannes verschlägt Zine den Atem. Mehrmals hintereinander ballt er die Faust. Die Nervosität des Inspektors bleibt Baz nicht verborgen, schlimmer noch, sie amüsiert ihn.

»Wo warst du eigentlich in der Nacht des Gemetzels?«

»Darf ich das so verstehen, dass Sie mich als Täter in Betracht ziehen?«, fragt Baz spitz und wiegt sich provokant in den Hüften.

»Das ist keine Antwort.«

»Ich war zu Hause, im Caroubier.«

»Und gibt es jemanden, der das bezeugen kann?«

»Ich wohne allein. Meine Freundin hat mich sitzenlassen.«

»Kein Wunder«, bemerkt Guerd. Der Leutnant und der junge Mann werfen sich flammende Blicke zu. Ersterer mit gefletschtem Gebiss, der andere mit feinem Lächeln.

»Setz dich mal da aufs Sofa«, befiehlt die Kommissarin Réyan Baz.

»Ich stehe aber gerne!«

»Hinsetzen!«

Baz reagiert erst nicht, dann nimmt er widerwillig in einem der Sessel Platz.

»Kam Kader Kacimi öfter hierher?«

»Wenn der Boss ihm gnädig gesonnen war, verbrachte er im Sommer schon mal ein oder zwei Wochenenden hier. Er kam immer mit seiner Frau. Aber in den letzten Jahren war er kein gern gesehener Gast.«

»Warum nicht?«

»Die Wege des Herrn sind unerforschlich.«

»Hatte er in der letzten Zeit Kontakt zu deinen Angestellten?«

»Ich glaube nicht.«

Nora mustert ihn einen Moment, dann fährt sie fort: »Wir haben Kacimis Wagen gefunden.«

»Schön für seine Angehörigen.«

»Wo ist die Toilette?«, fragt Guerd. »Ich glaube, ich muss gleich kotzen.«

»Am Ende vom Gang, und dann links«, erklärt ihm Baz. »Im Untergeschoss.« Guerd läuft los.

»Ich hoffe nur, er vergisst hinterher nicht, zu spülen«, scherzt Baz.

»Spiel nur weiter den Clown, dann landest du als Nächster in der Klosettschüssel, bevor wir spülen«, verspricht ihm Zine.

»Weißt du, was wir im Handschuhfach besagten Wagens gefunden haben, Monsieur Baz?«, fährt die Kommissarin fort.

»Interessiert mich nicht.«

»Eine Pistole.«

»Wie spannend.«

»Mit Schalldämpfer.«

»Da soll noch einer sagen, wir wären technologiefeindlich.«

»Und darauf die Fingerabdrücke von Kader Kacimi.«

»Wie peinlich für einen, der gern Senator werden möchte.«

»Die ballistische Untersuchung hat ergeben, dass es dieselbe Pistole ist, mit der der Techniker und Bob erschossen worden sind.«

»Es gibt eben kein perfektes Verbrechen«, bemerkt Baz.

»Und neben der Pistole lag das da«, fährt Nora fort, während sie eine CD hoch hält. »Weißt du, was das ist?«

»Der neueste Song von Cheb Khaled?«

»Nein, Monsieur Baz. Das ist das Video aus der Überwachungskamera dieses Anwesens. Wollen wir uns das mal zusammen ansehen?«

»Ich glaube Ihnen aufs Wort«, entgegnet Baz mit verschlossener Miene. »Für die Polizei sind Worte Schall und Rauch. Nur Beweise zählen.«

Die beiden Polizisten führen den jungen Mann in den Kontrollraum, wo sie das Video abspielen. Auf dem Hauptmonitor sieht man eine dicke Limousine heranrollen, dann das Gartentor, wie es zur Seite gleitet, den Wagen, der auf das Grundstück einbiegt und auf dem Karree oberhalb des Gartens hält. Ein Mann steigt aus, geht auf die Villa zu. Zoom auf das Gesicht des Besuchers. Es ist Kader Kacimi. Links im Bildschirm steht zu lesen: »23h37, 17-1-2013«. Kader Kacimi klingelt an der Tür, die sich auf der Stelle öffnet, als ob dahinter schon jemand wartete. Wer ihm aufmacht, sieht man nicht, aber es ist ein Teil seines Arms zu erkennen.

»Das ist der Arm einer Person, die eine Jacke trägt«, bemerkt Nora.

»Das ist wohl kaum zu übersehen«, pflichtet Baz bei. »Und wo ist das Problem?«

»Wir gehen eigentlich davon aus, dass die Tür vom Koch geöffnet wurde.«

»Normalerweise schon. Mabrouk ist ja nicht nur Koch, er ist auch Hausdiener.«

»Und genau da liegt das Problem. Der Hausdiener trägt ein Gewand mit weiten Ärmeln, keine Anzugjacke.«

»In der Tat«, pflichtet Baz mit leichtem Beben in der Kehle bei. »Vielleicht ist es Bob?«

»Bob war oben vor dem Fernseher, als man ihn getötet hat.«

»Oder der Techniker.«

»Der trug ein T-Shirt, als er erschossen wurde.«

»Zugegeben, das ist schon merkwürdig.«

»Merkwürdig? Nein, das ist Stümperei. Monsieur Kacimi kommt an, läutet. Der Hausdiener öffnet ihm. Kacimi zertrümmert ihm den Schädel mit der Bronzeskulptur. Der Techniker kommt herein. Er wird abgeknallt. Bob ist oben in seinem Zimmer und sieht fern. Er hat nichts gehört. Der Killer hat eine Knarre mit Schalldämpfer. Er geht hinauf in den ersten Stock und überrascht Bob in seinem Bett. So sollen wir uns die Szene doch vorstellen, oder nicht?«

»Was soll ich Ihnen denn darauf antworten?«

»Hattest du an dem Abend eine Jacke an?«

»Ich war doch gar nicht da.«

Das war's dann wohl!, denkt Nora.

»Eines verstehe ich nicht«, fährt sie trotzdem fort. »Der Killer hätte den Koch doch locker erschießen können, so wie alle anderen. Warum hat er die Bronzeskulptur benutzt? Nur, um seine Fingerabdrücke darauf zu hinterlassen?«

»Sie sind doch die Polizei, nicht ich.«

»Eben, Monsieur Baz, eben. Ein Killer, der seine Fingerabdrücke nur auf der Skulptur und sonst nirgends hinterlässt, weder im Kontrollraum, wo er sich die CD schnappt und sämtliche Kameras ausschaltet, noch in Bobs Schlafzimmer … da ist doch was faul.«

»Er trug eben Handschuhe.«

»Die hätte er von Anfang an tragen sollen, oder?«

»Ich bin doch kein Bulle. Warum stellen Sie mir Fragen, auf die ich keine Antwort weiß? Ich habe Ihnen doch schon gesagt, dass ich nicht da war. Ich bin erst morgens …

»… um 7 hier eingetroffen«, unterbricht ihn Zine. »Das wissen wir schon. Was wir nicht wissen, ist erstens: Zu wem gehört der Jackenärmel? Und zweitens: Hatte Monsieur Kacimi einen Komplizen hier im Haus?«

»Einen Komplizen im Haus?

»In Kacimis Wagen wurden Fingerabdrücke und Haare von Bob gefunden.«

»Wenn ich Sie recht verstehe, wäre Bob der Komplize von Kacimi gewesen? Er soll ihm geholfen haben, in die Villa zu kommen?«

»Es ist noch viel komplizierter, Monsieur Baz. Bob wurde erst sehr viel später getötet.«

»Wie das?«

»Laut gerichtsmedizinischem Befund und Bericht der Kriminaltechnik wurden der Hausdiener und der Techniker zur selben Zeit getötet, zwischen 23 Uhr und Mitternacht. Bob dagegen wurde zwischen 3 und 4 Uhr morgens exekutiert. Mit derselben Knarre. Soll ich daraus folgern, dass der Killer drei Stunden gebraucht hat, um vom Salon in den ersten Stock hochzukommen?«

Baz sieht plötzlich aus wie ein nasser Lappen. Sein Atem überschlägt sich.

»Kommissarin!«, meldet sich Guerd mit lautem Geschrei aus dem Kellergeschoss. »Sehen Sie sich mal an, was ich gefunden habe!« Nora und Zine stürzen aus dem Kontrollraum, laufen auf eine kleine Treppe am Ende des Korridors zu, gelangen im Souterrain in einen großen mit Waschmaschinen, Schränken, Bügelbrettern und anderen Hauswirtschaftsutensilien vollgestellten Raum.

Guerd deutet auf einen Wandschrank, in dem ordentlich gefaltet ganze Stapel von Bettlaken, Tischdecken, Vorhängen und Decken lagern.

»Seht euch mal diese Laken an, Leute. Golddurchwirkte Seide. Sagt euch das nichts?«

Die Kommissarin faltet den fraglichen Stoff auseinander, dreht und wendet ihn hin und her.

»Ein eigenartiger Zufall«, bemerkt sie. »Das ähnelt ja zum Verwechseln dem Laken, in das der Körper von Nedjma Sadek eingewickelt war.«

»Von denen haben wir eine ganze Kollektion«, erklärt Baz, der ihnen gefolgt ist, plötzlich kreidebleich. »Für den exklusiven Gebrauch von Monsieur Hamerlaine. Kostet ein Vermögen.«

»Sie bekommen es nach einem kleinen Ausflug ins Labor wieder zurück.«

»Legen Sie das sofort wieder hin. Der Chef ist allergisch dagegen, dass jemand an seine Sachen geht.«

»Versuch bloß nicht, dich querzustellen«, kontert Guerd. »Ich warne dich: Ich mach dich so platt, dass deine Hämorrhoiden platzen wie die Noppen in einer Luftpolsterfolie.«

Und plötzlich bricht Baz zusammen wie ein Kartenhaus. Sein bleiches Gesicht verfärbt sich grau. Er lehnt sich gegen die Wand, mit in der Kehle festsitzendem Adamsapfel.

»Hören Sie …«, keucht er. »Wenn Monsieur Hamerlaine das jemals erfährt, dann bin ich geliefert. Der würde mich glatt …«

»Wenn er was erfährt?«

»Dass Bob von Zeit zu Zeit Mädchen mitbrachte. Ich war nicht einverstanden, das versichere ich Ihnen. Ich habe ihn mehrmals ermahnt, aber Bob war ja ein Dickschädel. Hadsch kommt nur im Sommer mal für eine oder zwei Wochen in die Residenz. Für den Rest des Jahres sind wir uns mehr oder weniger selbst überlassen. Bob nutzte das aus, um seine Eroberungen nach hier einzuladen. Er gab sich als der Besitzer aus. Ich hatte ihm angedroht, ihn zu verpfeifen, aber er wusste, ich würde das nicht tun. Wir standen uns sehr nah. Also verschloss ich die Augen vor seinen Eskapaden. Er war jung, Sie verstehen? Er genoss das Leben. Und da keine Gefahr bestand, dass uns jemand hier überraschen könnte, konnte ich ihn schwerlich dazu bringen, sich woanders zu verlustieren. Hier war es wenigstens diskret.«

»Also war es Bob, der Nedjma in die Villa geholt hat.«

»Nedjma?«

»Nedjma Sadek«, erklärt Nora, »die Studentin, die am 24. Dezember tot im Wald von Bainem gefunden wurde. Mit einer abgerissenen Brust.«

Baz sieht aus, als hätte ihn der Blitz getroffen: »Keine Ahnung, von wem Sie reden.«

»Ihre Leiche war in genau so ein Laken gewickelt …«

»Glauben Sie mir, von der Geschichte weiß ich wirklich nichts.«

»Aber aber, Monsieur Hamerlaine wäre jetzt nicht besonders stolz auf dich.«

Baz schluckt mehrmals hintereinander. Sein Blick stolpert

von einem Polizisten zum anderen, während er krampfhaft seine Hände knetet.

Er scheint lange mit sich zu ringen, bevor er schließlich einknickt und bekennt: »Ich habe etwas von einer Soirée läuten hören, die übel ausgegangen sein soll, aber ich kannte keine Einzelheiten. Der Wärter hat mir erzählt, dass Bob eines Abends ein Mädchen mitgebracht hat, und in derselben Nacht hat er ihn mit einer Last vom Grundstück gehen sehen. Es war stockfinster. Der Wärter konnte nicht erkennen, was es war.«

»Hat er denn das Mädchen nicht mehr aus dem Haus kommen sehen?«

»Nein.«

Nora gibt dem Leutnant ein Zeichen, das Laken mitzunehmen, um es ins Labor zubringen.

»Ich flehe sie an«, beschwört Baz sie, »kein Wort davon zu Monsieur Hamerlaine! Er würde mich bei lebendigem Leib skalpieren!«

Nora lässt ihn zwischen den Bügelbrettern und Waschmaschinen stehen und bittet ihre Untergebenen, ihr nach draußen zu folgen.

Im Chalet Nummer 28 ist kein Mensch. Baz hat geläutet und sich das Handgelenk an der Tür wundgeklopft. Er setzt sich auf die Stufen, holt sein Handy hervor. Seine Anrufe versacken im AB. Er wartet rund zehn Minuten ab, dann versucht er es erneut. Nichts und niemand am Ende der Leitung. Zuletzt hinterlässt er eine Nachricht: »Bin bei dir. Ist dringend.«

Baz schaut auf seine Uhr. Drei Stunden wartet er jetzt schon auf diesem Treppenabsatz in der beängstigenden Stille dieses Wäldchens. Außer dem Piepsen einiger Vögel in den

Zweigen ringsum – nirgends ein Hauch. Das Chalet 28 liegt in einem privaten Jagdrevier, einer Art Feudalbesitz, wo weder Wilderer noch Wanderer Zutritt haben.

Als er gerade die Hoffnung aufgeben will, taucht ein Geländewagen aus dem Unterholz auf. Baz springt erleichtert hoch.

Das schwere Fahrzeug hält hinter dem Wagen von Baz. Ein langer Kerl klettert heraus: Othmane.

»Ich habe dir schon hundertmal gesagt, dass du nicht vor dem Chalet parken sollst. Hinten gibt es einen Unterstand.«

»Es kommt doch keiner hierher«, erwidert Baz kleinlaut.

»Ist mir scheißegal. Anweisung ist Anweisung. Du parkst deine Karre hinterm Haus, basta.«

Baz steigt in seinen Wagen, fährt ums Chalet herum und parkt unter einem Vordach. Othmane, der inzwischen im Chalet verschwunden ist, öffnet ihm die Hintertür und führt ihn durch die Küche ins Wohnzimmer.

»Ich hab dich mehrmals angerufen.«

»Hättest du besser nicht getan«, antwortet der lange Kerl trocken. »Gut möglich, dass sie dich abhören, du Idiot.«

»Die Polizei war heute früh wieder im Anwesen 32.«

»Ich weiß.«

»Die Kommissarin hat einen Verdacht.«

»Ist doch ihr Beruf.«

Baz gießt sich ein Glas Alkohol ein und schüttet es hinunter, um sich wieder zu fangen. Er schildert den Besuch der Polizisten in allen Details. Othmane hört ihn bis zum Ende an, ohne ihn zu unterbrechen, mit hochgezogenen Augenbrauen, hinter denen sich angespannte Konzentration verbirgt.

»Die Sache mit Bob hättest du nicht zugeben dürfen.«

»Sie haben aber die Laken gefunden.«

»Solche Laken findet man öfters mal beim Jetset von Algier.«

»Ich habe nicht damit gerechnet, dass …«

»Du wirst dafür bezahlt, dass du mit allem und jedem rechnest, Réyan. Du hättest von der ersten Version nicht abrücken sollen: dass du von nichts eine Ahnung hast.«

»Sie haben ein Laken mitgenommen, um es im Labor analysieren zu lassen.«

»Na und? Was beweist das schon?«

»Sie haben auch Kacimis Wagen mit dem Überwachungsvideo und der Knarre gefunden.«

»Ich habe den Wagen am Flughafen abgestellt. Kacimi hat das Land verlassen.«

»Er hat das Land verlassen?«

»Idiot!«

Othmane schiebt Baz vor sich her in den Keller. Der Holzkäfig, in dem wenige Tage zuvor noch Kacimi gefangen war, ist leer. Am Boden befindet sich eine große Zementplatte, noch nicht ganz ausgehärtet, direkt daneben eine Grube, rechteckig und mannslang, und drum herum ein Haufen frisch ausgehobener Erde.

»Was soll der Zirkus?«, fragt Baz.

»Unter der linken Zementplatte ruht in alle Ewigkeit unser lieber Kacimi.«

»Er hat das Land also gar nicht verlassen?«

»In gewisser Weise schon.«

»Und die Grube rechts, wofür ist die?«

»Dreimal darfst du raten!«

Instinktiv weicht Réyan Baz einen Schritt vor dem widerlichen Grinsen in Othmanes Galgengesicht zurück.

»Nein!«, schreit er aus Leibeskräften.

»Oh doch«, erwidert Othmane, die entsicherte Pistole in der Faust.

28.

Entgeistert hört Ed Dayem, was Guerd ihm zu berichten hat. Ed fühlt sich, als wäre ihm ein eiskalter Luftzug ins Hirn gefahren und scheuchte all seine Neuronen auf. Spinnt der Leutnant jetzt total? Augenscheinlich nicht, so gelassen, wie er in seinem Sessel sitzt, ein Bein übers andere geschlagen, und die Pistazien vom Teller pickt, als würde er ihm einen banalen Vorfall schildern.

Ed lockert den Knoten seiner Krawatte, wischt sich mit einem Kleenex den nassen Schweiß vom Gesicht und reißt ein Fenster auf, um frische Luft hereinzulassen. Er ist fest davon überzeugt, dass die Dinge ihm jetzt völlig entgleiten.

»Ein richtiges Blutbad«, gurrt Guerd über seinem Pistazienteller.

»Nun mal langsam, Junge, ich kann dir nicht folgen. Ich muss das erst mal verdauen, verdammt!«

Ed geht hinaus in den Korridor und weist Karima an, den Laden dicht zu machen und nach Hause zu gehen.

»Sehr wohl, Monsieur.«

Ed wartet, bis seine Angestellte das Eisenrollo vor dem Eingang heruntergelassen hat und gegangen ist, dann kehrt er in sein Büro zurück, entledigt sich seiner Krawatte, knöpft sein Hemd auf und gießt sich ein Glas Wasser ein, bevor er wie ein nasser Sack in seinen Millionärssessel fällt: »Und wenn wir noch mal von vorne anfingen?«

»Von vorn?«, Guerd springt auf. »Es sind kaum noch Pistazien auf dem Teller.«

»Ich meine das im Ernst, verflucht! Was ist das für eine Geschichte mit dem Massaker? Davon wusste ich ja gar nichts.«

»Sie haben den Fahrer, den Techniker von der Videoüberwachung und den Hausdiener umgelegt. Der Wärter ist spurlos verschwunden.«

»Im Anwesen Nummer 32?«

»Exakt.«

»Das ist unmöglich. Wer würde es wagen, Hamerlaine auf seinem eigenen Territorium anzugreifen?«

»Das versuchen wir ja gerade herauszubekommen, Eddie.«

Zum x-ten Mal betupft sich der Pressebaron die schweißnasse Stirn. Sein Gesicht ist knallrot und sieht aus, als würde es gleich explodieren.

»Das gibt Ärger auf der ganzen Linie, kolossalen Ärger«, stammelt er. »Das wird schrecklich enden. Wie ist der Rboba so drauf?«

»Außer sich.«

»Kann ich mir lebhaft vorstellen … Wann ist es passiert?«

»Letzte Woche.«

»Und niemand sonst weiß Bescheid?«

»Doch, etliche Leute: der Minister, der Präfekt, die Jungs von der Spurensicherung, unser Team von der Kripo …«

»Und die Presse ist nicht informiert?«

»Hamerlaine wünscht nicht, dass sich die Sache herumspricht. Wir haben strikte Anweisungen.«

»Was hat denn Kader Kacimi in dieser Geschichte zu suchen? Der ist doch nur ein Kasper.«

»Er war in der Mordnacht am Tatort. Das Überwachungsvideo beweist es.«

»Garantiert war der nur aus Zufall da. Ich kenne ihn. Das ist keiner von denen, die auf Risiko spielen.« Er gießt sich wieder ein Glas Wasser ein. »Wow! Dir bloß zuzuhören, dehydriert einen ja schon. Und wie ist der Stand eurer Ermittlungen?«

»Kommissarin Nora glaubt, dass man Kacimi nur benutzt hat, um die Spuren zu verwischen. Hamerlaine glaubt das auch.«

»Hat die Kommissarin Beweise?«

»Wie soll ich das wissen, ich schlaf ja nicht mit ihr. Ich hab dir doch gesagt, sie ist ’ne Lesbe. Ihre Geheimnisse teilt sie nur mit der Pennerin, die bei ihr wohnt.«

»Ich habe so ein Gefühl, als würden da noch etliche Köpfe rollen«, sagt Ed, der sich die Haare rauft und zunehmend unwohler fühlt. »Ich hätte lieber einen Volksaufstand an der Backe als Hamerlaine am Hals …« Guerd fischt sich die letzte Pistazie heraus, betrachtet sie genießerisch und lässt sie mit großem Gestus im Mund verschwinden.

»Der Rboba vermutet, dass das Ausland seine Hand im Spiel hat.«

»Du meinst, dass Frankreich da mitmischt?«

»Wie soll ich das wissen. Hamerlaine ist überzeugt, dass der Angreifer es in Wahrheit auf die ganze Nation abgesehen hat.«

Ed streckt die Arme abwehrend über den Schreibtisch aus und bittet den Leutnant, seine Wahnvorstellungen für sich zu behalten. Dann presst er seine Handflächen gegen die Schläfen und versucht, Ordnung in das Gebrodel unter seiner Schädelplatte zu bringen. Nach längerem Nachdenken taucht er langsam, mit leerem Blick, geweiteten Nasenlöchern, aus seiner Abwesenheit auf.

»Hadsch ist stinksauer«, sagt Guerd gerade. »Das muss man verstehen. Immerhin haben sie als Erstes seine Enkeltochter gekillt.«

»Was für eine Enkeltochter denn?«

»Na, Nedjma halt.«

»Ich kann dir nicht folgen.«

»Nedjma Sadek, die tote Studentin aus dem Wald von Bainem, ist Hamerlaines Enkeltochter.«

»Was?«, fährt Ed auf. »Der ist doch eingefleischter Junggeselle!«

»Aber nein. Früher war er mal verheiratet.«

»Ganz langsam … Was redest du da? Hamerlaine hatte eine Enkeltochter? Eine echte Enkeltochter, eine biologische Enkeltochter?«

»So wahr ich Guerd heiße.«

»Und ich dachte, diese Geschichte mit dem ermordeten Mädchen wäre nur ein Ablenkungsmanöver.«

»Ist es nicht, das garantiere ich dir.«

Diesmal spürt Ed, wie sein Darminhalt sich verflüssigt, seine Analkontraktionen sich beschleunigen. Er rast zum WC, um sich zu erleichtern, und kommt fünf Minuten später blutleer zurück. »Du hast ja gar nicht abgezogen«, scherzt Guerd.

»Mir tut schon der Arm weh. Seit meiner Rückkehr nach Algier habe ich kaum noch Haut am Hintern, so oft wie ich mir den Popo wische … Ich hatte keine Ahnung, dass Hadsch noch eine Familie zur linken Hand hat. Wenn er mir von *seiner* Familie erzählte, dachte ich immer, er meine damit seine revolutionäre Familie, die Leute, die er in seinen Clan aufgenommen hatte.«

»Tja, da hast du wohl was falsch verstanden.«

»*Nom d'un chien!*«, keucht er auf Französisch. »Ich hab's ja geahnt, dass hinter diesem banalen Fall noch was ganz anderes steckt, dass da was im Busche ist, aber das haut mich jetzt doch um!«

»Dann sieh zu, dass du schnell wieder auf die Beine kommst, Eddie. Was da im Busche ist, ist nämlich ein Säbelzahntiger.«

Ed weiß nicht ein noch aus. In seinen Eingeweiden gurgelt es, und ihm ist speiübel. Langsam, Silbe für Silbe tastend voreinander setzend, als ob er fürchte, seine Gedanken könnten beim kleinsten Versprecher wieder den Drehwurm bekommen, bittet er den Leutnant:

»Wie wär's, wenn du mir das Ganze noch mal von vorn erklärst?«

»Noch einmal?«, schreit Guerd, vom Anblick seines leeren Tellers schmerzlich berührt.

Madame Joher Kacimi wohnt im fünften und letzten Stock eines luxuriösen Gebäudes auf den Anhöhen von Algier. Dreihundert Quadratmeter, die auf eine mit üppigem Grün bepflanzte Terrasse hinausgehen, Panoramablick über die ganze Bucht. Die Eingangshalle des Gebäudes gleicht einer prächtigen Kunstgalerie: in Granit eingelassene Fresken, die die glorreiche Epoche der algerischen Korsaren mit den roten Bärten verherrlichen; raffinierte Wandleuchten; eine edle Marmorstatue am Treppenaufgang und an der feinziselierten Stuckdecke ein Kristalllüster.

Als Kontrast ein futuristischer Aufzug, chromblitzend und schön wie das Tor zum Paradies. Aus diesem tritt eine schlaksige Person mit hagerem Gesicht: Othmane. Der ist überrascht, vor sich die drei Polizisten zu sehen, aber er lässt sich nichts anmerken. Da sie ihn nicht kennen, lassen Nora und ihre Untergebenen ihn vorbei, ohne ihm groß Beachtung zu schenken.

Der Flur in der fünften Etage ist eine exakte Kopie der

Halle im Parterre. Dieselben Granitfresken, dieselben Wandleuchten, dieselbe kunstvoll ziselierte Decke.

Joher braucht eine Ewigkeit, um die Tür zu öffnen. Beim Anblick der Polizisten huscht ein Ausdruck des Bedauerns über ihr Gesicht.

»Sie hätten sich ruhig ankündigen können«, sagt sie vorwurfsvoll zur Kommissarin. »Ich empfange nur auf Verabredung.«

»Ich habe mehrfach versucht, Sie auf Ihrem Handy zu erreichen.«

»Mein Handy funktioniert nicht mehr.«

Widerwillig geht sie zur Seite, um die Polizisten einzulassen.

»Ich wollte gerade aus dem Haus«, sagt sie verärgert. Und wirklich ist sie gut gekämmt, gut geschminkt und gut in Form in ihrem Chanelkostüm. »Was ist der Anlass Ihres Besuchs, Frau Kommissarin?«

»Wir kommen wegen Ihres Mannes.«

»Dem geht's bestens, danke.«

»Wie bitte?«

»Er hat mich heute Morgen angerufen.« Die drei Polizisten sehen sich sprachlos an. »Er ist in Europa, und es geht ihm prächtig.«

»Er hat Sie heute Morgen angerufen?«

»Ja, genau.«

»Sie sagten aber doch, dass Ihr Handy nicht funktioniert.«

»Er hat mich auf dem Festnetz angerufen.«

»Sind Sie sicher?«

»Na und wie! Ich bin so glücklich, dass ich mir zur Feier des Tages gleich ein Eis bei Ice-Krim genehmigen werde.«

»Wissen Sie, warum er das Land verlassen hat?«

»Weil es sehr riskant für ihn gewesen wäre, hier zu bleiben.«

»Wie meinen Sie das?«

»Mein Mann ist der einzige Mensch, der es gewagt hat, es diesem Mistkerl von Hamerlaine einmal so richtig heimzuzahlen. Ich hätte nie gedacht, dass er den Mut dazu hätte.«

»Dann wissen Sie also, was sich im Anwesen 32 ereignet hat.«

»So in etwa.«

»Hat er Ihnen davon erzählt?«

»Nein. Möglicherweise hört man unser Telefon ab. Aber ich kann schließlich noch eins und eins zusammenzählen.«

»Glauben Sie, dass Ihr Mann in diesen Fall verwickelt ist?«

»Ich hoffe es. Das ist eine Frage der Ehre. Mein Mann hat Hamerlaine stets loyal gedient. Wenn er Missionschef im Ausland war, hat er sich immer sehr viel mehr um die geschäftlichen Angelegenheiten des Rboba gekümmert als um die Staatsinteressen. Die ganzen Transaktionen, die Geldwäsche, die Strohfirmen, die Finanzgeschäfte und die Handelsaktivitäten, die Hamerlaine im Ausland lanciert hat, wurden sämtlich von Kader durchgeführt. Und auf einmal *verstößt* ihn der alte Dinosaurier. Aus einer Laune heraus. Von heute auf morgen. Nachdem er ihm tausend Dienste erwiesen hat. Er hat ihn daran gehindert, Senator zu werden, und ihm alle Türen zu politischen Ämtern verschlossen. Mein Mann, der einer der dynamischsten Diplomaten Algeriens war, wurde ausgemustert wie eine durchgebrannte Sicherung. In den Kreisen der Geschäftsleute und Entscheidungsträger wird er plötzlich nicht mehr anerkannt. Wir haben versucht, es zurechtzubiegen, obwohl wir uns eigentlich keiner Schuld bewusst sind. Uns ist klar, dass wir viele Neider haben. Bestimmt hat irgendwer Hamerlaine gegen meinen Mann aufgehetzt. Die Rboba nehmen ja immer alles für bare Münze, was ihnen die Hofschranzen erzählen, sobald sie sich angegriffen fühlen. Das ist in den höheren Sphären so, da sind die Souffleure Legion. Ich bin persönlich zu Saad gegangen, um ihn umzustimmen. Früher, da hat er mir nichts abgeschlagen. Aber diesmal war er schamlos. Er hat mich gedemütigt, wie noch nie ein Menschen gedemütigt wurde.«

»Hat er Ihnen einen unsittlichen Antrag gemacht?«

»Schlimmer«, Johers Stimme überschlägt sich vor Wut.

»Hat er Sie sexuell belästigt?«

»Das Alter für Bockssprünge hat er hinter sich. Er ist nur noch ein inkontinenter Greis mit einem Stück Bindfaden zwischen den Windeln. Der würde selbst mit Elektroschock keinen mehr hochbekommen.«

Zine hätte sich fast an seiner Spucke verschluckt.

»Welcher Art von Demütigung hat er Sie denn ausgesetzt?«, fragt Guerd.

»Entehrend genug, dass mein Mann reagierte. Wir sind keine Fußabtreter. Wir sind respektable Leute und haben unsere Prinzipien. Mein Mann ist ausgerastet, gewiss, aber entweder so oder sich gleich den Strick nehmen. Er hatte keine Wahl. Kein Mensch kann solch eine Demütigung überleben.«

»Vergessen Sie nicht, er hat Unschuldige getötet«, sagt Nora.

Jäh ist es vorbei mit Madame Johers Redseligkeit. Unter ihrem Make-up scheint plötzliche fahle Blässe durch. Krähenfüße zeichnen sich an ihren Schläfen ab:

»Hoppla, nicht so schnell, wenn ich bitten darf! Was sollen das denn für Tote sein?«

»Sie wissen also gar nicht, was im Anwesen 32 passiert ist?«

Joher muss sich an der Armlehne eines Sessels abstützen, um nicht den Halt zu verlieren.

»Was soll denn dort passiert sein? Ich hatte so viel verstanden, dass mein Mann diesem grässlichen Tattergreis von Hamerlaine mal gründlich die Meinung gegeigt hat, aber von Toten war nie die Rede. Kader ist ein Gentleman.«

»Sollte Ihr Mann am Ende in die Entführung und den Tod der Enkeltochter von Hamerlaine verwickelt sein?«

Joher reißt die Augen untertassenweit auf. Und sinkt mit butterweichen Waden gleich komplett in den Sessel: »Der Enkeltochter von wem?«

»Von Hamerlaine.«

»Dieses Monster ist in der Lage, Kinder zu zeugen? Wenn das wahr ist, dann ist Algerien noch lange nicht über den Berg.«

Sie fasst sich wieder, steht auf und schiebt die Polizisten umstandslos Richtung Diele: »Ich bin spät dran. Wenn Sie mich jetzt bitte entschuldigen wollen. Es springt ja ins Auge, dass Sie auf schlechte Filme stehen und sich total verrannt haben. Gestatten Sie, dass ich lache … Fahren Sie heim und lernen erst einmal Ihre Lektion. Aber mich lassen Sie bitte in Ruhe.«

29.

Die Nachbesprechung findet im Einsatzsaal des Präsidiums statt, inmitten eines Arsenals statistischer Tabellen, riesiger Monitore, Deliktbrennpunktkarten, Rastertafeln und beschrifteter Generalstabskarten. Guerd steht mit einem Lineal in der Hand auf einem Podest. Auf einem großformatigen Plan des Anwesens 32 hat er die Umrisse der Leichen eingezeichnet, die des Hausdieners und des Technikers im Salon, des toten Bob in seinem Schlafzimmer, hat den Fundort des erschossenen Wachhundes schwarz mit »Hund« markiert und eine gestrichelte rote Linie gezogen, um den Fluchtweg des bei der Schießerei verletzten Wärters kenntlich zu machen.

Zine und Nora sitzen auf harten Stühlen vor dem Podest, aufmerksam wie die zwei Streber von der ersten Bank.

»Ich habe mir stundenlang das Hirn zermartert und bin zu folgendem Ergebnis gelangt«, beginnt der Leutnant voller Eifer: »Kader Kacimi weiß, dass er kein Senator wird. Seine Import-Export-Gesellschaft steht kurz vor dem Bankrott. Er selbst ist am Rande des Nervenzusammenbruchs. Ökonomisch ruiniert und politisch im Aus, erfährt er jetzt auch noch, dass Joher, seine Frau, von Hamerlaine ›gedemütigt‹ worden ist. Da rastet er aus. Soll ich weitermachen oder aufhören?«

»Mach weiter«, bittet Nora ihn.

Guerd hält kurz inne, dann fährt er fort: »Kader kennt das Anwesen Nummer 32 gut. Er hat sich mehrfach dort aufgehalten. Er beschließt, dort zuzuschlagen. Er sucht nach der Schwachstelle, und die heißt Bob. Bob ist ein Typ mit nichts als Schmand im Hirn, der sich leicht beeinflussen lässt. Hat

Kader ihn gekauft oder ihm geschmeichelt? Tut hier nichts zur Sache. Ihr könnt mir folgen?«

»Wir folgen dir.«

»Kader entführt Nedjma im Einvernehmen mit Bob, um sie im Anwesen 32 auf dem Bett des Allmächtigen zu vergewaltigen, es ihm quasi Auge um Auge, Zahn um Zahn heimzuzahlen. Blöderweise macht die Kleine zwischen seinen Beinen die Fliege. Bob hilft ihm, die Leiche zu entsorgen. Als Kader erfährt, dass Bob sich durch seine DNA verraten hat, kriegt er die Panik. Er kehrt noch mal zum Anwesen 32 zurück, beseitigt den Hausdiener und den Techniker, beides Zeugen, die ihn denunzieren könnten. Noch immer im Einverständnis mit Bob. Dann passiert bei der Schießerei ein Missgeschick: Der Wärter, den man für tot hielt, ist verschwunden. Kader und Bob laufen los, ihn zu suchen, was erklärt, warum Bob sehr viel später getötet wurde. Erinnert euch, die Frau des Wärters sprach von zwei Teufeln, die mitten in der Nacht gekommen seien und ihre Hütte auf den Kopf gestellt hätten. Ich weiß nicht, ob die zwei Komplizen den Wärter erwischt haben. Sie kehren zur Villa zurück, dort entledigt Kader sich Bobs, fährt dann zum Flughafen und nimmt die erste Maschine nach Europa.«

Stolz auf seinen Vortrag, deponiert Guerd das Lineal auf dem Pult.

»Wenn ich dir recht folge«, fragt Nora, »hat Kader Bob getötet, nachdem sie gemeinsam versucht haben, den Wärter einzufangen?«

»Ja.«

»Die Blutspur des verletzten Wärters führt an den Strand. Ergo haben Kader und Bob an dieser Stelle zuerst suchen müssen. Dann haben sie beim Bauernhof gesucht. In dieser Nacht hat es geregnet. Der Schlamm rings ums Gehöft war dick. Aber Bobs Kleider und Schuhe wiesen keine einzige Schlammspur auf, da war noch nicht einmal ein Sandkorn.«

»Er hat sich sicher umgezogen, bevor er zu Bett gegangen ist.«

»Bob legt sich ins Bett, während unten im Salon zwei Leichen ihr Blut verströmen?«, wendet Zine skeptisch ein. »Nein, ganz so kann es sich nicht zugetragen haben.«

»Die Geschichte weist noch ein paar Leerstellen auf, aber ich schaffe es im Moment nicht, sie zu füllen«, gesteht Nora ein. »Sollte wirklich Kader der Killer sein? Möglich. Ist er in Nedjmas Entführung und ihren Tod verwickelt? Die Antwort ist Nein. Hamerlaine wusste ja selber nichts davon, dass er eine Tochter hat, wie sollte da Kader Kacimi etwas von der Enkeltochter wissen?«

»Ich bin derselben Meinung wie die Kommissarin«, erklärt Zine. »Die Sache mit Nedjma war vermutlich ein bloßer ›Fehlgriff‹. Bob schleppte seine Eroberungen ja oft in die Residenz ab. Er konnte nicht ahnen, dass Nedjma die Enkeltochter des Rboba war. Dann ist die schnelle Nummer aus dem Ruder gelaufen. Und ein Paranoiker wie Hamerlaine macht gleich ein Komplott gegen seine Person daraus, sprich gegen den ganzen Staat.«

»Wenn das so ist«, wendet Guerd ein, »warum hat Kacimi sich dann wenige Stunden nach dem Gemetzel ins Ausland abgesetzt?«

»Wer sagt dir denn, dass er das Land wirklich verlassen hat?«

»Sein Name steht auf der Passagierliste des Flugs AH 1515 …«

»In unserem Land, Leutnant«, sagt Nora, »kannst du doch einem Serienkiller eine weiße Weste besorgen. Du musst nur eine dicke Brieftasche haben …«

»Oder einen langen Arm, dann genügt schon ein Wort!«, setzt Zine noch einen drauf.

Da kommt Brigadier Tayeb zur Tür herein, schlampig gekleidet und erschöpft, aber von unermüdlichem Diensteifer. Über seiner Schulter baumelt eine schwarze Umhängetasche. Nachdem er die Kommissarin hackenschlagend begrüßt hat, holt er eine Canon EOS 5D aus seiner Tasche und schließt sie an ein Laufwerk an. Auf dem Großbildschirm defilieren die Fotos.

»Zehn Minuten, nachdem Sie weg waren«, berichtet der Brigadier, »hat Madame Kacimi ihre Wohnung verlassen, um in einen schwarzen Mercedes mit dem Kennzeichen 0009-111-16 zu steigen, der am Ende der Straße auf sie gewartet hat. Am Steuer saß ein nicht mehr ganz junger Mann. Wir haben den Mercedes bis Fort-de-l'Eau verfolgt.« Auf dem Monitor ziehen die Bilder der Verfolgungsjagd vorbei. »Madame Kacimi und der Mann« – Zoom auf den Mann, der aus dem Mercedes steigt – »sind kurz auf der Esplanade herumgeschlendert. Der Mann redete, und die Frau hat reglos zugehört. Zehn Minuten sind sie in Fort-de-l'Eau geblieben. Danach haben wir sie in einem Stau aus den Augen verloren.«

»Lass noch mal den Mann sehen«, bittet Guerd.

Der Brigadier betätigt mehrfach den Zoom und jagt ihn durch eine Reihe von Filtern, bis das Bild von akzeptabler Schärfe ist.

»Aber das ist doch der Typ vom Fahrstuhl!«, ruft Guerd. »Der, der uns in der Eingangshalle des Gebäudes, in dem Joher wohnt, über den Weg gelaufen ist.«

»Darauf habe ich gar nicht geachtet«, gesteht Zine. »Vielleicht ist er der Fahrer ihres Mannes, oder ein Freund.«

»Aber warum hat er am Ende der Straße auf sie gewartet?«, bemerkt der Brigadier. »Auf dem Parkplatz war reichlich Platz.«

»Madame Kacimi wollte bestimmt nicht mit ihm gesehen werden«, vermutet Zine. »Vielleicht war es ja auch ein Liebhaber.«

Stumm betrachtet Nora den Bildschirm, während sie an ihrer Unterlippe zerrt. Die drei anderen Polizisten schweigen in der Hoffnung, dass ihre Vorgesetzte etwas sagen möge, doch die reagiert nicht. Sie begnügt sich mit einem rätselhaften Nicken.

»Wird das Gehöft des Wärters noch immer überwacht?«, fragt sie gegen alle Erwartung.

»Natürlich«, erwidert der Brigadier. »Da es keine Bäume in der Umgebung gibt, um einen Wachtposten aufzustellen, haben wir zwei Beamte in einem leeren Stall in der Nähe des Gehöfts einquartiert. Bis zur Stunde hat man uns keine besonderen Vorkommnisse gemeldet. Die Frau des Wärters hat die Krankenstation eine Stunde nach ihrer Ankunft dort wieder verlassen. Sie ist auf direktem Weg nach Hause zurückgekehrt. Dreimal die Woche ist sie auf den Markt gegangen, zweimal war sie in der Apotheke. Sie hat keinen Besuch erhalten, seit wir sie unter Beobachtung haben.«

»Gut. Jetzt müssen wir noch den Mann auf diesen Fotos identifizieren.«

»Das übernehme ich, Frau Kommissarin«, schnarrt der Brigadier und schlägt in Habachtstellung die Hacken zusammen, was Guerd unwillkürlich ein Grinsen entlockt.

»Sie schon wieder!«, ruft Joher, als sie Nora mit ihrem Team auf dem Treppenabsatz sieht. »Haben Sie denn sonst nichts zu tun?«

»Doch, aber es gibt Prioritäten. Könnten wir bitte für zwei Minuten hereinkommen?«

Joher verdreht entnervt die Augen, dann tritt sie zur Seite, um die drei Polizisten durchzulassen.

»Sie haben wirklich ein Händchen, immer im falschen Moment zu erscheinen. Ich bereite mich gerade zum Ausgehen vor. Ich muss zu einer wichtigen Gala.«

»Wir werden Sie gern dort absetzen, wenn Sie das wünschen«, bietet Nora ihr an.

»Danke, an Chauffeuren mangelt es mir nicht.«

Joher ließe die Polizisten am liebsten in der Diele stehen. In einen Morgenmantel gehüllt, ums Haar ein Frotteetuch geschlungen, ist Madame soeben der Badewanne entstiegen. Ohne Schminke sieht ihr Gesicht zwar müder aus, hat sich aber Spuren einer kraftvollen Schönheit bewahrt, gegen die keine Rüdheit des Alters ankommt.

»Sie verreisen?«, fragt Nora und deutet mit dem Kinn auf zwei Koffer, die in der Diele unter einer Kommode liegen.

»Man kann nie wissen. Ich höre …?«

»Sie haben uns angelogen, Madame.«

»Im Ernst?«

»Wir haben Ihre Telefonverbindungen überprüfen lassen. Sie haben zehn Anrufe aus dem Inland und nicht einen aus dem Ausland erhalten.«

»Ja und?«

»Ihr Mann hat Sie nicht aus Europa angerufen.«

Joher stößt einen gewaltigen Seufzer aus, macht auf dem Absatz kehrt und schleppt sich in den Salon. Sie lässt sich mit solcher Mattigkeit in den Sessel fallen, dass ihr Morgenmantel im Schritt aufspringt. Mit verdrossener Geste bedeckt sie ihre Blöße. Ihre Wangen zucken krampfhaft, während ihre Augen sich mit Tränen füllen.

»Jemand hat mal gesagt: ›Wenn du in Algerien ein Problem hast, dann ist es *dein* Problem‹«, stöhnt sie. »Und ich habe ein Problem, ein gewaltiges Problem, und muss es ganz alleine lösen.«

»Wir sind von der Polizei. Wir können Ihnen helfen.«

Joher lacht kurz und gellend auf: »Die Polizei, dieser verkommene, vom Krebsgeschwür befallene Verein? In die habe ich kein Vertrauen. Ich versuche, das Leben meines Mannes zu retten. Und dabei kann ich nur auf mich selber zählen.«

»Ihr Mann steht unter mehrfachem Mordverdacht. Glauben Sie, das ist wirklich die beste Art, seinen Hals zu retten?«

»Mein Mann ist kein Mörder. Sie haben ja keine Ahnung, wohin Sie Ihre Füße setzen, Frau Kommissarin.«

»Berufsrisiko. Hat Ihr Mann Sie wirklich angerufen? Wenn nicht, wer hat Ihnen dann von den Vorkommnissen im Anwesen 32 erzählt? Kaum jemand ist eingeweiht. Nicht einmal die Presse weiß Bescheid.

»Ich weiß es eben, das ist alles.«

»Und Sie glauben, dass Ihr Mann noch lebt?«

Joher bleckt voller Entrüstung die Zähne und brüllt: »Verschwinden Sie aus meiner Wohnung!«

»Aber Madame«, antwortet Nora gelassen, »wenn Ihr Mann in Gefahr ist, dann helfen Sie uns doch, ihn aus seiner misslichen Lage zu befreien.«

»Missliche Lage? Das nennen Sie eine missliche Lage? Gehen Sie. Ich bin als Einzige in der Lage, ihn zu retten. Ich brauche keine fremde Hilfe.«

»Sie werden erpresst, nicht wahr?«

»Gehen Sie endlich, ich flehe Sie an. Sie reiten meinen Mann nur noch tiefer hinein.«

»Madame …«

»Hinaus!«, faucht Joher und richtet sich volle Rage auf. »Hinaus oder ich rufe den Minister!«

Nora schüttelt nur den Kopf. Nach einem letzten Blick auf die Lady verlässt sie die Wohnung, im Gefolge ihre beiden Mitstreiter.

30.

Dem Kriminaldirektor merkt man die gelöste Entspannung dessen an, der lange Zeit nur schwarzgesehen hat, bis er auf einmal merkt, dass der Orkan sich gelegt hat. Seit Beginn der Ermittlungen hatte er um seinen Posten gebangt. Jeder neue Bericht, den die Kommissarin ihm vorgelegt hat, hat neue Ängste geschürt. Seine Antidepressiva zeigten keine Wirkung mehr. Als jemand, der am liebsten eine ruhige Kugel schiebt, hatte er noch nie ausgeprägtes Interesse für die Einsätze der Polizei gezeigt. Vorfälle der Art, wie sie die Feuilletonspalten der Zeitungen füllen, waren ihm ein Graus. Ebenso lästig wie Telefonanrufe zur Siestazeit. Stand eine Razzia bevor, tauchte er systematisch ab. Und erst dann wieder auf, wenn die Operation erfolgreich abgeschlossen war. Dann war er der Erste, der die Hierarchie in Kenntnis setzte und den Einsatz derart detailreich beschrieb, als wäre er persönlich vorangestürmt. Aber wenn es schlecht lief, schob er die Schuld schnell den Kollegen vom Außendienst in die Stiefel und forderte lauthals exemplarische Sanktionen.

Der Mann, der Nora und ihre beiden Mitstreiter heute in seinem imposanten Büro im zweiten Stock des Präsidiums empfängt, ist ein völlig relaxter, heiterer Mensch. Für den besonderen Anlass hält er sogar Kaffee und tunesische Patisserien bereit. Die Kommissarin beschleicht angesichts dieser eher untypischen Gastlichkeit ein ungutes Gefühl. Und das breite Lächeln, das ihr Vorgesetzter zur Schau trägt, bestärkt sie noch in dieser Vorahnung.

»Gibt es eine Beförderung zu feiern, Chef?«, erkundigt sie sich.

»Viel besser«, schwärmt der Alte, »ich feiere das Ende der

Scherereien. Endlich werde ich nachts wieder ruhig schlafen können. Und Sie auch.«

»Ich habe keine Problem mit dem Einschlafen«, erwidert die Kommissarin.

Der Direktor schwebt schier über seinem Stuhl, gleichsam in Levitation, außerstande, sein Hochgefühl zu bezähmen. Er verkündet mit einer Stimme, die vor Emotion vibriert:

»Es ist endlich Schluss mit den Donnerwettern per Telefon! Sie haben uns den Fall weggenommen.«

Den drei Teamkollegen klappt der Unterkiefer herunter.

»Was??«, schreit Zine.

»Ist das nicht die beste Neuigkeit des Jahres? Sie lassen uns in Ruhe. Ist euch eigentlich klar, welche Zentnerlast sie uns da von den Schultern nehmen?«

»Warum nimmt man uns den Fall weg?«, fragt Nora, der die Enttäuschung ins Gesicht geschrieben steht.

Der Alte sieht seine drei Untergebenen der Reihe nach an, verwundert, dass sie allesamt finster dreinblicken.

»Ihr seht aus, als wärt ihr unzufrieden?«

»Für uns ist das kein Anlass zur Freude, Chef.«

»Für mich schon. Und wie. Ich war selten so zufrieden. Ihr als Untergebene, die ihr kaum über den Tellerrand blickt, ihr könnt euch gar nicht vorstellen, was es heißt, Hamerlaine am Hals zu haben. Jedes Mal, wenn er hier anrief, verflüssigten sich meine Eingeweide, als wär's geschmolzene Butter.«

»Die Ermittlungen sind noch nicht abgeschlossen, Chef«, erklärt ihm Guerd.

»Aber fortan sind andere dafür zuständig«, erwidert der Alte. »Darum kümmert sich ab jetzt die Spionageabwehr.«

»Aber das ist ein Kriminalfall.«

»Ab sofort nicht mehr. Jetzt ist es eine Staatsaffäre.«

»Ich glaub, ich spinne!« Wütend rauscht die Kommissarin aus dem Büro.

Noras Reaktion verblüfft ihren Chef: »Was hat sie denn? Was glaubt sie denn, wo sie ist?«

»In Algerien, Monsieur«, entgegnet ihm Zine, während er gleichfalls aufsteht. »Mit anderen Worten: überall und nirgendwo.«

Nora weiß nicht, wie sie sich wieder beruhigen soll. Sie läuft mit langen Schritten durch ihr Büro, baut sich vor dem Fenster auf, mit einem Brandsatz im Blick, als ob sie die ganze Stadt abfackeln wollte, dreht sich wieder um und tritt wütend in die Luft. Zine und Guerd sitzen sprachlos auf ihren Stühlen, der eine starrt unverwandt auf seine Schuhspitzen, der andere auf einen Riss in der Decke. Zum x-ten Mal klingelt das Telefon – vermutlich der Direktor, der sein Team beschwichtigen möchte, aber niemand hebt ab.

Da schiebt sich der Kopf von Brigadier Tayeb durch die Tür. Sein Enthusiasmus verfliegt im selben Moment, in dem er die niedergeschlagenen Mienen im Büro der Kommissarin erblickt.

»Was willst du?«, schnauzt Guerd ihn an.

»Es ist wegen dem Kerl im Mercedes, der gestern mit Madame Kacimi weggefahren ist. Wir haben ihn identifiziert. Er heißt Othmane Raoui, ist vorbestraft, heute im Import-Export tätig. Wohnt im Chalet 28 im Parc des Oeillets.«

»Im Chalet 28?«, macht Zine. »Wohnt da nicht der frühere Chef vom Sicherheitsdienst?«

»Er hat's vor zwei Jahren verkauft«, erklärt Guerd, der stets Wind von sämtlichen absonderlichen Transaktionen hat. »In welchem Verhältnis steht dieser Raoui denn zu Madame Joher Kacimi?«

»Keine Ahnung«, gesteht der Brigadier. »Und dann hab ich noch das hier«, setzt er hinzu und schwenkt eine Plastiktüte.

»Was ist denn das?«, fragt Nora.

»Blutbeschmierte Mullbinden. Die haben die Jungs, die die Boussadi-Farm beschatten, auf der Müllhalde in der Nähe des Gehöfts des verschwundenen Wärters gefunden. Seine Frau hat sie da reingeworfen.«

Nora reißt ihm die Tüte aus den Händen, öffnet sie auf ihrem Schreibtisch. Mit der Spitze eines Bleistifts zieht sie die Verbände heraus, die mit großen, eitrigen Flecken und Spuren von Jod bedeckt sind.

»Na, so was!«, ruft sie. »Los, Männer, auf geht's, an die Arbeit!«

»Und wohin?«, fragt Guerd.

»Zum Gehöft.«

»Aber man hat uns den Fall doch entzogen«, wagt der Leutnant sie zu erinnern.

»Das will ich erst mal schriftlich haben«, kontert Nora, während sie schon nach ihrer Jacke greift. »Das Wort eines alten Sackes reicht mir nicht.«

Die Frau des verschwundenen Wärters will wieder ihre Nummer von der verbitterten, verlassenen Ehefrau, die nichts weiß und niemanden fürchtet, abziehen. Doch als Nora ihr die blutbesudelten Mullbinden zeigt, schluckt sie ihre Schreie hinunter, erstarrt mitten in der Bewegung und wäre fast hintenüber gefallen.

»Sie selbst haben dieses Verbandsmaterial auf die Müllhalde nebenan geworfen«, treibt die Kommissarin sie in die

Enge. »Versuchen Sie erst gar nicht, das zu leugnen. Ihr Haus wird Tag und Nacht überwacht. Wenn Sie uns weiter anlügen, bekommen Sie große Probleme mit der Justiz. Bitte verstehen Sie, dass wir da sind, um Ihnen zu helfen. Wir haben den Beweis, dass sich in diesem Haus ein Verwundeter versteckt. Dieser Verwundete ist ihr Ehemann. Dem Aussehen der Mullbinden nach zu schließen, geht's ihm nicht gut, und das bisschen Pflege, die er hier bekommt, macht es auch nicht gerade besser. Ich verspreche Ihnen, ich werde mich persönlich um ihn kümmern. Ich bringe ihn ins Krankenhaus und lasse Wachposten vor seiner Tür aufstellen, damit niemand in sein Zimmer eindringt.«

Die Ehefrau mustert die drei Polizeibeamten, die sie umringen. Man spürt förmlich, wie sie innerlich gegen tausend Befürchtungen ankämpft und sich zu keinem Entschluss durchringen kann. Nora legt ihr aufmunternd eine Hand auf die Schulter.

»Ich werde Sie alle beide beschützen.«

Die Frau zaudert noch immer, schlägt sich dann auf ihre Schenkel und stöhnt: »Wie auch immer, es geht ihm jedenfalls sehr schlecht. Wenn er nicht behandelt wird, dann wird er nicht überleben.«

Das Versteck befindet sich in einem karg möblierten Raum am Ende des Flurs hinter einem Kamin, der noch aus der Kolonialzeit stammt und dessen Rückwand man mühelos zur Seite schieben kann. Zine räumt die Öffnung frei. Ein schmaler Durchgang führt zu einer Art unterirdischem Verlies. Man gelangt nur auf allen vieren hinein; aber wenn man einmal drinnen ist, kann man zu mehreren dort stehen. Es ist ein altes Versteck, das während des Algerischen Befreiungskriegs zahllosen Widerstandskämpfern als Unterschlupf diente und in den 1990er Jahren während des Kriegs gegen die GIA, die Bewaffneten Islamischen Truppen, einen Haufen Terroristen aufnahm. Guerd schlüpft als Erster hindurch, gefolgt von Nora und Zine. An einem Querbalken hängt eine brennende Laterne, und auf einer zerrupften Strohmatte liegt ein knochiges Gespenst: Ammi Messaoud, der Wärter. Er trägt einen groben Verband um die Brust. Im schwächlichen Licht der Petroleumlampe wirkt sein Gesicht schon wie tot. Er bewegt sich schwach, beunruhigt durch die Geräusche im Raum. Seine Frau kniet sich neben ihn hin, nimmt seine Hand und presst sie an ihr Herz.

»Es ist die Polizei, Messaoud. Du bist gerettet.«

»Guten Tag, Monsieur. Ich bin Kommissarin Nora. Wir sind uns schon einmal begegnet …«

»Ich erkenne Sie wieder, Madame«, krächzt er. »Ich schwöre, ich habe mir nichts zuschulden kommen lassen. Ich begreife nicht, warum Monsieur Baz auf mich geschossen hat. Ich habe es ihm gegenüber nie an Respekt fehlen lassen und ihm immer gehorcht. Warum hat er auf mich geschossen?«

Nora ist wie vom Donner gerührt. Hat der Greis Fieberfantasien?

»Sind Sie sicher, dass es Baz war, der Sie angegriffen hat?«, hakt sie nach, um sich zu vergewissern, dass sie sich auch nicht verhört hat.

»Und ob! Ich dachte, er wollte mir Anweisungen geben. Aber nein, er hat eine Pistole gezogen und mir eine Kugel in die Achsel geschossen. Zum Glück ist die Kugel hinten wieder herausgekommen. Ich frage mich bloß, was ich verbrochen habe, dass ich den Tod verdiene. Monsieur Baz war immer sehr freundlich zu mir. Hat mich jemand bei ihm angeschwärzt? Was mag man ihm bloß erzählt haben, dass er mich bis nach Hause verfolgt, um mir den Rest zu geben? Ich habe neulich in der Nacht seine Stimme erkannt, während er meine Frau mit Beleidigungen und Flüchen überhäufte.«

»Bitte beruhigen Sie sich. Wir werden einen Krankenwagen rufen, der Sie an einen sicheren Ort bringt, wo man Sie medizinisch behandeln wird.«

»Ich habe nie auch nur das Geringste aus dem Anwesen gestohlen.«

»Sie haben jetzt nichts mehr zu befürchten. Erzählen Sie mal, was in dieser Nacht passiert ist.«

»Nichts. Es ist nichts passiert. Erst ist Monsieur Kacimi angekommen, dann ist er mit Bob wieder davongefahren. Dann ist Monsieur Baz gekommen und hat einfach so auf mich geschossen.«

»Und was war mit den drei anderen Hausangestellten?«

»Was soll mit denen sein?«

»Erst hat man den Hausdiener und den Techniker getötet, dann wurde Bob ermordet.«

»Man hat Mabrouk getötet? Warum denn das? Das war ein prima Kerl, und immer so liebenswürdig.«

Nora lässt ihn erst einmal zu Kräften kommen. Das Reden hat den alten Mann sehr angestrengt. Zine holt sein Funkgerät hervor und bestellt einen Krankenwagen.

»Es wird schon alles gut«, tröstet Nora den Alten.

»Aber warum hat er nur auf mich geschossen?«, stöhnt der Wärter. »Seit Tagen stelle ich mir dieselbe Frage und kann einfach keine Antwort finden.«

»Wir werden eine finden«, verspricht Nora ihm. »Waren Sie in der Nacht des 23. Dezember im Anwesen?«

»Ich bin immer dort, Madame.«

»Vor einem knappen Monat hat Bob ein junges Mädchen in die Villa mitgebracht.«

»Bob bringt fast jede Nacht ein Mädchen mit, aber der 23. Dezember war der Geburtstag von Hadsch Hamerlaine. Da war die Villa voller Gäste. Wir wussten schon gar nicht mehr, wohin mit all den Autos.«

Nora runzelt die Stirn: »Hamerlaine war auch da?«

»Es war doch seine Geburtstagsfeier. Hadsch Hamerlaine feiert seinen Geburtstag jedes Jahr in der Residenz. Es gab Livemusik und viele Buffets. Die Gäste haben sich bestens amüsiert. Und gegen Mitternacht sind sie dann alle wieder aufgebrochen, weil der Chef müde war.«

»Ist Hamerlaine auch aufgebrochen?«

»Ich habe ihn nicht gesehen. Ich bin den ganzen Abend auf meinem Posten geblieben.«

»Und das junge Mädchen? War sie unter den Geburtstagsgästen?«

»Welches junge Mädchen? Es waren ja so viele da, aber sie sind alle wieder nach Hause gefahren.«

»Bob hat in dieser Nacht ein junges Mädchen ins Haus gebracht.«

»Ja, aber erst viel später, als die Schickeria längst wieder weg war. Bob würde es niemals wagen, ein Mädchen in die Residenz mitzubringen, wenn der Boss da ist.«

»Vielleicht war er aber ja noch da?«

»Das kann ich Ihnen nicht sagen. Ich frage mich noch immer, warum Baz es auf mich abgesehen hat«, fällt er zurück ins Delirium. »Ich war doch immer gehorsam, immer korrekt.«

Nora versucht, das Gespräch auf die Nacht des 23. Dezember zurückzubringen, aber der fieberglühende Greis fantasiert weiter vor sich hin.

»Was wird hier gespielt?« Brüllend kommt der Kriminaldirektor ins Büro der Kommissarin gestürmt.

»Wir gehen in die Verlängerung, Chef«, entgegnet Nora. »Das Match ist noch nicht vorbei. Wir haben einen Kronzeugen. Den Wärter des Anwesens Nummer 32. Er ist verletzt, aber seine Chancen, durchzukommen, stehen gut.«

»Du Vollidiotin. Willst du unsere Karriere knicken oder was? Hier geht's um Hamerlaine, verdammt noch mal!«

»Das Gesetz gilt für alle Welt.«

»Hamerlaine ist eine Welt für sich.«

»Mir macht er keine Angst.«

»Wenn es dir gefällt … Nur dass du nicht allein in dieser Geschichte steckst. Da gibt es noch mich, den Präfekten, den Chef des Sicherheitsdienstes, den …«

»Das ist *mein* Fall, und ich werde ihn auch zu Ende bringen.«

Der Direktor sieht jetzt aus, als hätte ihm jemand den Todesstoß versetzt. Mit seinen geblähten Nüstern wirkt er wie der Stier in der Arena, wenn der kurz davor ist, seine Seele auszuhauchen.

»Der Fall geht uns nichts mehr an. Ich habe mich gestern doch sehr deutlich ausgedrückt.«

»Sie sind nicht der Sicherheitsschef.«

»Ich bin dein direkter Vorgesetzter.«

»Der Fall übersteigt Ihre Befugnisse, Herr Vorgesetzter. Hier geht's nicht um einen banalen Verkehrsunfall, sondern um ein Massaker: drei Tote, ein Verletzter, zwei Verschwundene. Baz hat seit einigen Tagen auch kein Lebenszeichen mehr von sich gegeben …«

»Das reicht!«, röhrt der Alte. »Weißt du, wie man dein Verhalten nennt? In-sub-or-di-na-ti-on! Der Disziplinarrat wird dich zur Brust nehmen, ich warne dich. Fürs Erste untersage ich dir, das Präsidium ohne meine ausdrückliche Genehmigung zu verlassen! Und wenn die Bürozeit um ist, hast du bis auf Weiteres Hausarrest bei dir daheim.«

»Ich will eine schriftliche Anweisung, unterzeichnet vom Sicherheitsschef.«

»Hältst du mich für eine Marionette?«

»Nur für das, was Sie sind, Herr Vorgesetzter: ein Lakai, der den Kopf verliert, sobald sein Herr und Meister sich auch nur räuspert.«

Der Alte beugt sich mit der vollen Wucht seines Gewichts über den Schreibtisch – ein Mehlsack voller Lärm und Wut.

»Ein Lakai? Ich ein Lakai? Na schön, dann werde ich dir mal zeigen, aus welchem Holz ein Lakai geschnitzt ist, du kleines verklemmtes Luder. Ich lass dich Disteln fressen und die Straßen hoch und runter laufen, bis deine Stöckelabsätze dir zu den Waden rauskommen.«

»Dann müssen Sie sich aber beeilen, Chef. Denn ich werde der Presse was flüstern. Ich werde denen stecken, wer in der Polizei das Sagen hat, und warum so viele Fälle ungelöst bleiben und so viele Verbrechen ungestraft.«

»Soll das eine Drohung sein?«

»Eine Ankündigung, und egal, ob Bulle oder Nutte, ich halte immer Wort.«

Der Direktor fegt mit dem Arm sämtliche Papiere von Noras Schreibtisch und dampft ab, um draußen auf dem Flur weiterzutoben – ein entfesselter Tornado von ungeheurer Zerstörungskraft.

Am folgenden Tag findet Othmane Raoui einen Umschlag unter seiner Tür im Chalet 28. Darin zwei großformatige Fotos. Das eine zeigt Kommissarin Nora in ihrer Ausgehuniform, das andere Sonia an einer Bar.

Auf der Karteikarte, die den Fotos beigelegt ist, hat eine wissende Hand Folgendes notiert:

»Die Brünette ist Polizistin im Zentralkommissariat von Algier. Die Blonde Stammkundin im Mimosa. Sie haben was miteinander, und das wollen wir sehen. Eile geboten!«

Othmane gießt sich zunächst etwas zu trinken ein, dann nimmt er sich den Umschlag vor und studiert eingehend die beiden Fotos.

31.

Seit über zwei Stunden dümpelt Sonia jetzt schon an der Bar des Hotels Mimosa herum. Sie trommelt mit dem Finger auf den Tresen, ein Auge auf ihre Armbanduhr gerichtet, das andere auf die Glastür, die zur Eingangshalle führt. Der Barkeeper hat ihr einen Drink angeboten, um ihre Anspannung zu lockern, aber sie hat abgelehnt.

Plaudernd sitzen hier und da ein paar Gäste herum, Männer mit dicken Zigarren, deren Jacketts über kolossalen Schmerbäuchen auseinanderklaffen, und Glatzen, die so blankpoliert wie Flusskiesel sind – und ebenso intransparent. Sie reden über Geschäfte und Allianzen, über Projekte, die von vornherein zum Scheitern verurteilt sind und über künftige Mauscheleien. Und sie lachen und rülpsen wie vollgefressene Menschenfresser. Einer von ihnen, der Hässlichste und folglich Dreisteste von allen, hat Sonia lange angestarrt, sie dann angesprochen und an seinen Tisch eingeladen – aber sie hat ihn schroff abblitzen lassen.

Wenn Sonia auf Entzug ist, ist sie genauso blind für die Risiken, die sie eingeht, wie für die Gelegenheiten, die sie versäumt. Sie hat nur Augen für die Zeiger ihrer Uhr und für die Hotellobby. Jede Minute, die verrinnt, rinnt ihr eiskalt den Rücken herunter. Sonia erwartet ihren Drogendealer mit derselben Inbrunst wie eine Betende die Erscheinung der Heiligen Jungfrau.

Aber der Dealer lässt auf sich warten. Er hätte um 10 Uhr da sein sollen, nur dass er weder den Tag noch den Monat genannt hat. Das gehört zur Kultur dieses Landes. Man ist nie zur rechten Zeit am rechten Ort. Wenn man irgendwo anruft, hebt kein Mensch ab. Man kann läuten lassen, bis der Akku leer ist – es antwortet noch nicht einmal eine Sprachbox.

Sonia rutscht seufzend auf ihrem Barhocker hin und her, kratzt sich an der Schläfe, knabbert an ihren Fingernägeln. Eigentlich brennt sie darauf, an einem Drink zu nippen, aber sie ist völlig pleite. Bis auf ihren Lippenstift und einen zahnlosen Kamm, ein paar Tempos, Haustürschlüssel und Handy ist Sonias Handtasche so leer, dass es jeden Dieb entmutigen würde.

Sie holt ihr Handy hervor, lässt es endlos läuten, umsonst.

»Strengen Sie sich nicht an, Mademoiselle«, erklärt ihr der Barkeeper, »iPhone und Co. funktionieren bei uns nicht. Das Einzige, was in Algerien wirklich funktioniert, ist der Buschfunk – das *téléphone arabe.*«

Er bietet ihr zum zweiten Mal einen Drink an: »Geht auf meine Rechnung.«

»Ich will das nicht. Hab ich dir schon gesagt.«

»Stellen Sie sich doch nicht so an. Ich stehe jetzt seit zehn Jahren an der Bar und merke genau, wann ein Gast Durst hat, und vor allem, wenn er völlig down ist.«

»Ich will kein Mitleid!«, knirscht Sonia, der die Ungeniertheit des jungen Mannes auf die Nerven geht.

»Das ist kein Mitleid, das ist Solidarität. Jeder hat mal 'ne schlechte Phase. Ob steinreich oder abgebrannt, spielt keine Rolle, irgendwann braucht jeder mal 'ne helfende Hand.«

»Ich brauche gar nichts. Ich will bloß in Ruhe gelassen werden, basta.«

»Hey, zwischen uns ist der Tresen, Mademoiselle. Ich bedränge Sie doch nicht. Ich will Ihnen nur helfen durchzuhalten. Seit vorhin sind Sie total gestresst. Wenn Sie so weitermachen, riskieren Sie noch einen Schlaganfall.«

Sonia fixiert das Glas. Vom netten Lächeln des Barkeepers ermuntert, akzeptiert sie zuletzt sein Angebot und hat im Handumdrehen einen tüchtigen Schluck durch ihre Gurgel gejagt.

»So ist's gut«, sagt der Barkeeper. »Man muss sich nicht verrückt machen. Man sollte das Leben nicht so ernst nehmen.«

»Aber leicht ist es auch nicht«, erklärt Sonia.

»Alles hängt davon ab, wie man die Dinge sieht. Ich sage mir immer, dass letztlich nichts der Mühe wert ist. Man muss die Dinge nehmen, wie sie kommen, fertig. Es bringt nichts, sich das Leben unnötig schwer zu machen. Jeder Tag ist jungfräulich. Weiß wie Schnee bricht er morgens an, und abends ist er schwarz von unserem ganzen Elend. Egal, ob man es mehr mit dem Beten oder dem Saufen hält, am nächsten Tag gewinnt die Misere doch wieder die Oberhand.«

»Du willst mich wohl einwickeln mit deinen angelesenen Theorien, junger Mann?«

»Ich bin Dichter, Mademoiselle.«

»Sonst noch was! Solche Ergüsse bekomme ich oft serviert, um mich einzulullen. Es scheint, dass das Stil hat und gut bei verklemmten falschen Blondinen ankommt. Aber von der Art bin ich nicht. Ein Buch hatte ich noch nie in der Hand! Ich hab einen Horror vor diesen Milchgesichtern, die einen auf kultiviert machen. Und glaub mir, damit machst du mich schneller kirre als mit dem Drink, den du mir spendiert hast …«

»Schade …«, seufzt der Barkeeper und macht sich wieder an die Arbeit.

Ein rundlicher junger Mann taucht hinter der Glastür auf: der Dealer. Er wirft einen raschen Blick zur Bar, dann steuert er zielstrebig die Toiletten am gegenüberliegenden Ende der Halle an. Sonia klemmt sich ihr Täschchen unter den Arm und läuft ihm nach.

»Hattest du eine Panne?«

Der junge Mann wirft einen Kontrollblick hinter sämtliche WC-Türen, zieht dann eine kleine Tüte hervor: »Stoff erster Güte, mein Süße. Du wirst auf Wolke sieben schweben. Gib mir die Knete und verschwinde. Ich hab's eilig.«

»Ich zahle wie üblich.«

»Diesmal nicht, Puppe. Ich habe kein Kondom dabei. Die Knete, aber dalli.«

»Kriegst du morgen.«

»Was morgen ist, weiß niemand. Geld auf die Kralle, oder ich bin weg.«

»Bitte, Toufik! Ich war doch immer korrekt zu dir. Ich brauche meine Dosis, sonst bin ich alle.« Sie gleitet vor ihm auf die Knie. »Ich verspreche dir …«

»Steh auf, verdammt. Ich hasse es, wenn man sich mir zu Füßen wirft. Ich steh dann so blöd in der Landschaft herum wie ein heiliger Baum. Steh auf, sag ich dir … Morgen, aber dann wirklich …«

»Morgen, ich schwör's dir«, entgegnet Sonia hektisch und mit bebender Stimme.

Der Dealer reicht ihr das Tütchen, das im Nu in ihrer Handtasche verschwindet. »Was treibt ihr da drin?«, donnert ein Gorilla im schwarzen Anzug und mit Headset am Ohr.

Der Dealer drückt sich eilig am Security-Mann vorbei. Der macht keine Anstalten, ihn festzuhalten, sondern wendet sich dem Mädchen zu, das fassungslos an einem der Pissoirs lehnt.

»Sie haben wohl das Hinweisschild an der Tür übersehen, Madame. Das hier ist ein Herren-WC. Das ist selbst für Analphabeten unübersehbar. «

»Ich hab das Schild ehrlich nicht gesehen.«

»Madame, Sie sind hier in einem Luxushotel, nicht im Stundenhotel.«

»Ich habe nichts Schlimmes gemacht.«

»Sie sind doch auf Freierfang.«

»Aber ganz und gar nicht. Ich wollte mich nur eben etwas frisch machen … Der Direktor ist ein Freund«, sagt Sonia auf gut Glück. »Frag doch Brahim. Der kennt mich.«

»Brahim sitzt im Kittchen. Die Belegschaft und die Geschäftsführung wurden ausgewechselt. Mit dem alten Trott ist es vorbei.«

Er drückt sie gegen die Wand, macht sie mit einem Arm bewegungsunfähig, filzt mit der anderen Hand ihre Tasche und entdeckt das kleine weiße Tütchen.

»Nichts Schlimmes?«, grunzt er. »Koks! Das gibt locker zehn Jahre, Madame.«

Sonia versucht, zu verhandeln. Aber der Wachmann lässt nicht mit sich reden. Er dreht ihr den Arm auf den Rücken und führt sie ohne Wenn und Aber ab. In ein Büro im ersten Stock, wo ein langer Kerl hinter einem Schreibtisch sitzt und so tut, als würde er Akten wälzen. Er blickt auf: es ist Othmane Raoui.

»Die Frau hier hab ich auf dem Herren-WC überrascht, Chef«, erklärt der Wachmann in martialischem Ton. »Und das habe ich in ihrer Handtasche gefunden«, fügt er hinzu und legt das Tütchen auf den Tisch.

Othmane Raoui schickt den Wachmann davon und mustert Sonia mit seinem Raubtierlächeln. Er hüllt sich in nervtötendes Schweigen, solange, bis er merkt, dass sie gleich zusammenklappt. Erst dann bietet er ihr einen Stuhl an.

»Die Dinge hier im Hotel haben sich grundlegend geändert, Mademoiselle. Es wurde hart durchgegriffen, um den Ruf des Etablissements und seiner Gäste wieder herzustellen. Wir haben schon jede Menge Betrüger hinter Gitter gebracht und werden diesen Kurs auch beibehalten. Es tut mir leid, aber die Toleranzschwelle liegt bei null. Das ist die einzige Möglichkeit, den Laden wieder clean zu bekommen.« Er greift zum Telefon. »Ich rufe jetzt den Staatsanwalt an. Sie werden noch heute dem Untersuchungsrichter vorgeführt.«

»Könnte man sich nicht irgendwie verständigen?«, flötet Sonia. »Der alte Direktor …«

»Der sitzt im Gefängnis«, fällt Othmane ihr ins Wort. »Weil er sich ein bisschen schnell mit jedermann verständigt hat.« Unvermittelt legt er den Hörer wieder auf. »Es kommt mir so vor, als würde ich Sie irgendwoher kennen.«

Sonia glaubt, ihr biete sich die Chance ihres Lebens: »Gut möglich.«

Othmane umfasst sein Kinn mit Daumen und Zeigefinger und denkt nach: »Wo haben wir uns denn schon gesehen?«

»Vielleicht auf einer Charity Gala?«

»Zu so etwas gehe ich nie.«

Sonia knöpft ihre Bluse auf und beginnt, ihre Verführungskünste spielen zu lassen.

»Nicht nötig«, bremst Othmane sie. »Ich bin mehr als einen Quickie wert …« Plötzlich schnellt sein Finger zu ihr vor. »Warten Sie, sind Sie nicht die kleine Freundin von Kommissarin Nora?«

Sonia wird bleich.

Othmane tut so, als müsste er umständlich in seinem Gedächtnis kramen. In Wahrheit war das ganze Täuschungsmanöver seine Idee. Er arbeitet zwar nicht im Hotel, aber er hat hier gute Bekannte. Seit vier Tagen stellt er Sonia schon nach, um die Falle über ihr zuschnappen zu lassen.

»Ich glaube, da ist mir der Untersuchungsrichter doch lieber«, bekennt Sonia. »In letzter Zeit speit Nora Feuer.«

»Keine Sorge, ich werde Nora damit nicht behelligen … Stimmt es denn, was man so erzählt?«

»Was erzählt man denn so?«

»Dass Sie miteinander schlafen.«

»Na und? Spionieren Sie uns nach?«

»Sagen wir mal, wir interessieren uns für die Kommissarin.«

»Sie ist die Lesbe, nicht ich.«

»Dann könnten wir uns vielleicht doch verständigen.«

»Das kommt auf Sie an.«

Othmane zieht aus einer Schublade einen Lederbeutel hervor, öffnet ihn auf dem Schreibtisch. Sonia stockt der Atem angesichts der Menge brandneuer Geldbündel.

»Was Sie hier sehen, sind fünfzigtausend Euro. Sie gehören Ihnen!«

Sonia macht Stielaugen. Eine solche Summe hat sie im Leben noch nie gesehen, dazu in Euros, am liebsten würde sie sich kneifen. Ihre Miene ist zum Zerreißen gespannt – sie glaubt, eine Fata Morgana vor sich zu sehen.

Othmane schiebt den Lederbeutel langsam mit den Fingerspitzen zu der jungen Frau hinüber: »Glauben Sie, Sie könnten sich das verdienen?«

»Das kommt darauf an, was Sie von mir verlangen, Herr Direktor. Aber dafür wachse ich über mich hinaus.«

Othmane steckt sich eine Zigarre an und bläst den Rauch durch die Nasenlöcher, ohne ein Auge von der Frau zu lassen. An der Art, wie sie ihn ansieht, merkt er, dass er den Hebel an der richtigen Stelle angesetzt hat.

»Wir haben ein Immobilienprojekt, das uns sehr am Herzen liegt«, erklärt er ihr. »Zur Zeit stagniert es, weil die Kommissarin uns ständig Knüppel zwischen die Beine wirft.«

Sonias Geldgier saugt diese Information dankbar auf: »Sie ist so ein Sturkopf«, entgegnet sie bitter. »Sie glaubt noch an die Hölle und ans Paradies. Wenn es um ihre Arbeit geht, kennt sie nichts. Sie hätte mich einmal fast gelyncht, als ich sie gebeten hatte, den Strafzettel gegen einen Nachbarn wieder aufzuheben.«

»Wir wollen sie auch gar nicht bestechen. Wir haben das einmal versucht, und es ist schiefgegangen. Wir wollen nur, dass sie uns vergisst. Wegen ihr haben wir unseren Terminplan überzogen, und unsere Gläubiger sehen langsam rot.«

Sonia zerbricht sich den Kopf, während ihr angesichts der vor ihren Augen ausgebreiteten Geldbündel schon das Wasser im Mund zusammenläuft.

»Manchmal bringt sie Dokumente nach Hause mit«, schlägt sie vor. »Die könnte ich Ihnen fotokopieren … Ich könnte Ihnen sogar die Originale besorgen. Diese Frau geht mir sowieso auf den Geist. Sie sperrt mich ein, weil ich nicht weiß, wohin ich gehen könnte, und weil ich chronisch blank bin.«

»Dokumente interessieren uns nicht.«

»Dann wüsste ich nicht, wie ich Ihnen helfen könnte.«

»Da gibt es schon noch Möglichkeiten. Sie schlafen doch miteinander, oder nicht?«

»Ja schon.«

Othmane schiebt die Lederbörse ein paar Zentimeter weiter vor.

»Die Polizei wäre nicht sonderlich stolz, wenn sie davon erführe.«

Sonia lässt ihre Finger zu dem Batzen Geld hingleiten; Othmane kommt ihr zuvor und zieht den Beutel rasch wieder zurück.

»Wollen Sie, dass ich gegen sie aussage?«

»So weit wollen wir nicht gehen. Wir wollen sie nur ein kleines bisschen motivieren, sich nachgiebig zu zeigen. Wenn sie erführe, dass wir wissen, dass sie mit Ihnen schläft, wäre sie sicher bereit, von uns abzulassen. Denn wegen ihr ist unser Bauvorhaben blockiert.«

»Ich sage Ihnen doch, ich kann gegen sie aussagen«, wiederholt Sonia.

»Dann stünde Ihr Wort gegen das der Kommissarin, und natürlich würde die Polizei lieber ihr glauben, um einen Skandal zu vermeiden. Nein, was wir brauchen, sind Beweise.«

Sonia fängt an, schneller nachzudenken, aber der Anblick des vielen Geldes verwirrt sie.

»Sie wollen uns also in flagranti ertappen? Einverstanden. Ich werde die Tür offen lassen, und wenn ich Ihnen ein Signal gebe, kommen Sie herein und fotografieren uns.«

»Viel zu riskant. Das funktioniert nur in schlechten Filmen so.«

»Dann sagen Sie mir, was ich tun soll. Ich bin mit allem einverstanden.«

»Sich selber filmen, während Sie miteinander intim sind.«

Sonia fährt hoch.

»Es ist weder für YouTube noch für die Presse«, beruhigt der lange Kerl sie. »Nur für unseren ganz privaten Gebrauch. Außerdem ist uns nicht daran gelegen, dass irgendwer mitbekommt, dass wir eine Polizeibeamtin erpressen. Dabei könnten wir mehr verlieren als gewinnen. Sobald der Baustopp aufgehoben ist, werden wir das Video löschen, das verspreche ich Ihnen. Damit ist die Geschichte dann vergessen.«

»Und was wird aus mir? Glauben Sie vielleicht, sie wird mir Beifall klatschen?«

»Wir werden Sie nicht fallen lassen. Wir besorgen Ihnen ein Visum fürs Ausland und eine Anstellung in einem unserer internationalen Konzerne, wenn Sie wollen.«

»Das würden Sie für mich tun?«

»Ich schwör's Ihnen.«

Sonia schickt sich an, den Lederbeutel zu sich herüberzuziehen, aber Othmane stoppt sie mit einer Handbewegung.

»Nicht so schnell. Sind Sie dabei?«

»Und ob! Ich bin zu allem bereit, um aus diesem Land wegzukommen.«

»Sehr gut. Sie bekommen das Geld bei Übergabe des Videos. Haben Sie einen Pass? Bringen Sie ihn mir morgen vorbei. Nicht hier, sondern an einem Ort, den ich Ihnen noch nennen werde. Ich werde Ihnen auch ein Telefon besorgen, das abhörsicher ist … Sie geben mir Bescheid, wenn Sie so weit sind. Dann kommt so bald wie möglich jemand vorbei, um in Ihrem Schlafzimmer ultramoderne Kameras zu installieren.«

»Kann ich wenigstens die Hälfte des Geldes jetzt schon haben?«

»In unserem Beruf gibt es nichts ohne Gegenleistung. Man kann nie wissen, vielleicht ändern Sie ja in letzter Minute Ihre Meinung.«

»Ich und meine Meinung ändern? Sie haben keine Ahnung, wie weit ich gehen würde, um ein anderes Leben zu haben!«, ruft Sonia … Und ihre Augen sind größer als ihr Bauch, größer als die Erde und größer als alles, was darauf wächst und gedeiht.

32.

Das Polizeipräsidium wirkt wie ein Geisterhaus. Schritte hallen auf den Korridoren, Türen quietschen, Schatten drücken sich an den Wänden entlang, aber nirgends ein Lachen oder das Echo einer Stimme.

Die Boten erscheinen grußlos in den Büros, legen stumm die Post auf den Tisch und verschwinden ohne einen Blick, ohne ein Wort.

Die Normalbürger, die sich an den Schaltern im Parterre drängen, versuchen, von der unnahbaren Miene der Beamten verschreckt, alle Formalitäten möglichst schnell hinter sich zu bringen. Die Aschenbecher quellen über vor Kippen und die Kaffeetassen sind leer. In sämtlichen Etagen ist die Atmosphäre vergiftet.

Alle wissen sie Bescheid über den Krach zwischen dem Direktor und der Kommissarin.

Wenn der Chef auf jemanden sauer ist, dann darf das gesamte Personal es ausbaden. In den ersten Tagen hagelte es wegen jeder Kleinigkeit Sanktionen, Urlaubsanträge wurden ohne Begründung abgelehnt und wehe, wenn einer es sich einfallen ließ, aufzubegehren. Mit der Zeit wich die übersteigerte Amtswillkür einer lähmenden Vergrämtheit, und eine ansteckende Befangenheit erstickte die letzten Scherze im Keim, die das bedrückende Klima anfangs noch aufgelockert hatten. Seit zehn Tagen wagt sich niemand mehr in Noras Nähe, um den Chef nicht zu verärgern, und diese aufgezwungene Quarantäne belastet das gesamte Betriebsklima.

Zine hat sich wieder in sein enges Kabuff verdrückt, zu seiner Thermoskanne und dem Nelson-Mandela-Porträt an der Wand. Morgens kommt er mit kürbisschwerem Kopf zur Arbeit, zeichnet innerhalb weniger Minuten die Präsenzregister ab und dreht für den Rest des Tages Däumchen. In der Kantine, in der nichts als das Geklapper der Gabeln zu hören ist, hat man das Gefühl, seine Zeit zu verlieren. Bei Dienstschluss schleichen sich die Beamten wie Deserteure aus ihren Büros, auf Zehenspitzen und ohne einander noch einen schönen Abend zu wünschen.

Zine geht immer als Letzter. Er bleibt noch eine Weile in der Halle neben den Schaltern stehen und tut so, als sähe er noch einmal alle Register durch. Tatsächlich hofft er, dass ihm dort Nora über den Weg läuft, um ihr wenigstens Hallo zu sagen und zu zeigen, dass er auf ihrer Seite ist. Aber die Kommissarin ist nirgends zu sehen. Sie schließt sich in ihrem Büro ein und dann, ohne dass man wüsste wie, ist sie plötzlich nicht mehr da.

Zehn Tage geht das jetzt schon so, und der Inspektor kann langsam nicht mehr. Wenn ihm dämmert, dass er wieder vergeblich wartet, klettert er in seinen Peugeot, braust zu Mounir, holt sich seine Ration Cannabis ab und fährt nach Hause. Er duscht, schlüpft in seinen Trainingsanzug in den Farben des Mouloudia, legt eine CD von Mohamed Rouane auf, macht es sich in seinem alten, durchgesessenen Sessel bequem und gibt sich den betäubenden Schwaden seines Joints hin. Er sieht noch nicht einmal mehr fern.

Eines Donnerstagsabends vibriert sein Telefon. Auf dem Display steht *»Ich bin vor Notre-Dame. Wenn du nichts Besseres zu tun hast … Nora.«*

Zine zieht sich schnell an und schlägt die Straße ein, die auf die Anhöhen von Algier führt. In den steilen Straßen von Saint-Eugène herrscht ein geradezu anarchistisches Verkehrschaos. Zine braucht eine Dreiviertelstunde, bis er sich zu Notre-Dame d'Afrique durchgekämpft hat. Eine kleine Gruppe Touristen läuft mit umgehängtem Fotoapparat um die Basilika. Ein paar Jungs spielen auf einem freien Platz auf dem Felsvorsprung Fußball. Noras Wagen steht etwas abseits, mit der Motorhaube gegen eine Mauer geparkt. Zine hält rechts neben ihr und geht zur Kommissarin hinüber, die sich über den Beifahrersitz beugt, um ihm den Wagenschlag zu öffnen.

»Hab ich dich auch nicht gestört?«

»Ich brauchte längst mal ein bisschen Frischluft!«, beruhigt der Inspektor sie.

Weiter unten sind der Bologhine-Friedhof und dahinter das Meer zu sehen, die Häuser, die sich den Hügel hinaufziehen und tief unten die Schiffe, die auf Reede liegen. Obwohl es noch nicht ganz dunkel ist, flammen schon die ersten Laternen auf. Vermutlich, um das Schicksal zu beschwören.

Ganz Algier ist ein Scheiterhaufen, der auf seinen Märtyrer wartet, denkt Nora. Der Phönix, der immer sein Wahrzeichen war, lässt die Flügel hängen – seine Sitzstange ist verkohlt, seine Asche unfruchtbar.

»Wie geht es dir so?«

»Ich halte schon durch«, antwortet Nora.

»Weißt du schon, wann der Disziplinarrat tagt?«

»Es wird keinen Disziplinarrat geben. Der Alte blufft. Er will mich nur einschüchtern. Er ist ein Waschlappen, der viel Lärm macht, um sich Gehör zu verschaffen, und einknickt, sobald ihm die Puste ausgeht.«

»Stimmt es, dass du einen Antrag auf Versetzung gestellt hast?«

»Das ist nur ein Gerücht, das man in Umlauf gesetzt hat, um mich zu vertreiben. Ich habe keinen Grund, woandershin zu gehen. Ich fühle mich wohl in Algier.«

Zine steckt sich eine Zigarette an und kurbelt die Scheibe herunter, um den Rauch nach draußen entweichen zu lassen. Der Himmel ist mit Wolken gepflastert, Nieselregen nässt die Windschutzscheibe.

»Sie haben Kader Kacimi benutzt, um uns auf die falsche Fährte zu locken«, sagt Nora plötzlich. »Wir sollten darauf hereinfallen.«

»Wenn dem so ist, warum hat er dann überstürzt das Land verlassen?«

»Hat er ja gar nicht. Der für den VIP-Bereich des Flughafens Zuständige hat mir versichert, dass er ihn an jenem Morgen gar nicht gesehen hat.«

»Und die Passagierliste?«

»Ist nicht die Boarding-Liste. Auf der ist Kacimis Name nicht zu finden … Wenn sie uns den Fall weggenommen haben, dann nur, weil wir den Köder nicht geschluckt haben.«

»Du glaubst nicht an die von denen da oben in Umlauf gesetzte Version?«

»Wo denkst du hin! Diese Story vom Ausland, das seine Hand im Spiel haben soll, ist an den Haaren herbeigezogen. Damit nerven sie uns seit den ersten Tagen der Unabhängigkeit. Auf Dauer nützt sich das ab. Es gibt nur einen Menschen, der verrückt genug ist, sich mit Hamerlaine anzulegen: Hamerlaine selbst.«

»Du glaubst, dass er hinter allem steckt und die Fäden zieht?«

»Du etwa nicht? Alles hat im Anwesen 32 begonnen, und er war dabei. In wessen Interesse lag es denn, die Zeugen zu beseitigen, die wussten, was in jener Nacht passiert war? Und Baz, was glaubst du denn, wo der steckt? Von heute auf morgen spurlos verschwunden, ohne Testament. Bestimmt modert er am Grund irgendeines Brunnens oder in irgendeinem Wald vor sich hin … Und der Wächter? Stell dir nur mal vor, sie haben ihn in ein anderes Krankenhaus verlegt.«

»Ich bin auf dem Laufenden.«

»Warum haben sie ihn wohl isoliert? Nur damit er in Sicherheit ist, oder um ihn für immer zum Schweigen zu bringen?«

Zine antwortet nicht.

Nora umklammert ihr Lenkrad, knirscht mit den Zähnen: »Ich habe zigmal sämtliche Hypothesen durchgespielt, und es läuft immer auf dasselbe hinaus: auf das Geburtstagsgeschenk.«

»Aber Hamerlaine hat uns doch von sich aus von seinem Geburtstag erzählt. Wenn er sich etwas vorzuwerfen hätte, hätte er doch nichts gesagt.«

»Er ist ein Schlitzohr. Er wusste, dass wir es irgendwann herausfinden würden und ist uns zuvorgekommen, damit nicht der Schatten eines Verdachts auf ihn fällt. Nachdem die Gäste fort waren, hat Bob ihm in der Nacht des 23. Dezember dann das Sahnehäubchen auf dem Geburtstagskuchen serviert: Nedjma.«

»Unmöglich. Sie war seine Enkeltochter.«

»Das wusste er doch nicht. Überleg mal, wie er reagiert hat, als du ihm Nedjmas Foto auf den Tisch gelegt hast. Er war so schockiert, dass er fast einen Herzinfarkt bekommen hätte. Und warum? Weil er auf dem Bild sein Geburtstagsgeschenk identifiziert hat …«

»Ich gebe zu, die Art, wie er auf das Foto reagiert hat, hat mich schwer ins Grübeln gebracht.«

»Da hat er sich verraten, Zine. Damit hätte er nie im Leben gerechnet. Er wusste ja nichts von der Existenz einer

Tochter und logischerweise auch nichts von seiner Enkeltochter. Kannst du dir vorstellen, was für eine Katastrophe es für ihn war, als er merkte, dass sein Opfer sein eigener Nachwuchs war …? Wir sollten uns mal die Akten der jeweils am 23. Dezember der vorvergangenen Jahre verschwundenen Mädchen vornehmen. Ich bin mir sicher, dass das nicht die erste Untat dieses Kranken war …«

»Madame Kacimi sagte aber, Hamerlaine sei impotent.«

»Ich hab mal so eine Geschichte in der Zeitung gelesen. Von einem indischen Rajah, der das Herz der Jungfrauen, die man ihm darbot, aß, weil er sie nicht mehr entjungfern konnte.«

Zine drückt seine Zigarette im Ascher aus. Er fühlt sich unbehaglich: »Und was machen wir jetzt?«, fragt er mit tonloser Stimme.

»Unsere Arbeit. Das Gesetz ist für alle gleich.«

»Aber es ist nicht mehr unser Fall.«

»Oh doch, wir stecken bis zum Hals mittendrin, Zine. Wir oder er. Machst du mit? Du musst nicht, ich würde es dir nicht übelnehmen. Aber ich lass nicht locker. Mit oder ohne Zustimmung der Hierarchie, ich ermittle bis zum bitteren Ende. Es gehört nicht zu meinen Gewohnheiten, mich zu drücken, wenn es brenzlig wird. Dieser Mistkerl muss zahlen … Also, was sagst du?«

Zine fasst sich nachdenklich an der Nase. Er spürt, wie der Blick der Kommissarin ihn wie Balsam umhüllt. Nach langem Schweigen bemerkt er: »Du hast keine Beweise für das, was du sagst.«

»Ich werde welche finden.«

»Wie das?«

»Indem ich weitersuche. Also?«

Zine braucht eine Ewigkeit, bevor er mit kaum hörbarer Stimme hervorstößt: »Ich bin an deiner Seite.«

»Gut!« Die Kommissarin entspannt sich. »Das bleibt unter uns. Guerd darf nichts davon wissen. Ich traue ihm nicht … Und ich muss dir ja nicht sagen, dass das Terrain vermint ist. Wir haben es mit einem Rädelsführer ersten Ranges zu tun. Hamerlaine wird vor nichts zurückschrecken, wenn er sich in die Enge getrieben fühlt. Andere haben sich vor uns mit ihm angelegt, und von denen ist weniger als Haut und Knochen übrig geblieben.«

Zine sagt nichts mehr.

33.

Erst bei der Heimkehr dämmert es Inspektor Zine allmählich, wie selbstmörderisch sein Engagement tatsächlich ist. Was ist in ihn gefahren, dass er zugesagt hat? Welches Wild hofft er aufzuscheuchen, wenn er so viel Wind macht? Man hat ihnen den Fall entzogen. Mit welchen Mitteln und in wessen Namen sollen sie weitersuchen? Kein Polizist ginge das Risiko ein, sie zu unterstützen. Nora und er werden allein angesichts aller Gefahren sein, dazu mit der Aussicht auf die Gewissheit, in einem derart dicken Haufen Scheiße zu landen, dass selbst die Schmeißfliegen auf Abstand gingen.

Zine ist wütend auf sich selbst. Er hätte nicht so gefühlsbetont reagieren dürfen. Gewiss, er hat großen Respekt vor Nora, aber deshalb blind hinter ihr her ins Feuer zu laufen …

Mehrfach hat er nach seinem Handy gegriffen, um die Kommissarin anzurufen und ihr zu sagen, er hätte es sich anders überlegt, hätte nachgedacht und es wäre doch keine so gute Idee; aber nicht einmal hat er es über sich gebracht, ihre Nummer zu wählen.

So sehr Zine auch an seinem Joint zieht, er hebt nicht ab. Und Mohamed Rouanes melancholische Melodien unterstreichen nur noch sein mulmiges Gefühl.

Am Fenster stehend versucht er, seine Gedanken durch die verlassen daliegenden Gassen zu jagen. Aber Algier würde ihm keine rettende Hand reichen. Die Stadt ist autistisch, duckt sich im Dunkeln weg und ist für niemanden ansprechbar.

Johers Worte surren ihm durch den Kopf: »Wenn du in Algerien ein Problem hast, dann ist es *dein* Problem.« Sie hatte nicht Unrecht, die Madame Kacimi. Und jetzt ist auch sie verschwunden. Hat ihre Koffer gepackt und den nächsten Flieger nach Brüssel genommen.

Nora verbeißt sich vor lauter Trotz in diese Sache, sagt sich der Inspektor. Sie ist keine bedeutende Persönlichkeit, und sollte es Schwierigkeiten geben, könnte sie nicht mal eben so den nächstbesten Flieger nehmen.

Zine lässt sich auf sein ächzendes Bett fallen. Nein, sagt er sich, das ist jetzt nicht mehr mein Problem. Ich bin weder ein Prophet noch ein Racheengel, der sich außerhalb jeder Norm bewegt. Nur ein kleiner Untergebener, der seine Anweisungen befolgt. Und im vorliegenden Fall sind die Weisungen eindeutig: Die Ermittlungen liegen nicht mehr bei der Kriminalpolizei.

Morgen jedenfalls wird er Nora aufsuchen, um sie zur Vernunft zu bringen. Sie kann nicht immer nur den eigenen Kopf durchsetzen – falls sie ihn nicht schon völlig verloren hat. Und was hätte er dabei zu gewinnen, außer einer donnernden Rüge, Strafarrest und dem Ausschluss aus den Reihen der Polizei? Abgesehen davon: Was käme *danach*? Illegaler Taxifahrer, Rausschmeißer, Dealer? Falls man ihn überhaupt in Ruhe ließe. Wie viele Polizisten sind nicht im selben Moment abgestürzt, in dem sie dachten, sie erfüllten loyal ihre Pflicht? Was ist aus ihnen geworden? Umherirrende Phantome … ob im Diesseits oder Jenseits, was spielt das noch für eine Rolle?

Nora ist noch lange nach Zines Abfahrt oben an der Basilika geblieben und hat sich gefragt, ob es nicht falsch von ihr war, den Inspektor zu bedrängen und in eine Geschichte mit hineinzuziehen, deren Ausgang derart ungewiss ist. Sie hat sehr wohl gemerkt, dass er nur widerstrebend Ja gesagt hat.

Aber sie braucht ihn.

Im Alleingang käme sie nicht sehr weit.

Sie weiß, dass es aussichtsreicher ist, den Koloss von Rhodos vom Sockel zu stoßen als Hamerlaine an der Fußsohle zu kitzeln, und doch weigert sie sich, aufzugeben. Das Gesetz gilt für Große und Kleine gleichermaßen. Aus dem Grund ist sie überhaupt zur Polizei gegangen. Sie untersagt es sich, nur den Kleinkriminellen das Handwerk zu legen. Seit ihrer frühesten Kindheit glaubt sie an die Gerechtigkeit, ohne die kein Gemeinwesen je auf sicherem Boden steht. Sie hat so viele tapfere Kollegen gesehen, die im terroristischen Hinterhalt oder im Kugelhagel der Verbrecher gefallen sind. Alle haben sie Witwen oder Waisen oder trauernde Familien hinterlassen, während Typen vom Schlag eines Hamerlaine nach wie vor unbehelligt ihr Unwesen treiben. Am Tag ihrer Vereidigung, bei der Abschlussfeier ihres Examensjahrgangs, da hatte ihr Herzschlag selbst ihren Jubel übertönt. Damals glaubte sie fest daran, dass das Gesetz für alle gilt, und heute, nach allem, was ihr Land seitdem durchgemacht hat, glaubt sie es mehr denn je.

Es ist dunkel geworden.

Ohne die spielenden Kinder, die längst zu Hause sind, sieht der regennasse Platz vor Notre-Dame düster drein.

Außer einem einsamen Wächter, der sich schon anschickt, im Vorhof der Basilika sein Nickerchen zu halten, sitzt alle Welt vor dem Fernseher, denn die Stadt ist ihrer sämtlichen Vergnügungsmöglichkeiten beraubt.

Das Schicksal hat es so entschieden …

Algier ist die Angeschmierte, aber die Stadt weint deshalb nicht, sagt sich Nora. Sie hätte ihren Keuschheitsgürtel besser nicht an den Nagel hängen und sich blind auf Sidi Abderrahmane und dessen *baraka* verlassen sollen, sondern lieber auf gute Projekte gesetzt, denn mit dem Segen ihres Schutzheiligen allein ist es nicht getan. Jetzt, wo der Marabout von den Lügenbaronen abgelöst wurde, was soll sie da noch dem Pfandleiher erzählen? Dass sie aufs falsche Pferd gesetzt hat? Man hatte die Stadt ja gewarnt, alle Lichter standen auf Rot, aber Algier hatte weder hören noch sehen wollen und muss das jetzt mit sich selbst abmachen.

Nora wirft den Motor an und fährt in Richtung Bologhine. Ohne besonderes Ziel. Sie kurvt durch diverse Stadtviertel auf der Suche nach einem Restaurant, das jetzt vielleicht noch geöffnet hat. Aber sie findet noch nicht mal eine Imbissbude und deckt sich zuletzt in einem wundersamerweise offenen Lebensmittelladen mit Brot, Käse und Limonade ein.

Es ist nach 23 Uhr, als Nora über die Schwelle ihrer in tiefe Dunkelheit getauchten Wohnung tritt. Sie knipst das Licht in der Diele an, wirft einen Blick ins Schlafzimmer, das Bett ist zerwühlt, am Boden liegt ein Lampenschirm, der Nachttisch ist umgekippt und lehnt am Bett … *Sonia hat sich heute Abend wieder mal komplett zugedröhnt,* denkt sie, während sie die Küche ansteuert.

Nora legt ihre Einkäufe neben dem Spülbecken ab, in dem zwei schmutzige Teller auf den Abwasch warten, und geht in die Diele zurück. Im Wohnzimmer flimmert der Fernseher, aber Sonia ist unauffindbar.

Auf dem Bildschirm läuft ein Hardcore-Porno. Nora verzieht das Gesicht. Noch nie hat sie Sonia vor einem Pornofilm erwischt. Plötzlich erstarrt die Kommissarin: Die zwei nackten Frauen auf dem Bildschirm, die da Sex miteinander haben, die eine blond, die andere brünett, ineinander verschlungen wie zwei fleischfressende Lianen, keuchend und entfesselt in einem geräuschvollen Liebesspiel … diese zwei Frauen, das sind Nora und Sonia auf ihrem Bett im Schlafzimmer.

Es trifft die Kommissarin wie ein Keulenschlag. Sie schwankt, ein stechender Schmerz durchzuckt ihre Waden, haltsuchend umklammert sie die Armlehne eines Sessels. Sie spreizt abwehrend die Hand, weicht zurück, wankt vor – wie ein Auto, dessen Motor man abwürgt. Mit gesträubtem Nackenhaar und kaltem Schweiß auf dem Rücken, entsetzt und gleichzeitig wie gebannt steht sie da und vermag weder tief durchzuatmen noch ihren Blick vom Bildschirm zu lösen.

»Geil, nicht wahr?«, peitscht eine Stimme an ihr Ohr.

Ungläubig dreht Nora sich um.

Mit angelegter Pistole steht Othmane Raoui vor ihr. Sein Blick eiskalt wie ein Gletscher, sein Grinsen so ätzend wie ein Bunsenbrenner.

34.

Um ein Uhr nachts läutet das Telefon. Zines Hand tastet durch die Dunkelheit, findet erst im dritten Anlauf den Hörer. Der Joint hat seinen Geist ziemlich benebelt.

»Jaah?«

»Hier das Zentralkommissariat, der Offizier vom Dienst«, stottert eine Stimme am Ende der Leitung. »In der Rue Diar-Khouna, Bab el-Oued, ist was Schreckliches passiert … Mein Beileid, Inspektor.«

Zine legt den Hörer wieder auf, schlagartig ernüchtert.

Er rutscht an den Bettrand, stellt die Füße auf die kalten Fliesen und bleibt minutenlang still sitzen, um sich zu vergewissern, dass das Ganze kein bloßer Albtraum war. Dann schlüpft er rasch, ohne Licht anzumachen, in seine Klamotten.

Leutnant Guerd hockt niedergedrückt im Treppenhaus im zweiten Stock, vor Noras Tür. Reglos starrt er auf seine Schuhspitzen, die Hände an die Schläfen gepresst, so sehr unter Schock, dass ihm die Kraft fehlt, beiseitezurücken, um den Inspektor vorbeizulassen.

Ein Nachbar steht sprachlos und wie versteinert mit seiner Frau auf dem Treppenabsatz.

Zine betritt die Wohnung. In der Diele trifft er Brigadier Tayeb an, der ebenfalls völlig daneben ist. Im Wohnzimmer sind die Beamten der Spurensicherung zugange. Nora liegt zur Seite gesunken im Sessel, vor laufendem Fernseher, mit offenem Mund, verdrehten Augen und halb zertrümmerter Schädeldecke. Ihre rechte Hand zeigt nach oben, zwischen ihren Fingern klemmt eine Pistole.

»Verdammter Mist!«, entfährt es Zine, der gegen die Wand taumelt.

Capitaine Salah bietet dem Inspektor ein Glas Wasser an. Aber Zine lehnt kopfschüttelnd ab. Er kauert in einem Winkel des Wohnzimmers, den Blick unverwandt auf die leblose Kommissarin im Sessel gerichtet. Guerd hockt noch immer auf seiner Stufe im Treppenhaus; er hat den Kopf nicht einmal gehoben.

»Sie hat sich eine Kugel in die Schläfe gejagt«, sagt der Capitaine.

»Ich bin nicht blind.«

»Sie kam mir eigentlich ziemlich gefestigt vor, als ich sie das letzte Mal kurz sah.«

»Jeder hat seine Höhen und Tiefen.«

»Stimmt.«

Zine bringt es nicht fertig, den Blick vom geborstenen Schädel der Kommissarin zu wenden. Er seufzt tief auf:

»Sie war in letzter Zeit schon depressiv. Aber ich war doch weit davon entfernt, mir vorzustellen, dass sie Hand an sich legt …«

»Es gibt Dinge, die übersteigen unser Vorstellungsvermögen, Inspektor.«

»Wer hat die Polizei alarmiert?«

»Die Nachbarn von gegenüber.«

»Haben sie etwas gehört?«

»Nein. Jemand hat sie angerufen. Er hat ihnen gesagt, dass er schon seit zwei Stunden vergeblich versuche, Nora zu erreichen, und dass das nicht normal sei, und er hat sie gebeten, nachsehen zu gehen.«

»Hat er gesagt, wie er heißt?«

»Nein.«

»Hat er eine Nummer hinterlassen, unter der er zu erreichen ist?«

»Nein.«

»Die Nachbarn kennen ihn?«

»Ich glaube nicht.«

»Wissen sie, woher er ihre Nummer hatte?«

»Das zu ermitteln, fällt in Ihren Bereich, Inspektor.«

»Haben Sie schon etwas gefunden?«

Mit dem Kinn deutet der Capitaine auf den Fernseher. Ein Mitarbeiter, dem der Wink gegolten hat, aktiviert das DVD-Laufwerk. Auf dem körnig flackernden Monitor erscheint ein Bild. Man sieht Sonia, nackt, die zu Nora ins Bett steigt. Die beiden Frauen küssen sich auf den Mund und liebkosen einander, bevor sich ihre Glieder hitzig umschlingen …

»Die Kommissarin hat sicher nicht damit gerechnet, sich auf diese Art und Weise auf einer DVD verewigt zu sehen«, bemerkt der Capitaine.

»Ich auch nicht«, stammelt Zine, völlig aufgelöst.

»Wir haben nach anderen DVDs dieser Art gesucht, aber nirgendwo Sexfilme oder den geringsten Hinweis auf ein Abo bei einer Pornothek entdeckt. Auch keine erotischen Zeitschriften. Ich denke, da hat einer sie ohne ihr Wissen gefilmt.«

»Das ist offensichtlich … Wo ist Sonia?«

»Wer ist das?«

»Die Blonde. Sie lebte bei der Kommissarin. Ich habe sie für eine Verwandte gehalten …«

»Offenkundig war sie das nicht …«

»Wo sind die Kameras?«

»Die hat die Blonde wohl mitgenommen.«

»Warum die Blonde? Warum nicht der oder die Spanner?«

»Wir sind erst am Anfang unserer Arbeit, Inspektor.«

»Dann verschonen Sie mich bitte mit Ihren blöden Hypothesen.«

Zine bittet den Polizisten, den Fernseher abzuschalten.

Unerträgliche Hektik hat seit dem Morgengrauen vom Polizeipräsidium ergriffen. Die Nachricht von Noras Tod hat in Rekordzeit die Runde durch sämtliche Büros gemacht. Auf den Fluren, in den Treppenhäusern, den Toiletten spricht man sich an, flüstert sich ins Ohr, reißt die Augen auf und läuft los, um die neu ankommenden Kollegen zu informieren.

Guerd schläft seinen Rausch am Schreibtisch aus. Er ist sturzbetrunken, sein Gesicht aufgedunsen und von quälender Unruhe gezeichnet, und seine Augen sind völlig verquollen.

»Kann ich hereinkommen?«, fragt Zine auf der Schwelle.

Guerd zuckt die Achseln.

Der Inspektor breitet die Zeitung vor seiner Nase aus.

»Hier, sie bringen es auf der ersten Seite.«

»Verpiss dich«, knurrt der Leutnant und schiebt das Blatt mit dem Handrücken weg.

»Wer hat die Presse in Kenntnis gesetzt, Guerd? Die Polizei wurde erst um 00.20 Uhr informiert. Ich selber ein wenig später. Wie hat die Presse es angestellt, früher als alle anderen davon zu erfahren?«

»Worauf willst du hinaus, Zine?«

»Ich stelle mir nur eine Frage, mehr nicht.«

»Dann behalt sie für dich. Ich bin zehn Minuten vor dir am Tatort eingetroffen. Hast du mich auch nur einmal telefonieren oder aufstehen sehen? Außerdem waren wir zu sechst oder siebt vor Ort.«

»Ja schon, aber du hast Freunde bei der Presse.«

Guerd schlägt die Hände vors Gesicht und zerwühlt sich die Haare; seine Wangenknochen zucken nervös.

»Man kann die Dinge auf zweierlei Weise sehen, Zine. So wie sie sind, oder so, wie wir sie gern hätten. Wenn man erst einmal anfängt, etwas in sie hineinzuinterpretieren, verrennt man sich leicht …«

»Ich täte nichts lieber als mich zu irren, Leutnant. Diese Leute locken dich mit ihren Ködern, und wenn du erst einmal angebissen hast, dann lassen sie dich zappeln und ziehen dir am Ende das Fell über die Ohren.«

»Von welchen Leuten redest du, verdammt?«

»Soll ich sie dir der Reihe nach aufzählen?«

»Abhauen aus meinem Büro sollst du, Inspektor. Und pass auf mit deinen Unterstellungen. Ich bin vielleicht ein Dreckskerl, aber ich habe noch immer meine Selbstachtung. Sicher, ich hab mich mit der Kommissarin nicht sonderlich verstanden, aber dass sie sich umbringt, das wollte ich bestimmt nicht.«

»Sie war Linkshänderin, Leutnant.«

Guerd erfasst nicht gleich, wie der Inspektor das meint, dennoch macht die Bemerkung ihn fast wieder hellwach.

»Was soll das heißen?«

»Genau das, was es besagt: Links-hän-de-rin … und die Waffe steckte in ihrer rechten Hand. Nora hat sich nicht umgebracht, sie wurde exekutiert!«, brüllt Zine und knallt Guerd die Zeitung auf den Schreibtisch.

Dann stürmt er hinaus und lässt den Leutnant sprachlos auf seinem Stuhl zurück.

35.

Schreie hallen durch den Korridor, gefolgt von lärmendem Handgemenge. Ed Dayem legt den Hörer auf und blickt zur Eingangstür seines Büros in der obersten Etage seines Medienimperiums. »Was ist denn das für ein Aufstand?«, schimpft er.

Krachend öffnet sich die Tür. Mit schäumenden Nüstern steht Leutnant Guerd auf der Schwelle. Es gelingt ihm, die Arme abzuschütteln, die versucht haben, ihn zurückhalten, und ihm fast die Jacke weggerissen hätten. Völlig außer Atem, ballt er die Faust und droht, zuzuschlagen. Ed Dayem beruhigt seine Männer, dann schickt er sie weg. Nachdem die Tür wieder geschlossen ist, verschränkt er die Arme über der Brust und betrachtet den Polizisten mit schneidendem Blick.

»Was soll das Theater, Leutnant?«

Guerd rückt seine Jacke zurecht. Er hat schwer Schlagseite, sein Gesicht ist aufgedunsen, sein Hosenstall offen, man könnte meinen, er käme aus einem Schnapsloch gekrochen. Sein Raubtiergeruch in Kombination mit seinem alkoholgeschwängerten Atem hat die klimatisierte Büroluft im Nu verpestet.

»Du hattest mir versprochen, dass es nur darum ging, sie dahin zu bringen, dass sie freiwillig kündigt«, stammelt der Polizist.

»Ich war der Erste, den ihr Tod total überrascht hat.«

»Wie kommt es, dass es bei euch groß auf der Titelseite steht?«

»Das bringt der Beruf so mit sich.«

»Darf man erfahren, aus welcher Quelle du das hast?«

»Nein.«

»Du Mistkerl, du hast mich manipuliert.«

»Ach nein! Wer hat denn über alle Dächer geschrien, dass sie 'ne Lesbe war?«

»Aber es war zu keinem Moment davon die Rede, sie abzuknallen!«, brüllt Guerd mit Gischt vorm Mund. »Ich bin vielleicht ein korrupter Hund, ein Gauner, ein Nichtsnutz, alles, was du willst, aber doch kein Mörder. Ich will nicht, dass Blut an meinen Händen klebt, hörst du? Ich weiß genau, wie weit ich gehen kann. Und wo der Spaß aufhört. Wenn ich mir die Taschen vollstopfen kann, sag ich nicht Nein, aber eine Leiche zu fleddern, das ist ja wohl das Letzte …«

Ed Dayem kommt hinter seinem Schreibtisch hervor, baut sich vor dem Offizier auf und sieht ihm direkt ins Gesicht.

»Niemand, aber wirklich niemand hätte gedacht, dass sie sich umbringen würde, Guerd. Das ist tragisch, aber dafür können wir nichts. Man kann doch nicht alles vorhersehen. Wir wollten nur, dass sie ihre Dienstmarke abgibt und woanders herumlamentiert.«

Guerd schwankt, schnieft und schnäuzt sich ungeniert in den Ärmel.

»Sie hat sich nicht umgebracht, Ed. Sie wurde exekutiert.«

Ed weicht einen Schritt zurück. Seine Überraschung ist nicht gespielt. Er mustert den Leutnant, der keineswegs so wirkt, als dächte er sich Geschichten aus.

»Was erzählst du da? Wer hätte so etwas tun können?«

»Der, den du damit beauftragt hast, Kameras im Schlafzimmer der Kommissarin anzubringen.«

»Zieh mich da bloß nicht mit rein, Leutnant!«, ruft Ed drohend. »Ich bin für diesen Schlamassel so wenig verantwortlich wie du. Ich habe nur bestätigt, dass sie Lesbierin ist.

Und außerdem, wie kommst du überhaupt darauf, sie hätte sich nicht selbst umgebracht …? Fass dich, mein Junge. Deine Kollegen denken sich Lügengeschichten aus, und du fällst darauf herein. Die Kommissarin hat sich die Kugel gegeben, weil sie kapiert hat, dass ihre Karriere im Eimer war. Ich schwör dir, ich war meilenweit davon entfernt, mir vorzustellen, dass sie sich umbringen würde.«

»Sie ist definitiv erschossen worden, Eddie. So ein Hurensohn hat ein Projektil in ihrer Schläfe platziert, bei ihr in der Wohnung. Die Jungs vom Labor haben eine klare Ansage gemacht.«

Ed merkt mit einem Mal, dass ihm der Schweiß aus allen Poren rinnt. Er verzieht sich wieder hinter seinen Schreibtisch und braucht einen ganzen Stapel Kleenex auf, um sein Gesicht trocken zu tupfen, das nur noch eine kreidebleiche Maske ist.

»Mein Gott!«, keucht er.

»Der ist für niemanden zu sprechen«, lästert Guerd.

»Halt's Maul!«

»Was würde das ändern? Angenommen, ich kleb mir ein Pflaster übern Mund, wie sollte ich den Aufruhr in meinem Kopf zum Schweigen bringen?«

»Hat dich irgendwer im Verdacht?«

»Ich habe ein Alibi … Und du?«

Ed fällt in seinen Bürosessel zurück und denkt angestrengt nach.

»Hör zu, Leutnant. Wenn wir uns ruhig verhalten, riskieren wir nichts. Du musst dich wieder in den Griff bekommen. Dein Benehmen könnte uns zum Verhängnis werden. Erstens tauchst du hier auf, obwohl wir am anderen Ende der Stadt unseren Treffpunkt haben. Du verstößt gegen die Regeln, das ist nicht gut. Ich hatte mich unmissverständlich ausgedrückt. Es ist ein Ding der Unmöglichkeit, mich hier am Sitz meiner Zeitung aufzusuchen. Du bist trotzdem gekommen. Und machst eine Szene vor den Augen einer Menge Journalisten. Zweitens …«

»Zweitens kannst du mich mal. Du hast mich benutzt, und ich habe jetzt eine Tote auf dem Gewissen.«

Ed holt ein Bündel Banknoten aus einer Schublade hervor und schiebt sie dem Leutnant entgegen.

»Du brauchst dringend Luftveränderung, Guerd. Nimm die Kohle und such dir einen ruhigen Winkel, in dem du entspannen kannst. Ich werde deinen Chef bitten, dass er dir ein oder zwei Wochen Urlaub gewährt.«

»Erwähne bloß niemandem gegenüber meinen Namen, Eddie. Ich kenne dich nicht – und du hast noch nie von mir reden können.«

»Kein Problem. Dann nimm jetzt dein Geld und zisch ab.«

Guerd spuckt mit einer Verachtung aus, dass er die Balance verliert und fast gestürzt wäre: »Deine Kohle kannst du dir sonst wohin stecken. Hier geht es um Mord, und da steig' ich aus. Und noch was, du Mistkerl: Sollten sie bei ihrer Recherche je auf mich stoßen, dann bist du auch dran.«

»Soll das eine Drohung sein, Leutnant?«

»Nein, nur ein Versprechen, beim Haupte meiner Mutter.«

»Sido!«, brüllt der Pressebaron.

Auf der Stelle ist Sido da.

Ed wirft ihm einen niederschmetternden Blick zu: »Hast du mir nicht versichert, dass der Neandertaler vor 28 000 Jahren von diesem Planeten verschwunden ist?«

»Ja, so ist es, Monsieur«, sagt Sido.

»Und was hat er dann in meinem Büro zu suchen?«

Guerd nickt und beugt sich zu Ed vor: »Du weißt es nur noch nicht, mein Junge«, brummt er, »aber ab heute gehören wir, du und ich, und alle, die in diese Affäre verwickelt sind, zu einer aussterbenden Rasse.«

Sido versucht, den Leutnant beim Ärmel zu packen. Doch der weicht ihm aus und verlässt so aufrecht wie nur möglich den Raum, während er den Pressebaron mit argwöhnischem Blick fixiert.

In dieser Nacht hat Ed kein Auge zugetan.

Die Äußerungen des Leutnants sind ihm wie ein Mühlrad im Kopf herumgegangen.

Zwei Tage später wird Guerds Wagen am Grund einer Schlucht aufgefunden, an der Straße nach Chiffa. Hirten erzählen, der Fahrer sei zu schnell unterwegs gewesen. Er habe bei einem Ausweichmanöver, als plötzlich ein Affe auf der Fahrbahn war, die Kontrolle über sein Fahrzeug verloren und wäre so in den Abgrund gestürzt. Die ersten Ergebnisse der von Gendarmen durchgeführten Ermittlungen erhärten die Unfalltheorie. Guerd hatte über 5 Promille Alkohol im Blut.

Ed hat den Bericht der Gendarmerie zunächst so hingenommen.

Fünf Tage später wird Othmane Raoui tot in seinem Blockhaus aufgefunden, dem Chalet 28. Kurzschluss in der Badewanne. Im Keller entdeckt die Polizei drei verdächtige Gruben. Kurz darauf sollte man drei Leichen exhumieren und als Kader Kacimi, Réyan Baz und Sonia Laribi identifizieren.

Als die Nachricht von Othmanes Tod auf Ed Dayems Schreibtisch flattert, hat sie die Wirkung einer Bombe, die in der obersten Etage des gläsernen Büropalastes einschlägt. Der Zeitungszar ist in bebende Trance verfallen, und Sido konnte nichts zu seiner Beruhigung tun.

Ed Dayem hat die unruhigste Nacht seines Lebens verbracht. Obwohl er Glas um Glas in sich hineinschüttete, gelang es ihm nicht, die Stimme in ihm drin zu betäuben. *Wir gehören einer aussterbenden Rasse an ... alle, die in diese Affäre verwickelt sind ... eine sterbende Rasse ...*

Und plötzlich ist die Angst wieder da. Diese furchtbare Angst, die ihn befällt, sobald er auch nur einen Fuß nach Algier setzt. Die in seinen Gedärmen rumort, sich festkrallt in ihm, mit ihrem Gift und ihren Schweißausbrüchen. Und schon schaut er wieder unter seinem Bett nach, bevor er sich schlafen legt. Wacht er zu den unmöglichsten Stunden auf, um zu überprüfen, ob der Schlüssel auch zweimal im Schloss umgedreht ist. Vergewissert er sich, dass kein Sprengsatz unter seinem Auto angebracht ist, bevor er einsteigt. Eds Paranoia ist zurückgekehrt. Er wird nervös, sobald er in seinem Rücken Schritte hört, und seine Augen sind flinker als der Blitz: Dieser Mann, der dort drüben vor dem Café telefoniert, warum wirkt er so wenig vertrauenswürdig? Und da, der andere, der so tut, als interessiere er sich für die Geschäfte, seit wann beschattet der ihn wohl schon? Und dieser Wagen, der da mit Karacho losfährt, warum biegt der jetzt in Gegenrichtung in die Einbahnstraße ein?

Für Ed Dayem ist Algier eine einzige große Mausefalle.

Seinen düsteren Winkeln entströmt der Ruch schwarzer Magie.

Und seine Boulevards sind mit Falltüren gepflastert.

Ed Dayem blickt nicht mehr durch. Es ist auch schwierig, den Durchblick zu behalten, wenn man sein Leben lang die

Augen vor den Tatsachen verschlossen, im Trüben gefischt und sich hinterm Vorhang versteckt hat, um dem Gegner in den Rücken zu fallen.

Er muss so schnell wie möglich hier weg. Wer oder was sollte ihn noch halten? Welcher Fixpunkt? Welche Liebschaft? Welche Gewähr? Ed Dayem weiß, diesmal hat der Wind sich wirklich und wahrhaftig gedreht. Und er weiß vor allem, dass diese Stadt, die er derart an die Kandare genommen, bis aufs Gewebe verschlissen und ihres letzten Hemdes beraubt hat; diese Stadt, in der er das Sagen hatte, seine Willkür ausgelebt und den anderen sogar noch ihr Testament diktiert hat; diese Stadt, in der er zugleich König und Kammerdiener, Gigant und Giftzwerg war; diese Stadt, in der ihm die einen Staubzucker in den Hintern bliesen, während er den anderen die Stiefel leckte, sich seit dem Moment, da er ins Visier des bösen Blicks geriet, in seinen potentiellen Friedhof verwandelt. Auf keinen Fall wird er abwarten, bis der Totengräber kommt. Denn selbst wenn ein Leichenwagen mit tausend Kränzen, eine berittene Eskorte der Republikanischen Garde auf Lipizzanerhengsten, donnernde Fanfaren und hundert Kanonenschüsse für seine Bestattung vorgesehen wären; selbst wenn es beschlossene Sache wäre, dass die Sirenen sämtlicher Schiffe im Hafen ihm in synchronem Salut die letzte Ehre erwiesen, sich Prozessionen von Klageweibern für den legendärsten aller Leichenzüge in Bewegung setzten und die besten Dichter des Landes an der Trauerpredigt feilten, die der berühmteste aller Imame verlesen würde, seinem Seelenheil zuliebe … so bliebe er doch nicht einen Tag länger in diesem Land.

Auf dem Gipfel der Angst, als die Beklemmung ihm fast das Herz stranguliert, ruft Ed Sido an und beauftragt ihn, ihm einen Platz im nächsten internationalen Flieger zu reservieren, packt seine Koffer, zieht den Telefonstecker heraus, knipst in allen Zimmern das Licht an, um im Fall einer Bespitzelung den Anschein zu erwecken, er sei zu Hause, springt in ein Taxi und lässt sich zu einem Hotel am Flughafen bringen – überzeugt, wenn er nur eine Nacht länger in seiner Villa bliebe, den Sonnenaufgang am nächsten Morgen vielleicht nicht mehr zu erleben.

36.

Mit einem Mal war es da.

Als er an jenem Morgen aufwacht, sagt Sid-Ahmed sich einfach: *Basta!*

Minutenlang bleibt er auf seiner Pritsche liegen, um sich zu vergewissern, dass er sich nicht getäuscht hat. Aber eigentlich muss er nicht mehr lange nachdenken.

Er erkennt, dass der Gedanke seine Zeit gebraucht hat, es oftmals verworren und aussichtslos schien, aber diesmal die richtige Idee ist. Davon ist er jetzt überzeugt.

Sid ist heiter, gelassen. Und ganz klar.

Die Decke über ihm erinnert an einen Grabstein. Der Zweifel ist tot, und Sid gewissermaßen auch. Das letzte Seil, das ihn noch mit der Lüge verband, ist gerissen; der Moment der Wahrheit hat über die Flucht nach vorn gesiegt, über die Erlösungsfarcen und Absolutionsfantasien. Würde ihm einer in dieser Minute den Schädel öffnen, er fände gegossenes, im Aushärten begriffenes Blei. Ein Zurück kann es nicht geben; sämtliche Ressourcen sind ausgeschöpft.

Basta! Er wird das, was er längst hätte tun sollen, nicht noch einmal aufschieben.

Sid hat Mühe, sich zu erheben, sein Kopf ist tonnenschwer. Er tastet nach der Zigarettenpackung am Boden, raucht eine, dann eine zweite, eine dritte Zigarette, die Augen unverwandt an die Decke gerichtet. Ein einziges Mal ist sein Blick zu den Porträts von Djamila Bouhired und Angela Davis abgeschweift, um gleich wieder zur Decke zu gleiten, unfähig, den Blick seiner beiden Idole auszuhalten.

Draußen erwacht der Tag zum Bewusstsein seiner Nichtigkeit.

Das aufgewühlte Meer donnert, lärmt und tobt. *Es begehrt auf,* denkt Sid. *Es schlägt hohe Wellen.*

Der ehemalige Journalist hält es nicht für nötig, sich noch Kaffee zu machen. Er holt die Dorade und die beiden Meeräschen aus dem Kühlschrank, die die Fischer ihm am Vorabend geschenkt hatten, wickelt sie in Zeitungspapier, legt sie in eine Plastiktüte und geht hinunter ins Dorf, um Treibstoff zu kaufen.

Der Tankwart neckt ihn lachend: »Willst du dich mit Benzin übergießen, um eine Revolution anzuzetteln?«

Sid gibt keine Antwort. Leise lächelnd füllt er seinen kleinen Kanister mit zehn Litern Benzin.

»Ich bezahle mit Fisch.«

»Bingo!«, ruft der Tankwart, hocherfreut über die Prachtexemplare im Zeitungspapier.

Sid blättert ein Telefonbuch auf einem Regal durch, lässt seinen Finger Seite für Seite über die Spalten wandern, bis er die Nummer vom Empfang des Polizeipräsidiums in Algier gefunden hat.

»Kann ich bei dir mal telefonieren?«, fragt Sid.

Der Tankwart schiebt ein altes Telefon über die Theke, das aus den seligen Zeiten der Agrarrevolution stammt, die von den Deppen des wissenschaftlichen Sozialismus der 1970er lanciert worden ist.

Sid wählt eine Nummer, bei der er sich dreimal verwählt. Es ist das erste Mal seit zehn Jahren, dass er telefoniert. Es fühlt sich merkwürdig an.

In Zines Kabuff klingelt das Telefon.

Am Apparat ist das Fräulein vom Empfang. Sie fragt den Inspektor, ob er einen Anruf von draußen entgegennehmen möchte. Von einem gewissen Sid-Ahmed. Der Inspektor bejaht.

Es rauscht in der Leitung.

»Sid?«

»Stör ich dich auch nicht?«

»Nicht wirklich. Hast du dir ein Handy gekauft?«

»Ich bin hier beim Tankwart.«

»Gib ihn mir!«

»Nein, ich habe kein Problem mit ihm.«

Sids Stimme klingt, als ob sie von jenseits des Grabes käme.

»Es ist immer noch wegen dem, *worauf die Affen warten.*«

»Bitte, Sid. Ich falle seit zwei Wochen von einem Schreck in den nächsten. Hast du nicht mal einen richtig guten Witz für mich? Das könnte ich jetzt gebrauchen!«

Tiefes Schweigen am Ende der Leitung, unterbrochen von Schnauben.

»Die Frage geht mir von früh bis spät durch den Kopf, Zine. Ich schlafe mit ihr ein, stehe mit ihr auf.«

»Das hast du mir schon mal gesagt. Du solltest mal aus deiner Höhle rauskommen. Ich kann dich nachher gleich abholen, wenn du magst. Wir könnten zum Maqam rüberfahren und vom Märtyrerdenkmal aus den Blick über die Bucht genießen.«

»Ich hab das Meer die ganze Zeit vor mir. Und es gelingt ihm nicht, den Brand in meinem Schädel zu löschen. Irgendwer muss mir doch mal erklären können, *worauf die Affen warten, um Menschen zu werden …?*«

»Selbst wenn sie es wollten, sie könnten es nicht, Sid. Das liegt in der Natur der Dinge. Man verlangt auch von der Müllkippe keinen Wohlgeruch.«

»Ja, aber das erklärt noch lange nichts.«

»Da ist nichts zu erklären. Die Welt ist so beschaffen. Während Gold mit den Jahren nicht verrostet, wird, was einmal verrottet ist, mit den Jahren nicht besser. Und wenn der liebe Gott nicht den kleinen Finger rührt, um die Gemüter zu beruhigen, wird er schon seine Gründe haben. Glaub mir, Sid, du verkomplizierst dir das Leben wegen nichts und wieder nichts. Pass auf, dass die Misere dir nicht den Verstand raubt … Mir ist nicht wohl dabei, wenn ich dich so jammern höre.«

»Ich jammere nicht, ich versuche zu verstehen. Warum ist die Lage bei uns derart zum Verzweifeln? Warum sind wir so tief gefallen?«

»Es ist keine Schande, zu fallen, wenn man die Kraft hat, wieder aufzustehen, Sid.«

»Wieder aufzustehen? Unsere Maßstäbe haben sich verkehrt, Zine. Deserteure erklären Kriminelle zu Helden, die Genies werden von Dummköpfen verdrängt, die Ehrlichen von den Bestechlichen verspottet, auf unseren Tribünen paradieren Galgenvögel und die Nacht verschlingt ihre Sterne.«

»Die Leute sind, wie sie sind. Die einen mehr, die anderen weniger sympathisch. Das ist alles.«

»Warum ist das so?«

»Das ist eben das Gleichgewicht der Dinge, sag ich dir.«

»Dann sag mir auch, warum ich zu nichts tauge, als den Menschen, die mich lieben, weh zu tun?«

»Du schadest doch keinem, sonst wärst du nicht mein bester Freund!«

»Das macht aus mir noch lange keinen guten Menschen.«

»Was redest du denn da?«

»Es tut mir leid. Ich bitte dich, verzeih mir. Ich weiß, wie sehr ich dir fehlen werde, aber du musst mich verstehen, ich bin müde, ich kann nicht länger auf etwas warten, was sowieso nie wiederkommt.«

Sid legt auf.

Zine betrachtet den Hörer in seiner Hand, als hielte er den Horror der Welt umfasst. Er schreit: »Sid! Sid! Mach keinen Quatsch, Sid …! Warte, lass es mich dir erklären, Sid, Sid …!«

Der Inspektor hört nur seine eigenen Schreie.

Am Ende der Leitung scheint ein pfeifender Dauerton ins Gelispel des ewigen Nichts überzugehen.

Der Inspektor stößt einen Fluch aus, der die beiden Polizisten vorn hinter ihren Schaltern auffahren lässt, schnappt sich seine Autoschlüssel und stürzt zum Parkplatz hinaus, sein Jackett auf der Stuhllehne vergessend.

Nichts ist mehr übrig auf dem Felsen, zu dessen Füßen das Meer wehklagt. Sid-Ahmeds Hütte ist nur noch ein rauchender Trümmerhaufen, auf den die Feuerwehrleute ihren Wasserstrahl richten. Totenstill ist es am Unglücksort, den kleine Gruppen von Schaulustigen umringen.

»Wir haben einen Benzinkanister gefunden«, sagt ein Feuerwehrmann und hält einen verschmorten Gegenstand hoch. »Den Fischern zufolge hat der arme Teufel seine Hütte selbst angezündet. Er ist mit allem, was er hatte, darin verbrannt.«

Wie betäubt kauert Zine sich ein wenig abseits in den Sand, vergräbt sein Gesicht in beiden Händen.

Zine hatte erwartet, auf dem Friedhof vielleicht einen oder zwei Trinker anzutreffen, dazu ein paar Fischer und eine

Handvoll Müßiggänger, doch es sind Menschenmengen, die herbeigeströmt sind.

Sämtliche Einwohner von Fouka sind da, allen voran der Dorfimam und der Bürgermeister. Viele Journalisten sind aus Algier oder Oran, Constantine oder Aïn Sefra angereist. Aus der Menge heben sich die Gesichter bekannter Künstler, Schauspieler, Dichter hervor. Es ist, als hätte jede Region des Landes ihre nobelsten Vertreter entsandt, um dem ehemaligen Moderator des Dritten Programms das letzte Geleit zu geben.

Dem abgetakelten Aussteiger, der seit Jahren freiwillig als Einsiedler lebt, wird eine mehr als anrührende Bestattung zuteil. Die Trauerprozession zog eine volle Stunde durch die Hauptstraße des Dorfs. Solche Menschenmassen gab es hier noch nie. Die Ambulanz der Feuerwehr, die unter der Fülle der Kränze fast verschwand, eröffnete den Zug. Gymnasiasten trugen den mit der algerischen Nationalfahne geschmückten Sarg feierlich, wie eine Trophäe, auf ihren Schultern.

Der kleine Friedhof von Fouka quillt über vor Gaffern, kleinen Beamten und Angestellten, Ladenbesitzern, Freunden und Studenten, die gekommen sind, einem Phantom die letzte Ehre zu erweisen.

Der Imam erinnert die dicht gedrängte Menge daran, auf welche Probe ein widriges Schicksal den Menschen stellen kann, und wie wichtig Hilfsbereitschaft und Nächstenliebe sind.

Als Nächster ergreift ein alter Kollege vom Radio das Wort, um den Mann zu würdigen, der sich entschieden hatte, sich im eigenen Leid zu verkapseln, um das der Anderen nicht zu überfrachten.

Ein Kameramann vom Fernsehen filmt in Großaufnahme die Bekundungen der einen wie der anderen:

»Ich sah ihn oft, wie er auf dem Felsen kauerte und seine Angelschnur überwachte«, erinnert sich ein junger Mann.

»Er hatte zu niemandem Kontakt«, sagt ein Fischer, »aber er wird uns fehlen.«

»Ich war ein treuer Hörer seiner Literatursendungen«, erzählt ein weißhaariger Lehrer. »Er war ein großartiger Erzähler, der uns zum Träumen brachte.«

»Ich bin sehr traurig«, bekennt ein Unbekannter.

37.

Nach der Trauerfeier hat Zine sich zurückgezogen, um seines toten Freundes hoch oben auf den Trümmern dessen zu gedenken, was bis vor Kurzem seine Bleibe war. Stein um Stein hat er vom Felsen hinaus aufs Meer geschleudert. Und die Erinnerungen sind vor seinem geistigen Auge vorbeigezogen, traurige, heitere, wild durcheinander. Manchmal war ihm, als ob er Sid-Ahmeds Stimme vernähme, der den Wellen, die das Riff zerschäumte, die Leviten las. Aber nicht Sid-Ahmed, sondern er selbst war es, Zine, der da lauthals monologisierte. Und dabei an Nora dachte, die so trügerisch in ihrem Sessel schlief, an Guerd, der sternhagelvoll hinter seinem Schreibtisch zerfloss, und den Brigadier Tayeb, der im Treppenhaus heimlich Tränen um die Kommissarin vergoss … Und an die Menge dachte er, die gekommen war, sich vor den sterblichen Überresten des Journalisten zu verbeugen, die aus dem Nichts auftauchte und Gelübde, die man längst gebrochen glaubte, mit Leben füllte. An diese Menschen, die das wenige, das sie besitzen, vorbehaltlos teilen. Die gelernt haben, Schulter an Schulter zu stehen, ohne sich je begegnet zu sein. Die einander erkennen in dem finsteren Tal, in das die Rboba sie geworfen haben. Was für ein wunderbares Volk, denkt Zine. Weder die Willkür der Mächtigen noch die Fülle der Desillusionen konnte seine Seele zerstören. Es ist tapfer geblieben, das algerische Volk, von nobler Gesinnung noch in der Niederlage, allen Widrigkeiten zum Trotz standhaft und aufrecht. Man hat seine Werte in den Schmutz gezogen und seine Mythen entwertet, seine Künstler an den Bettelstab gebracht und seinen Champions und Idolen Knüppel zwischen die Beine geworfen. Und doch glaubt es weiter an jeden Stern, der am Himmel erstrahlt, an jeden Morgen, der sich errötend über dem Déjà-vu erhebt. Hat sich seine Träume bewahrt, weil es seine Zuversicht nie aufgegeben hat, leistet sich Langmut, weil es unauslöschlich ist … *Erblicke dich in deinem Gegenüber und sag dir, dass des anderen Leid auch deinen Schmerz nährt. Wenn sein Kummer dir gleichgültig ist, dann bist du tot.*

Während Zine seine Worte und Taten Revue passieren ließ, vermochte er nichts zu entdecken, auf das er stolz sein konnte, nichts, das ihm einen legitimen Platz in dieser Menge fremder Menschen zuwiese, die sich um ein schlichtes Grab versammelt hatten. Wie ein Eindringling kam er sich vor, exiliert, heimatlos unter den eigenen Mitbürgern. Er hatte sich nicht einmal getraut, dem, den er doch als seinen besten Freund ansah, ein letztes Wort mit auf den Weg zu geben. Warum hatte er sich schuldig gefühlt? Schuldig weshalb? Schuldig zu leben, obwohl alle anderen tot sind: seine ermordeten oder spurlos verschwundenen Kollegen; Nedjma, das unbeschriebene Blatt, in der Blüte ihrer Jugend aus dem Buch des Lebens gerissen; der arme Teufel von Hausdiener, brutal erschlagen in Hadsch Hamerlaines Sommerresidenz? Oder schuldig, weil er die Wahrheit über eine skrupellose Mordserie verschweigt? Welche Art von Mensch ist er? Warum trägt er das Abzeichen des Ordnungshüters, wenn er unfähig ist, etwas anderes als ein Mitwisser zu sein? Wo ist fortan sein Platz inmitten all der Phantome, all der Menschen, die ihm jetzt fehlen? *Warum willst du unbedingt, dass aus den Affen Menschen werden, Sid? Sind Affen denn nicht weniger bemitleidenswert als Könige? Und weniger verrückt als Helden …?*

Zine betrachtet gedankenvoll die auf ihn zurollende Brandung. Selbst die wüsche sein Gewissen nicht rein. Kann man ohne Gewissen leben, wenn man die Hölle bereits hinter sich hat? Er hat eine Pflicht zu erfüllen. Er kann sich nicht einfach so davonstehlen, ohne das Gesicht zu verlieren. Und alles Übrige auch. Zwei Wochen schon, seit dem Mord an Nora, versucht er sich zu drücken, aber weder seine Joints noch seine Ausreden mochten ihm bei der moralischen Fahnenflucht behilflich sein.

Und mit einem Mal sagt auch Zine, wie zuvor schon Sid-Ahmed: *Basta!*

Wie magisch getrieben steht er auf und sieht sich zwischen den Trümmern um, hält unter dem Geröll nach einem Stein von der Größe eines Eis Ausschau, findet einen, wiegt ihn abschätzend in der Hand, steckt ihn ein, löst aus einem verkohlten Trägerbalken ein Stück unversehrten Holzes und läuft damit zum Auto zurück.

Die Sonne geht gerade unter, als er in Algier ankommt.

Zu Hause angelangt, begibt er sich sogleich in die Küche und macht sich daran, den Stein abzuspülen, bis er schön glatt ist, dann setzt er sich an seinen Couchtisch und beginnt, das Holzstück vorn mit dem Taschenmesser zuzuspitzen.

Die Nacht fällt herab wie ein Bühnenvorhang.

Zine geht auf den Balkon hinaus und betrachtet die Stadt. Ein eisiger Wind fegt ihm ums Gesicht. Ihm ist es egal. Dicke Wolken bauschen sich am Himmel, während der Regen mit doppelter Wucht herniederprasselt. Der Inspektor beobachtet die Gebäude ringsherum, die Autos, die über die regennasse Straße zischen. Algier versinkt nach und nach im eigenen Sumpf, denkt er. Der Stadt ist jede Erinnerung an ihre einstigen Höhenflüge abhanden gekommen. Ihr Gedächtnis ist im Feuer der Gefechte geschmolzen, ihre Rituale wurden ausrangiert, die Klänge ihrer *zornas* hallen ins Leere. Die kleinen Handwerker der Casbah, die *redjla* von Bab el-Oued, die Sänger von Soustara und die Narren von Belcourt, pfttt!, alles hat sich in Luft aufgelöst. Am Horizont nichts als Fragezeichen, im Mantel der Verschwiegenheit nichts als Löcher. Die Anständigen drücken sich im Schatten der Hauswände herum, während Halunken und herrenlose Hunde den öffentlichen Raum besiedeln. Die Viertel, in denen der Zufall der Begegnung zahllose glückliche Beziehungen zeugte, die Bistrots, in denen man sich einen hinter die Binde goss, bis man jeden Penner für einen Propheten hielt – alles verschwunden.

Zine weiß, dass bei ihm gleich eine Sicherung durchbrennt, aber es schert ihn nicht.

Was morgen ist, weiß ohnehin kein Mensch.

Er zündet sich einen Joint an, dreht den Ton seines CD-Players lauter, lässt sich einhüllen von Mohamed Rouane und seiner Musik und löst sich langsam, im Rhythmus der Cannabiszüge, in blauen Dunst auf. Und langsam verschleiert sich sein Blick, füllen die Lichter der Stadt sein Gehirn mit fantastischen Gebilden. Jeder Atemzug versetzt ihn ins Herz eines Polarlichtspektakels, jeder Lautenton hallt in ihm wider wie ein beschwörender Akkord. Als sämtliche Fasern seines Körpers maximal entspannt sind und ihn ein Gefühl seltener Glückseligkeit durchströmt, hört er sich mit einer Stimme, die nicht die seine ist, und mit Worten, die ihm völlig fremd sind, sagen: *»Ich weigere mich, an die Neuauflage deines Unglücks zu glauben, Algerien. Dein Opferlamm-Getue täuscht niemanden mehr, deine Schonzeit ist um. Eines Tages wird zwischen dir und deinen genialen Wundern die Burka fallen, dann wirst du hüllenlos vor der Welt stehen und ihr zei-*

gen, dass du nicht eine Falte hast, deine Brüste so fest wie deine Gelübde sind, dein Geist klarer als das Wasser deiner Quellen und deine Versprechen so heil wie deine Träume. Algerien, du meine Schöne, Zärtliche, Prächtige, ich weigere mich zu glauben, dass deine Helden nur gestorben sind, um alsbald vergessen zu werden, dass deine Tage gezählt sind, deine Straßen keine Legenden mehr kennen und deine Kinder in Geisterbahnhöfen auf den Zug nach Nirgendwo warten. Wenn man deine Berge schütteln muss, um sie zu entstauben, das Meer bis zur bitteren Neige leertrinken muss, um felsige Buchten in blühende Obstgärten zu verwandeln, wenn man in die tiefste Hölle hinabsteigen muss, um das Licht heraufzuholen, an dem es deiner Sonne gebricht, dann – werde ich das tun.«

Gegen 22 Uhr wickelt Zine den aus Fouka mitgebrachten Stein mitsamt dem Holzpflock in ein Stück Wachstuch, schiebt seine Beretta ins Holster und zieht darüber seine Jacke zurecht. Nach einem letzten Blick in den Garderobenspiegel verlässt er seine Wohnung und schreitet wie in Trance die Stufen hinunter.

Um 22.42 Uhr parkt er seinen Wagen vor der Villa an der Allée des Promeneurs 62 in Hydra. Ein gewaltiger Donner erschüttert das Viertel, schlitzt die Wolken auf und schüttet eine wahre Sintflut über der Stadt aus.

Zine klingelt.

»Ja?«, tönt es fragend aus der Gegensprechanlage.

»Ich habe ein Schreiben von äußerster Dringlichkeit für Monsieur Hamerlaine.«

»Monsieur Hamerlaine schläft.«

»Mich schickt das Präsidentenbüro.«

Schritte hallen hinter der Festungsmauer. Ein schwarzer Hausdiener öffnet unter einem großen Regenschirm die Tür. Zine rammt ihm die Pistole in die Seite.

»Das muss ein Irrtum sein, Monsieur. Sie sind hier bei Hadsch Hamerlaine.«

»Los, vorwärts …«

Marouane lässt sich widerstandslos bis zur Eingangshalle der Villa schieben. Aus einem der Zimmer taucht ein weiterer Diener auf. Als er die Pistole sieht, hebt er sofort die Arme und wirft sich gegen die Wand.

»Hol die anderen«, befiehlt ihm Zine. »Alle, ohne Ausnahme. Lass es dir ja nicht einfallen, in die Nähe eines Telefons oder einer Alarmklingel zu kommen. Ich lege euch um, bevor die Polizei auch nur in die Puschen kommt.«

Marouane gibt dem Bediensteten einen Wink, ihm Folge zu leisten.

In wenigen Minuten ist die Dienerschaft vollzählig in der Halle versammelt. Es sind fünf angststarre Männer, die Hände hoch erhoben. Zine zwingt sie, ihm zu zeigen, wo Hamerlaine schläft. Mit einem Kopfnicken fordert er sie auf, voranzugehen.

Hamerlaine schläft in seinem monumentalen Herrscherbett, und ist doch selbst kaum größer als sein Kopfkissen. Zine schüttelt ihn wach. Sobald der Alte die Augen öffnet, versetzt er ihm mit dem Griff seiner Beretta einen Schlag ins Genick. Nachdem er ihm Handschellen angelegt hat, packt er ihn am Arm und wirft ihn zu Boden.

Die verschreckten Diener geben keinen Laut von sich.

»Seht ihn euch gut an«, sagt der Inspektor. »Ihr seht ihn jetzt zum letzten Mal. Ich will, dass ihr ihn genau so in Erinnerung behaltet: als niedergestrecktes Monster.«

»Monsieur«, fleht Marouane ihn an, »ich bitte Sie, tun Sie ihm nichts an. Er ist sehr krank.«

»Mit dem müsst ihr kein Mitleid haben. Er ist ein Verbrecher, der die Spucke nicht wert ist, die ihr an ihn verschwendet, mehr nicht.«

Zine packt den Greis bei den Füßen und schleift ihn nach draußen.

In der Halle angekommen, wendet er sich erklärend an die Hausdiener:

»Ich tue nur meine Pflicht.«

»Aber Monsieur …«, versucht Marouane es noch einmal.

»Ich muss das tun, es geht nicht anders. Ich muss die Drecksarbeit tun, weil die Justiz die Augen verschließt.«

Dann, nachdem er die fünf schwarzen Hausdiener, einen nach dem anderen, eingehend gemustert hat, verfügt er Folgendes:

»Gewährt mir im Namen eurer Väter, die freie und aufrechte Herren waren und sich im Grab umdrehen würden, wenn sie sähen, was für Sarotti-Mohren dieser Sklavenhalter aus euch gemacht hat, zwei Stunden, zwei winzige Stunden Vorsprung, mehr nicht, danach könnt ihr Alarm auslösen, so viel ihr wollt. Ich werde es euch nicht verübeln.«

38.

Zine fährt wie im Rausch, mit durchgedrücktem Gaspedal, brettert bei Rot über jede Kreuzung, prescht trotz durchgezogener Linie an den anderen Autos vorbei, in einem Zustand zwischen Trunkenheit und Halluzination. Er nimmt den ersten Zubringer zur Autobahn und rast in die Nacht. Nach einer Stunde noch immer keine Straßensperre … Als ob die Schutzheiligen des Landes darüber wachten, dass er freie Bahn hat.

Er biegt in eine Nebenstraße ein, die durch ein Geisterdorf führt, erreicht die Küste, durchquert ein Wäldchen, holpert über eine kilometerlange rissige Piste, gelangt zu einem verschmutzten, in Finsternis gehüllten Strand, schlängelt sich vorsichtig zwischen den Dünen hindurch, um nicht im Sand stecken zu bleiben, bringt den Wagen zwischen Buschwerk und Gestrüpp zum Stehen, steigt aus, öffnet den Kofferraum und wirft den Alten wie irgendein Bündel zu Boden.

Vom strömenden Regen geweckt, setzt Hamerlaine sich verwirrt auf. Als Erstes versucht er, sich inmitten des Sturms zu orientieren, bevor er sich für den Mann interessiert, der da vor ihm steht.

»Wo sind wir?«

Der Inspektor schleudert dem Alten einen Blick zu, den dieser nur zu gut kennt. Die Prominenz, die er vom Podest gestoßen, die Helden, die er vernichtet, die Kraftlackel, aus denen er die Luft gelassen hat, die Genies, denen er den Verstand geraubt, die Reichen, die er ruiniert und all die anderen, denen er das Rückgrat, das sie ihm bewiesen, gebrochen hat, alle warfen sie ihm denselben Blick zu, bevor ihr Sturz in den Abgrund begann – einen kalten, tödlichen, zu allem entschlossenen Blick.

»Ich habe Sie gefragt, wo wir hier sind?«

»Noch immer in Algerien, alter Bock. Im Niemandsland, in das Sie sich noch nie verirrt haben. An einem öden Strand, an dem im Winter die Wildschweine jagen und im Sommer die Familien baden, die Sie an den Bettelstab gebracht haben. Hier gibt es nichts, keinen Kiosk, keine Toiletten, keine Cafeterien, nichts als wildbewachsene Dünen. Da, wo wir jetzt sind, erledigen die Bauern ihre Notdurft hinter den Büschen. Und hier und sonst nirgends werden Sie schlafen, in alle Ewigkeit schlafen, zwischen Pisse und Kot, und die Ärmsten der Armen werden auf Sie scheißen.«

»Sind Sie irre, oder was soll das?«

Zine holt eine Schaufel aus dem Kofferraum und fängt an, im Sand zu graben. Blitze zucken über den blutunterlaufenen Himmel. Der Regen peitscht das Gebüsch, das der Sturm mit düsterem Geheul schüttelt. Der Alte schlottert elendiglich in seinem klatschnassen Pyjama, seine Zähne klappern, seine Augen glänzen. Er blickt sich um, vermag nichts als das Tosen des Meers wahrzunehmen, das die kompakte Schwärze ringsum untermalt.

Während er gräbt, erkundigt sich Zine:

»Erinnern Sie sich noch an Abbas Chenoua, den Gewerkschafter?«

»Wer soll das sein?«

»Einer, den Sie in die Klapsmühle gebracht haben.«

»Sagt mir nichts.«

»Weil Sie nie zuhören, Monsieur Hamerlaine. Abbas war einer der größten Gewerkschaftsbosse unseres Landes. Seine aufrechte Gesinnung war sein Todesurteil. Hat ihn zermalmt wie den Grashalm unterm Huf des Maultiers. Eine Woche, bevor er sich in seinem Kerker erhängte, hat er sein Vermächtnis formuliert. Ein paar Sätze, die er an die Presse schickte und die veröffentlicht wurden. Sie erinnern sich nicht?«

»Nein.«

»War zu erwarten. Hirnverbrannte haben kein Gedächtnis.«

Zine erweitert die Grube, die ihm inzwischen bis zu den Waden reicht. Er rezitiert aus dem Gedächtnis:

»*Wenn es keine Sterne mehr am Himmel gibt, wenn die Sonne erloschen sein wird, die Götter ihre Seele ausgehaucht haben, werden die Rboba noch immer da sein, über der Asche einer verschwundenen Welt werden sie thronen und ihre Intrigen gegen die Finsternis schmieden, ihr eigenes Echo belügen, mit der linken Hand die rechte bestehlen und hinterrücks ihren eigenen Schatten erdolchen …* Furchtbar, finden Sie nicht?«

»Allerdings.«

»Aber ich sehe das anders. Die Rboba sind Thronräuber, die einfach nur Glück hatten, gepushte Popanze, die in Wahrheit nicht robuster als Stechmücken sind. Ich werde Ihnen das jetzt beweisen, Sie allmächtiger Tyrann. Ich werde schneller mit Ihnen abrechnen als jeder Schalterbeamte.«

Der Alte merkt, worauf der Inspektor hinauswill. Er nickt:

»Aber daran ist niemand schuld, mein Junge. Wir sind immer nur das, was die anderen aus uns machen. Aus Ihnen hat die Willkür der Hierarchie einen kleinen Inspektor gemacht. Viele Ihrer Vorgesetzten haben weder Ihre Intelligenz noch Ihren Mut, trotzdem führen Sie treu und brav deren Befehle aus.«

Er wischt sich sein Kinn an der Schulter ab und fährt fort:

»So ist sie, die Welt. Wir werden stellvertretend schuldig und versehentlich zu Opfern. Ich wollte nie zum Despoten werden. Keine Ahnung, wie das passieren konnte. Es fängt mit wenig an: ein kleiner Gefallen, eine schüchterne Bitte, eine flehentliche Anfrage, ein gehauchtes Dankeschön, ein Kuss auf die Stirn, ein Kuss auf die Hand, dann ein Kuss auf deine Füße und schon kannst du keinen Schritt mehr tun, ohne über einen Höfling zu stolpern.«

Zine gräbt ungerührt weiter.

Der Alte wartet auf eine Reaktion. Als keine kommt, fährt er fort:

»Dann hängt man dir Verdienste an, die du nie hattest, behängt dich mit Tugenden, die dir völlig fremd sind, streicht dir um den Bart und vergöttert dich am Ende so sehr, dass deine Fürze nach Weihrauch duften. Und eines Morgens wachst du auf und bist ein großer Manitu …«

Hamerlaine hat das Gefühl, tauben Ohren zu predigen, aber er kann nicht anders, als seine Sicht der Dinge darzulegen. Seine Stimme wird eine Spur lauter:

»Ich bin nur das Produkt der Maßlosigkeit, des Ehrgeizes und der Begierde meiner Mitmenschen. Es gibt Opportunisten, die wollen um jeden Preis reüssieren, und wie der Zufall es so will, liegt der Schlüssel zum Erfolg nun mal bei mir. Ich brauchte nicht lange, um zu merken, dass ich der Träume- und Bankrottmacher war. Ich entdeckte, dass meine Macht Tag für Tag größer wurde, und staunte nicht schlecht. Ich dachte, ich sei ein Wesen aus Fleisch und Blut, müsste Angst haben und mir Grenzen setzen, aber nein, ich brauchte nur einen Namen auszusprechen, schon strahlte er mit Heiligenschein oder brannte auf dem Scheiterhaufen, ohne Nennung von Gründen, ohne großen Prozess.«

Zine legt eine Verschnaufpause ein.

Der Alte fährt mit dumpfer Stimme fort, als spreche er nur für sich selbst:

»Es war so einfach, dass es schon lächerlich war. Von meinem kleinen Posten als privilegierter Apparatschik aus zog ich alle Fäden, hatte alles in der Hand. Logisch, dass einem das zu Kopfe steigt. Ich musste nur mit den Fingern schnippen, um ein Schloss oder eine Sicherung zu sprengen. Ist es meine Schuld, wenn manch einer so unbedeutend ist, dass er aus einer schlichten Unterschrift auf einem Dokument ein untrügliches Zeichen des Himmels macht?«

»…«

»Die bedeutendsten Persönlichkeiten huldigten mir. Am hellen Tag holten sie mir den Mond vom Himmel – und nachts stießen sie ihre Frauen in mein Bett. Ich fand Geschmack daran.«

»…«

»Und warum hätte ich mich auch zurückhalten sollen?«, ereifert er sich jäh. »Ich sah um mich herum nichts als Arschlecker und skrupellose Intriganten. Wie sollte ich mich da nicht für etwas Besseres halten, für den größten aller Männer – denn richtige Männer gab es ja nicht …?«

Zine wirft ihm einen bissigen Blick zu.

Der Alte legt die Stirn in Falten:

»Ich bin ein Opfer, Inspektor. Ich habe es nicht darauf angelegt, gefürchtet oder verehrt zu werden. Man hat mich gezwungen, eine Souveränität zu verkörpern, die derart erdrückend ist, dass sie meine kleine, unbedeutende Person ausgelöscht hat. Macht, das ist grauenvolle Hexerei, dämonische Besessenheit, purer Wahnsinn. Wer einmal damit angesteckt ist, kommt nicht mehr davon frei. Es ist so berauschend. Du sagst ›Sesam, öffne dich‹, und schon wirkt die Magie. Du musst dich nur noch bedienen, oder besser, du wirst auf Schritt und Tritt bedient. Du kneifst dich, bis aufs Blut, und du merkst, dass du nicht träumst. Alles ist wahr, furchtbar wahr. Du bist das Verhängnis für die einen, der wundersame Erretter für die anderen. Selbst Gott der Allmächtige ist nicht so effizient wie du. Das Leben, den Tod, du kontrollierst alles bis ins Extrem.«

Zine spuckt in die Hände, bevor er voll Ingrimm wieder den Schaufelstiel umfasst.

Der Alte grübelt eine Weile vor sich hin, lächelt vage. Sein wächsernes Gesicht glänzt in der Nässe. Die Augen wegen des Regens halb geschlossen, bekennt er:

»Nachts, wenn dir die Zeit lang wird, stellst du dir vor, wie du die Leute im Schlaf heimsuchst – und am Morgen sehen dich manche gerade so an, als ob du die Verlängerung ihrer Albträume wärst ... Es gab nie einen Tyrannen, Inspektor. Die Tyrannen sind nur die halluzinogene Frucht unserer großen und kleinen Feigheiten.«

Zine macht sich daran, weiter zu graben.

Der Alte erwartet keine Reaktion mehr. Er hat begriffen, dass er ins Leere redet, dass das hier die falsche Tribüne für seine Tirade ist.

Er fragt: »Was werfen Sie mir überhaupt vor?«

»Oh, die Liste ist lang.«

»Was denn zum Beispiel?«

Zine rammt die Schaufel ins Loch und wendet sich dem Alten zu:

»Sie wollen wirklich wissen, warum Sie hier sind? Na gut. Sie sind hier, um zu büßen. Für den Schaden, den Sie diesem Land zugefügt haben. Für unsere Genies, die sich im Ausland für ein Stück Zucker prostituieren müssen. Für den Vater, der sich ruinieren muss, um seinem Sohn, dem faulen Bengel, der das Produkt Ihrer Schule ist, Nachhilfestunden zu bezahlen. Für jeden Algerier, der zu Tode gestresst ist, sobald er nur den Fuß in eine algerische Behörde setzt. Für unsere leeren Tage, unsere schlaflosen Nächte, unsere erlittene Schmach und unsere bis zum Anschlag heruntergeschluckten Schamgefühle … Für Nedjma Sadek, Ihre eigene Enkeltochter, die auf Ihrem Lustmolchlager den Tod gefunden hat, und der Sie Ihre Aasfresserzähne in die Brust geschlagen haben.«

Der Alte lacht überrascht auf.

»Sie fantasieren, Inspektor. Meine Enkeltochter wurde von den Feinden unserer Nation ermordet.«

»Algerien könnte keinen schlimmeren Feind haben als Sie.«

»Sie vergaloppieren sich, Inspektor. Wie könnte ich Hand an mein eigen Fleisch und Blut legen?«

»Bemühen Sie sich nicht. Das ist längst kein Geheimnis mehr. Am 23. Dezember stieg im Anwesen 32 ein rauschendes Fest. Ihre Untertanen waren gekommen, um Ihren Geburtstag zu feiern. Aber das eigentliche Geburtstagsgeschenk erhielten Sie erst, als alle fort waren. Bob kredenzte Ihnen eine mit Drogen abgefüllte Jungfrau zum Vernaschen, geschminkt wie eine Prinzessin, mit Henna an den Handgelenken und märchenhaftem Goldpuder im Haar: die Opfergabe für den Pharao, der Sie sind … Aber warum haben Sie ihr die Brust abgebissen? Weil Sie keinen mehr hochbekommen haben, oder um zu sehen, wie weit Sie in ihrer grenzenlosen Ungestraftheit gehen können?«

»Es war ein Unfall, ein bedauerlicher Unfall«, bekennt der Greis. In einem Aufflammen seines Stolzes fährt er fort: »Wer sind Sie schon, um mich zu richten? Ein kleiner beschissener Bulle, der mich aus meiner Villa entführt und es wagt, Hand an den Retter der Nation zu legen. Sie vergessen, dass dieses Land mir alles zu verdanken hat. Es war nichts als ein französisches Departement, dessen Bewohner hemmungslos ausgeplündert und zu Tode geräuchert wurden. Eure Urgroßeltern waren Eseltreiber, die in ihren eigenen Exkrementen vegetierten. Sie hungerten und schufteten sich zu Tode bis zu dem Tag, an dem eine Handvoll Männer, darunter ich, zu den Waffen griffen, um die Schande und die Gräueltaten mit Blut abzuwaschen. Ohne uns würdet ihr heute noch Ziegen melken und eure Totgeburten unterm Unrat begraben. Und nur weil ihr heute, da wir es so wollten, frei und unabhängig seid, nehmt ihr euch jetzt das Recht heraus, über uns zu Gericht zu sitzen und unsere revolutionären Schwüre zu übertönen?«

»Revolutionär, dass ich nicht lache. Die wahren Helden habt ihr doch in Hotelzimmern erhängt oder in einsamen Gehöften liquidiert.«

»Ich verbiete Ihnen …«

»Sie waren doch bloß ein Ziegenficker, und so abgebrannt, dass Sie schon 'nen Spritzer Spucke für 'nen blanken Sou hielten …«

»Wie können Sie es wagen?«, keucht der Alte empört.

»Sie mögen sich ja auf Kosten der Steuerzahler bereichert haben, aber im Grund sind Sie doch immer derselbe armselige Typ geblieben, ein räudiger Hund im seidenen Gewand …«

»Und Sie, der kleine Unteroffizier? Gestern noch in der Gosse, und heute schon mit dem Kopf in den Wolken …«

»Ein Missgriff der Geschichte sind Sie, ein Dreckskerl und ein Verräter, der aus unserem Land einen Saustall macht, und aus der Nation eine Herde blökender Schafe.«

»Binden Sie mich los! Das ist ein Befehl!«

»Antworten Sie erst auf meine Frage.«

»Ich werde Ihnen bei lebendigem Leib die Haut abziehen, Sie Irrer. Die Polizei ist längst hinter Ihnen her. Sie wird Sie schnappen, und eines verspreche ich Ihnen: Ich werde persönlich darüber wachen, dass Sie im Kerker vermodern, bis nichts mehr von Ihnen übrig ist.«

Zine versetzt ihm mit der Schaufel einen Schlag ins Gesicht. Der Alte kippt zur Seite. Als er spürt, dass ihm Blut übers Gesicht rinnt und auf sein Unterhemd sickert, rührt er sich sachte und setzt sich vorsichtig wieder auf.

»Sehen Sie, Monsieur Hamerlaine, die Welt wird von einem ganz simplen Kräfteverhältnis regiert. Der wahre Herr der Lage ist der Knüppel und nicht der, der ihn hält ... Also? Haben Sie ihr die Brust aus Wut abgebissen oder um Ihre absolute Straffreiheit auszureizen?«

»Was glauben Sie?«

»Sie haben sich auf Ihre eigene Enkeltochter gestürzt ...«

»Ich wusste ja noch nicht einmal, dass sie existiert. Für mich war das nur eine geopferte Jungfrau wie alle anderen auch. Ach, Sie können mich mal! Ich habe mein Leben gelebt, und nicht zu wenig. Ballern Sie mir einfach 'ne Kugel in den Kopf, und fertig.«

»Das wäre zu einfach«, erwidert Zine, während er die Schaufel auf den Boden legt.

Er nimmt den Stein und das angespitzte Stück Holz, die er aus Fouka mitgebracht hat, aus der Wachstuchrolle und legt beides am Rand der Grube ab.

»Was soll das dämliche Zeug?«, fragt der Alte erschrocken.

»Ich werde ein Ritual ausführen, Monsieur Hamerlaine. Es gibt doch diesen alten angelsächsischen Glauben, dass man einem Vampir, um zu verhindern, dass er wieder aufersteht, einen Stein in den Mund legt, bevor man ihm dann den Holzpflock ins Herz rammt. Genau das werde ich jetzt mit Ihnen tun. Damit Sie auf keinen Fall wiederkehren und uns weiter bei Tag und Nacht verfolgen.«

»Sie sind ja wirklich völlig geisteskrank!«

In einem letzten Überlebensinstinkt tritt der Alte nach Zine, so heftig, dass der in die Grube fliegt. Hamerlaine rappelt sich hoch und hinkt mit seinen im Rücken gefesselten Händen Richtung Meer. Zine entschlüpft ein kleines verächtliches Lachen. Ohne jede Eile folgt er ihm im strömenden Regen die Dünen hinunter. Hamerlaine läuft blind geradeaus, ein humpelndes Gespenst in freier Wildbahn. Er, der längst nicht mehr weiß, was »gehen« heißt, der sich in seinen Palästen auf fliegenden Teppichen, auf der Straße in seiner Limousine fortbewegt, läuft, was das Zeug hält, läuft, dass es ihm schier den Brustkorb zersprengt. Ungeschickt, grotesk, mit plärrend aufgerissenem Mund läuft er und läuft, ein erbärmlicher Anblick unter den aufzuckenden Blitzen, als ob der Himmel ihn zur Schau stellen wollte. »Los, auf, auf!«, ruft Zine ihm zu, »nur zu, alter Halunke, Sie schaffen das schon!« Der Alte fällt mehrfach hin, rollt durch die Dünen, verdreckt und befleckt mit Exkrementen und Sand, in Bächen rinnt der Regen an ihm herab, er bekommt kaum noch Luft, hechelt und keucht, wie hypnotisiert von den tosenden Fluten und dem Horizont, an dem sich das Gewitter ballt. Mit aller Macht läuft er hinein in die schäumenden Wassermassen, stolpert über die Wogen, die ihn verschlucken, kommt inmitten der Gischt wieder zum Vorschein, schiebt sich weiter, immer weiter voran, der Wucht der auflaufenden Brandung zum Trotz, im brausenden Tosen der Wogen.

Da erst begreift Zine, dass der Alte gar nicht flüchten, sondern sich ertränken will. Fluchend setzt er ihm nach, kämpft sich mühsam durch die zornigen Fluten, schwankt, taumelt, brüllt – seine Schreie durchdringen den Tumult des Sturms. Eine Schrecksekunde lang verliert er den Alten aus dem Blick, dann sieht er ihn wieder, als die Brandung ihn gerade Richtung Strand spült, und schwimmt zu ihm hin. Der Alte versucht, unter Wasser zu bleiben, aber die Strudel schwemmen ihn an die Oberfläche. Mit seinem federleichten Vogelscheuchenkörper stellt er sich auf beide Beine, presst den letzten Rest Luft aus seinen Lungen, hält den Atem an und taucht mit dem Kopf wieder unter Wasser. Kurz bevor er das Bewusstsein verliert, packt Zine ihn an der Taille und hebt ihn hoch.

»So einfach kommen Sie mir nicht davon, Sie Mistkerl. Nicht dieses Mal.« Zine traktiert den Alten mit Fausthieben und stößt ihn vor sich her, schleudert ihn Richtung Strand, wirft ihn in den Sand, schleift ihn an den Füßen bis hinter die bewachsenen Dünen.

Der Alte ist fertig. Aus seinen Mundwinkeln quellen weißliche Fäden. Er möchte etwas sagen, doch sein Adamsapfel ist wie blockiert. Zine fesselt ihm die Füße, rollt ihn in die Grube, dreht ihn auf den Rücken.

»Ich will, dass Sie mir ins Gesicht sehen, Hadsch Saad Hamerlaine. Wenigstens ein Mal in Ihrem ganzen Hundeleben werden Sie derjenige sein, der den Blick abwendet. Und morgen, beim Zeus, und wenn es noch so sehr schüttet oder stürmt, morgen geht in den Herzen die Sonne auf, weil die Teufelsbrut nicht mehr unter uns ist.«

»Sie sind ja pervers! Die Polizei wird Sie stellen und tausendfach foltern, bevor man sie exekutiert, Sie Wahnsinniger.«

»Aber bis es so weit ist, stehe ich jeden Morgen in der Gewissheit auf, dass Sie tot und begraben sind, und damit ist für mich alles im Lot.«

Zine drückt dem Alten die Backen zusammen, um ihn zu zwingen, den Mund zu öffnen, und schiebt ihm gewaltsam den Stein aus Fouka hinein. Der Alte versucht, ihn auszuspucken, aber der Stein sträubt sich, hat sich im Gebiss verkeilt. Hamerlaine versucht, sich aufzurichten, strampelt und zappelt mit hervorquellenden Augen. Zine setzt sich rittlings auf ihn, damit er sich nicht mehr rühren kann, und ergreift mit beiden Händen den Pflock. Ein greller Blitz zerreißt die Finsternis – das Gesicht des Inspektors leuchtet jäh feurig auf: eine beängstigende Maske aus Hass und Wut.

»Im Namen aller Algerier, ob gut oder böse, groß oder klein, verfluche ich Sie, Hadsch Saad Hamerlaine. Mögen Sie für alle Zeiten im ewigen Feuer der Hölle schmoren.«

In derselben Sekunde, in der er dem Alten den Pflock ins Herz rammt, in genau der Sekunde, in der er spürt, wie die Haut unter dem Einstich zerplatzt und ihm ein warmer Blutstrahl ins Gesicht spritzt, wird Zine von einer gewaltigen Schockwelle erfasst, die in seinem Unterleib ein quälendes Brennen auslöst.

39.

Es ist so gegen 3 Uhr morgens, als Zine zu Hause ankommt. Er steigt nicht gleich aus dem Auto. Er ist noch wie in Trance und hat keine Ahnung, wie er bei diesem Wahnsinnsregen überhaupt den Weg gefunden hat. In seinem Kopf schwirren das tosende Meer und Hamerlaines Schreie wild durcheinander.

Zine empfindet nichts, allenfalls dumpfe Übelkeit, oder ein leichtes Schwindelgefühl, irgendetwas dazwischen. Auf dem Vorplatz, den eine altersschwache Straßenlaterne matt erhellt, stehen einsam und schlammbespritzt die Automobile herum. Der Parkplatzwächter hat sich davon gemacht. Oder in einem der Fahrzeuge Schutz gesucht, wo er mit seinem Knüppel zwischen den Füßen zur Stunde selig schläft. Blind ragen die Fensterhöhlen aus der pockennarbigen Fassade des Gebäudes. Käme es jetzt zu einer Schlägerei, niemand bekäme es mit. Es ist eine Nacht ohne Echo, die in der eigenen Schwärze zerrinnt, zum Sterben traurig. Und das Gewitter, das – von den Special Effects der Blitze aufgeschreckt – wie ein satter Oger rülpst, überlagert die Atmosphäre metaphysischer Verlassenheit mit einem Hauch Weltuntergang. In normalen Nächten sind die Gehwege von schlaflosen jungen Männern bevölkert, die sich in Weltschmerz und sentimentaler Melancholie verzehren. Heute Abend nicht eine Menschenseele. Die Siedlung stellt sich tot, verkriecht sich mitsamt ihrem Kummer unterm Kissen, um nicht die Blitze zu sehen, die am schwermütigen Himmel über Algier ihre Show abziehen.

Zine, hinterm Lenkrad verschanzt, zündet sich erst einmal eine Zigarette an. Er hätte gedacht, auf ein Heer von

Einsatzwagen mit kreisendem Blaulicht zu stoßen. Auf eine Armada in die Siedlung ausschwärmender Polizisten, Sturmgewehr im Anschlag. Für den Fall, dass er sich sträubte. Um diese Zeit müsste die Entführung des Hadsch Hamerlaine längst gemeldet sein, müssten die Generalstäbe sämtlicher Waffengattungen sich in höchster Alarmbereitschaft befinden. Zine wundert sich, dass hier niemand auf der Lauer liegt, um ihn abzufangen. Oder hat man einen »Vollstrecker« beauftragt, mit ihm im Treppenhaus kurzen Prozess zu machen? Wäre das nicht die beste Methode, jeden Skandal im Keim zu ersticken? Und die Medien um eine never ending story mit unübersehbaren Ausläufern zu bringen?

Zine drückt seine Zigarette im Aschenbecher aus und setzt einen Fuß auf den Boden. Die frische Nachtluft ernüchtert ihn kein bisschen. Er bemerkt, dass er sich kaum auf den Beinen halten kann, dass seine Kehle wie zugeschnürt ist und seine Hände zittern. Und dann dieses quälende Brennen im Unterleib, warum lässt es nicht nach?

Er atmet tief durch, um sich Mut zu machen und geht dann auf die Haustür zu. Unter seinen Füßen schwankt der Boden. Noch nie ist ihm eine Strecke so lang vorgekommen. Er fühlt sich wie der Schwimmer in der Wüste. Nicht das Tosen des Meeres dröhnt jetzt in seinen Schläfen, sondern sein eigener Herzschlag. Dem Inspektor ist übel. Er bekommt kaum noch Luft, als er über die Schwelle ins Treppenhaus tritt, das in tiefer Finsternis liegt. Doch da ist niemand. Und niemand auch auf dem Treppenabsatz vom ersten Stock. Niemand im zweiten Stock. Zine nestelt am Schloss seiner Wohnungstür herum. Macht Licht im Flur. Der Hocker steht da, wo er immer steht, auch das Kleingeld liegt noch auf der Kommode. Im Wohnzimmer alles unverändert. Das Schlafzimmer im selben Zustand, in dem er es verlassen hat. Sicherheitshalber schaut er noch in den beiden anderen Zimmern nach, schiebt den Duschvorhang beiseite, um zu sehen, ob sich niemand dahinter versteckt …

Es ist alles an seinem Platz.

Nicht die Spur eines fremden Eindringens oder einer Falle.

An Zines Kleidern und seiner Haut klebt Blut.

Er lässt Wasser in die Badewanne einlaufen.

Als er sich auszieht, sieht er endlich, woher das quälende Brennen in seinem Unterleib stammt. Er hat eine Erektion, zum ersten Mal seit dem Massaker im Ouarsenis hat er eine Erektion. Seine Männlichkeit ist zum Zerreißen gespannt. Er fasst es nicht. Ihm wird so schwindlig, dass er sich am Duschvorhang festhält und fasziniert auf das sagenhafte Stückchen Fleisch starrt, das ihn so lange zur Verzweiflung getrieben hatte und ihm in dieser Sekunde mit Zins und Zinseszins zurückzugeben scheint, was ein böses Geschick ihm geraubt hat. Da steht er, im dampfenden Wasser, mit rasendem Herzen, beseligt-bestürzt, und weiß nicht, was er tun oder denken soll.

Er ist geheilt.

Er ist ganz.

Er ist ganz und gar lebendig!

Langsam lässt er sich in die Badewanne gleiten, packt zu mit beiden Händen und presst mit aller Manneskraft, um sicher zu sein, dass er nicht träumt.

Zine ist zum Umfallen müde, aber er reißt sich zusammen. Die Sturmtrupps würden über kurz oder lang bei ihm einfallen. Er will ihnen wach entgegentreten. Er würde sich nicht im Schlaf überrumpeln und zu Boden werfen lassen wie irgendein Strolch. Mit unübersehbar hoch erhobenen Händen will er ihnen entgegentreten – falls es irgendwem einfallen sollte, ihn wegen Widerstands gegen die Festnahme abzuknallen. Seine Hände zittern, das ja, aber nicht wegen der Todesnähe. Er zittert, weil er es nicht fassen kann, dass die teuflische Brut nicht mehr existiert, und dass ausgerechnet er, der schäbige kleine Inspektor, die ganze Nation von einem Gott befreit hat, der im Ruf steht, eiserner als das Schicksal zu sein.

Zine nimmt im Bademantel auf dem Sofa im Wohnzimmer Platz, von wo er die Diele im Blick hat, zündet Zigarette um Zigarette an und fixiert ununterbrochen die Tür.

Doch vom Treppenabsatz dringt nicht das kleinste Geräusch zu ihm herein.

Die Sonne steht hoch im Zenith. Die Straße treibt in einem Lärm aus Hupen und Motorengedröhn dahin.

Zine, der noch immer wie angewachsen auf dem Sofa sitzt, hat kein Auge zugetan.

Kein Mensch hat an seine Tür geklopft.

Gegen 13 Uhr klingelt das Telefon.

Zine zögert lange, bevor er endlich abhebt.

Die Stimme seines Bruders am anderen Ende der Leitung ist nicht wiederzuerkennen.

»Wo bist du?«

»Zu Hause.«

»Mach den Fernseher an und sag mir, ob das stimmt, was sie da erzählen.«

Zine drückt auf die Fernbedienung. Der Bildschirm wird hell. Die Nachrichten sind im Gang. Ein Menschenauflauf vor einer Villa – der Villa von Hadsch Hamerlaine in Hydra. Die Mienen sind angespannt, manche Gesichter völlig entgeistert. Der Journalist stottert hektisch und verstört vor sich hin, statt in sein Mikro zu sprechen. Eine Menge Dienstfahrzeuge und Geländewagen der Spezialeinheiten stehen kreuz und quer auf der Straße.

»Zine, mein Bruder, ich flehe dich an, sag mir, dass ich nicht am helllichten Tag halluziniere. Sag mir, dass das stimmt, was ich da höre und sehe, dass es stimmt, was sie da erzählen?«, überschlägt sich die Stimme am Ende der Leitung.

Zine achtet nicht auf ihn, er starrt gebannt auf seinen Fernseher.

Der Journalist hat inzwischen die Veranda erreicht. Diesmal hält er sein Mikrofon korrekt. Er wendet sich an die Hausdiener, die in Eunuchengewändern aus der Abbasidenzeit in stocksteifer Unterwürfigkeit vor ihm stehen.

Der Nachrichtenreporter: »Sie sind der Butler von Monsieur Hamerlaine?«

Marouane: »Ja, Monsieur … Ich bin seit fünfunddreißig Jahren in seinen Diensten.«

Der Reporter: »Können Sie uns erklären, was gestern Abend passiert ist?«

Marouane: »Monsieur Hamerlaine hat um 19 Uhr in seinem Schlafzimmer das Abendessen eingenommen. Wie üblich. Gegen 22 Uhr hat er nach mir geläutet, damit ich ihm seinen weißen Anzug bringe, den er nur zu offiziellen Anlässen trägt. Ich war ihm behilflich, sich anzukleiden. Ich habe ihn gefragt, ob er einen Chauffeur brauchte. Er antwortete mir, dass das nicht nötig sei, weil er abgeholt würde. In der Tat kam ein Mercedes vorgefahren, um ihn zu holen. Monsieur Hamerlaine sagte, er käme vor Mitternacht zurück. Er kommt immer vor Mitternacht zurück, wegen der Medikamente, die er auf die Minute genau nimmt. Aber er kam nicht um Mitternacht zurück. Wir haben in seiner Zweitresidenz in Fort-de-l'Eau angerufen, dann im Anwesen 32. Aber da war er nicht. Wir haben angefangen, uns Sorgen zu machen. Wir dachten an einen Autounfall oder dass ihm während der Feier plötzlich schlecht geworden sein könnte, und wir haben seinen Privatsekretär kontaktiert, der am Front de Mer wohnt. Er hat überall angerufen, bei den Krankenhäusern, den Notfallambulanzen, den Privatkliniken – umsonst.«

Der Reporter: »Warum haben Sie bis zum Morgen gewartet, bevor Sie der Polizei das Verschwinden von Saad Hamerlaine gemeldet haben?«

Marouane: »Weil ich nur der Butler von Monsieur bin. Was immer es auch sein mag, ich bin nicht befugt, Meldung zu machen.«

Der Reporter: »Was können Sie uns über die Person sagen, die Monsieur Hamerlaine abgeholt hat?«

Marouane: »Monsieur Hamerlaine wünschte nicht, dass ich ihn bis zur Tür begleite. Er machte einen fröhlichen, entspannten Eindruck. Ich hörte ihn auf der Straße in lautes Lachen ausbrechen und dann zu der Person, die ihn abholte, sagen: ›Na, du alter Fuchs! Bist du nach all den Jahren doch wieder in die Heimat zurückgekommen?‹ Dann hat ein Wagenschlag geklappt und der Mercedes ist losgefahren.«

Der Reporter: »Und woher wissen Sie, dass es ein Mercedes war, wenn Sie Monsieur Hamerlaine doch nicht bis zur Tür begleiten durften?«

Ein Hausdiener: »Ich habe den Mercedes gesehen. Ich stand am Fenster im zweiten Stock, während Monsieur Hamerlaine in den Wagen gestiegen ist.«

Zine ist sprachlos.

Die Version, die die Hausdiener da der Öffentlichkeit auftischen, hat mit dem Tathergang nichts zu tun. Es sieht ganz so aus, als hätten sie beschlossen, ihn, Zine, nicht auffliegen zu lassen …

»Hallo …«, drängelt die Stimme des Bruders in der Leitung. »Bist du noch dran, oder was? Was ist diesem Halunken von Hamerlaine denn zugestoßen?«

Zine legt auf, in seinem Kopf dröhnende Leere.

Er geht in sein Schlafzimmer und zieht sich um.

In seinem besten, fast noch neuen Anzug verlässt er die Wohnung, schreitet Stufe um Stufe die Treppe hinunter, kommt auf die sonnengeflutete Straße, atmet in vollen Zügen die frische Luft ein und lässt sich, ein für allemal von seinen alten Dämonen befreit, von der Menschenmenge treiben.

In der Gewissheit, endlich zum Mann geworden zu sein.

Der es wert ist, unter diesem großartigen Volk zu leben.

Als einer von ihnen.

Einer, der dazugehört.

ENDE

Quellenangaben

Das dem Roman vorangestellte Motto ist Frantz Fanon, *Die Verdammten dieser Erde,* Frankfurt a. M., Suhrkamp, 1. Auflage 1981, S. 175, in der Übersetzung von Traugott König entnommen (suhrkamp taschenbuch 668).

Das Shakespeare-Zitat aus Kapitel 17 entstammt der Übersetzung von Stefan George, *Werke.* Ausgabe in zwei Bänden, Band 2, München und Düsseldorf, Verlag Helmut Küpper vormals Georg Bondi 1958, S. 197, Sonett XCIV.

*

Für fachkundige Beratung dankt die Übersetzerin sehr herzlich Frau Dr. Ingrid Cop, Heidelberg.